EMILIA SCHILLING

Herbstblüten und Traubenkuss

Buch

Als Mona unerwartet ihren Job verliert, bewirbt sie sich in einer Detektei. Ihre erste Aufgabe: Sie soll Oliver Feeberger ausfindig machen und ihn überreden, auf das großelterliche Weingut am Wiener Stadtrand zurückzukehren. Um zu verhindern, dass ein Nobelheuriger den familiären Buschenschank übernimmt, willigt Oliver ein – aber nur, wenn Mona die restliche Saison auf dem Weingut mitarbeitet. Obwohl in derselben Stadt, findet sich die junge Wienerin in einer neuen Welt wieder. Zwischen Weingärten und Heurigenausschank muss Mona erst ihren Platz suchen. Aber ist ihr Herz nicht schon längst angekommen?

Informationen zu Emilia Schilling sowie zu weiteren Titeln der Autorin finden Sie am Ende des Buches.

Emilia Schilling

* * *

Herbstblüten und Traubenkuss

* * *

Roman

GOLDMANN

Sollte diese Publikation Links auf Webseiten Dritter enthalten, so übernehmen wir für deren Inhalte keine Haftung, da wir uns diese nicht zu eigen machen, sondern lediglich auf deren Stand zum Zeitpunkt der Erstveröffentlichung verweisen.

Dieses Buch ist auch als E-Book erhältlich.

Verlagsgruppe Random House FSC® N001967

1. Auflage
Originalausgabe September 2019
Copyright © 2019 by Emilia Schilling
Die Veröffentlichung dieses Werkes erfolgt auf
Vermittlung der literarischen Agentur Peter Molden, Köln.
Copyright © dieser Ausgabe 2019
by Wilhelm Goldmann Verlag, München,
in der Verlagsgruppe Random House GmbH,
Neumarkter Str. 28, 81673 München
Umschlaggestaltung: UNO Werbeagentur München
Umschlagfoto: FinePic®, München
Redaktion: Ilse Wagner
BH · Herstellung: kw
Satz: Buch-Werkstatt GmbH, Bad Aibling
Druck und Bindung: GGP Media GmbH; Pößneck
Printed in Germany
ISBN: 978-3-442-48924-4
www.goldmann-verlag.de

Besuchen Sie den Goldmann Verlag im Netz

Inhalt

7	*	Prolog
9	*	Buschenschank
64	*	Heurigen-Aufstriche
111	*	Schupfnudeln
148	*	Heurige in Wien
190	*	Dirndl
213	*	Bauerngarten
266	*	Weingelee
299	*	Herbstgulasch
336	*	Sturm
368	*	Epilog
375	*	Glossar
378	*	Danksagung

*** Prolog ***

Mein Leben lässt sich mit einer Eisenbahnfahrt vergleichen.

Gespickt von vielen Haltestellen, die ich immer zielsicher angesteuert habe und die pünktlich zu erreichen ich stets bemüht war – im Gegensatz zur richtigen Eisenbahn.

Da gab es kein Wiederholen eines Schuljahrs, kein Sabbatical, bei dem ich mich durch die Weltgeschichte treiben ließ, und auch keine abgebrochenen Studiengänge, in denen ich mich »ausprobieren« wollte. Keine Leerzeiten, keine Lücken im Lebenslauf. Ich hatte immer einen Plan A, und der wurde eingehalten. Komme, was wolle. Die richtige Eisenbahn biegt ja auch nicht von den Schienen ab – zumindest sollte sie das nicht.

Bei jeder Haltestelle meines Lebens sind alte Mitfahrer aus- und neue eingestiegen. Manche sind auch gar nicht mehr ausgestiegen wie meine beste Freundin Bianca.

Und dann gibt es da noch meine Eltern, die in dem Zug nicht mitfahren, seit ich die einzige Haltestelle ausgelassen habe, die sie für wichtig erachteten. Deshalb fahren sie jetzt eigenständig im Auto nebenher und beobachten meinen Schienenverlauf mit Argusaugen, nur um mir gelegentlich zuzurufen, dass ich immer noch abbremsen, den richtigen Weg einschlagen und den ihrer Meinung nach bedeutsamsten Meilenstein ansteuern könnte.

Als ob ich mit achtundzwanzig Jahren noch einmal ein Studium beginnen wollte. Dabei habe ich ihnen schon vor zehn Jahren gesagt, dass ich nach der Matura nicht in ihre Fußstapfen treten und Zahnärztin werden möchte. Die Vorstellung, verfaulte Zähne zu ziehen und Essensreste aus den Zahnzwischenräumen zu kratzen, hat mich schon als Kind abgestoßen.

Also habe ich mit achtzehn Jahren beschlossen, den weiteren Verlauf meiner Fahrt selbst zu bestimmen. Und das lief auch richtig gut.

Bis vor vier Wochen.

Dann kam völlig unerwartet die Entgleisung.

In alle Richtungen.

*** Buschenschank ***

»Ausg'steckt is«
... heißt es bei etwa hundert Buschenschanken in den Wiener Heurigen-Gebieten, wenn ein Föhrenbusch über dem Eingangstor kennzeichnet, dass geöffnet ist.

Die Gäste kommen in gemütlicher Atmosphäre in den Genuss von selbst produziertem Wein, Sturm und Traubensaft sowie kalten Speisen und Mehlspeisen. Der Unterschied zu den kommerziell ausgerichteten Heurigen liegt oft in der Größe, der Küche und den Öffnungszeiten. Bieten Heurigen-Lokale ganzjährig auch warme Speisen für ein breites Publikum an, kredenzt der Buschenschank nur an ausgewählten Tagen in familiärer Umgebung im Hof des Weinguts Brettljause und Wiener Charme.

»Was sind Ihre Stärken, Fräulein Böse?«

Meine wohl größte Stärke ist es, in diesem Moment nicht an die Decke zu gehen.

Ich bin achtundzwanzig Jahre alt, und die Anrede Fräulein war vor vielleicht fünfzig Jahren angemessen. Vor fünfzig Jahren steckte mein Gegenüber aber sicher noch in den Windeln, weshalb er sich das ebenso sparen könnte wie die Art, meinen Nachnamen auszusprechen. Als hätte er drei »Ö« in der Mitte. Da werde ich erst recht böööse.

Statt diesem Herrn Köööönig meine Meinung zu sagen, lächle ich mit aller Kraft meiner Selbstbeherrschung und besinne mich auf die Worte, die ich mir genau für diese Frage zurechtgelegt habe.

»Zu meinen Stärken zählen Zahlenaffinität, eigenständiges Arbeiten und eine hohe Konzentrationsfähigkeit.«

Meine Freundin Bianca, bei der ich vorübergehend untergekommen bin, wäre ebenso stolz, wie mein eigenes Spiegelbild es ist. Jene beiden Gesichter, vor denen ich für die bevorstehenden Vorstellungsgespräche geübt habe. Mal abgesehen von Biancas Kindern, die sich köstlich über unsere inszenierten Bewerbungen amüsierten. Da ich aber bis vor drei Wochen noch nie ein richtiges Vorstellungsgespräch geführt hatte, wollte ich mich bestens vorbereiten. Denn das ist das A und O meines Lebens. Planung, Vorbereitung und Konsequenz.

»Zahlenaffin, so, so.« Herr Köööönig schiebt seinen ergrauenden Schnurrbart hin und her, während er auf den ausgedruckten Lebenslauf blickt, den ich mitgebracht habe. »Und Eigenständigkeit also.« Er brummt, und ich habe gerade die Erkenntnis, dass er zumindest nicht taub ist. Was mich angesichts des Telefonats, das er zuvor geführt hat, erstaunt, denn sein Telefon ist auf die höchste Lautstärke gestellt, sodass ich sogar aus dem kleinen Warteraum vor dem Büro jedes Wort seines Gesprächspartners verstehen konnte.

Ich behalte mein – wie ich finde äußerst professionell wirkendes – Lächeln bei und warte eine weitere Reaktion ab. Bianca und ich haben befunden, dass der Begriff Eigenständigkeit besser klingt als die Erklärung, dass ich lieber allein statt in einem Team arbeite. Auch wenn für viele Firmen außer Frage steht, dass potenzielle Mitarbeiter des Alphabets mächtig sowie Teamplayer sein sollten.

»Eigenständigkeit ist gut«, murmelt er und beginnt, mit seinen plumpen Fingern in den Unterlagen auf seinem unordentlichen Schreibtisch zu wühlen. Angesichts der sieben leeren Limonadenflaschen und der drei Burgerschachteln im Papierkorb neben seinem Schreibtisch kann ich mir gar nicht vorstellen, wie er stundenlang in ein Auto gequetscht ausharrt und jemanden observiert. Herr König (ich verzichte der Lesbarkeit wegen auf die weitere Ausführung der drei Ö – außer er nennt mich noch einmal Fräulein Böööse) ist nämlich seines Zeichens Privatdetektiv mit Schwerpunkt Personenbeschattung.

Nach einer Weile räuspert er sich, schiebt die Zettelwirtschaft vor sich zu einem ordentlichen Stapel zusammen und versucht sich an einem Lächeln, das misslingt. »Ich vermute, Sie haben sich für die Stelle als Buchhalterin beworben?«

Ist das eine Fangfrage?

Ich nicke. Nur ein Mal.

»Also, die Stelle ist schon besetzt.« Er winkt ab, als sei das völlig klar. »Meine Nichte hat gerade die Matura an der Handelsakademie gemacht und ist wie geschaffen dafür.«

Mir klappt der Mund auf. Aber nur ganz leicht, ich kann mich schließlich beherrschen. Auch angesichts der Tatsache, dass er die Buchführung seiner alteingesessenen Detektei einer neunzehnjährigen Schulabgängerin ohne Berufserfahrung anvertraut. Sehr schlau.

»Eigentlich suche ich noch eine Unterstützung für mich. Sozusagen einen Personal Assistent.« Mit seinem starken Wiener Akzent klingt es eher wie Pörsönäl Ässistänt.

»Tatsächlich?« Ich bemühe mich, den Mund wieder zu schließen. In mir sträubt sich alles dagegen, einem Mann wie diesem zu assistieren. Was ich aber dringender brauche als einen kompetenten und sympathischen neuen Chef, das ist: einen Chef. Denn ohne neuen Job werde ich wohl noch eine Weile bei Bianca unterkommen müssen. Und die Vorstellung, noch länger der Boxsack, die Malwand und der Schlafpolster ihrer Kinder zu sein, lässt mich schnell wieder den Fokus auf dieses Gespräch lenken.

»Und was würde mich in dieser Position erwarten?«, frage ich ehrlich interessiert.

»Das erkläre ich Ihnen nach und nach«, sagt Herr König und greift in ein Ablagefach, aus dem er gezielt eine bestimmte Akte herausholt. »Sie wachsen sozusagen mit Ihren Aufgaben. Als Erstes hätte ich hier einen kleinen Auftrag, mit dem Sie mich von Ihren Kompetenzen überzeugen können.«

Überrascht richte ich mich in meinem Sessel auf und verkrampfe mich dabei noch mehr, als ich ohnehin schon bin. Ich soll Detektivin spielen? Fast hätte ich die Frage laut ausgesprochen.

»Kennen Sie den Buschenschank Feeberger in Neustift am Walde?«

Ich schüttle den Kopf und beantworte damit auch die Frage, ob ich überhaupt einen Buschenschank kenne. Ich kann sogar an einer Hand abzählen, wie oft ich in meinem Leben bislang im 19. Bezirk gewesen bin. Dreimal, um genau zu sein, und auch nur, weil ich eine Schulkollegin hatte, die in Döbling wohnte und mit der ich an einem Projekt zusammengearbeitet habe.

»Die Besitzer sind ein älteres Pärchen, die ihren Enkelsohn suchen.« Herr König sieht in die Akte. »Sein Name ist Oliver Feeberger. Er müsste etwa in Ihrem Alter sein.« Er sieht auf, offenbar auf eine Reaktion meinerseits wartend.

Denkt er ernsthaft, ich würde alle Wiener in meinem Alter kennen? Habe ich schon erwähnt, dass ich gern eigenständig arbeite und kein extrovertierter Mensch bin?

Ich zucke mit den Schultern, was sich ein wenig wie eine Entschuldigung dafür anfühlt, dass ich Oliver Feeberger nicht kenne.

»Jedenfalls ist der Kontakt zu ihm vor fünf Jahren

abgebrochen. Jetzt wollen die Feebergers den Buschenschank an ein Heurigenlokal verkaufen, sollte der Enkelsohn den Betrieb nicht übernehmen.« Herr König schiebt die Akte über den Schreibtisch zu mir herüber.

Ich sehe irritiert darauf. »Und was soll ich jetzt tun?«

»Oliver Feeberger finden und ihn davon überzeugen, seine Großeltern aufzusuchen.«

Das beantwortet nicht meine Frage.

»Wie denn?«

»Jetzt zeigen Sie doch mal Ihre Eigenständigkeit, Fräulein Böööse.« Der Detektiv wird ungeduldig. »Suchen Sie ihn auf Facebook oder mit einem dieser Social-Media-Kanäle.«

Letzteres klingt wie Sotschäl Midiaa.

Dann macht er eine Handbewegung, die mich wohl auffordern soll zu gehen. Automatisch erhebe ich mich und greife nach der Akte.

»Da ist doch jeder mit jedem befreundet. Sie finden ihn schon.«

Immer noch stehe ich vor seinem Schreibtisch und starre ihn an.

»Sehen Sie es als Probearbeit«, fährt er fort, bevor ich meinen Mangel an Eigenständigkeit noch mehr zur Schau stellen kann. »Wenn Sie den Auftrag erfolgreich erledigen, haben Sie den Job.«

* * *

Ich starre den schwarzen Satinstoff an, der ausgebreitet auf meinem Bett liegt und ein Kleid darstellen soll.

Ein ziemlich kurzes und ziemlich enges Kleid. Der Kontrast zu dem Rennautobett mit Minions-Bettwäsche könnte nicht größer sein.

»Das ziehe ich bestimmt nicht an.« Ich hebe den Blick zu Bianca, die in ihrem Schminktäschchen kramt und nach einem Lippenstift in der Farbe Flittchenrot sucht. Ob sie ihn mir wirklich aufdrängen oder nur beweisen will, dass es diesen Farbton gibt, weiß ich nicht.

»Probier es mal an«, sagt sie, ohne aufzusehen. »Das steht dir bestimmt. Hat mir vor der ersten Schwangerschaft auch noch gepasst.«

Ich schiele zu Bianca. Dass sie ein paar Kilo mehr auf den Hüften hat als vor sieben Jahren, sieht man ihr zwar an, aber sie wirkt immer noch schlank. Ich mag vielleicht noch die gleichen Maße wie vor sieben Jahren haben, das bedeutet aber auch, dass ich immer noch einen Kopf größer bin als sie. Und wenn das Kleid bei Bianca – früher zumindest – zehn Zentimeter über dem Knie endete, dann hört es bei mir zehn Millimeter unter den Pobacken auf.

Ich hätte mich auch mit achtzehn Jahren niemals in einen solchen Fetzen gequetscht, also werde ich mit achtundzwanzig Jahren nicht damit anfangen.

»Ich bleibe lieber bei meinem Gewand«, murmle ich und überlege, ob ich eine schwarze Bundfaltenhose oder die dunkelblaue Leinenhose anziehen soll. Die Wahl wird mir nicht schwerfallen, denn meine Garderobe besteht aus lauter schwarzen, grauen, dunkelblauen und ausgewählten beigefarbenen Stücken, die sich problemlos miteinander kombinieren lassen. Ich hatte noch nie ein großes Interesse an Mode und noch weniger Mut zur Farbe, weshalb ich vor einigen Jahren den Trend der *Capsule Wardrobe* für mich entdeckt habe. Dabei beschränkt man seine komplette Garderobe auf dreiunddreißig Teile, die alle miteinander kombinierbar sind. Vielleicht war es auch die Zahl selbst, die gleich mein Interesse geweckt hat, sodass ich meinen Kleiderschrank entsprechend angepasst habe. Dass das meiste zeitlos und schlicht ist, macht die Sache für mich einfacher und für Bianca:

»Langweilig.«

Sie gähnt demonstrativ und greift nach dem Satinkleid. »Vielleicht ziehe ich es ja an.« Sie hält es vor sich hin und betrachtet es ausgiebig. »Ich hab mir mal so einen figurformenden Body gekauft. Wenn ich den darunter anziehe, sieht es bestimmt gut aus. Und Schwarz macht ja schlank.«

Ich runzle die Stirn. Ich dachte immer, das ist etwas für ältere Frauen oder Promis, die auf dem roten Teppich eine gute Figur machen müssen.

»Ein Wunderding, ich sag's dir. Hebt die Brüste, kaschiert den Bauch, formt eine Taille und macht dir einen Kardashian-Hintern.« Bianca nickt zuversichtlich.

»Steht das auf dem Etikett?«, frage ich skeptisch.

»Haben sie im Fernsehen gesagt.« Bianca klingt ein klein wenig beleidigt. »Judith Williams war davon überzeugt, und ich habe es schon getestet. Das schummelt wirklich einige Kilos weg.«

Ich bemühe mich um ein Lächeln, weil ich meine Freundin nicht verärgern will. Nicht, nachdem sie, ohne mit der Wimper zu zucken, das Bett ihres Sohnes für mich frei gemacht hat. Auch wenn er es ohnehin nie benützt, weil er mit seinen fünf Jahren lieber im Familienbett schläft. Für Bianca normal, für ihren Mann Thomas, der die meiste Zeit auf Geschäftsreisen ist, nervig und für mich ideal. Dann muss ich wenigstens nicht auf dem Sofa schlafen, das nach Bananen- und Erdbeerjoghurt riecht, seit eines der Kinder ein Drinkjoghurt darauf verschüttet hat. Man weiß bis heute nicht, wer von den beiden es war.

»Und Thomas gefällt das auch?«, frage ich und spiele damit noch einmal auf den Wunder-Body an.

»Spinnst du? Der hat sich verschluckt und wäre fast erstickt, als ich ihn mit dem Body verführen wollte«, erklärt Bianca nüchtern. »Ich musste ihm auf den Rücken klopfen, und danach hat er sich bedankt und mich versehentlich Mutter genannt.« Sie sieht mich mit großen Augen an.

Trotz Biancas beleidigtem Gesichtsausdruck kann ich mich nicht zurückhalten und lache laut los.

»Heute ist er aber eh nicht da, also kann ich den Fett-weg-Anzug unter dem Kleid anziehen«, fügt sie entschlossen hinzu.

Thomas ist wieder einmal auf Geschäftsreise. Er ist im Vertrieb tätig und muss daher ständig zu Kunden in ganz Österreich, weshalb er mehr Nächte in Hotels verbringt als bei Bianca und dem gemeinsamen Sohn im Familienbett. Dass er viel arbeitet, stört Bianca sehr. Dass er dadurch genug verdient, damit sie bei den Kindern zu Hause bleiben kann, scheint sie zu vergessen.

»Du kannst nicht mitkommen.«

Bianca wirft mir einen finsteren Blick zu. »Und ob. Das wird wie früher, erinnerst du dich?«

Ja, leider zu gut, auch wenn es schon ein Weilchen her ist, seit ich mich von Bianca in Wiens Bars und Clubs habe schleppen lassen. Wenigstens für sie war es erfolgreich, schließlich hat sie dabei Thomas kennengelernt.

»Ich mache das geschäftlich«, erwidere ich, was stimmt, wenn man außer Acht lässt, dass ich den Job noch gar nicht habe.

»Und ich bin deine Assistentin«, flötet Bianca. »Außerdem weißt du gar nicht, ob er dort ist, und wenn nicht, dann können wir uns wenigstens einen schönen Abend machen.«

Ich weiß tatsächlich nicht, ob Oliver Feeberger in der Bar in den Stadtbahnbögen ist, die ich heute Abend aufsuchen will. Meine Recherche war nämlich weniger erfolgversprechend, als ich gehofft habe. Ich habe Herrn Königs Rat befolgt und begonnen, ihn auf Facebook zu suchen. Natürlich war Oliver nicht unter meinen hundertelf Freunden. Auch nicht unter den beiden, die ich kürzlich entfreundet habe, weil mir die Zahl 111 besser gefällt als 113. Richtige Freunde waren das ja ohnehin nicht. Das sind aber – abgesehen von Bianca – die anderen hundertzehn auch nicht.

Da Facebook jedoch eine Oliver-Feeberger-freie Zone ist, habe ich auch das restliche Internet nach ihm durchforstet und schließlich einen Beitrag gefunden, der ihn angeblich in dieser Bar zeigt. Und auch wenn der Artikel bereits drei Jahre alt ist, gehörte Oliver damals zum Team des Lokals. Es ist mein einziger Anhaltspunkt, und ich erhoffe mir, zumindest eine Auskunft zu bekommen, wie ich ihn kontaktieren kann.

»Außerdem, wer soll auf die Kinder aufpassen?«, frage ich in der Hoffnung, Bianca von ihrem Plan mitzukommen, abhalten zu können.

»Arya kann schon auf ihren kleinen Bruder aufpassen«, meint meine Freundin zuversichtlich. »Sie ist eine Kämpferin.«

Ja, deshalb heißt sie auch Arya. Weil Bianca während ihrer Schwangerschaft ständig Game of Thrones schaute und davon überzeugt war, dass ihre ungeborene Tochter ebenso clever und mutig wie Arya Stark würde, wenn sie sie nach ihr benannte.

Ich kann es immer noch nicht glauben, aber es funktionierte.

Also versuchte Bianca zweieinhalb Jahre später das Gleiche noch einmal. Nur war sie dieses Mal mit einem Buben schwanger und wollte so ein kleines Genie wie Sheldon Cooper. Und obwohl ich Klein-Sheldon – Biancas Sohn, nicht die Serie – wirklich gern mag, kann ich mit bestem Wissen und Gewissen keine Ähnlichkeiten mit der Serienfigur feststellen.

»Das halte ich für keine gute Idee.«

»Frau Hasenkopf von gegenüber kann bestimmt nach den Kindern sehen.«

»Du würdest einer Frau, die mit Räucherstäbchen durchs Haus schleicht, um die bösen Geister zu vertreiben, deine Kinder anvertrauen?«

Bianca rollt mit den Augen. »Das macht sie doch nur, wenn Frau Jaturapattarapong im Erdgeschoss mal wieder thailändisch kocht und über das Stiegenhaus lüftet.«

Bemerkenswert, dass Bianca den wohl längsten Nachnamen, der mir je untergekommen ist, so fließend aussprechen kann. Ich bin schon öfter vor der Haustür stehen geblieben und habe mir den Namen an der Klingel minutenlang angesehen und mich gefragt, wie dazu die Unterschrift aussieht. Oder wie man den Namen am Telefon buchstabiert.

Johann – Anton – Theodor – Ulrich – Richard – Anton – Paula – Anton – doppelt Theodor – Anton – Richard – Anton – Paula – Otto – Norbert – Gustav

Klingt wie eine altösterreichische Schulklasse, in der die Mädchen ganz schön in der Unterzahl waren.

»Wie auch immer, ich muss unbedingt mitkommen«, sagt Bianca und wühlt wieder in ihrem Schminktäschchen.

»Weil?«

»Weil ich wissen will, ob du dieses Mal reinkommst, ohne deinen Ausweis herzeigen zu müssen.« Sie lacht und hält plötzlich ein goldenes Lippenstiftröhrchen triumphierend hoch. »Hier! Flittchenrot.« Sie wirft es mir zu.

Und ich fange … natürlich nicht.

* * *

Der Türsteher erinnert mich an die bulligen Kerle, die schon vor zehn Jahren die Eingänge der Bars bewacht haben. Die gleichen grimmigen Gesichter, die breiten Stiernacken, der gespannte Stoff um die muskulösen Oberarme, die abschätzigen Blicke. Mit achtzehn Jahren war ich noch verunsichert, heute ist es mir egal.

Die Bar, in der ich mir erhoffe, einen Hinweis auf Oliver Feeberger zu bekommen, liegt in den Wiener Stadtbahnbögen. Ein aus Klinkersteinen erbautes Viadukt am Gürtel, einer Hauptverkehrsader Wiens. In den Bogen des mit Glasfassaden und bunter Beleuchtung geschmückten alten Gemäuers sind Lokale und Geschäfte untergebracht. Musik strömt auf die Straße, sobald die Türen sich öffnen. Obendrüber fährt die U-Bahn.

Immerhin fragt der Türsteher nicht nach meinem Ausweis. Sein Gesichtsausdruck zeigt mir, dass er genauso gut wie ich weiß, dass ich nicht hierhergehöre. Mein Outfit könnte es nicht lauter hinausposaunen. Aber meine Garderobe gibt erstens nicht mehr her, und zweitens fühle ich mich so wohl. Schwarze Chinos, Pumps mit vier Zentimetern Absatz, dazu eine beige Seidenbluse. Meine schulterlangen, wie Bianca sagt, straßenköterblonden Haare habe ich zu einem einfachen Pferdeschwanz gebunden. Das Aufregendste an mir ist der Lippenstift. Ich muss gestehen, Flittchenrot sieht gar nicht so schlecht aus und macht in Kombination mit meinem restlichen Erscheinungsbild definitiv noch kein Flittchen aus mir.

Im Lokal ist es stickig, obwohl es bestimmt keine große Sache wäre, hier eine Klimaanlage einzubauen. Spätestens wenn der Laden voll ist und die Menschen tanzen, muss es hier zu kochen beginnen. Der Clou ist, dass die Gäste bei der Hitze natürlich mehr trinken.

Ich habe nicht vor zu trinken, geschweige denn, lang zu bleiben.

Zielgerichtet folge ich zwei Mädchen in den großen Raum, in dem die Bar untergebracht ist. Noch ist nicht viel los, es ist aber auch erst kurz nach acht. In zwei Stunden wird das anders aussehen.

»Kurzer Test, eins, zwei, drei.« Ein Typ mit dunklen Haaren, in Jeans und einem U2-Konzertshirt steht auf einer kleinen Bühne und scheint das Equipment zu prüfen. In der hinteren Ecke lehnen neben dem Schlagzeug drei Gitarren. Offenbar gibt es hier Livemusik.

Ich steuere direkt auf die Bar zu, neben der eine Straßenlaterne steht und zusätzlich zu den vielen anderen beleuchteten Dekorationen an den Wänden Licht spendet. Ob die Laterne geklaut ist?

Eine zierliche Rothaarige scheucht hinter dem Tresen zwei Kellner hin und her und macht dabei einen geschäftigen Eindruck. Ihre metallic-glänzende Hose glitzert im Licht der bunten Barbeleuchtung. Dazu trägt sie eine Bluse mit rosa Pinguinen. Ich frage mich, ob ich hier gerade das absolute Gegenteil von mir selbst sehe.

»Hol noch Nachschub«, sagt sie zu einem der Kellner, ehe sie sich der Bühne zuwendet. »Jetzt leg schon los.« Sie grinst breit.

Der Kerl in dem U2-Shirt sieht zu ihr herüber. »Wünsche?«

Die Rothaarige überlegt nicht lang. »Sex on Fire.«

Ich beobachte, wie der Typ auf der Bühne eine der Gitarren nimmt und sich den Gurt um die Schultern legt. Er lässt seine Finger ein paarmal über die Saiten gleiten, dann beginnt er zu spielen. Als er zu singen anfängt, stellen sich die kleinen Härchen an meinen Armen auf. Er hat eine tolle Stimme. Rau und tief. Noch dazu sieht er richtig gut aus. Groß, schlank, mit breiten Schultern und dunklen Augen, die zu seinem dichten Haar passen. Ob die beiden ein Paar sind, so wie sie einander angesehen haben?

»Kann ich Ihnen helfen?«

Die Rothaarige reißt mich aus meinen Gedanken. Ich räuspere mich und reibe unauffällig über meine Unterarme, um die Gänsehaut wegzuwischen.

»Sind Sie die Eigentümerin dieser Bar?«

Ihr misstrauischer Blick gleitet über mich. Erst hinab, dann wieder hinauf.

»Die sind alle angemeldet, ich schwöre.« Sie hebt trotzig das Kinn. »Sogar er!« Sie deutet auf den Dunkelhaarigen, der immer noch *Sex on Fire* singt und dabei eine richtig gute Performance liefert.

»Okay.«

»Also gut, ich bin nicht angemeldet, aber ich bin die Freundin des Eigentümers«, erklärt die Rothaarige weiter. »Und es ist okay, wenn ich hier aushelfe. Außerdem mache ich nicht viel. Nur kontrollieren, dass alles glatt läuft und die Barkeeper nicht zu viele Drinks aufs Haus gehen lassen.«

Ich nicke. »Verstehe.«

»Gibt's ein Problem?« Ein Typ mit türkis gefärbtem Haar kommt dazu und legt seinen Arm um die Schultern der Frau.

»Letzte Woche Jugendschutzkontrolle und heute die Finanzpolizei.« Sie rollt mit den Augen.

»Ich mach das schon, Klara«, sagt der Mann. Offenbar ist er der Eigentümer. Er streckt mir die Hand entgegen. »Lukas Gruber. Mir gehört dieser Schuppen.«

Automatisch schüttle ich ihm die Hand. »Mona Böse.«

»Dann hoffen wir mal, Nomen non est Omen.« Lukas Gruber lacht und wirkt keinesfalls eingeschüchtert, die Finanzpolizei vor sich stehen zu haben. Dabei bin ich das doch gar nicht.

»Ich bin nicht von der Polizei«, kläre ich ihn daher schnell auf.

»Andere Behörde?« Auch seine Musterung fällt skeptisch aus.

Ich schüttle den Kopf. »Ich bin auf der Suche nach Oliver Feeberger.«

Lukas Gruber kneift die Augen zusammen. »Kann ich Ihren Ausweis sehen?«

Mist! Jetzt kann ich vor Bianca nicht mehr angeben, dass mich niemand nach meinem Ausweis gefragt hat.

»Ich gehöre zu keiner Behörde«, erkläre ich erneut. »Seine Großeltern schicken mich.«

Das entspannt ihn sichtlich. »Alles klar.« Er deutet zur Bühne, und ich folge seinem Blick.

»Das ist Oliver Feeberger?«

»Da haben Sie ihn. Wie er leibt, lebt und singt.« Er klopft mir auf die Schulter und verschwindet wieder.

Der Song ist zu Ende, und die Anwesenden klatschen anerkennend.

Oliver Feeberger lächelt leicht verlegen, stellt die Gitarre zurück zu den anderen und kommt von der

Bühne herunter. Im gleichen Moment setzt Musik aus der Anlage ein und hallt durch das Gewölbe.

»Entschuldigung!« Ich versuche, seine Aufmerksamkeit auf mich zu lenken. Je schneller ich meinen Auftrag erfüllt habe, desto eher komme ich hier wieder raus. Einem Job in der Detektei König steht nichts mehr im Weg. Das ist – zumindest vorübergehend – besser als nichts.

»Ich gebe keine Autogramme«, sagt er mit einem schiefen Grinsen.

»Sehe ich aus, als wollte ich ein Autogramm?«

Sein Blick wandert über mich. »Nein, du siehst aus, als wolltest du meine Steuererklärung prüfen.«

Der Schmäh rennt in dieser Bar, denke ich genervt.

»Ich bin im Auftrag Ihrer Großeltern hier«, erkläre ich, um auf den Punkt zu kommen und weiteren Witzen auf meine Kosten vorzubeugen.

Seine Gesichtszüge verändern sich kaum merkbar, doch ihm ist anzusehen, dass er mit vielem gerechnet hat … aber nicht damit.

»Gehen wir nach draußen«, sagt er knapp und läuft an mir vorbei.

Ich folge ihm.

Vor dem Eingang finde ich ihn einige Schritte vom Türsteher entfernt wieder. Die Autos rauschen hinter ihm über den Gürtel. Er sieht mich an und gibt mir damit deutlich zu verstehen, dass ich das Gespräch fortsetzen soll.

»Ich habe den Auftrag, Sie zu suchen, damit Sie …«

»Bitte!« Er unterbricht mich. »Auch wenn du ziemlich stocksteif aussiehst, sag Oliver.«

Irritiert starre ich ihn an.

»Und du bist?«

»Mona. Mona …« Vermutlich interessiert ihn mein Nachname ohnehin nicht. Und da ich keine Lust auf einen weiteren blöden Kommentar über meinen Familiennamen habe, füge ich nur hinzu: »Einfach Mona.«

»Okay, einfach Mona. Du hast mich gefunden. Und jetzt?«

»Sie … du sollst auf das Weingut deiner Großeltern zurückkommen.«

Er starrt mich regungslos an. Ich versuche, die Emotionen in seinen dunklen Augen zu erkennen. Ist er verwirrt? Überfordert? Oder ist da ein Hauch von Traurigkeit in seinem Blick?

»Ich habe vor fünf Jahren eine Entscheidung getroffen, und bei der bleibe ich«, sagt er plötzlich und will an mir vorbei, zurück in die Bar.

Ich stelle mich ihm in den Weg, und er stößt mich fast zu Boden. Reaktionsschnell umfasst er meine Oberarme und hält uns beide auf den Beinen. Verwirrt sehen wir uns in die Augen.

»Was vor fünf Jahren war, zählt heute nicht mehr«, sage ich, weil mir keine besseren Worte einfallen, um ihn zu überzeugen. »Das Weingut ist dein Erbe.«

Er lässt mich wieder los und tritt einen Schritt zurück. »Ich verzichte.«

»Dann wird ein großer Heuriger das Weingut aufkaufen. Und damit alle Werte und die Tradition des Buschenschanks schlucken.«

Oliver starrt mich an.

Im Vorfeld habe ich natürlich den Buschenschank

gegoogelt, der bereits in dritter Generation von der Familie Feeberger geführt wird. Das Weingut lebt hauptsächlich von einem Ab-Hof-Verkauf. Nur an den Wochenenden im Sommer öffnet die Familie die Tore und lädt die Gäste zum Verweilen im großen Innenhof ein, wo Wein, Traubensäfte und kalte Speisen gereicht werden. Den Bewertungen im Internet zufolge, ein äußerst gut gehender und beliebter Buschenschank. Warum sollte man diesen nicht übernehmen wollen?

»Was weißt du schon von der Tradition und den Werten eines Buschenschanks?«, fragt Oliver und lässt seinen Blick wieder über mich gleiten. Dieses Mal wirkt er herablassend.

»Offenbar mehr als du«, antworte ich bockig, auch wenn das glatt gelogen ist.

Meine Worte scheinen zu wirken.

Oliver tritt unentschlossen von einem Bein auf das andere. Dann holt er tief Luft. »Ich habe jetzt echt keine Zeit dafür«, sagt er, und ich befürchte für einen Moment, meine Chancen verspielt zu haben. »Komm morgen um zwei Uhr noch einmal her.«

Zwei Uhr? Ich muss doch schon um zwölf Uhr in der Detektei sein.

»Geht's nicht früher?«, frage ich in der Hoffnung, Herrn König dann bereits Ergebnisse liefern zu können.

»Klar«, antwortet Oliver mit einem Hauch Zynismus in der Stimme, »wenn du meine Schicht hier bis drei in der Früh übernimmst.«

* * *

»Ich sollte in die Politik gehen«, sagt Bianca am Frühstückstisch und schwenkt ihr Häferl mit dem kalt gewordenen Milchkaffee.

Irritiert hebe ich den Blick von meinen aufgequollenen Overnight-Oats. Ich mag diese matschigen, in Milch aufgeweichten Haferflocken. Erstens, weil es praktisch ist, die Masse am Vorabend anzusetzen und am nächsten Morgen einfach zu essen. Zweitens, weil sie mit etwas Zimt und Zucker, Nüssen oder frischem Obst richtig lecker schmecken.

Noch bevor ich fragen kann, was Bianca mit dieser Aussage meint, erklärt sie: »Dann setze ich mich dafür ein, dass die viel zu langen Sommerferien abgeschafft werden.«

Daher weht der Wind.

Sie sieht zu mir auf, offenbar auf Zustimmung wartend. »Es ist doch eine Frechheit, dass Eltern sich im Sommer zwei Monate durchgehend um ihre Kinder kümmern müssen. Dazu die Herbstferien, Winterferien, Osterferien und dazwischen die schulintern geregelten freien Tage.« Sie schüttelt verständnislos den Kopf, und ich tue es ihr gleich, weil ich mich für eine Diskussion nicht gewappnet fühle.

Ich bin kinderlos, was soll ich also darauf sagen?

Mal ignorierend, dass Bianca nicht arbeitet und genug Zeit für die Kinder hat. Bei Vollzeit arbeitenden Eltern stelle ich mir das Problem größer vor.

»In meinem nächsten Leben werde ich Lehrerin.«

Bei Biancas Nachsatz verschlucke ich mich fast. So gern ich meine Freundin auch habe, es gibt wohl keine ungeeignetere Person als sie, die einen Lehrerposten besetzen sollte. Sie ist doch schon mit Arya und Sheldon restlos überfordert.

»Kannst dich ja umschulen lassen«, sage ich nach einem Schluck von meinem Kräutertee, weil mir keine bessere Antwort einfällt.

Bianca sieht mich mit großen Augen an. Dann beginnt sie, langsam zu nicken. »Vielleicht mache ich das.« Anschließend steht sie auf und räumt den Esstisch ab, der seit einer Stunde mit dem leeren Frühstücksgeschirr der Kinder beladen ist.

Als sie fertig ist, habe ich auch den letzten Rest meiner Overnight-Oats ausgelöffelt und stecke das leere Glas und den Löffel in den chaotisch eingeräumten Geschirrspüler. Ich bin sicher, es würde viel mehr Geschirr hineinpassen, wenn man richtig sortiert, aber auch für diese Diskussion bin ich um diese Uhrzeit noch nicht bereit.

»Es sieht hier furchtbar aus, nicht wahr?« Bianca hat die Hände in die Hüften gestemmt und lässt ihren Blick durch die Wohnküche schweifen. »Kinder!« Ihre Stimme schnellt in die Höhe. »Räumt doch mal ein bisschen auf!«

Im Hintergrund fällt eine Tür ins Schloss. Anscheinend haben die Kinder genauso viel Lust darauf wie Bianca selbst.

»Wenn du willst, helfe ich dir«, sage ich schnell, damit Biancas Laune nicht schon am frühen Morgen kippt. Schließlich habe ich noch ein wenig Zeit, bevor ich mich auf den Weg zu Herrn König machen und ihm von meiner gestrigen Begegnung mit Oliver Feeberger erzählen muss. Ich hoffe, er schätzt meine

Bemühungen ausreichend, um meinen Arbeitsvertrag noch heute zu unterzeichnen. Dann kann ich endlich eine neue Wohnung suchen.

Auch wenn ich Bianca dankbar bin, hier vorübergehend unterzukommen, so sehne ich mich schon sehr nach meinen eigenen vier Wänden.

Ich klaube mehrere Stofftiere und leere Verpackungen von Schokoriegeln vom Boden und finde unter einem Polster ein Paar Handschellen. Erst glaube ich, es sind Spielzeug-Handschellen, doch dafür wirken sie etwas groß.

»Öhm.« Ich hebe die Handschellen mit einem Finger hoch und warte, bis meine Freundin mir ihre Aufmerksamkeit schenkt.

Bianca stapft zu mir und entreißt mir die Metallringe. Dann wendet sie sich in Richtung Vorzimmer, von dem aus man in die Kinderzimmer gelangt. »Ihr sollt doch nicht in Mamas und Papas Schlafzimmer gehen!«

Ich entsorge die Schokoriegelverpackungen unter der Spüle und überlege mir zweimal, ob ich die nächste Frage tatsächlich stellen soll: »Ihr verwendet Handschellen?« Ein weiterer Grund, warum ich schleunigst eine eigene Wohnung brauche. Sheldons Zimmer, das ich okkupiert habe, grenzt nämlich an das elterliche Schlafzimmer. Auf dem Rückweg von der Detektei kaufe ich mir Ohropax.

»Schon lang nicht mehr.« Bianca seufzt. »War sowieso nur ein Versuch, wieder etwas Schwung in die Beziehung zu bringen.«

So genau will ich das gar nicht wissen. Vor allem

weil Sheldon ja noch im elterlichen Bett schläft. Ich schüttle die Gedanken aus dem Kopf.

»Arya!« Biancas Stimme erreicht schon wieder eine Lautstärke, bei der ich Mitleid mit den Nachbarn bekomme. »Ich habe deinen Zahn gefunden.«

In dieser Wohnung wird prinzipiell viel geschrien. Auch weil sich die Familienmitglieder meist in unterschiedlichen Räumen aufhalten. Arya vor allem in ihrem Zimmer, versunken in Rollenspiele, wobei sie nie die Prinzessin, sondern immer die Drachentöterin sein will. Wenn Thomas zu Hause ist, steckt er die meiste Zeit in seinem Büro, das eigentlich ein begehbarer Schrank ist. Und Sheldon pilgert bevorzugt zwischen Bad, Klo und Küche hin und her. Er ist überall, wo Wasser zu finden ist, mit dem er seine verbotenen Experimente machen kann.

Unter lautem Getrampel kommt Arya in den Wohnraum gerannt. Sie entreißt ihrer Mutter den Zahn und hält ihn triumphierend in die Höhe. »Daraus mache ich eine Kette und schenke sie Fridolin.«

Erneut seufzt Bianca und wirft die eingesammelten Spielsachen in eine große Kiste, mit der sie sich einen Weg durch das Chaos bahnt. »Sie ist in diesen Fridolin verknallt«, sagt sie und stellt die Kiste in der Küche ab.

»Ist doch süß, dass sie ihm eine Kette schenken will«, sage ich. Auch wenn ich es süßer fände, wenn daran nichts baumeln würden, das in den vergangenen sieben Jahren in ihrem Mund steckte.

Bianca lacht verbittert auf. »Ich kann mich nicht erinnern, wann Thomas mir das letzte Mal Schmuck geschenkt hat.« Sie wirft einen Blick auf ihre Hände. »Der Ehering passt mir schon lang nicht mehr, und die einzige Kette, die ich trage, ist diese hier.« Sie zieht ein Lederband unter ihrem T-Shirt hervor, an dem ein Schlüssel baumelt.

Nicht etwa der Schlüssel zu Thomas' Herzen: Es ist der Schlüssel zu Bad und Klo.

Seit Sheldons Klo-Wasserbomben-Aktion müssen die Kinder fragen, wenn sie auf die Toilette müssen. Ich übrigens auch.

»Kommen wir noch einmal zurück zu diesem Sänger Schrägstrich Barkeeper Schrägstrich Weinguterben Schrägstrich heißen Typen.«

»Ich habe nie gesagt, dass er heiß ist.« Natürlich hat sie versucht, mich auszuquetschen, und nachdem ich nicht viel erzählt habe, interpretiert sie in die Sache mehr hinein, als sie wert ist.

»Typen mit einer tiefen, rauen Stimme sind doch immer heiß, oder?« Bianca grinst mich erwartungsvoll an.

Ich bemühe mich um ein belangloses Schulterzucken, was mir nicht so lässig gelingt, wie ich es wünsche. Dabei habe ich ihr nicht einmal erzählt, wie Oliver aussieht. Weder dass er groß ist, noch dass er schöne glänzend braune Haare hat, warme braune Augen und feine Lachfalten, die seine Mundwinkel zieren, wenn er lächelt. Sie scheint es trotzdem zu wissen.

Außerdem geht es darum gar nicht. Ich bin schließlich nicht auf der Suche nach einem neuen Freund. Auch wenn ich seit einem Monat nicht nur arbeitslos, sondern auch Single bin. Und damit wohnungslos. Aber das eine hat mit dem anderen nichts zu tun. Es ist einfach nur blöd gelaufen.

»Lass mich dir nur einen Tipp geben«, fährt Bianca fort und klingt dabei wieder völlig ernst. »Wenn der Fisch erst mal am Haken ist, dann dreh den Spieß um.«

Ich habe keine Ahnung, wovon sie redet.

»Soll er sich um die Kinder kümmern, den ganzen Tag zu Hause sitzen, während du arbeiten gehst und das Geld nach Hause bringst«, erklärt sie ihre Weisheit.

»Tolle Idee«, antworte ich zynisch. »Blöd nur, dass ich gar keinen Job habe.«

»Das wird schon«, meint Bianca zuversichtlich.

Vor einem Monat war ich das auch noch. Nachdem der anfängliche Frust und Ärger über den Verlust meines geliebten Jobs verflogen war, habe ich tatsächlich nach vorn geblickt und beschlossen, der Arbeitslosigkeit rasch ein Ende zu setzen. Ich bin gut ausgebildet, qualifiziert und arbeitswillig. Da musste sich doch etwas finden.

Vier Wochen, acht Bewerbungsgespräche und etwa fünfmal so viele Bewerbungsschreiben später ist meine Zuversicht leicht getrübt.

Ein Blick zu Bianca verrät mir, dass sie offenbar auf eine Reaktion meinerseits wartet.

Ich blinzle irritiert und sage dann schnell: »Alles klar. Wenn Oliver und ich je heiraten und Kinder kriegen sollten, werde ich deinen Rat befolgen.«

* * *

Fuchsteufelswild tigere ich vor der Bar auf und ab.

Seit einer geschlagenen halben Stunde.

Das Gespräch mit Herrn König war schnell zu Ende. Erst hat er mich eine Dreiviertelstunde warten lassen – vermutlich hat er gehofft, ich würde von allein verschwinden –, nur um mir mitzuteilen, dass er die Stelle anderweitig vergibt. Die Tochter seiner Nachbarin sucht nämlich dringend einen Job.

Sogar als ich ihm erklärt habe, dass ich Oliver Feeberger gefunden habe, winkte er nur desinteressiert ab.

Und wieder einmal habe ich den Kürzeren gezogen, weil jemand an meiner Stelle den Job bekommen hat, der mich nicht durch seine Qualifikation, sondern durch seine Beziehungen ausgestochen hat. Klassisches Vitamin B. Erst Herrn Königs Nichte, dann die Tochter seiner Nachbarin.

Doch das ganze Desaster hat schon früher begonnen.

Vor fünf Jahren, ich war gerade kurz vor meinem Studienabschluss der Betriebswirtschaft, sprach mich an der Uni ein Studienabgänger des Fachs Marketing an. Karsten Gut. Er wollte eine Werbeagentur gründen und brauchte dafür Unterstützung bei den betriebswirtschaftlichen und finanziellen Angelegenheiten. Und nachdem sich herumgesprochen hatte, dass ich eine der besten Studentinnen war, bot er mir eine Stelle an.

Natürlich war mir schon damals klar, dass mein Familienname nicht unvorteilhaft war. Ich hatte zwar keine Beteiligung am Unternehmen, doch mein Name floss trotzdem in die Firma ein. *Werbeagentur Gut und Böse*, ein Marketing-Schachzug des lieben Karsten. Ich war begeistert.

Jahrelang musste ich gegen die Vorwürfe meiner Eltern kämpfen, weil ich mich dagegen entschieden hatte, Zahnärztin zu werden. Dann, mit dreiundzwanzig Jahren, konnte ich nicht nur mit einem erfolgreichen Studienabschluss prahlen, sondern ging auch gleich unter die Unternehmer. Mehr oder weniger.

Meine ganze Freizeit habe ich für *Gut und Böse* geopfert. Während der Woche habe ich die Korrespondenz übernommen und an den Wochenende Kalkulationen und Statistiken erstellt.

Und was bekam ich als Dank?

Vor vier Wochen die Kündigung auf dem Silbertablett. Auch wenn wir uns auf eine einvernehmliche Auflösung des Dienstverhältnisses vor Ende der Kündigungsfrist geeinigt haben. Mit einer Abfindung, die mich wohl hätte zufriedenstellen sollen. In meinem Ärger über Karstens Entscheidung, und weil ich keinen Tag länger dort arbeiten wollte, habe ich zugestimmt. Im Nachhinein weiß ich, dass ich wohl mehr Geld hätte herausschlagen können.

Karstens neue Freundin, die selbst gerade an einer Fachhochschule das erste Jahr im Finanzwesen hinter sich gebracht hatte, brauchte einen Job, um ihr weiteres Studium finanzieren zu können.

Ich wurde eiskalt ersetzt.

Mit den Worten: »Mona, die Zeit ist gekommen, deine hier gewonnenen Erfahrungen in die Welt hinauszutragen und dich neuen Herausforderungen zu stellen.«

Mir klappte der Mund auf.

»Du sollst doch nicht in einer so kleinen Werbeagentur versauern. Du bist für Größeres bestimmt.«

Am liebsten hätte ich Karsten an die Wand geklatscht. Und seine neue Freundin gleich mit dazu.

»Den Agenturnamen werden wir aber so belassen. Es ist eine Marke, und außerdem hast du in deinem Dienstvertrag zugestimmt, deinen Namen unentgeltlich zur Verfügung zu stellen. Ich habe in den vergangenen fünf Jahren so viel aufgebaut. Das verstehst du doch, nicht wahr?«

Ja, du hast viel aufgebaut, Karsten.

Vor Wut schäumend bemerke ich erst, dass Oliver vor der Bar steht, als er sich räuspert. Er beobachtet mich mit einer Mischung aus Belustigung und Verwunderung.

»Ich denke, du hast genug Meter gemacht«, sagt er grinsend, und spielt damit auf mein Hin- und Herlaufen vor dem Lokal an.

»Du warst die ganze Zeit da drinnen?«, frage ich und deute auf den offenen Eingang hinter ihm.

»Jep.«

Ich werfe einen Blick auf meine Armbanduhr. Es ist zehn vor zwei.

»Du lässt mich hier siebenunddreißig Minuten warten, obwohl du da bist?«

»Wir waren für zwei Uhr verabredet«, entgegnet er gelassen. »Und ich wollte dich bei deinem kleinen Workout nicht stören.«

Der Nächste, den ich an die Wand klatschen will.

»Du denkst wohl auch, ich hätte nichts Besseres

zu tun, als hier zu warten?«, fahre ich ihn an und wundere mich selbst über meinen kleinen Gefühlsausbruch. Ich bin doch sonst so souverän. »Statt meine Zeit hier zu vergeuden, sollte ich mich darum kümmern, mir einen neuen Job zu suchen, um nicht noch länger in Sheldons Rennautobett schlafen zu müssen.«

Ich ignoriere Olivers fragenden Gesichtsausdruck. Auch wenn ich weiß, dass es nicht hilft, mich bei ihm auszukotzen, fühlt es sich dennoch gut an. Die vielen Rückschläge der letzten Wochen haben das Fass zum Überlaufen gebracht.

Ich lege meine Fingerkuppen auf meine Augenbrauen und streiche mit etwas Druck darüber. Das soll beruhigen, habe ich mal gehört.

»Ich frage mich, warum ich überhaupt hier bin«, murmle ich und wundere mich selbst, dass ich das eben laut ausgesprochen habe.

»Du wolltest mit mir reden«, erklärt Oliver, als hätte ich das vergessen. »Wegen meiner Großeltern.«

»Das weiß ich schon«, zische ich genervt. Ich versuche, mich wieder zu beruhigen. Es könnte mir eigentlich egal sein, weil ich sowieso nicht für Herrn König arbeiten werde, aber irgendwie fühle ich mich verpflichtet, Oliver die Nachricht seiner Großeltern dennoch zu überbringen. Auch wenn ich diese gar nicht kenne.

»Deine Großeltern haben extra einen Detektiv beauftragt, um dich zu finden.«

Er reagiert nicht darauf.

Ich winke ab. »Mir kann es sowieso egal sein, weil ich diesen Scheißjob in der Privatdetektei ohnehin nicht bekomme und mir jetzt etwas anderes suchen muss. Was vermutlich eh besser ist.«

»Du bist Detektivin?« Oliver grinst amüsiert.

»Unsinn! Der Idiot von Detektiv hat meine Bewerbung der falschen Stellenbeschreibung zugeordnet. Und weil ich im Moment einfach irgendeinen Job brauche, habe ich die Probearbeit angenommen. Ich sollte dich ausfindig machen und davon überzeugen, deine Großeltern zu kontaktieren. Aber … wie das Leben eben spielt.« Ich zucke mit den Schultern.

Warum stehe ich überhaupt noch hier?

»Und wenn ich dir einen Job gebe? Fürs Erste?«

Überrascht sehe ich auf. »Da drinnen?« Ich deute auf die Bar hinter ihm. »Nein, danke.« Allein die Vorstellung finde ich abstoßend. Ich bin kein Nachtmensch, mag weder laute Musik noch Tanzen, und schon bei der Vorstellung, mit zweihundert Gästen dort eingepfercht zu sein, werden meine Handinnenflächen feucht.

»Auf dem Weingut«, erklärt Oliver knapp.

Ich horche auf.

Was hat er eben gesagt?

»Sagen wir für zwei Monate. Die Unterkunft ist dabei.«

Ich starre ihn immer noch perplex an.

»Um diese Jahreszeit werden jede Menge helfende Hände benötigt.«

Obwohl ich versuche, etwas in seinen Augen zu erkennen, ist da nichts. Kein Spott, kein Hohn. Er meint das tatsächlich ernst.

Ich öffne den Mund, setze zu einer Antwort an,

weiß aber nicht, was ich sagen soll. Souveränität, Mona! Jetzt komm schon! Straff die Schultern und schlag dir diesen Unsinn aus dem Kopf.

»Lieber nicht«, sage ich und höre selbst, wie unentschlossen ich klinge.

»Dann nicht«, antwortet Oliver unbeeindruckt.

»Dann gehe ich auch nicht zurück.«

»Was?« Ich verstehe nicht richtig.

»Wenn du nicht gehst, gehe ich auch nicht.«

* * *

»Wie kindisch ist das denn?«, fragt Bianca, nachdem ich ihr von dem Jobangebot erzählt habe. Sie kann gar nicht glauben, dass ich es überhaupt in Betracht ziehe.

»Vielleicht sind zwei Monate auf einem Weingut eine tolle Erfahrung«, sage ich, als wollte ich mich selbst überzeugen. »Dann hättet ihr wieder mehr Platz für euch.«

»Mehr Platz? Pah!« Bianca winkt ab. »Hier ist genug Platz für uns alle.«

In Wahrheit sagt sie das nur, damit sie eine Hilfe mit den Kindern hat. Gerade jetzt, wo Arya und Sheldon den ganzen Tag zu Hause sind, weil die Schule und der Kindergarten erst in zwei Wochen wieder anfangen.

»Was willst du dort überhaupt machen?«, fragt sie herausfordernd. »Barfuß die Weintrauben zertreten?«

»Sie werden mir schon erklären, was ich tun soll«, antworte ich leicht verunsichert. Ich habe wirklich keine Ahnung, was mich dort erwartet. Ich weiß aber, was mich in den nächsten zwei Monaten hier erwartet, wenn ich nicht bald hier rauskomme. Vermutlich werde ich durchdrehen.

»Warst du in deinem Leben schon einmal in einem Buschenschank?«, fragt Bianca, mir offenbar in dieser Hinsicht überlegen. Sie wartet mein Kopfschütteln nicht ab. »Da muss man Gäste bedienen, mit ihnen plaudern und Wein trinken. Das passt zu einem geselligen Menschen, aber – sei mir nicht böse, Mona – nicht zu dir.«

Ich starre sie wortlos an. Diese Aussage bringt nichts auf den Tisch, das ich nicht längst weiß. Doch die Wahrheit so ins Gesicht geworfen zu bekommen, das tut trotzdem weh.

Einsichtig nicke ich. »Es wird sich schon etwas anderes finden.«

Bianca lächelt mir aufmunternd zu. »Etwas, das besser zu dir passt.«

Ich nicke wieder und bemühe mich um ein Lächeln. Es fällt mir schwerer, als ich zugeben will. Warum? Wollte ich wirklich auf dieses Weingut? Herausfinden, was mich dort erwartet? Neues ausprobieren? Einmal von dieser Schiene, auf der sich mein ganzes Leben befindet, runterkommen? Nicht auf die Art wie in den letzten Wochen, sondern ganz selbstbestimmt? Weil *ich* es will?

»Und jetzt zu Thomas.« Bianca wechselt das Thema. »Findest du nicht, er hat sich auffällig verhalten, als er am Montagmorgen losgefahren ist?«

Biancas größtes Problem ist, dass ihr zu Hause die Decke auf den Kopf fällt. Sie braucht dringend andere

40

Aufgaben als Kinder und Haushalt. Etwas, das sie ablenkt und ihr Gehirn fordert. Diese ganzen Hirngespinste, für die sie zu viel Zeit hat, tun ihr nicht gut.

»Was meinst du?«

»Er hat sich die Haare zweimal gekämmt, bevor er aus dem Haus gegangen ist. Zweimal.« Bianca reißt die Augen auf. »Und ich glaube, er hat sich ein neues Parfüm gekauft.«

»Und?«

Ich bereue meine Frage im gleichen Moment, als sie mir über die Lippen kommt. Ich weiß schon jetzt, wohin das Gespräch führen wird.

»Da steckt doch bestimmt eine andere Frau dahinter.«

Für Bianca steckt hinter allem, was Thomas tut, eine andere Frau. Geht er im Hochsommer nach einer Tropennacht in der Früh noch einmal duschen, liegt es an einer anderen Frau. Beschließt er, seine Ernährung umzustellen, um ein paar überschüssige Kilo zu verlieren, liegt es an einer anderen Frau. Und fragt er, ob Bianca mal eine Zahnpasta kaufen kann, welche die Zähne aufhellt, tut er das ebenfalls wegen einer anderen Frau.

Eine ohne Kinder und mit einem Becken, das dies sofort verrät. Eine, die Karriere macht und sich eine Putzfrau leisten kann, die die Wohnung in Schuss hält. Thomas will nämlich keine Haushaltshilfe zahlen, wenn Bianca sowieso den ganzen Tag daheim ist.

Was ich verstehen kann.

Anfangs habe ich ihr dabei geholfen, Ordnung zu halten, doch bei Arya und Sheldon ist das eine

Sisyphus-Arbeit. Hat man einen Raum auf Vordermann gebracht, ist der nächste auch schon im Chaos versunken.

Gerade, als ich nach einer diplomatischen Antwort suche, die ich Bianca geben kann, beginnt mein Handy zu klingeln. Wie gerufen.

Die fremde Nummer auf dem Display gehört bestimmt einem Unternehmen, bei dem ich mich beworben habe. Ich gehe ins Vorzimmer hinaus, um ungestört zu sein. Wie erwartet ist es der Personalchef einer Firma, bei der ich letzte Woche zu einem Bewerbungsgespräch eingeladen war. Er kommt schnell auf den Punkt. Ich bekomme die Stelle nicht – dabei hatte ich ein gutes Gefühl –, denn sie besetzen intern nach.

Als ich auflege und darüber nachdenke, ob ich Olivers Angebot nicht doch annehmen soll, taucht Sheldon neben mir auf. Er sieht mich mit seinen großen blauen Augen an.

»Hey, Moni.« Seine kindliche Stimme lässt mich sofort lächeln. Dann hebt er ein Einmachglas hoch, dessen Deckel verschlossen ist. Ansonsten ist es leer. »Magst du mal riechen?« Seine kleinen Finger spreizen sich um den Verschluss.

»Okay.« Ich beuge mich zu ihm hinunter und stecke meine Nase in das Glas, das er jetzt geöffnet hat. »Wonach soll es denn riechen?«

»Pups.«

* * *

»Durch die Stadt ist es kürzer«, sage ich, nachdem ich in Olivers Auto gestiegen bin und er den Weg von Biancas Wohnung in Richtung Gürtel einschlägt.

»Es ist Freitagnachmittag«, entgegnet er unbeeindruckt und lenkt das Auto weiter in die entgegengesetzte Richtung. »Da steht in der Stadt der Verkehr.«

»Am Gürtel aber auch«, füge ich hinzu. »Deshalb ist die kürzere Route vorzuziehen.«

An der nächsten roten Ampel wirft er mir, die Augenbrauen hochgezogen, einen fragenden Blick zu.

»Neun Komma acht zu zwölf Komma sechs Kilometer«, erkläre ich. »Durch die Stadt ist es kürzer.«

Seinem verzögerten Anfahren nach zu urteilen, haben ihn meine Worte zumindest zum Nachdenken gebracht. Oder zum Wundern.

Ich habe die Route gegoogelt, natürlich.

»Über den Gürtel ist es dennoch schneller«, murmelt er und fährt die linke Wienzeile, eine Straße entlang des Wienflusses, stadtauswärts weiter.

Ich sage nichts mehr und drücke mich fester in den Sitz. Immerhin hat er mich von Biancas Wohnung abgeholt, damit ich den weiten Weg nach Neustift am Walde nicht mit den öffentlichen Verkehrsmitteln fahren muss. Im Kofferraum liegt meine Tasche mit meinen dreißig Kleidungsstücken, dazu zwei Paar Schuhe. Ich befürchte trotzdem, dass meine Garderobe für die Arbeit auf dem Weingut nicht passend ist. Fürs Erste muss es aber reichen.

Vor uns drängt sich ein SUV mit dem Wunschkennzeichen LBNXR hinein. Wofür diese wüsten Buchstaben wohl stehen? Die Anfangsbuchstaben der

Familienmitglieder? Ludwig, Barbara, Natascha, Xaver und Rosalinde. Oder das R steht für den Nachnamen. Familie Richter mit ihren Kindern Natascha und Xaver.

Auf Höhe des Westbahnhofs beschließe ich, die etwas angespannte Stille zu durchbrechen. »Und du kannst dir so problemlos zwei Monate freinehmen?«

Oliver blinzelt ein paarmal zu mir herüber, als hätte er schon vergessen, dass ich neben ihm sitze. Dann richtet er sich auf. »Wer sagt denn, dass ich zwei Monate dortbleibe?«

Ich schlage ihm mit dem Handrücken gegen den Oberarm. »Du lässt mich dort nicht allein.«

»Es ist ja nichts entschieden«, sagt Oliver beiläufig. Dann räuspert er sich. »Die Bar gehört meinem Freund Lukas.«

Na toll, noch jemand, der durch Beziehungen eine Stelle bekommen hat.

»Und er kann so lange auf dich verzichten?«, frage ich. »Zwei Monate?« Ich betone es extra.

Oliver schmunzelt. »Der schafft das schon.«

Dann herrscht wieder Schweigen. Wir kommen am AKH, Wiens größtem Spital, vorbei und kurze Zeit später an der Bar in den Stadtbahnbögen. Das nächste Wunschkennzeichen an einem alten Golf. LMIR. Leopold, Mathilde, Irmgard und Rudolf. Vielleicht heißt es aber auch: Lass mich in Ruhe! Das wäre immerhin besser, als seine Kinder Irmgard und Rudolf zu nennen.

»Was hast du in der Bar eigentlich gemacht?«, will ich wissen, als wir vom Gürtel in die Sternwartestraße einbiegen. An dieser Stelle verläuft die Route parallel zu jener, die durch die Innenstadt führt. LMIR biegt vor uns ab.

»Ich habe mich um alles gekümmert, was rund um den normalen Barbetrieb angefallen ist«, erklärt Oliver. »Den Einkauf der Getränke, die Wartung des Lokals und die Suche nach guten Bands.«

»Das heißt, du hast nicht jeden Abend gesungen?«

Oliver lacht leise und schüttelt den Kopf.

Ich betrachte ihn von der Seite. Er hat ein wirklich schönes Gesicht. Er wirkt so gelassen und jung, das komplette Gegenteil von mir.

»Und dann war ich noch für den Soundcheck zuständig«, erklärt er. »Früher hieß das nur: eins, zwei, drei. Test! Test!« Er imitiert die Stimme, als würde er durch ein knisterndes Mikrofon sprechen. »Und dann bin ich wohl mal am Ende eines Abends leicht angetrunken auf der Bühne gelandet und habe einen Song zum Besten gegeben. Seit damals bestand Klara darauf, dass ich zum Soundcheck etwas singe.«

Klara ist die Rothaarige, die ihn aufgefordert hat, *Sex on Fire* zu singen.

»Welchen?«, frage ich neugierig.

»Was?«

»Welchen Song hast du damals gespielt?«

Oliver lacht herzhaft. »Ich hab keine Ahnung«, antwortet er und sieht kurz zu mir herüber. »Ich war vielleicht etwas mehr als leicht angetrunken.«

Ich muss grinsen und weiß selbst nicht, wieso.

»Spielst du schon länger?«

Oliver wiegt den Kopf hin und her. »In meiner

Jugend habe ich gern gespielt, aber dann lang nicht mehr«, erklärt er. »Wäre Klara nicht so hartnäckig geblieben, würde ich heute auch nicht mehr spielen.«

Ich lasse das Thema ruhen und beschließe, eine andere Frage zu stellen, die mir schon auf der Zunge brennt, seit mein Hintern auf diesem Sitz gelandet ist.

»Wird es nicht komisch sein, wenn du das erste Mal nach fünf Jahren wieder beim Weingut auftauchst? Und mich mitbringst?«

Dieses Mal öffnet er den Mund, antwortet aber nicht sofort. Er konzentriert sich auf den Verkehr.

Hier ist es grüner als in der Innenstadt. Die Häuser kleben nicht so dicht aneinander wie im Zentrum. Mittlerweile haben wir den 19. Bezirk, Döbling, erreicht. Nicht umsonst als grünster Bezirk Wiens bekannt.

»Es wäre auch ohne dich komisch«, antwortet Oliver nach einer gefühlten Ewigkeit.

»Hast du nie angerufen?«, frage ich weiter.

»Nein.«

»Warum nicht?«

»Wollen wir nicht mal über dich reden?«, fragt Oliver statt einer Antwort. Seine Hände umfassen das Lenkrad noch fester. »Wer ist dieser Sheldon?« Wie er diesen Namen ausspricht. Ich kann es ihm nicht verübeln.

»Der Sohn einer Freundin.«

Oliver brummt. »Und da wurde das Jugendamt noch nicht vorstellig?«

»Haben wir nicht schon genug Maximilians, Pauls und Davids?«, verteidige ich Biancas Namenswahl, obwohl ich den Namen auch blöd finde. Aber wenn man das Gesicht zu dem Namen kennt, fällt es schwer, solche herablassenden Kommentare einfach hinzunehmen. »Meine Freundin wollte eben einen nicht alltäglichen Namen.«

»Also gut«, lenkt Oliver ein. »Und warum schläfst du in Sheldons Bett?«

»Weil er ohnehin im Familienbett schläft.«

Dem leisen Murmeln nach zu urteilen, das er nicht unterdrücken kann, findet Oliver die Vorstellung eines Familienbettes ebenso bescheuert wie den Namen Sheldon.

»Das heißt, du wohnst bei deiner Freundin?«

»Vorübergehend.«

»Vorübergehend?« An einer Ampel sieht Oliver mich skeptisch an. »Kein Job, keine Wohnung, schläft vorübergehend im Bett eines Dreijährigen.«

»Sheldon ist fünf.«

»Noch schlimmer.«

Während er sich auf den ruhiger werdenden Verkehr konzentriert, werde ich das Gefühl nicht los, dass er mich vorverurteilt.

Wofür hält er mich? Für eine Endzwanzigerin, die ihr Leben nicht im Griff hat?

»Vor einem Monat war noch alles anders«, erkläre ich, weil ich das Bedürfnis habe, mich zu verteidigen. »Nur hat mein Chef mich gegen seine neue Freundin ausgetauscht, obwohl ich die Agentur mit ihm zusammen aufgebaut habe.«

»Wie lange warst du in dieser Agentur?«, fragt Oliver interessiert.

»Fünf Jahre«, antworte ich, was geflunkert ist. Es waren nur vier Jahre, zehn Monate und siebzehn Tage. Wir haben nicht einmal die Kündigungsfrist eingehalten. Aber ich hatte noch dreiundvierzig offene Urlaubstage, von daher sind die fünf Jahre nicht ganz falsch.

»Und du hattest eine Dienstwohnung?«

»Was?«

»Na, weil du auch keine Wohnung mehr hast.«

Ah, verstehe.

»Nein, mein Freund und ich haben uns getrennt, und ich bin ausgezogen.«

Wieder wirft Oliver mir einen Seitenblick zu. Nur dass wir dieses Mal nicht an einer roten Ampel stehen. Zwei Sekunden. Drei. Er sollte lieber wieder auf die Straße schauen.

Ich wedle nervös mit der Hand. »Schau nach vorn!«

Oliver tut es, wenn auch sehr gelassen.

»Kann es sein, dass du deinem Job mehr nachtrauerst als deinem Ex?«, fragt er.

»Natürlich.« Was für eine Frage.

»Wart ihr noch nicht lang zusammen?«

Ich schlucke. Zwei Jahre, drei Monate und fünf Tage.

»Etwa zwei Jahre«, antworte ich nur.

Auch wenn Bianca meint, so etwas Unerotisches dürfte man nicht Beziehung nennen. Vielleicht war das zwischen Emanuel und mir wirklich unerotisch. Zumindest gab es weder eine rosarote Brille noch ominöse Schmetterlinge im Bauch. Unser Zusammensein war vielmehr pragmatisch. Während er noch studierte, konnte ich die Wohnung finanzieren, die er von seiner

Schwester übernommen hatte. Dass er sich von mir trennte, kaum dass er das Studium beendet und eine Festanstellung bekommen hat, kann man deuten, wie man will. Ich interpretiere nicht viel hinein.

Oliver seufzt theatralisch, und ich weiß nicht, ob er das ernst meint oder mich ärgern will. »Die erste große Liebe tut immer weh.«

Ich starre ihn finster von der Seite an. »Es war weder die große Liebe, noch tut oder tat es weh.«

Eine Weile äußert sich Oliver nicht dazu. Dann sagt er etwas zu fröhlich: »Hätte ich mir denken können. Ein Stock im Arsch und ein Eisklumpen-Herz passen gut zusammen.«

Auf solche Spielchen lasse ich mich nicht ein, weshalb ich einfach nichts mehr erwidere. Was Oliver jedoch nicht tut.

»Hat er eine Neue?«, fragt er, als wir in die Krottenbachstraße einbiegen.

»Weiß ich nicht«, antworte ich nicht nur wahrheitsgemäß, sondern auch völlig gleichgültig.

»Glaubst du, dass er eine Neue hat?«

Mir gefiel dieses Gespräch besser, als es um Oliver und nicht um mich ging. Trotzdem ist es erstaunlich, dass wir so vertraut wie alte Freunde miteinander reden, obwohl ich ihn heute erst das dritte Mal sehe.

»Die meisten Männer sind ja zu feige, um es zuzugeben«, fügt er hinzu.

Emanuel mag auch feige sein, aber er ist kein Aufreißertyp. Ich kann mir nicht vorstellen, wann und wo er sich neu verliebt haben sollte. Er ist ja auch sonst kein Romantiker. Was ich im Übrigen auch nicht bin.

»Kann sein«, sage ich daher nur.

Im Radio beginnt ein alter Rocksong zu spielen, von dem ich weder Interpreten noch den Titel kenne. Dennoch kann ich ihn fast zur Gänze mitsingen.

Oliver dreht die Lautstärke höher.

Ich starre auf die leuchtende blaue Zahl 19. Mein linker Daumen reibt über die Kuppen meines Zeige- und Mittelfingers. Dann schnellt die Hand nach vorn und erhöht auf Lautstärke 20.

Ich mag keine unrunden Zahlen.

»Cooler Song, nicht wahr?«

Ich reagiere nicht.

An einem Kreisverkehr müssen wir kurz stehen bleiben, weil eine Gruppe asiatischer Touristen den Zebrastreifen quert.

»Huch, was machen die denn hier?«, frage ich überrascht. Touristen irren doch meist durch Wiens Innenstadt. Was verschlägt sie also nach Döbling?

»Dort vorn sind mehrere von Wiens größten Heurigen«, erklärt Oliver. »Touristen werden busweise hierhergebracht.«

Ich nicke und vermute, dass auch der Buschenschank Feeberger nicht mehr weit weg sein kann. Auf der Karte habe ich mir die Lage kurz angesehen.

»Kommen die auch zum Buschenschank?«, will ich wissen.

Oliver lächelt. »Nein, unsere Gäste sind hauptsächlich Einheimische. Leute aus der Gegend und Wanderer. Die Touristen bleiben lieber bei den großen Heurigen, wo es warmes Essen gibt.«

Ich habe wirklich keine Ahnung, stelle ich mal

wieder fest. Weder von Heurigen noch von Buschen-schanken.

Oliver nimmt die erste Ausfahrt des Kreisverkehrs und fährt eine ansteigende Straße hinauf. Ein Stück weiter erkenne ich die ersten Weingärten. Ehe wir diese erreichen, biegen wir in eine schmale Straße zu unserer Linken ein. Hier gibt es keinen Gehsteig, kaum Häuser links und rechts. Dennoch spazieren bei bestem Spät-August-Wetter mehrere Menschen hier entlang. Links Weingärten, rechts Weingärten und da-hinter noch mehr Weingärten. Und das in Wien.

Der Weg ist lang und schier endlos gerade, bis ich endlich unser Ziel entdecke. Ein Holzschild, das einen neuen Anstrich vertragen würde, kündigt ihn an. Den *Buschenschank Feeberger.*

Die vielen Autos und Fahrräder auf der geschotter-ten Parkfläche dahinter machen mir sofort klar, dass wir passend zu den Öffnungszeiten kommen. Freitag-nachmittag. Natürlich.

Oliver findet einen freien Platz am Rand.

»Lassen wir die Taschen erst einmal im Auto«, sagt er, ehe er aussteigt.

Ich folge ihm und überlege, was er damit meint. Ist es nicht sicher, dass wir bleiben?

Noch ehe ich nachfragen kann, marschiert er schon los. Ich laufe hinter ihm her.

Der Parkplatz grenzt direkt an ein langes Gebäude. Der vordere, massive Teil sieht aus wie ein älteres Wohngebäude mit einem ausgebauten Dachgeschoss. Der hintere Teil ist eine Halle mit einem Tor, das zum Parkplatz führt, im Augenblick jedoch von Autos zugestellt ist. Auf den anderen Seiten des Parkplatzes erstrecken sich die Weingärten einen Hügel hinauf.

Über die Straße gelangen wir zu einem Einfahrtstor, das mit einem Buschen gekennzeichnet ist, der unter einer kleinen Laterne hängt. Ein ovales Holzbrett schwingt, an zwei Ketten hängend, im leichten Sommerwind.

Hannelore Feeberger – Buschenschank

Das muss Olivers Großmutter sein. Sie war es, die den Auftrag an die Detektei gegeben hat, um ihren Enkelsohn ausfindig zu machen. Ich frage mich, ob Herr König sie noch einmal kontaktiert hat?

Durch die Einfahrt gelangen wir in einen großen Innenhof. Erst jetzt erkenne ich die U-Form des Weinguts, die zu den dahinterliegenden Weingärten offen ist.

Der linke Trakt sieht so aus, als wäre er im Laufe der Zeit immer wieder erweitert, ausgebaut und saniert worden. Im vorderen Bereich gibt es einen Verkaufsraum, dahinter eine breite, offen stehende Tür mit der Aufschrift *Buffet*. Den Abschluss macht ein zweistöckiger Trakt mit einer vorgebauten Terrasse, die von einer Laube beschattet ist.

Das Herzstück des Hofes ist ein Nussbaum, der den Besuchern großzügig Schatten spendet. Holztische mit Bänken reihen sich unter der ausladenden Krone aneinander, grüne und weiße Schirme mit den Logos von Getränkeherstellern spannen sich über jene Tische, die nicht unter dem natürlichen Schatten Platz gefunden haben.

Mehrere große Töpfe mit weiß und rot blühenden

Oleandersträuchern verleihen dem Hof ein fast schon mediterranes Flair. Nahezu alle Tische sind mit Gästen besetzt, die sich in dieser wunderbaren Atmosphäre unterhalten und dazu Wein trinken.

Eine Kellnerin in einem moosgrünen Kleid mit weißer Bluse eilt zwischen den Tischen umher und sammelt die leeren Gläser auf einem braunen, runden Tablett ein. Robuste Henkel- wie auch filigrane Weingläser. Dazwischen stellt sie das Tablett kurz ab und notiert Bestellungen auf einem kleinen Schreibblock.

In den dahinterliegenden Weingärten spielen Kinder zwischen den Reben Fangen, schlüpfen unter dem dichten Geäst durch und laufen lachend zwischen den Reihen hin und her.

Oliver lässt seinen Blick ebenso über den Hof gleiten wie ich. Ob sich viel verändert hat, seit er das letzte Mal hier gewesen ist?

Von der Seite kommen Gäste mit Tabletts aus der Tür, die zum Buffet führt. Offenbar gilt hier Selbstbedienung, was das Essen betrifft.

Als ich die Aufstrichbrote, Wurstsalate und Kokosbusserl sehe, beginnt mein Magen zu knurren, was glücklicherweise im Stimmengewirr der Gäste untergeht. Ich erinnere mich, dass ich zu Mittag nichts gegessen habe. Nicht nur weil Bianca einen ihrer berüchtigten Aufläufe gemacht hat, sondern auch weil ich zu aufgeregt war, um einen Bissen hinunterzubekommen.

Bianca liebt es, Aufläufe zu machen, da sie schnell zubereitet sind und das Backrohr die Hauptarbeit erledigt. Dass es keinem so richtig schmeckt, stört sie nicht. Ich habe die Theorie aufgestellt, dass nichts gut ist, das mit der Endung -lauf endet. Auflauf, Einlauf, Marathonlauf. Alles Dinge, auf die ich gern verzichte.

In dem Moment tritt eine ältere Frau aus dem Buffet-Raum. Sie hat dunkelgraue, kurze Locken, die sich um ihr weiches Gesicht schmiegen und aussehen, als wollten sie gegen das Weiß ankämpfen, das sich nach und nach durchsetzt. Ihr dunkelrotes Dirndl mit der blauen Schürze verleiht ihrer kräftigen Figur eine weibliche Note.

Aus dem Augenwinkel erkenne ich, dass Oliver die Frau ansieht, sich aber nicht bewegt. Ich glaube sogar, dass er die Luft angehalten hat.

Die Frau tritt an einen der Tische und unterhält sich höflich mit den Gästen. Dann sieht sie sich um, bis ihr Blick an uns hängen bleibt. Also, eher an Oliver als an mir.

»Das glaube ich jetzt aber nicht!«

Die Stimme ertönt aus der entgegengesetzten Richtung. Ein älterer Mann erhebt sich von einem der Tische. Seine Nase ist etwas zu groß für sein sonnengegerbtes Gesicht.

Oliver sieht wie ich zu ihm hinüber.

»Großvater.« Er nickt ihm zu. Dann wendet er seinen Blick wieder der Frau zu, die immer noch zwischen den Tischen steht und ihn anstarrt. Als könnte sie nicht glauben, wer den Buschenschank eben betreten hat.

»Seit wann bin ich der Großvater«, entgegnet der alte Mann und steht etwas mühsam von der Bank auf. Einige neugierige Blicke folgen ihm, als er zu uns kommt. »Früher hast ja auch Opa gesagt«, fügt er hinzu und zieht Oliver in eine feste Umarmung.

Ich glaube sogar, ein paar Freudentränen in seinen Augen zu sehen. Die Reaktion des Großvaters könnte schlimmer sein, denke ich. Er scheint sich ehrlich über das Wiedersehen zu freuen.

»Na, da wird sich die Mama freuen«, sagt der Mann, als die beiden sich wieder loslassen, und sieht sich um. »Da drüben steht's ja eh. Mama, schau, wer da ist.«

Doch die Mama, die eigentlich die Großmutter ist, braucht noch ein paar Sekunden, um die Lage zu begreifen und aus ihrer Starre zu erwachen. Dann schüttelt sie kaum merklich den Kopf und tritt näher.

»Hallo, Oma.« Olivers Stimme ist leise, fast schon vorsichtig.

Ich stehe immer noch an seiner Seite, habe aber dennoch das Gefühl, nicht anwesend zu sein. Als wäre ich ein unsichtbarer Gast, der das Geschehen hautnah mitverfolgt.

»Oliver.« Tränen treten in die grau-braunen Augen der Frau. Dann umfasst sie sein Gesicht, als müsste sie sich überzeugen, dass er nicht nur eine Einbildung ist. Sie zieht ihn zu sich herunter und drückt ihn etwas ruppig, aber mit viel Liebe an sich. »Das ist ja ein Wunder.«

Ich würde es nicht als Wunder bezeichnen, sondern als Fleißarbeit einer verzweifelten jungen Frau, die dringend einen Job braucht.

»Ich hoffe, du bist nicht nur für einen Kurzbesuch hier.« Die Großmutter sieht an Oliver vorbei.

Vermutlich auf der Suche nach einer Tasche oder einem Koffer. Mich bemerkt sie dabei immer noch nicht.

»Ich werde erst einmal hierbleiben«, antwortet Oliver emotionslos.

»Wie lange denn?«, fragt Olivers Großvater.

»Mal schauen.«

Der klassische Satz eines Österreichers auf eine Frage, auf die er keine Antwort geben kann. Oder geben will.

»Jetzt komm erst einmal rein«, sagt Olivers Großmutter, ungeachtet der vagen Aussage. »Du hast bestimmt Hunger. Hast du abgenommen?«

Ich unterdrücke ein Grinsen. Hannelore Feeberger entpuppt sich binnen Minuten als die typisch fürsorgliche Großmutter, wie sie im Buche steht. Da wird gegessen, was auf den Tisch kommt. Und wenn sie nach einem deftigen Menü einen Apfelstrudel auftischt, wird auch der noch verschlungen. Egal, wie satt man schon ist.

So hat es auch meine Oma gemacht, als sie noch lebte.

»Da schau einer mal, wer sich hier blicken lässt.« Ein weiterer Mann kommt auf uns zu. Er schlängelt sich zwischen den Tischen hindurch. Ich kann sein Alter nur schwer schätzen, vermutlich ist er vierzig, vielleicht auch fünfundvierzig Jahre alt. Im Gegensatz zu den Großeltern wirkt er über Olivers Erscheinen nicht besonders erfreut. »Ich hätte nicht gedacht, dass du die Eier hast, hier noch einmal aufzukreuzen. Nicht nach dem, was vor fünf Jahren passiert ist.«

Mir klappt der Mund auf.

»Adrian«, zischt Hannelore Feeberger. »Ich glaube, Kristina könnte Hilfe beim Abräumen der Gläser gebrauchen.« Der Ton in ihrer Stimme lässt keine Widerrede zu.

In mir überstürzen sich die Fragen. Wer, zum Teufel, ist Adrian? Etwa Olivers Bruder? Sie sehen sich jedoch nicht ähnlich, außerdem ist Adrian bestimmt fünfzehn Jahre älter. Und warum hätten seine Großeltern ihn dann suchen lassen, wenn es ohnehin einen Erben gibt? Und was noch viel interessanter ist: Was ist vor fünf Jahren passiert?

Jeder hier kennt die Antwort auf diese Frage. Jeder außer mir. Und keiner macht Anstalten, mich aufzuklären. Wie auch? Es hat ja auch noch niemand bemerkt, dass ich zu Oliver gehöre.

Nachdem Adrian mit grimmigem Blick abgezogen ist, räuspere ich mich.

Oliver dreht sich so abrupt zu mir um, als wäre er erschrocken, dass noch jemand hinter ihm steht. Dann blinzelt er ein paarmal und sieht wieder zu seinen Großeltern.

Diese nehmen erstmals auch Kenntnis von mir.

»Ich habe noch jemanden mitgebracht«, sagt Oliver und deutet auf mich.

Die Blicke der Großeltern sprechen Bände. Eine Mischung aus Verwunderung, Freude und Neugierde. Vielleicht auch etwas Nervosität? Ob sie denken, ich sei seine Freundin? Dabei passe ich doch gar nicht zu dem attraktiven, selbstbewussten Oliver. Mit seinen lässigen Jeans, dem lockeren Shirt und den weiß-blauen Sneakers. Ich trage stattdessen eine graue Hose, eine weiße Bluse und Schuhe aus einem Orthopädiegeschäft.

Verunsichert schiebe ich mir die Haare hinters Ohr. »Hallo«, ringe ich mir nervös ab und hebe die Hand.

»Das ist Mona«, sagt Oliver und lässt eine Erklärung, wer genau ich bin, einfach unter den Tisch fallen. »Mona, das sind meine Großeltern, Hannelore und Alfred Feeberger.«

»Zu mir sagen aber alle Fredi«, klärt der Großvater mich gleich auf. »Und das ist meine Lore.« Er legt den Arm um die Taille seiner Frau und zieht sie zu sich heran. Irgendwie süß für ihr Alter.

Fredi und Lore also.

Eine Weile ruhen die Blicke der beiden auf mir. Unauffällig stoße ich Oliver meinen Ellenbogen in die Seite, um die Situation aufzuklären. Mir wäre das lieber, bevor jemand voreilig Schlüsse zieht.

Oliver grinst jedoch nur. »Wir freuen uns, hier zu sein.« Dann legt er seinen Arm um meine Schultern. Eine Geste, die mir etwas zu intim ist.

»Dann kommt mal herein«, sagt Lore, ein Lächeln auf den Lippen, das zu meiner eigenen Überraschung sehr ehrlich wirkt. Ich an ihrer Stelle wäre skeptisch, wenn mein lange Zeit vermisster Enkelsohn plötzlich mit einer fremden Frau auftaucht.

Durch die Tür zum Buffet gelangen wir an den Toiletten vorbei und dann in einen größeren Raum mit einem breiten Fenster zur Rückseite des Gebäudes. Auch hier liegt wieder ein Weingarten. In dem Raum stehen an der Seite eine Handvoll Tische, die jedoch leer sind, weil die Gäste es offenbar bevorzugen, im Freien zu sitzen. Gegenüber den Tischen gibt es eine lange Theke, hinter der eine Frau mit kurzen schwarzen Haaren steht und die Gäste bedient. Es hat sich bereits eine kleine Schlange gebildet.

Die Vitrine ist in zwei Bereiche unterteilt. Im größeren gibt es Keramikschüsseln mit Salaten, Aufstrichen, dazu Platten mit Wurstaufschnitten und Käse sowie eingelegtem Gemüse. Der kleinere Teil der Vitrine ist mit Mehlspeisen gefüllt, von denen eine besser aussieht als die andere.

Wieder knurrt mein Magen laut. Kokosbusserl, Punschkrapfen, Mohn- und Schokotorten sowie Topfen- und Apfelstrudel. Ein paar Mehlspeisen kenne ich gar nicht. Ob diese traditionell zu Buschenschanken gehören?

»Oliver!«, ruft die Frau hinter der Theke und hält einen Moment lang inne. Sie starrt ihn an, ehe sich ein Lächeln auf ihren Lippen ausbreitet.

Ich wünschte, Oliver hätte unseren Besuch angekündigt. Langsam wird mir die Situation unangenehm.

»Hallo, Doris. Wie geht's?«

»Alles bestens.« Sie zwinkert ihm zu und wendet sich dann wieder den Gästen zu.

»Setzen wir uns hierhin«, sagt Lore und deutet auf jenen Tisch, der vom Buffet am weitesten entfernt ist. Vermutlich will sie unserem Gespräch ein wenig Ruhe gönnen.

Ich schiebe mich neben Oliver auf die Bank.

»Servus, Oli!« Die Kellnerin mit den rotbraunen

Haaren eilt herein, stellt das volle Tablett ab und sieht zu uns herüber. »Das erklärt also Adrians grantiges Gesicht.« Sie lacht herzlich.

»Schaffst du es noch einen Moment allein, Kristina?«, fragt Lore fürsorglich. Die Kellnerin nickt. »Ich helfe dir gleich wieder.« Dann wendet sie sich erneut uns zu. »Was wollt ihr trinken? Einen Riesling? Den mochtest du früher so gern.«

Oliver nickt nur kurz.

»Und du, Mona?«

Ich schlucke. Da ich von Wein absolut keine Ahnung habe, bitte ich nur um ein Glas Wasser. Kurze Zeit später sitzen wir zu viert am Tisch. Ich mit einem Glas Wasser vor mir, die anderen trinken Weißwein.

»Und, wie habt ihr euch kennengelernt?«

Ich verschlucke mich bei dieser direkten Frage und bin froh, dass es nur Wasser ist, das jetzt in meinem Hals kratzt.

Oliver tätschelt mir den Rücken, und ich bemerke, wie er grinst.

»Wie das Leben so spielt«, sagt er, ein Lächeln in der Stimme. »Mona ist in mein Leben gestolpert, und ein Blick in ihre Augen ließ mich sofort wissen, dass unter der grauen, steifen Fassade mehr steckt. Da konnte ich sie einfach nicht mehr gehen lassen.«

Ich weiß, dass er sich über mich lustig macht.

Lore und Fredi lächeln dezent. Ich kann mir vorstellen, was gerade durch ihre Köpfe geht. Und das gefällt mir gar nicht.

»Ich habe Oliver im Auftrag von Herrn König ausfindig gemacht und ihn davon überzeugt hierherzukommen«, fasse ich meine Version unseres Kennenlernens zusammen.

»Spielverderberin«, knurrt Oliver neben mir.

»Das heißt, wir verdanken es dir, dass Oliver hier ist?« Lores Augen werden groß.

Ich nicke.

»Ich dachte, dieser König hätte noch nichts unternommen«, sagt Fredi verwundert.

»Sie sollten ihm auf keinen Fall ein Honorar bezahlen«, werfe ich schnell ein. »Er hat keinen Finger krumm gemacht und mir vorgegaukelt, ich könnte einen Job haben, wenn ich den Auftrag erfolgreich ausführe.«

Lore wirkt jetzt verwirrter als zuvor.

»Jedenfalls braucht Mona vorübergehend einen Job«, erklärt Oliver ein. »Und da jetzt Hochsaison ist, dachte ich, ich bringe sie mit.«

Ich stoße erleichtert den Atem aus. Wenigstens kennen sie jetzt die Wahrheit.

»Natürlich«, murmelt Lore und sieht zu ihrem Mann. »Immerhin ist Oliver dank ihr hier.«

»Und eine helfende Hand können wir im Moment gut gebrauchen.«

»Dann ist das ja geklärt.« Lore lächelt wieder, dieses Mal sichtlich zufrieden, unser Verhältnis zueinander zu kennen.

Mir ist noch nicht nach lächeln zumute, ich bin aber froh, dass die Sache mit dem Job funktioniert. Olivers Großeltern hätten dem auch einen Strich durch die Rechnung machen können.

Ein metallenes, ratterndes Geräusch stört den ruhigen Moment.

Lore und Fredi werfen sich einen kurzen, vielsagenden Blick zu.

»Oliver?« Die Stimme wirkt gebrochen und schwach.

Ich sehe auf und erkenne, wo das ratternde Geräusch herkam. Eine junge Frau mit langen dunklen Haaren und großen braunen Augen sitzt einige Meter von uns entfernt in einem Rollstuhl. Ihre zarten Hände ruhen auf den Rädern.

Ihr Gesicht kommt mir bekannt vor, obwohl ich sicher bin, sie noch nie zuvor gesehen zu haben. Die Ähnlichkeit ist jedoch zu groß. Sie muss Olivers Schwester sein.

»Schau, Nina, wer gekommen ist«, sagt Lore und bemüht sich um einen unbefangenen Tonfall.

Plötzlich springt Oliver auf und schiebt mich unwirsch zur Seite. Ich falle fast von der Bank, kann mich aber gerade noch auf den Beinen halten.

»Ich gehe eine rauchen«, ruft Oliver, als er schon auf halbem Weg nach draußen ist.

Ich stehe ziemlich belämmert neben dem Tisch und sehe zu den Großeltern. Was für eine eigenartige Situation. Der ich mich definitiv nicht gewachsen fühle. Also stammle ich ein lächerliches: »Ich auch«, und laufe hinter Oliver her.

Natürlich rauche ich nicht. Doch das tut Oliver auch nicht. Da bin ich mir sicher.

* * *

Eine Besuchergruppe, die sich zum Buffet drängt, erschwert mir den Weg ins Freie. Im Innenhof entdecke ich Oliver gerade noch, wie er um die Ecke verschwindet. Ich eile ihm nach.

Auf der Rückseite des Hauses finde ich Oliver, der auf einem Stapel alter Paletten sitzt und sich gegen die Wand lehnt. Sein Blick ist starr auf den Weingarten dahinter gerichtet.

»Alles okay?«, frage ich und überlege, ob ich es auch auf diesen Palettenstapel schaffe, ohne mir den Hals zu brechen. Ich lasse es lieber sein.

Oliver sieht mich nicht an. »Das ist mir für den Moment zu viel geworden«, erklärt er.

Ich kann ihn verstehen.

»Wenigstens sitzt du nicht im Auto und fährst ohne mich zurück«, sage ich mit einem Lächeln, das ihn aufheitern soll, aber ich scheitere.

»Ich hab den Schlüssel auf dem Tisch vergessen.«

Nicht die Antwort, die ich hatte hören wollen.

»Du hättest mich hier allein zurückgelassen?«

Er sieht kurz auf, wirkt dabei etwas irritiert. »Die nächste Busstation ist keine fünfzig Meter entfernt.«

»Arsch!«

Oliver grinst. Dann reibt er sich mit den Händen das Gesicht, als könnte er seine Gedanken wegwischen. Oder die letzten fünf Jahre.

»Ich wäre nur eine kleine Runde herumgefahren, um den Kopf freizubekommen«, sagt er, nachdem er die Hände wieder sinken lassen hat.

»Jetzt bleibst du aber, oder?«, frage ich unsicher.

*** Heurigen-Aufstriche ***

Ein Klassiker am Buschenschank-Buffet sind Brotaufstriche, die meist auf Basis von Topfen oder Schmalz zubereitet werden. Besonders beliebt ist der Liptauer, ein Aufstrich, der mit Paprika, Zwiebel und Knoblauch zu einem pikanten Geschmackserlebnis wird und sowohl mit Brot als auch mit Soletti gern gegessen wird.

Zu den Standard-Aufstrichen zählt außerdem der Ei-Aufstrich, ein auf Joghurt basierender Belag mit klein geschnittenen, hart gekochten Eiern, Schnittlauch und Essiggurkerl.

Fleischige Alternativen sind das Grammelschmalz oder das Verhackerte, ein Brotaufstrich aus gehacktem geräuchertem Speck mit Zwiebeln und Knoblauch.

Rezept Liptauer

Lores Tipp: Weniger auf die Mengenangaben als auf den Geschmacks-
sinn vertrauen.

Zutaten:

100 g Butter

250 g Topfen

1 EL Kapern

1 roter Paprika

1 TL Paprikapulver

½ roter Zwiebel

1 Prise Salz

1 Prise Pfeffer

1 Knoblauchzehe

2 Essiggurkerl

1 TL Senf

1 EL gehackte Petersilie

Zubereitung:

Topfen mit Senf und Butter gut verrühren. Den fein gehackten Zwiebel
und den gepressten Knoblauch dazugeben. Den Paprika und die
Essiggurkerl klein würfeln, die Kapern hacken und alles unterrühren.
Nach Belieben mit Salz, Pfeffer und Paprikapulver abschmecken. Für
mehrere Stunden kalt stellen und vor dem Servieren mit Petersilie
bestreuen.

»Hätte ich gewusst, dass ihr kommt, hätte ich das Gästezimmer im alten Haus vorbereitet«, sagt Lore, ohne dabei vorwurfsvoll zu klingen. Sie zieht eine Tagesdecke von dem breiten Holzbett in Olivers altem Zimmer ab. »Wir müssen es erst entrümpeln, da wir ja nicht wussten, dass es noch einmal genutzt wird.« Sie lächelt mich an. »Mona kann ja hier übernachten und Oliver auf der Couch.«

»Unsinn.« Oliver nimmt ihr die Tagesdecke ab und stopft sie in ein Wandregal. »Wir passen beide in das Bett.« Er grinst über den Rücken seiner Großmutter zu mir herüber.

Diese spannt gerade ein Leintuch über die Matratze. »Das macht ihr euch untereinander aus«, sagt sie und streicht den Stoff glatt.

»Den Rest schaffen wir schon«, sage ich schnell und deute auf die Überzüge für Kopfpolster und Decke. Ich muss wohl noch ein ernstes Wörtchen mit Oliver sprechen, und das würde ich nur ungern vor seiner Großmutter tun. Sie ist so fürsorglich und großzügig. Schließlich kann sie sich bestimmt Besseres vorstellen, als mitten im Heurigen-Betrieb das alte Bett ihres Enkelsohns für ihn und eine völlig Fremde herzurichten.

Im Augenblick komme ich mir wie ein ungebetener Gast vor.

»Ich muss Doris helfen. Wenn ihr etwas braucht, findet ihr mich unten.« Mit diesen Worten lässt Lore uns im Zimmer zurück.

Oliver wartet noch einen Augenblick, dann fragt er: »Was meinst du?«

»Dass dein Innenausstatter lebenslang hinter Gitter muss.«

Einen Augenblick lang starrt Oliver mich an. Dann lacht er leise. »Dir gefällt mein Zimmer nicht?«

»Es ist grässlich.«

»Du solltest mal das Gästezimmer sehen. Es ist klein wie eine Besenkammer.«

Ich runzle die Stirn und sehe mich in Olivers durchaus großem Zimmer um. »Es kann nur besser sein als das hier.«

»Was stimmt denn nicht?«

»Also mal ehrlich.« Ich weise auf den Wandverbau an der Seite. Nussdekor mit weißen Seitenteilen. Ich gehe hin und drücke einen Schalter an der Seite. Wie zu erwarten springt eine blaue LED-Beleuchtung hinter den Glaselementen an. »Blaue Beleuchtung ist das Arschgeweih von Möbeln.«

Oliver beginnt herzhaft zu lachen und lässt sich auf sein Bett fallen. »Ich war siebzehn, als ich mir das ausgesucht habe«, erklärt er. »Damals war das modern.«

Das bezweifle ich.

»Aber weißt du was, dann kannst du ja auf der Couch im Wohnzimmer schlafen.«

Ich hebe meine Tasche hoch und lasse sie knapp neben Olivers Kopf auf das Bett fallen. Er weicht zur Seite aus und setzt sich auf.

»Bestimmt nicht.« Ich kann doch nicht im Wohnzimmer einer mir völlig unbekannten Familie übernachten.

»Dann wirst du wohl oder übel neben blauer LED-Beleuchtung schlafen müssen.« Oliver grinst.

Ich ignoriere ihn und ziehe den Reißverschluss meiner Tasche auf.

»Was ist das denn?« Noch bevor ich etwas aus meiner Tasche herausholen kann, greift Oliver hinein und hebt meinen Yogaklotz heraus. Er dreht den Block hin und her.

»Ein Yogaklotz«, antworte ich nur.

»Ein was?«

»Ein Yogaklotz.« Ich nehme ihm den Würfel aus der Hand und lege ihn auf das Bett. Als Nächstes hole ich meine zusammengerollte Yogamatte heraus, die ich mühevoll zu meinen anderen Sachen in die Tasche gequetscht habe. Früher habe ich mehrmals in der Woche Yoga gemacht. Mein letztes Vinyasa Flow Yoga liegt allerdings schon ein paar Wochen zurück. Bei Bianca und den Kindern hatte ich einfach nicht die Ruhe dafür. Vielleicht komme ich ja hier dazu.

»Sag bloß, du bist so eine schräge, alternative Yoga-Lifestyle-Praktizierende.« Oliver rümpft die Nase und betrachtet die Yogamatte.

»Schräge, alternative Yoga-Lifestyle-Praktizierende?«, wiederhole ich.

»Du weißt schon«, sagt er und fühlt sich dabei sichtlich unwohl. »Morgens Sonnengruß, danach Babybrei zum Frühstück, tagsüber andere bekehren, dass sie kein Fleisch essen sollen, und zwischendurch meditieren.«

Ich starre ihn einen Moment lang irritiert an. Was für Leute kennt der denn bitte? Dann straffe ich aber die Schultern und blinzle ein paarmal. »Ja, das beschreibt genau meinen Tagesablauf.«

»Dann lass mich dir einen Tipp geben«, sagt Oliver, der offenbar nicht verstanden hat, dass ich scherze. »Wenn du den Leuten da unten etwas von vegetarischer Ernährung predigst, sitzt du ziemlich schnell vor der Tür.«

»Nicht vegetarisch«, korrigiere ich ihn. »Vegan.«

»O Mann!« Oliver reibt sich mit der Hand über die Stirn. »Ich hole mir etwas zu trinken. Willst du auch was?«

»Ja, gern.« Noch ehe ich sagen kann, was ich gern hätte, verschwindet Oliver schon zur Tür hinaus.

Mein Blick fällt auf das Bett und meine offen stehende Tasche. Vermutlich brauche ich hier gar nicht groß auszupacken, wenn ich doch noch ein eigenes Gästezimmer bekomme. Also kümmere ich mich erst einmal darum, das Bett zu beziehen. Endlich mal wieder in weißen Laken schlafen und nicht in Sheldons Minion-Bettzeug. Auch wenn es nachts im Dunkeln egal ist, fühle ich mich dennoch mit meinen achtundzwanzig Jahren zu alt für kindliche Bettwäsche.

Ich knöpfe gerade den letzten Bezug zu, als Oliver wieder hereinkommt. In der einen Hand hält er eine Weinflasche, in der anderen zwei leere Gläser. Ich wünschte, er hätte auch an Wasser gedacht, doch vielleicht ist ein Gläschen Wein im Moment genau das Richtige für mich.

Oliver schenkt großzügig ein, stellt die Flasche auf den Boden und setzt sich auf das frisch bezogene Bett. Auffordernd hält er mir eines der Gläser hin.

Nach kurzem Zögern lasse ich mich neben ihm auf die Matratze sinken.

»Was ist das für einer?«, frage ich und stecke meine Nase in das Glas, ähnlich wie es einige Gäste heute Abend getan haben. Riecht nach … Wein.

»Ein Grüner Veltliner.« Oliver prostet mir zu. »Darauf, dass wir morgen nicht bereuen, hierhergekommen zu sein.«

»Sehr motivierend.«

Wir trinken beide einen Schluck. Die Schleimhäute in meinem Mund ziehen sich zusammen.

»Fruchtig.« Oliver betrachtet das Glas zufrieden. »Ein guter Jahrgang.«

»Ein paar Wochen noch, und man kann damit Salate marinieren«, entgegne ich mit verzogenem Gesicht.

Oliver lacht amüsiert auf und schlägt die Beine übereinander. »Das wird kein Essig mehr«, erklärt er. »Trockene Weine sind wohl nicht deins, oder?«

»Eher Weine überhaupt.«

Oliver seufzt. »Nimm einen Schluck, lass ihn länger im Mund und sag mir, was du schmeckst.«

Ich runzle die Stirn, doch er scheint das ernst zu meinen. Also gut, was Wein betrifft, kann ich hier vermutlich noch viel lernen. Ich folge seiner Anweisung.

»Was schmeckst du jetzt?«, fragt er neugierig.

»Wein.«

Wieder lacht er und schüttelt den Kopf.

»Willst du wissen, was ich schmecke?« Er wartet meine Antwort nicht ab. »Ein leichter Zitrusgeschmack, Pfirsich und ein Hauch von weißem Pfeffer.«

Ich packe ihn am Handgelenk und ziehe die Hand

mit dem Weinglas zu mir, damit ich einen Blick in sein Glas werfen kann. »Trinken wir das Gleiche?«

Erneut lacht Oliver herzhaft. »O Mann, jetzt bin ich eigentlich ganz froh, dich mitgenommen zu haben.«

Verwundert ziehe ich eine Augenbraue hoch. »Im Gegensatz zu vor einer halben Stunde, wo du es noch bereut hast?«

»Nein, nein«, beschwichtigt Oliver schnell.

»Wenn es nur darum geht, dass dir jemand sagt, dass man deinen Geschmack für billiges Interieur vergessen kann, bist du mir nichts schuldig. Diese Erkenntnis bekommst du von mir völlig umsonst.«

Grinsend sieht Oliver mich von der Seite an. »Das erklärt vielleicht, warum ich mit achtzehn so viele Körbe von den Mädels kassiert habe.«

»Ja, vielleicht.« Jetzt muss auch ich schmunzeln.

»Aber wenn du so ahnungslos bist, was Wein betrifft, lenkst du wenigstens die Aufmerksamkeit von mir ab«, erklärt Oliver seine vorherige Aussage.

Ich weiß nicht, ob ich das gut finden soll.

»Außerdem mache ich es jetzt zu meiner Mission, dass du etwas Gescheites lernst.«

»Mit etwas Gescheitem meinst du den Weinbau, oder?«

»Jep.«

»Gut, ich habe schon befürchtet, du willst mir Einrichtungstipps für meine neue Wohnung geben.« Eine Wohnung, nach der ich mich schleunigst umsehen sollte. »Auf unsere Zeit hier.« Dieses Mal stoße ich bewusst mit ihm an und nehme erneut einen Schluck. Ich weiß nicht, woran es liegt, aber allmählich schmeckt mir der Wein besser.

Oliver lässt sich in das Kissen zurücksinken und seufzt. »War ja gar nicht mal so schlimm für den Anfang, oder?«

Ich weiß nicht, was er erwartet hat, deshalb kann ich ihm keine Antwort darauf geben. »Deine Großeltern sind sehr nett«, sage ich stattdessen und unterdrücke die Frage, wo denn seine Eltern sind. »Jetzt musst du mir nur erklären, wer die anderen Menschen hier sind.«

Oliver grinst. »Die Kellnerin heißt Kristina«, erklärt er.

Ich nicke. Das habe ich bereits gehört.

»Sie ist schon seit vielen Jahren unsere Bedienung, wenn wir in den Sommermonaten offen haben.«

Ich erinnere mich, dass der Buschenschank nur in den Sommermonaten und dann auch nur an den Wochenenden und Feiertagen geöffnet hat.

»Das Weingut Feeberger gibt es schon seit über hundertfünfzig Jahren«, fährt Oliver fort. »Früher gab es nur das Gebäude gegenüber. Es war Wohnraum und Stall in einem. Später haben meine Großeltern den Verkaufsraum und das Buffet dazugebaut und schließlich um dieses Wohnhaus erweitert.«

Ich erinnere mich, dass der Hof aussieht, als wäre er etappenweise vergrößert worden.

»Die Familie zog in das neue Wohnhaus, und das alte Haus stand leer, bis Doris vor sechzehn Jahren mit ihrer Tochter Leonie hier eingezogen ist. Doris ist sehr jung Mutter geworden und wurde von ihrer Familie im Stich gelassen. Deswegen hat meine Großmutter sie unterstützt.«

Das überrascht mich nach dem ersten Eindruck, den ich von Lore habe, nicht.

»Doris arbeitet als Krankenschwester, aber wenn es ihre Schichten zulassen, hilft sie mit, wo sie kann. Meistens bei dem Ausschank und im Herbst bei der Lese.«

»Und Adrian?«, frage ich neugierig, weil ich ihn immer noch nicht zuordnen kann.

»Adrian ist … ein Freund der Familie.« Er unterbricht sich kurz und starrt auf das halb volle Weinglas in seinen Händen. »Er hat uns jahrelang bei der Lese unterstützt, und nach der Trennung von seiner Frau boten ihm meine Großeltern die kleine Wohnung im alten Haus an.«

»Das heißt, Doris und Adrian sind so etwas wie Mieter?«

Oliver nickt.

»Aber sie sind nicht hier angestellt?«

»Nein, sie helfen nur bei Bedarf aus. Unsere einzige Angestellte ist Kristina.« Ich sehe überrascht auf.

»Und jetzt du«, fügt er schnell hinzu.

»Ist das auch wirklich in Ordnung für deine Großeltern?«

»Klar, mach dir deshalb keine Gedanken«, antwortet er sofort. »Sie glauben, ich bin nur wegen dir hier. Für sie bist du eine Heilige.« Er lacht gehässig.

Ich stoße Oliver den Ellenbogen in die Seite. Er stöhnt auf, achtet aber sorgsam darauf, seinen Wein nicht zu verschütten. »Ohne mich wärst du jetzt nicht hier, also hör auf, mich zu verarschen.«

»Wer weiß, vielleicht wäre ich auch so zurückgekommen.«

Ich schnaube. »Das hättest du die vergangenen fünf
Jahre auch tun können.«

»Ich mein ja nur.«

Obwohl mir die Vorstellung, in genau diesem Bett
neben Oliver zu schlafen, nicht gefällt, finde ich unsere
Unterhaltung durchaus amüsant. Ich muss ihn nicht
beeindrucken und er mich auch nicht. Es ist ungezwungen und unkompliziert. Mit Emanuel habe ich
nie so gesprochen.

»Wärst du dann auch einfach mitten in den Betrieb
geplatzt?«

Oliver sieht fragend zu mir auf. »Was meinst du?«

»Du hättest dir wahrlich einen besseren Zeitpunkt
für deine Rückkehr aussuchen können«, erkläre ich.
»Der Buschenschank hat an drei von sieben Tagen
in der Woche geöffnet, und du suchst dir ausgerechnet einen Nachmittag aus, an dem hier die Hölle los
ist.«

»Ich weiß nicht, worauf du hinauswillst«, murmelt
Oliver und kippt sich den restlichen Wein in die Kehle.
Dann greift er sofort nach der Flasche und schenkt
nach.

»Du wolltest damit einem Konfliktgespräch entgehen«, sage ich.

Oliver zieht eine Augenbraue hoch und wirft mir
einen flüchtigen Blick zu, als würde ich nur Unsinn
reden.

»Was hätten deine Großeltern schon tun sollen?«,
fahre ich fort. »Vor den Gästen eine Szene machen?«

»Adrian hat das nicht gestört«, nuschelt er.

Ich ignoriere die Bemerkung.

»Ich habe einfach nicht daran gedacht, dass gerade geöffnet ist«, fügt er hinzu, doch ich glaube ihm kein Wort.

Eine Weile sitzen wir wortlos nebeneinander. Ich schwenke den letzten Schluck meines Veltliners im Glas herum. Danach brauche ich definitiv keinen mehr. Ich spüre schon jetzt, wie der Alkohol meine Wangen erhitzt.

»Du hast mir von einer Person noch nichts erzählt«, sage ich, als ich mich an ein weiteres Gesicht erinnere, das ich heute hier gesehen habe. Nur flüchtig, denn sie war ebenso schnell wieder verschwunden, wie sie gekommen war. »Wer ist Nina?«

Eigentlich kann ich mir die Antwort schon denken, doch ich will mehr wissen.

»Meine Schwester«, antwortet Oliver knapp.

»Und weiter?«, dränge ich, als er keine Anstalten macht, mehr zu erzählen.

»Nichts weiter«, knurrt Oliver, richtet sich auf und steigt aus dem Bett. »Ich gehe jetzt duschen. Du kannst das Bad danach haben.«

* * *

»Hör auf, mein Bett vollzusabbern, und steh endlich auf.«

Ich ignoriere die Stimme, die sich irgendwie nicht richtig anfühlt. Das ist definitiv nicht Sheldon. Warum ist überhaupt jemand in meinem Zimmer?

Mit einem Ruck sitze ich aufrecht im Bett, das nicht Sheldons Bett ist.

Oliver steht auf der anderen Seite des Zimmers und knipst den Schalter des Wandverbaus an. Vermutlich nur, um mich zu ärgern. Das blaue Licht vermischt sich mit den Sonnenstrahlen, die sich durch den Vorhang kämpfen.

»Schalte das aus«, stöhne ich und halte mir die Hand vors Gesicht. »Davon bekomme ich Augenkrebs.« Dann denke ich an seine Worte, mit denen er mich geweckt hat, und greife automatisch an meinen Mund. Da ist kein Sabber.

So ein Arsch.

»Es ist Frühstückszeit«, drängt Oliver.

»Wie spät ist es denn?« Murrend schiebe ich meine Füße über die Bettkante.

»Kurz nach sieben.«

»Es ist Samstag.«

»Ein normaler Arbeitstag hier«, entgegnet Oliver. »Und dein erster noch dazu. Du solltest nicht zu spät kommen.«

Ich bezweifle, dass Lore das so genau nimmt, doch ich will auch keinen schlechten Eindruck machen. »Schon gut, ich muss nur noch kurz ins Bad.«

Als ich sieben Minuten später in Olivers Zimmer zurückkomme, steht er immer noch da. »Was ist?«, frage ich und werfe meinen Schlafanzug aufs Bett. Ich habe mich an meinem ersten Arbeitstag für eine dunkelbraune Stoffhose und ein beiges Shirt entschieden. »Traust du dich nicht allein runter?« Ich grinse.

»Ich dachte, ich warte auf dich.« Er tut so, als sei

das völlig normal. Doch ich habe ihn durchschaut. Oliver hat Schiss vor der Reaktion seiner Familie. Erst recht heute, wo keine Gäste den Innenhof füllen und als Puffer dienen.

»Wie rücksichtsvoll.«

»Gewöhne dich nicht daran.« Mit diesen Worten marschiert Oliver los.

Ich folge ihm die knarzende Holzstiege hinunter. Wir gehen über die Küche direkt hinaus auf die Terrasse vor dem Haus. Die Laube bietet Schatten vor der frühen Morgensonne.

»Guten Morgen, ihr zwei.« Lore begrüßt uns mit einem freundlichen Lächeln. »Habt ihr gut geschlafen?«

Ich überlasse Oliver die Antwort, doch er knurrt nur. Wir setzen uns beide auf die gepolsterte Holzbank an dem langen Tisch.

»Ihr seid früh dran. Ich decke noch auf.« Lore verschwindet wieder im Haus.

Ich werfe Oliver einen finsteren Blick zu, doch er ignoriert mich und greift nach der Kaffeekanne mit Streublumen-Design, die in der Mitte des Tisches steht. Es ist eine hübsche Keramikkanne, wie ich finde, doch es gibt dazu keine passenden Häferl, sondern lauter Einzelstücke. Die meisten davon sind Souvenirs aus verschiedenen Städten und Ländern.

Eine in Union-Jack-Optik, eine andere, auf der in verschiedenen Schriftarten Amsterdam steht. Ich greife nach einer bauchigen Tasse mit einem Bild des Eiffelturms, um den lauter kleine Macarons schweben. Offenbar ein Mitbringsel aus Paris. »Wer ist bei euch so reisefreudig?«, frage ich neugierig.

Oliver deutet an, mir ebenfalls Kaffee einzuschenken, doch ich lege meine Hand über die Tasse. »Meine Großeltern fahren jedes Jahr im Frühjahr in eine andere Stadt, wenn es am Weingut etwas ruhiger ist.« Er räuspert sich. »Zumindest haben sie es früher so gemacht.«

Kurze Zeit später kommt Lore mit einem Weidenkörbchen mit geschnittenem Schwarzbrot an den Tisch. »Braucht ihr noch etwas?«, fragt sie und lächelt fröhlich.

»Könnte ich bitte einen Tee haben? Und gibt es vielleicht Getreideflocken?«

»Getreide ... flocken?«, wiederholt Lore, als wüsste sie nicht, was ich meine.

»Haferflocken, zum Beispiel.«

Oliver macht ein würgendes Geräusch.

* * *

Zehn Minuten später rutsche ich wieder zu Oliver auf die Bank. Vor mir das Paris-Häferl mit frisch aufgebrühtem Kräutertee und daneben eine Schüssel mit aufgekochten Haferflocken und einer Prise Zimt. Eigentlich gebe ich mir gern noch gehackte Nüsse und einen klein geschnittenen Apfel dazu, aber diese Variante tut es auch.

»Das sieht eklig aus«, sagt Oliver mit einem Blick in meine weiß-grüne Keramikschüssel.

Fredi, der dazugekommen ist, zieht nur verwundert die Augenbrauen hoch. »Warum isst man das? Freiwillig?«

Ich lächle und antworte geduldig: »Das ist das ideale Frühstück für einen guten Start in den Tag.« Dann schiebe ich mir den ersten Löffel voll in den Mund, und obwohl die Flocken noch etwas kernig sind, tue ich so, als gäbe es nichts Besseres.

Fredi und Oliver werfen sich einen vielsagenden Blick über den Tisch hinweg zu. Ich kann mir denken, was ihnen durch den Kopf geht. Dann greift Oliver zum Brotkorb und hält seinem Großvater diesen hin.

»Du willst bestimmt auch lieber etwas davon.«

»Freilich.«

Wenig später gesellt sich Lore zu uns an den Tisch und bringt gekochte Eier mit.

»Wo ist denn Nina?«, fragt Fredi mit vollem Mund.

»Sie ist schon auf«, antwortet Lore nur und schält dabei ein Ei so gekonnt, dass sie in wenigen Sekunden die ganze Schale gelöst hat.

Ich fummle immer ewig an den kleinen Stückchen herum.

Oliver sieht von seinem Teller auf und fragt verwundert: »Braucht sie denn keine Hilfe? Ihr habt ja keinen Treppenlift.«

Lore und Fredi werfen sich einen kurzen Blick zu, als müssten sie telepathisch ausmachen, wer von ihnen die Antwort gibt. Schließlich ist es Fredi, der das Wort ergreift.

»Nach dem … Unfall haben wir die Zimmer getauscht«, erklärt er. »Nina schläft jetzt im Erdgeschoss und wir oben.«

Ich bemerke, wie Oliver sich neben mir verkrampft. Das Wort Unfall echot in meinem Kopf. Ist das der

Grund für Ninas Querschnittlähmung? Ist Oliver deshalb fortgegangen?

»So ist sie unabhängiger«, fügt Lore hinzu.

Oliver reagiert nicht darauf.

Die plötzlich angespannte Stimmung am Tisch weckt den Drang in mir, etwas dagegen zu tun. »Was steht denn für heute an?«

Lore scheint über meine Frage erleichtert zu sein. »Ich muss noch einkaufen gehen, aber danach kannst du mir helfen, die Aufstriche zu machen«, erklärt sie. »In der Zwischenzeit wird Doris dich ein wenig herumführen und dir alles zeigen. Oliver, du hilfst Opa.«

Plötzlich streift etwas an meiner linken Wade entlang, und für einen kurzen Augenblick denke ich, es ist Fredi, der mir gegenübersitzt. Der ist jedoch völlig auf die Butter fixiert, die sich offenbar nur schwer auf das Brot streichen lässt. Dann höre ich schon das leise Schnurren unter mir.

Eine Katze mit buschigem, getigertem Fell schlängelt sich um meine Beine.

»Das ist Reblaus«, erklärt Oliver, der meinen Blick unter den Tisch bemerkt hat. »Unser Kater.«

Das Tier spaziert weiter zu Olivers Beinen, als wollte es auch ihn herzlich begrüßen.

Ich drehe mein Bein ein Stück zur Seite und entdecke auf dem dunklen Stoff meiner Hose einen Schleier aus Katzenhaaren.

Na toll!

* * *

Nahezu mühelos schiebt Doris das Hallentor auf. Sie ist schlank, wenn auch nicht auf diese zierliche Art, sondern robust und agil. Als Krankenschwester braucht sie bestimmt viel Kraft. Und hier auf dem Hof auch.

»Hier ist alles verstaut, was wir für das Weingut brauchen«, erklärt sie und klingt dabei, als wäre sie selbst Mitglied der Familie. Vielleicht ist sie das ja in gewisser Weise auch.

Ich trete in die Halle und brauche ein paar Sekunden, um mich an das dunkle Licht zu gewöhnen. Neugierig sehe ich mich um. Die Halle wirkt von innen noch größer als von außen. Am hinteren Ende, wo sich das Tor zum Parkplatz befindet, stehen zwei Traktoren, ein großer und ein kleinerer.

Doris scheint zu bemerken, in welche Richtung ich blicke. »Der kleine passt genau zwischen die Zeilen im Weingarten«, erklärt sie. »Und das hier ist die Traubenpresse.« Sie deutet auf ein metallenes Ungetüm, das gut vier Meter hoch ist. Am oberen Ende ist es trichterförmig. Vermutlich kommen da die Trauben hinein, auch wenn ich mir nicht vorstellen kann, wie.

»Die Tanks mit dem Wein sind hinter dieser Tür.« Doris zieht eine breite, hohe Tür auf. Der Raum dahinter ist niedriger als die Halle. Edelstahltanks reihen sich an der Wand entlang. »Und das Flaschenlager ist eine Tür weiter.« Doris schließt die Tür zum Tankraum und öffnet eine weitere, ein paar Meter daneben.

Hier stehen riesige Kisten aus Metall, in denen Hunderte Flaschen gelagert sind. Jede zweite Reihe Flaschen liegt verkehrt herum, um Platz zu sparen.

»Hier etikettieren wir auch«, erklärt Doris. »Aber das machen wir ein anderes Mal.«

Als wir aus der Halle hinaustreten, lässt sie das Tor offen stehen. »Was genau läuft da eigentlich zwischen Oliver und dir?«, fragt sie neugierig. Sie sieht aus, als hätte sie schon länger überlegt, wie sie dieses Thema zur Sprache bringen kann.

»Wir sind Freunde«, antworte ich, weil ich keine Lust habe, die Geschichte von der Detektei zu erzählen. Wir haben letzte Nacht zusammen in einem Bett geschlafen, da kann man das wohl mehr oder weniger als Freundschaft bezeichnen.

Doris sieht mich einen Moment länger an als notwendig. Dann nickt sie schnell. »Hauptsache, Oliver ist wieder da«, sagt sie und lächelt. »Seit dem Tod von seinen Eltern ist viel Arbeit an Adrian hängen geblieben. Und Fredi wird ja auch nicht jünger.«

Ich starre sie regungslos an. Was hat sie da eben gesagt? Seit dem Tod seiner Eltern?

»Wie auch immer. Wir müssen jetzt die Eier holen.« Doris greift nach einem Korb und geht voraus.

Wie in Trance folge ich ihr. Warum hat denn bis jetzt niemand etwas gesagt? Hat es etwas mit dem Unfall zu tun, der heute Morgen zur Sprache kam?

»Wie lange ist das her?«, frage ich betont beiläufig und versuche, mit Doris Schritt zu halten.

»Wir holen jeden Morgen die Eier«, antwortet sie.

»Nein, ich meine den Tod von Olivers Eltern.« Hoffentlich bin ich nicht zu aufdringlich.

Doris überlegt einen Augenblick. »Es müssten jetzt fünf Jahre sein«, sagt sie leise.

»Und … was ist passiert?«

Jetzt bleibt Doris so abrupt stehen, dass ich in sie hineinlaufe. Der Korb puffert den Stoß ab. »Hat er dir nichts erzählt?«, fragt sie zaghaft.

Ich schüttle nur den Kopf. Von wegen Freundschaft.

»Das sollte er dir lieber selbst erzählen«, sagt sie, zögert noch einen kurzen Moment und läuft dann weiter.

Warum werde ich das Gefühl nicht los, dass Oliver das nicht will.

Hinter der Halle gibt es einen eingezäunten Garten, der mit unterschiedlichsten Pflanzen bestückt ist. Bei näherer Betrachtung erkenne ich, dass hier mehr als nur Salate und Gemüse wächst. Vor den Paradeisern erkenne ich einige Kräuter, an der Seite wuchern Beerensträucher, und überall mischen sich Blumen dazwischen. Ringelblumen, Margeriten, ein tränendes Herz und … ist das Hanf?

Bevor ich das Gewächs genauer betrachten kann, höre ich schon das Quietschen einer Gattertür. Direkt hinter dem Gemüsegarten befindet sich ein weitläufiges Gehege mit einem hölzernen Hühnerstall, in dem gut ein Dutzend Hühner herumgackern.

»Komm schon!« Doris hält mir die Tür auf.

Ich soll da hinein? In den Hühnerstall? Mit meiner dunkelbraunen, nicht gerade günstigen Stoffhose, die schon von Reblaus ganz dreckig ist? »Ich kann den Korb über den Zaun halten.«

»Ab morgen machst du das allein, also komm schon rein.«

Ich?!

Von Eierholen in einem Hühnerstall war nie die Rede.

Vorsichtig sehe ich mich um. Es gibt mehrere Pflanzen, die den Tieren Schatten spenden. Steine zum Klettern, Hölzer und selbst gezimmerte Unterschlupfe sowie einen breiten Hühnerstall, der aussieht wie ein Häuschen.

Mehrere Hühner stelzen auf der Suche nach Futter auf dem teils sandigen, teils mit Grasbüscheln bewachsenen Boden umher. Gelegentlich finden sie ein Korn, das sie gierig aufpicken. Eine Henne sitzt auf einem Stapel von gebrannten Ziegeln und starrt mich quer über das Gehege an. In ihren kleinen Kulleraugen sehe ich die Drohung: Wage dich ja nicht auf mein Terrain.

»Was ist jetzt?«, fragt Doris ungeduldig.

»Die dahinten starrt mich so an«, sage ich und deute auf das Huhn, das kein einziges Mal mit dem Kopf gewackelt hat, seit wir gekommen sind. Wenn Doris mir sagen würde, dass es eine täuschend echte Statue ist, würde ich es ihr glauben.

»Sie starrt nicht dich an, sondern uns beide«, erklärt Doris. »Das ist Cindy.«

Plötzlich gibt Cindy einen Laut von sich, der mich eher an einen Hahn als an ein gackerndes Huhn erinnert. Sag bloß, ich kann nicht einmal einen Hahn von einer Henne unterscheiden.

»Sieht nicht aus wie eine Cindy«, erwidere ich kleinlaut und traue mich angesichts der Laute erst recht nicht weiter.

»Benannt nach Cindy aus Marzahn«, sagt Doris,

als würde das alles erklären. »Sie denkt, sie sei ein Hahn.«

Ich sehe überrascht auf. »Ist das normal?«

»Als unser letzter Hahn das Zeitliche gesegnet hat, hat Cindy seinen Platz eingenommen.«

Das beantwortet nicht meine Frage, ob das normal ist, doch ich habe ja auch nicht vor, in meiner Zeit hier zur Geflügelexpertin zu werden. »Ist sie gefährlich?«, frage ich und starre Cindy immer noch misstrauisch an.

Doris drückt sich vor einer Antwort. »Schau ihr einfach nicht direkt in die Augen.«

Was? Ich blinzle und kann meinen Blick nun noch schwerer von ihr lösen.

»Dann halt einfach den Korb, aber ab morgen musst du das allein machen.« Doris drückt mir den Korb in die Hand und öffnet die Tür zu dem Hühnerstall. »Raus hier, los!«

Und schon rennt eine weiße Henne ins Freie und beklagt sich laut gackernd.

»Sie wollen immer brüten«, sagt Doris und kommt kurz darauf mit mehreren Eiern aus dem Häuschen wieder heraus. »Du musst sie einfach hinausscheuchen.« Sie legt die Eier in den Korb und geht wieder in den Stall hinein.

Ich sehe auf die neun Stück, die am Boden des Korbes hin und her rollen. Vorsichtig taste ich nach einem. Es ist noch warm.

Das schaffe ich morgen ganz bestimmt nicht.

* * *

Lores Küche hat etwas Altmodisches und Gemütliches zugleich. Die mintfarbenen Kassettenfronten mit den abgegriffenen, kupferfarbenen Griffen sehen aus, als hätten sie schon so manche Saison auf dem Buckel. Eine Hängelampe aus Glas mit goldenen Akzenten beleuchtet die Arbeitsinsel in der Mitte der u-förmigen Küche.

»Als Letztes machen wir den Liptauer«, sagt Lore und stellt die Schüsseln mit den Aufstrichen, die wir eben angerührt und abgeschmeckt haben, in den Kühlschrank.

Nina schiebt sich mit ihrem Rollstuhl an jene Stelle der Kücheninsel, an der ein Schrankelement fehlt. Es sieht aus, als wäre dieses nachträglich entfernt worden, damit sie besser an die Arbeitsplatte heranfahren kann. »Die Leute lieben Liptauer.«

Ich erinnere mich, dass ich mir früher gelegentlich im Supermarkt einen Liptauer gekauft und zu Hause mit Soletti gegessen habe. Dass Leute aber in einen Buschenschank kommen und sich einen einfachen Brotaufstrich nehmen, das überrascht mich. Über den Betrieb eines Buschenschanks kann ich wirklich noch viel lernen. So wie über die Zubereitung von Aufstrichen. Eben haben wir einen Frühlings- und einen Eiaufstrich gemacht, davor ein Verhackertes, für das geräucherter Speck mit Zwiebeln und Knoblauch im Fleischwolf faschiert und anschließend mit Majoran und wenig Kümmel abgeschmeckt wurde. Das Fleisch für ihre Aufstriche holt Lore immer frisch von einem Fleischhauer in der Nähe. Dort haben schon ihre Eltern eingekauft, hat sie mir erklärt.

Auch beim klassischen Grammelschmalz wusste ich bislang nicht, wie man dieses zubereitet. Dafür haben wir gewürfeltes Bauchfett vom Schwein mit etwas Wasser erhitzt und ausgelassen. Zurück blieben die Grammeln, die mit einem Schuss Milch eine bräunliche Farbe angenommen haben und später mit dem ausgelassenen Schmalz, Knoblauch, Zwiebel und Salz abgeschmeckt wurden.

»Man muss es einfach probieren«, erklärt Lore und reicht mir und Nina ein Stück Schwarzbrot, auf das sie etwas von dem Aufstrich gegeben hat. »Daran führt kein Weg vorbei.«

Es schmeckt wirklich gut, wenn auch sehr deftig.

Lore macht alles nach Gefühl und Geschmack. Eine Methode, nach der ich noch nie zuvor gekocht habe. Wenn ich mich an den Herd wage, dann arbeite ich eins zu eins nach einem Rezept, das ich mir zuvor aus dem Internet herausgesucht habe. Damit ja nichts schiefgeht. Was allerdings nicht garantiert ist.

Immer wieder lege ich ihre nach Gefühl bemessenen Zutaten auf die kleine, analoge Küchenwaage, die zumindest für den Fall der Fälle bereitsteht, und merke mir die Gewichtsangaben für die einzelnen Ingredienzien. Sollte ich das je nachmachen müssen, kann ich mich bestimmt nicht auf mein Gefühl verlassen.

Und dann fange ich mir mit einer einzigen Frage zwei äußerst kritische Blicke ein. Ich glaube sogar, dass die beiden kurz in Erwägung ziehen, mich vom Weingut zu scheuchen.

»Habt ihr euch schon einmal überlegt, vegane Aufstriche anzubieten?«

Nach einem Moment der Entrüstung räuspert Lore sich. »Ja, was soll denn da rein?«

»Und wer isst das?«, legt Nina nach.

»Vegane Speisen erfreuen sich immer größerer Beliebtheit«, erkläre ich. »Nicht nur bei eingefleischten Veganern. Zum Beispiel Hummus.«

»Erde?«, fragt Lore irritiert.

»Nein, Oma, das ist so eine gräuliche Paste, die man aufs Brot schmieren kann«, erklärt Nina. Zwischen den Zeilen höre ich heraus, dass sie wohl auch nicht begeistert davon ist.

»Hast du es schon einmal probiert?«

Nina schüttelt den Kopf.

»Dann solltet ihr das mal tun«, sage ich selbstbewusst. »Es ist auf Basis von Kichererbsen und kann mit allerlei Gewürzen verfeinert werden.«

»Na, dann kannst du uns das ja bei Gelegenheit zeigen«, sagt Lore und lächelt mich an. »So, und jetzt zum Liptauer.« Sie zieht ihre Küchenmaschine zu sich.

Für mich sieht das Teil aus wie aus dem vorigen Jahrhundert, und das ist es vermutlich auch. Dennoch scheint es Lore gute Dienste zu erweisen, denn sie nimmt es für jeden ihrer Aufstriche.

Als ich noch mit Emanuel zusammengewohnt habe, hatten wir keine Küchenmaschine. Unsere rote Hochglanzküche in L-Form war aber auch der am wenigsten genutzte Bereich unserer Wohnung. Sogar Bianca, die meist nur Aufläufe macht, hat so ein Superding, das bei richtiger Programmierung bestimmt auch zum Mond fliegen kann. Ein Teil, das ein Monatsgehalt kostet und dafür jeden Schritt beim Kochen vorgibt, damit sogar talentbefreite Köche ein hervorragendes Menü zaubern können. Was nicht hilft, wenn man es nicht benutzt, wie Bianca beweist.

»Nina, würfelst du den Paprika?« Lore schiebt ihrer Enkeltochter drei rote Paprikaschoten hin. »Mona, du kannst den Zwiebel fein hacken.«

Die wohl unbeliebteste Arbeit. Etwas widerwillig und ungeschickt schäle ich die zwei roten Zwiebel, die Lore bereitgelegt hat.

»Ich muss noch Kapern und Knoblauch holen.« Lore huscht aus der Küche.

»Kennst du all die Rezepte für diese Aufstriche auswendig?«, frage ich Nina und versuche, die rote, trockene Haut von den Zwiebeln zu pulen.

Nina lacht. Sie sieht ein wenig verkrampft aus, als sie auf der hohen Arbeitsplatte den Paprika schneidet. »Langsam sollte ich anfangen, sie mir zu merken«, antwortet sie. »Einfach nach Gefühl«, sagt sie und verstellt dabei ihre Stimme, um ihre Oma nachzuahmen. »Du schmeckst schon, was fehlt.« Sie schüttelt den Kopf.

Ich grinse. Wenigstens geht es ihr da so wie mir.

Kurze Zeit später kommt Lore zurück und wirft die Küchenmaschine an.

Meine Augen brennen, als ich die frischen Zwiebeln schneide.

»Du musst den Mund offen lassen«, sagt Lore. »Dann setzen sich die ätherischen Öle des Zwiebels in deinem Mund ab und gelangen erst gar nicht in die Augen.«

Ob es dafür eine wissenschaftliche Grundlage gibt?

Ich will es mal nicht anzweifeln, sie macht das schließlich öfter als ich. Also klappe ich den Mund auf, bevor ich den zweiten Zwiebel schneide.

»Jetzt ist es zu spät«, erklärt Lore und reicht mir ein Taschentuch.

Nina kichert und schiebt ihrer Großmutter den geschnittenen Paprika hinüber.

Wenig später wird alles in der großen Rührschüssel vermengt. Butter, Topfen, Kapern, Paprika, Zwiebel und Essiggurkerl. Dazu kommen Gewürze wie Salz, Pfeffer, Knoblauch, Senf und Petersilie.

Schließlich nimmt Lore die Rührschüssel aus der Maschine und reicht sie mir zusammen mit einem Teigschaber an einem langen Griff. »Rühr noch mal und koste, ob es schon passt.«

Hilfe suchend sehe ich zu Nina. Ist das eine Prüfung? Ich kann mich nicht erinnern, schon mal einen selbst gemachten Liptauer gegessen zu haben. Ob man den mit einem gekauften vergleichen kann?

Also gut. Ich greife nach einem kleinen Löffel und probiere ein bisschen. »Gut?« Es ist mehr eine Frage, als eine Feststellung.

Lore tut es mir gleich. »Perfekt!«, sagt Lore lachend. »Für einen Kindergeburtstag. Ein bisschen mehr Pfeffer darf's für unsere Gäste schon sein.«

Lore ist wohl so etwas wie Biancas superteure Küchenmaschine in lebendiger Form, die jeden Kochschritt ansagt.

Ich würze nach und rühre wieder, ehe wir drei kosten.

Ich finde, der Aufstrich schmeckt gut, doch Lore wiegt kritisch den Kopf hin und her.

»Noch etwas Salz?«, fragt Nina und klingt dabei ebenso unsicher, wie ich es bin.

»Und Senf«, fügt Lore bestimmt hinzu.

* * *

»Als Buschenschank dürfen wir nur kalte Speisen servieren«, erklärt Nina, als wir am frühen Nachmittag auf der Terrasse sitzen und warme Erdäpfel schälen. Später sollen wir einen Salat daraus machen, und Nina hat schon angekündigt, dass wir hierfür noch Zwiebel würfeln müssen. Mal schauen, ob Lores Tipp mit dem offenen Mund wirklich hilft. »Wurst, Schinken, Speck und Käse. Dazu hart gekochte Eier, Essiggemüse, Rollmöpse und Salate.«

»Aber nichts Warmes?«, frage ich verwundert.

Nina schüttelt den Kopf. Sie schält mit ihren zierlichen Händen viel schneller als ich. Und routinierter. Im Gegensatz zu meinen Kartoffeln sehen ihre nicht so aus, als wären sie in ein Massaker geraten. »Dafür bräuchten wir eine Konzession. Dann könnten wir auch das ganze Jahr geöffnet haben.«

»Und warum macht ihr das nicht?«

Sie lächelt geduldig. »Weil uns die Räumlichkeiten fehlen. Außerdem bräuchten wir mehr Mitarbeiter, und es wäre mit viel mehr Arbeit und Stress verbunden.«

Ich nicke. Es ist bestimmt eine ganz andere Herausforderung, das ganze Jahr über geöffnet zu haben. Tagtäglich. Die Buschenschank-Zeiten halten sich im Vergleich dazu in Grenzen.

»Viele ehemalige Buschenschanken sind über die Jahre zu Heurigen geworden«, fährt Nina fort. »Wir möchten gern das Traditionelle bewahren. So, wie es schon meine Ur- und Ururgroßeltern getan haben. Das schätzen unsere Gäste sehr.«

Offenbar kann man auch ganz gut davon leben, lediglich einige Tage im Jahr geöffnet zu haben und in der restlichen Zeit nur die Produkte zu verkaufen.

»Weißt du, wie ein Buschenschank früher ausgesehen hat?«

Ich schüttle ratlos den Kopf. Vor zwei Tagen wusste ich noch nicht einmal, wie ein Buschenschank heute aussieht.

»Da stellte der Winzer nur die Getränke auf den Tisch«, erklärt Nina. »Die Gäste haben sich die Jause selbst mitgenommen.«

Überrascht ziehe ich die Augenbrauen hoch und stelle mir vor, wie man heute in ein Lokal geht, nur Wein bestellt und sein belegtes Brot von zuhause auspackt und genüsslich vertilgt. Das sähe wohl kein Restaurantbesitzer gern.

»Hallo.« Eine zarte Stimme unterbricht schüchtern unser Gespräch.

Nina und ich sehen zu einem Mädchen mit langen brünetten Haaren auf.

»Hallo, Leonie«, sagt Nina fröhlich.

Ah, sie muss Doris' Tochter sein.

»Mama sagt, ich soll mich vorstellen«, erklärt das Mädchen und klingt dabei sichtlich genervt. Sie setzt sich auf die andere Bank.

»Hallo, Leonie. Ich bin Mona.«

»Weiß ich.«

Na, da ist jemand aber gesellig.

»Mona wird die restliche Saison bei uns mithelfen«, erklärt Nina. »Sie ist eine Freundin von Oliver.«

Noch immer gefällt es mir nicht, wenn Oliver und ich als Freunde bezeichnet werden. Da schwingt bei den anderen jedes Mal diese unausgesprochene Vermutung mit, dass etwas zwischen uns wäre. Etwas Romantisches. Was definitiv nicht der Fall ist.

»Hat Mama mir schon gesagt.« Erstmals wirft Leonie einen kurzen Blick auf mich, schaut aber weg, als unsere Blicke sich treffen. Für eine Sechzehnjährige sieht sie sehr jung aus, auch wenn sie Wimperntusche und Lipgloss trägt. Hängende Ohrringe, die offensichtlich selbst gebastelt sind, zieren ihre Ohrläppchen. Anscheinend hat sie dafür diese kleinen bunten Gummiringe verwendet, aus denen Kinder Armbänder knüpfen.

Ich überlege, was ich sagen kann, um das Eis zwischen uns zu brechen. Leider bin ich in Sachen Small Talk talentbefreit. Erst recht bei pubertierenden Jugendlichen. Also sage ich das wohl Blödeste, was man als Erwachsene zu einer Jugendlichen sagen kann: »In zwei Wochen geht die Schule wieder los. Freust du dich schon?«

Leonies Gesichtsausdruck verfällt. »Klar!«, gibt sie sarkastisch zurück. »Kann's gar nicht erwarten.«

Ich lächle verlegen und erinnere mich, dass ich in dem Alter gern in die Schule gegangen bin. Die Frage, welchen Schultyp sie besucht, lasse ich lieber unter den Tisch fallen.

»Hallo, Ladys. Darf ich mich zu euch setzen?« Ein hellblonder Junge mit einem breiten Lächeln kommt die Stufen zur Terrasse herauf. Er geht um den Tisch herum und setzt sich mir gegenüber auf die Bank, sodass Leonie wegrücken muss.

Sie richtet sich automatisch auf und verliert binnen einer Sekunde ihren trotzigen Gesichtsausdruck. Ob das ihr Freund ist?

Die Antwort kann ich mir jedoch selbst geben, denn der Junge sieht Leonie nicht einmal kurz an. Stattdessen haften seine Augen ausschließlich auf mir.

»Ich bin Moritz.« Er überlegt kurz, mir die Hand zu reichen, sieht dann auf meine mit Erdäpfeln beschmierten Finger und lässt es bleiben.

»Mona.« Ich nicke freundlich statt eines Händedrucks.

»Papa hat schon gesagt, dass Oliver jemanden mitgebracht hat«, erklärt er.

Nina räuspert sich. »Moritz ist Adrians Sohn.«

Ich sehe überrascht auf. Dass Adrian einen Sohn hat, der hier lebt, wusste ich bislang nicht.

»Ich wohne erst seit zwei Jahren bei meinem Vater«, erklärt Moritz, als hätte er meine Gedanken gelesen. Das erklärt, warum auch Oliver ihn nicht erwähnt hat. Er wusste es wohl selbst nicht. »Das war am Anfang eine große Umstellung für mich. Aus der Stadt hierher.«

»Kann ich mir vorstellen«, rutscht es mir zu schnell über die Lippen. Obwohl ich erst einen Tag hier bin und es bislang noch interessant und schön finde, könnte ich mir nicht vorstellen, hier immer zu leben.

Es ist so weit weg von der Wiener Innenstadt, den Öffis, den Einkaufsstraßen, den Kinos und Theatern.

»Ich hab vorher bei meiner Mutter im sechsten Bezirk gewohnt«, erklärt Moritz ungefragt. Was Leonie an Geselligkeit fehlt, scheint er zu kompensieren.

»Und warum der Wechsel?«, erkundige ich mich neugierig.

Nina lacht. »Weil er seine Mutter in den Wahnsinn getrieben hat«, wirft sie ein.

Moritz zuckt mit den Schultern, als wäre das nichts Besonderes. »Ich habe ein Problem, mich an Regeln zu halten.«

»Verstehe«, sage ich, auch wenn das nicht stimmt. Mein Leben lang war ich ein Regeltier. Ich mag es zu wissen, was ich tun darf und was nicht. Ich mag Terminplaner und vorgegebene Wege, an die ich mich halten kann.

»Im Herbst werde ich übrigens achtzehn Jahre alt«, fügt Moritz hinzu und grinst mich an.

»Tatsächlich?«, sage ich wenig geistreich.

»Und du bist?«

Nicht interessiert, würde ich am liebsten antworten und überlege, ob Moritz versucht, mit mir zu flirten. Was das betrifft, bin ich nämlich ziemlich ahnungslos. »Achtundzwanzig.«

»Wirklich? Du siehst nicht älter aus als zweiundzwanzig«, erklärt Moritz bemüht erstaunt.

Leonie schnaubt verächtlich, und Nina kichert leise, während sie den Kopf schüttelt.

»Moritz!«, ruft plötzlich jemand mit einer tiefen Stimme. »Solltest du nicht lernen?« Es ist Adrian, der

auf der anderen Seite des Hofes steht und zu uns herübersieht.

Moritz stößt einen genervten Seufzer aus und sieht
von seinem Vater wieder zu mir her. »Zwei Nach-
zipf«, erklärt er und wirkt dabei noch stolz.

Also, wenn mich ein Achtzehnjähriger je beeindrucken kann, dann definitiv nicht mit zwei Wiederho-
lungsprüfungen.

»Mathe und Deutsch.«

»Und fast noch Englisch und Geschichte.« Nina
grinst schadenfroh.

»Dann hätte ich die Klasse wiederholen müssen«,
erklärt Moritz. »Aber mit meinem Charme konnte ich
die Lehrerinnen überzeugen, mir eine Vier zu geben.«

Nina sieht mit schrägem Blick zu mir herüber. »Manche nennen es Charme, manche Hartnäckigkeit.«

»So bin ich nun mal«, entgegnet Moritz etwas trotzig. »Wenn ich etwas haben will, dann kämpfe ich darum.« Er sieht wieder zu mir her und lächelt schief.
Erneut ein Flirtversuch?

»Dann kämpf mal dafür, die Klasse zu schaffen«,
sage ich etwas bemutternd, »das ist wichtig für dein
weiteres Leben.«

Moritz winkt jedoch gelassen ab. »Eigentlich brau-
che ich das gar nicht«, entgegnet er schulterzuckend.
»Ich werde mal Influencer. Wen interessiert da die
Schulausbildung.«

Noch bevor ich kapiere oder nachfragen kann, was
er mit dem Beruf des Influencers meint, ruft Adrian
schon wieder nach ihm.

Dieses Mal springt Moritz auf. »Man sieht sich!«

Er grinst noch einmal in die Runde und macht sich dann auf den Weg zum alten Haus.

»Ich muss auch los«, murrt Leonie, als wollte sie die Gelegenheit nicht ungenutzt lassen. Sie hat wohl das von ihrer Mutter aufgetragene Soll, sich mit uns zu unterhalten, erfüllt und sucht jetzt das Weite.

Als sie weg ist, sehe ich zu Nina. »Gibt es noch mehr Leute, gegen die ich gewappnet sein sollte?«

»Zumindest keine, die hier wohnen«, antwortet sie ernst.

* * *

Meine Unfähigkeit zu kochen habe ich von meinen Eltern.

Deshalb gingen wir meist in Restaurants, statt die teure Tischlerküche in der Altbauwohnung meiner Eltern zu nutzen. In der Innenstadt kannte ich nahezu alle Restaurants. Fischlokale, exotisches Essen aus Südamerika oder Asien, Sieben-Gänge-Menüs, alles à la carte. Fast Food entdeckte ich erst, als Bianca mich in der Unterstufe zu McDonald's geschleppt hatte.

In einem Heurigen oder Buschenschank war ich bis gestern Nachmittag noch nie in meinem Leben gewesen. Entsprechend überrascht bin ich über das einfache, auf kalte Speisen ausgerichtete Buffet, das bei den Gästen viel Anklang findet. Es stört auch niemanden, für sein Essen aufstehen und es sich selbst von der Theke holen zu müssen.

Neben der Vielfalt begeistert mich vor allem die Regionalität der Produkte. Auf einer Schiefertafel neben dem Buffet listet Lore alle Bauern auf, von denen sie das Obst und Gemüse bezieht. Alles bio, versteht sich. Dazu einen nahe gelegenen Fleischhauer, der sie mit Wurst, Schinken und Speck versorgt, sowie eine niederösterreichische Molkerei, die den Käse liefert. Darunter ein reinweißer Schaf-Frischkäse, den ich am Vormittag mit Nina kosten durfte. Mit frischem Schnittlauch kommen der milde Geschmack und die cremig weiche Konsistenz perfekt zur Geltung. Das würde auch meinen Eltern schmecken.

Um vier Uhr am Nachmittag ist der Hof des Buschenschanks bereits gut besucht. Etwas unbeholfen stehe ich am Rand und beobachte Kristina, die ein junges Paar zu einer kleinen Gruppe an den Tisch setzt, was niemanden zu stören scheint. Einige Besucher kommen direkt mit dem Auto hierher, andere erreichen den Buschenschank nach einer Wanderung durch die nahe gelegenen Weingärten. Sie tragen festes Schuhwerk, Walkingstöcke und Rucksäcke und wollen sich nun im Buschenschank mit Speis und Trank stärken.

Auch Nina ist fleißig unterwegs. Sie bewegt sich mit ihrem Rollstuhl gekonnt zwischen den Tischreihen hindurch. Auf dem Schoß liegt ein Tablett, auf dem sie die leeren Gläser abstellt. Immer wieder hält sie an einem der Tische und unterhält sich ungezwungen mit den Gästen. Sie scherzt mit ihnen, strahlt dabei über das ganze Gesicht und wirkt vertraut mit ihrer Umgebung und Aufgabe.

»Mona, kannst du mir die herrichten?« Im Vorbeigehen zupft Kristina das oberste Blatt ihres Schreibblocks ab und drückt es mir in die Hand. Dann läuft sie schon zum nächsten Tisch, wo eine größere Gruppe darauf wartet, ihre Getränkebestellung aufgeben zu können.

Damit ich nicht ganz untätig bin, gehe ich zum Buffet hinein, das von Lore und Doris betreut wird, während Oliver sich um den Ausschank kümmert.

Er füllt gerade mehrere Gläser, als ich, mit dem Zettel in der Luft wedelnd, zu ihm eile. »Eine Bestellung von Kristina«, erkläre ich.

Oliver blickt konzentriert auf die Gläser, in die er gerade Achterl einfüllt. »Was braucht sie denn?«, fragt er.

Ich sehe auf die kritzelige Schrift, die ich kaum lesen kann. »Zwei GS, ein MU, zwei TMG und drei WSp«, versuche ich zu entziffern.

Oliver beginnt, so laut zu lachen, dass mehrere Gäste von der Buffet-Warteschlange zu uns herübersehen. »Du hast keine Ahnung, was das bedeutet, oder?«

Woher auch?

Mit flinken Fingern stellt Oliver die gefüllten Gläser auf ein leeres Tablett, legt einen Kassenbon dazu und wendet sich mir zu. »Zweimal Gemischter Satz, ein Muskateller, zwei Traubenmost gespritzt und drei weiße Spritzer«, übersetzt er Kristinas Hieroglyphen. Dann schiebt er mir das Blatt wieder hin, als wollte er mich auffordern, die Bestellung entsprechend vorzubereiten.

Ich sehe ratlos zu ihm auf. »Das heißt?«

Oliver bedeutet mir mit einem Kopfnicken, zu ihm

hinter die Anrichte zu kommen. Dann sagt er: »Wir brauchen drei Wein- und fünf Henkelgläser.«

Zusammen holen wir diese aus den Regalen. Er die Weingläser und ich die Henkelgläser. Dann reicht er mir die erste grüne Flasche. »Der Gemischte Satz«, erklärt er.

Zweimal, habe ich mir gemerkt, und schenke davon ein.

»Ein bisschen mehr darf's schon sein.« Er deutet auf die feine, weiße Markierung an den Gläsern. »Ein gutes Achterl eben.«

Ich fülle nach.

»Was ist ein Gemischter Satz?«, frage ich. »Das klingt, als wären es die Reste aus dem Tank.«

Oliver lacht so herzhaft, dass er erneut die Blicke auf sich zieht. »Der Gemischte Satz ist *der* Wiener Wein. Das hat nichts mit übrig gebliebenem Weinsatz zu tun, sondern ist ein Verschnitt mehrerer Rebsorten.«

Ich nicke und erinnere mich – wieder einmal –, wie wenig Ahnung ich von Wein habe. »Was kommt als Nächstes?«, frage ich, um von meinem Unwissen abzulenken.

»Für den Spritzer nehmen wir den Veltliner«, erklärt Oliver und schiebt drei Henkelgläser zusammen. »Wir mischen eins zu eins mit Soda.«

Gemäß seiner Anweisung bereite ich die Getränke zu, als Letztes die Traubensäfte mit Sodawasser.

An der Kasse erklärt Oliver mir geduldig, wie ich die Getränke boniere und eine Rechnung ausdrucke. Gerade als wir fertig sind, kommt Kristina herein und tauscht eine Ladung schmutziger Gläser gegen die Bestellung. Nicht ohne zwei weitere Zettel mit Getränkewünschen zurückzulassen.

Dieses Mal arbeiten Oliver und ich synchron, wobei er immer wieder einen kontrollierenden Blick auf meine Arbeit wirft.

»Übernimmst du eine?«, fragt Kristina, als sie wieder auftaucht. »Die gehört an Tisch sieben. Das ist der Letzte vor der Terrasse.«

Obwohl es das erste Mal ist, dass ich direkt mit den Gästen zu tun habe, nicke ich entschlossen und hieve das Tablett auf meinen Arm. Es ist schwerer als gedacht. Wie kann Kristina die ganze Zeit so flink damit herumlaufen?

Um möglichst wenig zu verschütten, gehe ich langsam und brauche umso länger, bis ich an Tisch sieben ankomme. Den Gästen fällt es nicht auf, und sie bedanken sich freundlich für die Getränke. Am Rückweg sammle ich einige leere Gläser von den Tischen ein.

»Du machst dich gut«, sagt Nina aufmunternd, als ich an ihr vorbeikomme. Sie lächelt mich an, auch wenn ich glaube, dass sie flunkert, um nett zu sein.

Dennoch bedanke ich mich bei ihr.

Im Gegensatz zu Lore, Doris und Kristina trage ich kein Dirndl. Einzig die grüne Schürze, die Lore mir gegeben hat, unterscheidet mich von den Gästen. Darunter trage ich die dunkelbraune Stoffhose, von der ich zuvor mühevoll Reblaus' Haare abgebürstet habe.

Wenigstens hat er sich nicht mehr blicken lassen, seit die vielen Gäste hier eingekehrt sind.

»Ich war zuvor drinnen«, fährt Nina fort. »Oliver sieht aus, als wäre er nie weg gewesen.« Ihre Augen leuchten, als sie von ihrem großen Bruder spricht. Dabei ist mir nicht entgangen, dass er ihr kaum Beachtung schenkt.

Ich nicke. »Seine Rückkehr scheint gut zu laufen.«

»Bislang schon«, antwortet Nina zurückhaltend. »Es weiß ja auch noch nicht jeder, dass er wieder hier ist.«

* * *

»Jetzt mach schon!« Nina lacht sich hinter mir schlapp.

Für sie mag es amüsant sein, doch ich bekomme Schweißausbrüche, seit wir um die Ecke gebogen sind und diese Kugelaugen mich anstarren. Cindy, Möchtegern-Hahn-aus-Marzahn, hat drohend die Flügel ausgebreitet, als ich nach dem Gattertor gegriffen habe. Man sagt ja, Hunde können Angst riechen. Hühner offenbar auch.

Mir bleibt nichts anderes übrig, ich muss die Eier aus dem Stall holen. Vorsichtig schiebe ich die Tür auf und luge in das Innere. Zwei fette Hennen sitzen in den Nestern und sehen mich schockiert an, als würde ich sie gerade bei etwas äußerst Intimem stören.

Im Stall ist es dunkel. Nur der Türspalt und die kleine Luke, durch welche die Hühner ins Freie gelangen, lassen etwas Licht herein. Die Vorstellung, dass die Tür hinter mir zufällt und Cindy durch das Loch hereinkommt, um Kleinfutter aus mir zu machen, gefällt mir gar nicht.

»Da ist nichts drinnen«, rufe ich, nachdem ich im ersten freien Nest kein Ei entdeckt habe. Vielleicht bleibt mir ja erspart, die anderen Kistchen zu inspizieren. Vor allem jene, in denen noch zwei Hühner sitzen.

»Blödsinn! Die legen jeden Tag Eier«, entgegnet Nina unnachgiebig. In ihrer Stimme höre ich ihre Erheiterung. Sie hat leicht lachen, schließlich kommt sie mit dem Rollstuhl wohl kaum in den Stall.

»Ich sehe keine Eier«, rufe ich von der Tür aus.

»Jetzt geh schon rein und greif ins Stroh!« Nina unterdrückt ein Kichern.

»Die zwei Hennen da drinnen zählen bereits den Countdown, bis sie mich anspringen und mir die Augen auspicken.«

»Tatsächlich?« Nina nimmt mich natürlich nicht ernst.

»Sie sagen, sie geben mir noch eine letzte Chance, mich umzudrehen und zu gehen.«

»Wir verhandeln nicht mit Terroristen.«

»Haha«, entgegne ich zynisch. Mir ist gerade nicht zum Lachen zumute.

»Das sind Minnie und Daisy. Die zwei wollen immer brüten«, erklärt Nina.

»Minnie, Daisy und Cindy?«, frage ich. Diese Namen klingen viel zu niedlich für diese Tiere. Mir bleibt keine andere Wahl. Ich muss die beiden Disney-Hühner wohl oder übel von den Eiern fortscheuchen.

»Husch, husch! Na, macht schon!«

Keine Ahnung, ob Minnie oder Daisy, aber eine der Hennen erhebt sich widerwillig, als wüsste sie, dass sie früher oder später das Feld räumen muss. Sie flattert aus dem Nest und stolziert mit wackelndem Kopf durch die Luke aus dem Gehege.

»Du auch!«

Das zweite Huhn kommt ebenfalls in die Gänge, nicht aber, ohne sich lauthals zu beklagen. Wütend gackernd tut sie ihr Leid kund, und ich fürchte, sie könnte damit Cindy anlocken, die sich als selbst ernannter Hahn für die Hühner und deren Eier verantwortlich fühlt.

»Ist es jetzt leer?«, ruft Nina von draußen.

»Ja.«

»Dann beeil dich, bevor sie es sich anders überlegen.«

Bestimmt macht Nina nur einen Scherz, doch das Risiko will ich nicht eingehen. Auch will ich nicht, dass die Tür hinter mir zufällt, während ich die Nester leere. Dann ist es hier stockdunkel im Stall, und ich bekomme bestimmt eine Panikattacke.

Also gut, irgendetwas muss doch von dem Yoga-Kurs hängen geblieben sein, den ich monatelang besucht habe. Wie hieß diese Asana noch mal? Waage?

Den Korb am rechten Unterarm baumelnd, mache ich einen Schritt nach vorn und halte mit dem nach hinten gestreckten Bein die Tür einen Spalt weit auf. Dann beuge ich mich vor und verlängere meinen Oberkörper mit den Armen. Meine Balance war auch schon mal besser, doch ich muss hier niemandem beweisen, dass ich mein Gleichgewicht halten kann. Ich muss hier nur lebend wieder rauskommen.

In Windeseile picke ich die Eier aus dem Stroh. Sie

sind warm, und, wie ich feststelle, nicht besonders sauber. Teilweise kleben noch Kot und kleine Federn an der Schale.

Na Mahlzeit!

Neun Stück bei fünfzehn Tieren. Das ergibt sechzig Prozent Eier legende Hühner. Was ist mit den restlichen vierzig Prozent? Sind die nur hier, um mir das Leben schwer zu machen?

Als ich mich schüttle und aus dem Gehege zu Nina trete, grinst sie von einem Ohr zum anderen. »Ich hoffe, du hattest deinen Spaß«, knurre ich.

»Ein bisschen«, gesteht sie zufrieden.

»Hast ja selbst am lautesten gegackert.« Ich blicke auf meine dunkle Hose, die für diese Temperaturen ohnehin völlig unpassend ist und mir jetzt dank des Staubs und der Hühnerfedern noch einmal klarmacht, dass ich für die Arbeit auf einem Weingut schlecht ausgestattet bin.

Als wir zum Hof zurückkommen, kehrt Moritz den Boden mit einem groben Besen. Eigentlich sehen die Pflastersteine nicht so schmutzig aus.

»Schon genug für Mathe gebüffelt?«, fragt Nina gehässig.

»Nö«, stöhnt Moritz und nutzt unsere Gesellschaft für eine kurze Pause. »Ich hab mich letzte Nacht weggeschlichen, um auf eine Party zu gehen, und vergessen, zurück zu sein, bevor Papa das mitkriegt.«

Nina lacht amüsiert. »Dann geschieht dir das recht. Da drüben hast du eine Stelle vergessen.« Sie deutet auf den Boden hinter Moritz, bestimmt nur, um ihn zu ärgern.

»Heute macht sie sich auf unser aller Kosten ihren Spaß«, sage ich und funkle Nina böse an.

Moritz nickt. »Ja, sie ist überhaupt so widerlich fröhlich, seit Oliver und du angekommen seid.«

Nina wirft den Kopf in den Nacken und prustet lauthals los. »Ich war schon davor widerlich fröhlich.«

»Nicht so«, knurrt Moritz.

»Ich bringe mal die Eier hinein, damit ihr euch gegen mich verschwören könnt«, sagt Nina amüsiert und nimmt mir den Korb mit den Eiern ab. Sie stellt ihn sich auf den Schoß und schiebt sich kraftvoll die Rampe auf die Terrasse hinauf.

»Ich wollte eigentlich vor Mitternacht zurück sein«, sagt Moritz und zieht meine Aufmerksamkeit damit wieder auf sich. Ich brauche einen Moment, bis ich mich erinnere, wovon er zuvor gesprochen hat, da fährt er auch schon fort: »Aber das Mädel, mit dem ich zusammen war, war einfach zu heiß. Da musste ich länger bleiben.«

Ich starre ihn mit leicht offenem Mund an und frage mich, warum er mir das erzählt. Soll mich das beeindrucken?

»Sie war älter als ich«, fügt Moritz hinzu und grinst schief. »Das gefällt mir.«

Keine Ahnung, was ich darauf antworten soll. Hilfe suchend sehe ich mich um und entdecke Leonie, die auf der anderen Seite des Hofs steht und zu uns herübersieht. Als sie bemerkt, dass ich zu ihr schaue, schiebt sie sich demonstrativ ihre Sonnenbrille auf die Nase, dreht sich um und geht ins Haus. Dort wird sie die Brille bestimmt brauchen.

Plötzlich reißt mich das Läuten der Glocke in der Einfahrt aus den Gedanken. Als ich mich umdrehe, sehe ich einen jungen Mann in einer schwarzen Soutane und mit weißem Römerkragen. Obwohl ich nicht christlich erzogen wurde, weiß ich sofort, dass es ein Priester ist. Dennoch sieht er irgendwie anders aus als die Geistlichen, die mir bislang untergekommen sind. Das waren meist ältere Männer, entweder sehr hager oder kugelrund. Dieser hier ist kaum älter als ich, hat blonde Locken, die fast bis zu seinen Schultern reichen, und ein kantiges, nicht unattraktives Gesicht.

Hinter mir höre ich Moritz geflissentlich den Boden kehren und etwas dabei murmeln, das nicht sehr erfreut klingt.

»Grüß Gott.« Der Priester kommt lächelnd auf mich zu.

Meine Begrüßung ist nicht mehr als ein Gestammel.

»Herr Leutgeb, grüß Sie Gott.« Ninas fröhliche Stimme dringt von hinten an mein Ohr. Dann folgt das Rattern ihres Rollstuhls auf der Rampe.

Der Priester kommt näher und schüttelt Nina die Hand. »Ich komme gerade von der Sonntagsmesse und dachte, ich schaue kurz vorbei.« Dann wendet er sich mir zu und sieht mich, wie ich finde, einen Tick zu erwartungsvoll an.

»Ist der Wein ausgegangen?«, frage ich und begreife erst im Nachhinein, dass diese Bemerkung ziemlich plump ist.

»Herr Leutgeb war mir eine große Hilfe nach meinem Unfall«, erklärt Nina und ignoriert – Gott sei

Dank – meine Frage. Sie klopft auf den Rollstuhl. »Am Anfang war es nicht leicht für mich, diese neue Situation zu akzeptieren.«

Ich sehe auf Nina hinunter und fühle mich schlecht, weil ich so unsensibel reagiert habe. Doch ihrem freundlichen Lächeln nach zu urteilen, macht sie mir keine Vorwürfe. Und auch der Priester nicht.

»Gott stellt uns nicht vor eine Aufgabe, von der er denkt, dass wir ihr nicht gewachsen sind.« Wieder sieht der Mann mich erwartungsvoll an. Doch ehe ich mir ein paar klügere Worte einfallen lassen kann, fragt er schon: »Sind Sie auch gläubig, Frau …?«

»Böse«, sage ich und amüsiere mich erstmals in meinem Leben über meinen Nachnamen. Dann schüttle ich den Kopf. »Nein, bin ich nicht.« Meine Eltern haben nie Wert auf eine katholische Erziehung gelegt. Ich bin zwar getauft und war bei der Erstkommunion, die Firmung habe ich jedoch ausgelassen. Weil meine Eltern es nicht erwartet haben, weil ein Großteil meiner Schulklasse nicht dabei war, weil ich immer ein eher pragmatisch denkender Mensch war und mit dem Glauben nicht viel am Hut hatte.

»Mona ist mit meinem Bruder am Freitag gekommen«, erklärt Nina und hilft uns durch diese etwas unangenehme Situation.

Vielleicht hat Herr Leutgeb recht. Eine Querschnittslähmung ist eine tragische Sache, auch wenn Nina durch die Beweglichkeit ihrer Hände und Arme nicht total eingeschränkt ist. Ich wüsste nicht, ob ich in dieser Situation so viel Lebensenergie hätte.

»Eine Dame aus dem Kirchenchor hat erzählt, dass

Oliver wieder hier ist«, sagt der Priester. »Da dachte ich, ich komme mal vorbei.«

»Er ist nur leider gerade nicht da«, erklärt Nina. »Opa ist mit ihm im Weingarten. Die Trauben müssen entlaubt werden.«

Herr Leutgeb nickt, als verstünde er von Weinbau mehr als ich. Seine blonden Locken wippen leicht. »Ich muss jetzt sowieso weiter«, sagt er. »Ich bin zum Essen im Altenheim eingeladen.« Er rümpft die Nase und erklärt dann etwas leiser: »Die Gesellschaft dort ist nett, doch das Essen ist grauenhaft.« Er zuckt entschuldigend mit den Schultern, ehe er uns beiden noch ein Lächeln schenkt. »Ich wünsche einen schönen Sonntag. Vielleicht sieht man sich demnächst in der Kirche.« Sein Blick gleitet von Nina zu mir. Seine graublauen Augen funkeln im Licht der Vormittagssonne. »Frau Böse.«

Soll das eine Aufforderung sein, in die Kirche zu gehen? Ich nicke kurz.

Dann verabschiedet sich der Priester, grüßt über unsere Schultern hinweg Moritz, der sich immer weiter in den hinteren Teil des Hofs gekehrt hat, und verlässt dann über die Einfahrt den Hof.

Als er weg ist, sehe ich zu Moritz, der erleichtert die Schultern sacken lässt. »Was ist denn mit dem?«

Nina lacht. »Herr Leutgeb ist auch an Moritz' Schule tätig.« Das erklärt zwar nicht alles, aber genug, dass ich nicht weiter nachfragen muss.

»Was hältst du von ihm?«, fragt Nina.

»Er sieht aus wie Heath Ledger.« Zumindest war das mein erster Gedanke, bevor er über Gottes Herausforderungen und Kirchengänge gesprochen hat.

Nina reißt die Augen auf und stimmt mir nickend zu. »Absolut!« Ihre Wangen röten sich.

Bevor wir darüber diskutieren können, ob es schade ist, dass sich ein so junger, attraktiver Mann dem Zölibat verschrieben hat, hören wir das Quietschen von Reifen. Meine erste Vermutung, dass in Herrn Leutgeb ein kleiner Sebastian Vettel steckt, verfliegt in dem Moment, als eine Autotür zuknallt. Sekunden später stürmt eine junge Frau auf den Hof und sieht aus, als hätte sie bereits mit einem Empfangskomitee gerechnet.

Sie ist groß, trägt dunkelrote Stiefeletten und dazu passenden Lippenstift. Ihre Kleidung ist schlicht und elegant. Ähnlich meiner, nur mit mehr ... Stil.

»Scheiße«, murmelt Nina an meiner Seite.

Ich verstehe nicht und sehe zu ihr hinunter.

»Viktoria«, flüstert sie nur.

*** Schupfnudeln ***

Aus der österreichischen Küche nicht wegzudenken sind Schupfnudeln. Sie sind sowohl als Hauptspeise wie auch als Beilage beliebt und überzeugen dabei in pikanter und süßer Variante.

In der Pfanne gebraten eignen sie sich hervorragend als Beilage für Fleisch- und Gemüsegerichte, zum Beispiel mit Sauerkraut und gewürfeltem Speck.

In Österreich besonders populär sind Mohnnudeln. Hierfür werden die Nudeln in Butter und Mohn geschwenkt und anschließend mit Staubzucker bestäubt.

Rezept Nussnudeln
(ca. 5 Portionen)

Lores Tipp: Statt Nussbrösel können die Nudeln auch in etwas Butter mit Mohn gewälzt und anschließend mit Staubzucker bestäubt werden.

Zutaten für das Grundrezept:
500 g mehlige Erdäpfel
50 g Butter
1 Eidotter
100 g Mehl
50 g Weizengrieß
Prise Salz

Zutaten für die Nussbrösel:
100 g Butter
80 g Haselnüsse gerieben
80 g Semmelbrösel
1–2 EL Staubzucker

Zubereitung:
Erdäpfel kochen, schälen und abgekühlt durch eine Kartoffelpresse drücken. Anschließend mit Mehl, Grieß, Butter, Ei und Salz verkneten. Den Teig auf einer bemehlten Arbeitsfläche zu fingerdicken Rollen formen und in ca. 2 cm dicke Stücke schneiden. Diese zwischen den Handflächen zu Nudeln rollen.

Die Nudeln so lange kochen, bis sie an der Wasseroberfläche schwimmen, dann abtropfen lassen.

Für die Nussbrösel die Butter in einer Pfanne schmelzen und die geriebenen Nüsse und Brösel darin anrösten. Die Schupfnudeln in den Bröseln wälzen und zum Schluss mit Staubzucker bestreuen.

»Ist er hier?«

Viktoria bleibt wenige Schritte vor uns stehen und stemmt die Hände in die Taille.

Ninas Antwort ist nur ein kurzes Kopfschütteln.

Etwas unbeholfen stehe ich daneben und wundere mich über die Art der Begrüßung. Wie vermisse ich die Zeiten im Büro der Agentur. Da hatte ich den halben Tag meine Ruhe. Konnte in meinem Zimmer sitzen, die Jalousien auf halbmast, und die Klimaanlage über der Tür sorgte immer genau für die Temperatur, die ich wollte.

Hier knallt mir die meiste Zeit die Sonne auf den Kopf, meine Bluse klebt auf der Haut, und in der letzten halben Stunde hatte ich mit mehr Menschen zu tun als an manchen ganzen Tagen im Büro. Ich konnte mich ungestört durch Unterlagen ackern, Kalkulationen und Statistiken erstellen und meine Kommunikation auf E-Mails beschränken. Spätestens nach dem zweiten Anruf hätte ich mein Telefon offline geschaltet, um ungestört zu sein.

»Es wäre nett gewesen, wenn man mir Bescheid gibt.« Vorwurfsvoll blitzt Viktorias Blick kurz zu mir und dann wieder zu Nina zurück.

»Wir haben es selbst nicht gewusst«, verteidigt Nina sich schnell. »Er stand am Freitag plötzlich mit Mona vor uns.«

Jetzt habe ich Viktorias volle Aufmerksamkeit. Und Härte. Meine Vermutung, sie könnte eine entfernte Verwandte sein, verflüchtigt sich. Wenn das nicht Olivers Ex ist, fresse ich einen Besen samt Stiel.

»Und du bist?«

»Mona«, antworte ich nur, was sie durch Ninas Aussage bereits wissen müsste.

»Eine Freundin«, ergänzt Nina eilig und versucht damit offenbar, die Situation zu entschärfen.

Ein vergeblicher Versuch, wenn ich mir Viktorias Mimik so ansehe. Immer noch starrt sie mich an, über ihrem linken Auge zuckt ein Muskel. Als wäre es eine unausgesprochene Drohung, die sagt, dass das hier ihr Territorium ist.

»Er soll mich anrufen«, blafft sie, dreht sich einfach um, stapft über den gepflasterten Hof in Richtung Einfahrt und ruft, ohne zurückzublicken: »Das ist er mir schuldig!«

Kaum ist sie außer Sichtweite, stößt Nina einen langen Atemzug aus. Vier Sekunden, fünf, sechs. Als wäre es eine Atemübung.

»Was ist der denn über die Leber gelaufen?«, fragt Moritz ungeniert und stellt sich mit seinem Besen zwischen Nina und mich. Offensichtlich hat ihn das kleine Spektakel amüsiert.

Nina ignoriert seine Bemerkung und sieht zu mir hoch. »Viktoria ist Olivers Ex.«

Ach was.

* * *

»Da wären wir.« Lore öffnet die Tür zu einem Raum neben Adrians und Moritz' Wohnung. Er ist nicht besonders groß, aber mit einem kleinen Gaubenfenster ausgestattet, das ausreichend Licht hereinlässt, um jeden Zentimeter des Zimmers auszuleuchten.

Das Bett unter dem Fenster ist mit einer rot-weiß karierten Wäsche bezogen. Gegenüber steht ein massiver Holzkasten mit abgeblättertem Lack. Die einzige Lampe im Zimmer ist ein plumpes Metallding an der Wand mit einem tropfenförmigen Glasaufsatz. Daneben hängt ein vergilbtes Bild eines Weingartens.

»Es ist nicht besonders groß, aber ich finde es richtig hübsch.« Lore lächelt mich hoffnungsvoll an.

»Es ist toll«, antworte ich, auch wenn das etwas übertrieben ist. Ich brauche es ja nur zum Schlafen, denke ich. Und immer noch besser, als eine weitere Nacht im Bett mit Oliver verbringen zu müssen. Der hat nämlich so lange Beine, dass er gut zwei Drittel des Bettes benötigt und mich an den Rand drängt.

»Das Bad musst du dir mit den anderen teilen«, erklärt Lore und lächelt verlegen. »Wir haben es erst vor ein paar Jahren renoviert. Es ist wirklich schön geworden.«

»Das ist schon okay«, sage ich.

Lore nickt erleichtert. Dann deutet sie auf den Holzschrank. »Wirf mal einen Blick in den Kasten.«

Wären das Sheldons Worte, würde ich jetzt in Deckung gehen. Dann fiele mir bestimmt gleich ein Kübel Wasser entgegen. Bei Lore habe ich diese Sorge jedoch nicht. Stattdessen entdecke ich ein mattblaues Dirndl, dessen Oberteil mit kleinen, kugelförmigen Knöpfen geschmückt ist. Dazu passend ist eine glänzende Schürze in einem zarten Altrosa um die Taille gebunden.

»Gefällt es dir?«

Ich nicke. Es ist wirklich hübsch. Klassisch, unauffällig, stilvoll.

»Das ist mein erstes Dirndl«, sage ich. Als Kind hätten mir meine Eltern nie ein Dirndl gekauft. Wofür auch? Sie waren schließlich Zahnärzte und keine Bauern. Zumindest hätten sie es mir so erklärt. Als ich dann älter war und meine Garderobe selbst wählte, gab es nie einen Anlass, zu dem ich ein Trachtenkleid hätte tragen können. Und irgendwie war da auch immer der Gedanke, dass so etwas nicht zu mir passt. Ich ziehe ohnehin keine Kleider an, und sehr farbenfroh ist meine Garderobe auch nicht.

»Zieh es heute Abend an. Dann wissen die Gäste gleich, dass du zu uns gehörst.« Lore legt mir ihre warme Hand auf die Schulter. Eine Geste, für die ich ihr ebenso dankbar bin wie für ihre Worte.

Ich lächle schüchtern.

»Danke, dass du Oliver zurückgebracht hast.« Lore presst die Lippen aufeinander, offenbar unschlüssig, ob sie weitersprechen soll. »Du weißt gar nicht, wie viel mir das bedeutet.«

Ich nicke nur, weil ich keine Ahnung habe, was ich darauf sagen soll.

In dem Moment wischt Lore ihren emotionalen Gesichtsausdruck einfach weg und fragt: »Mona, kannst du eigentlich kochen und backen?«

Etwas perplex über den raschen Themenwechsel schüttle ich den Kopf.

»Ich will es dir beibringen.«

* * *

Ich stelle die letzten Gläser auf das Tablett, streiche noch einmal meine Schürze glatt und trage dann das schmutzige Geschirr ins Haus. Der Geschirrspüler läuft auf Hochtouren.

Lore hat vor einer halben Stunde den letzten Gästen die Sperrstunde angekündigt und anschließend den Buffetbereich dichtgemacht. Die Schüsseln mit den übrig gebliebenen Salaten und Aufstrichen sind im Kühlraum verstaut, und die Anrichte ist sauber gewischt. Nur noch hinter dem Getränkeausschank leuchtet eine kleine Lampe.

Obwohl ich Kristina den ganzen Tag beim Servieren unterstützt habe, bin ich nicht müde. Zwar sind meine Beine schwer, doch ich habe mich freiwillig gemeldet, mit Oliver den Schlussdienst zu übernehmen. Während er bei Stammgästen am Tisch sitzt, räume ich die sauberen Gläser aus dem Geschirrspüler. Gerade als ich fertig bin, kommt Oliver herein.

»Das erste Wochenende geschafft«, sagt er und nimmt mir mehrere Rotweingläser ab, die in das oberste Regal gehören. Mit seiner Körpergröße fällt ihm das Einräumen leichter als mir. »Was sagst du?«

Ich sehe zu ihm auf. »Es war eine interessante Erfahrung«, antworte ich und reibe mir über die Handgelenke, die vom Schleppen der schweren Wasserkrüge und Weinflaschen schmerzen.

»Das klingt, als würdest du noch heute Nacht die Flucht ergreifen wollen.« Oliver sieht mich mit einem schiefen Grinsen an.

»Fährt denn noch ein Bus?«, frage ich, obwohl ich daran nicht denke.

»Nicht in der Nähe.«

»Dann bleib ich noch zum Frühstück.«

Oliver stöhnt. »Das hört kein Mann gern.«

Ich boxe ihn gegen den Oberarm, doch er lacht nur. »Tu nicht so, als wärst du ein Frauenheld.«

Gespielt beleidigt wendet Oliver sich ab. »Was heißt hier so tun?« Er dreht den Verschluss mehrerer offener Flaschen zu und notiert mit einem Stift das heutige Datum auf dem Etikett.

»Frauenheld steht mir auf der Stirn geschrieben«, murmelt er in Gedanken versunken.

»Lass das bloß nicht Viktoria hören«, sage ich und bin froh, das Thema endlich zur Sprache bringen zu können. Bis jetzt hat es sich nicht ergeben, auch weil Oliver mit seinem Großvater erst von den Weingärten zurückgekommen ist, als der Buschenschank schon in vollem Gang war.

Oliver hält inne und sieht mich einen Augenblick lang gedankenverloren an. Dann wendet er sich ab und greift nach zwei Weingläsern. »Willst du auch?« Noch bevor ich zu einer Antwort ansetzen kann, hat er eine Flasche geöffnet und schenkt uns beiden ein. Rotwein.

Er reicht mir ein Glas, und wir stoßen etwas unwirsch an, ehe er einen kräftigen Schluck nimmt. »Ein Zweigelt«, sagt er, als hätte er das Etikett nicht gelesen und den Wein anhand seines Geschmacks erkannt.

Ich rieche daran. »Ein guter Jahrgang?«

Oliver zuckt mit den Schultern.

»Nina hat gesagt, dass sie hier war«, erklärt er plötzlich, obwohl ich nicht erwartet habe, dass er das Thema Viktoria noch einmal zur Sprache bringt.

»Sie will, dass du sie anrufst«, füge ich hinzu.

»Ich weiß.«

»Hast du es getan?«

»Nein.«

»Wirst du es tun?« Ich glaube, die Antwort bereits zu kennen.

»Nein«, sagt Oliver ohne Umschweife. Er weicht meinem Blick aus.

»Sie war ziemlich aufgebracht«, fahre ich fort, weil ich mehr über seine Exfreundin wissen will. Nina war ja auch nicht sehr gesprächig gewesen.

»Kann ich mir vorstellen«, antwortet Oliver. Seine knappen Antworten gehen mir auf den Geist.

»Was ist damals passiert?«

Oliver wirkt überrascht, dass ich das Thema so direkt anspreche. »Lass uns nicht darüber reden«, erwidert er und würgt damit weitere Versuche ab, Viktoria noch mehr in den Mittelpunkt unseres Gesprächs zu rücken.

»Okay«, sage ich und versuche, mir nicht anmerken zu lassen, dass ich ein wenig enttäuscht bin. »Worüber willst du dann reden?«

»Ist egal.« Er zuckt mit den Schultern und greift erneut zur Zweigeltflasche. »Vielleicht darüber, dass du in dem Dirndl wirklich gut aussiehst.« Er richtet seinen Blick auf das Glas, als müsste er sich konzentrieren, nichts von dem Wein zu verschütten.

Einen kurzen Moment bin ich irritiert, ob das ein Scherz sein soll, doch dann schielt er zu mir hoch. Vielleicht nur um sich zu vergewissern, dass ich noch da bin und gehört habe, was er gesagt hat.

Eigentlich sollte mich das Kompliment kalt lassen, doch ich kann das Grinsen nicht unterdrücken. »Danke«, flüstere ich und spüre, dass meine Wangen rot werden.

»Die Farben, die du sonst trägst, lassen dich immer so blass und unscheinbar wirken«, fährt er fort und mildert sein Kompliment damit gehörig ab. »Aber das Blau passt zu deinen Haaren.«

Automatisch greife ich an die Spitzen meiner Haare. Eigentlich sollte ich sie längst schneiden lassen. Ich trage meine Haare nie länger als bis zu den Schultern. Jetzt sind sie schon eine Handbreit darüber. In letzter Zeit war mir einfach nicht nach einem Besuch beim Friseur.

»Sag bloß, neben einem Frauenhelden steckt noch ein Stilberater in dir«, sage ich, um meine Unsicherheit zu überspielen.

Oliver lächelt, geht aber nicht weiter darauf ein. Stattdessen bringt er ein anderes Thema zur Sprache. Eines, das er gut und gern hätte ruhen lassen können. »Vielleicht hat dich dein Ex vor die Tür gesetzt, weil du immer rumläufst, als würdest du zur Steuerprüfung kommen?«

»Er hat mich schon so kennengelernt«, entgegne ich trotzig, auch wenn ich weiß, dass Oliver sich nur über mich lustig machen will.

Meine Antwort scheint ihn nicht zu überraschen. »Und was ist dann passiert?«

Ahnungslos zucke ich mit den Schultern. Ich habe keine Ahnung, was passiert ist. Und so sehr lag Emanuel mir nicht am Herzen, um das tiefer ergründen zu wollen. Ich warte ja noch immer auf den Herzschmerz, von dem alle Frauen nach einer Trennung sprechen.

»Eigentlich nichts Weltbewegendes. Unser Zusammenleben war immer harmonisch«, erkläre ich. »Emanuel hat noch studiert, und ich habe derweil bei Gut und Böse gearbeitet.«

»Moment mal!«, unterbricht Oliver mich und reißt die Augen auf. »Gut und Böse?«

»Die Agentur, in der ich zuvor gearbeitet habe«, antworte ich. »Karsten Gut und Mona Böse.« Ich rolle mit den Augen. Wie dumm war ich damals, meinen Namen dafür herzugeben!

»Der dich durch seine Freundin ersetzt hat, obwohl du die Agentur mit ihm zusammen aufgebaut hast?«

Ich bin erstaunt, dass Oliver sich das gemerkt hat. Das war doch nur eine beiläufige Erwähnung, als wir mit dem Auto hierher unterwegs waren. Ich nicke kurz.

»Also gut, zurück zu Emanuel, dem Studenten.« Oliver macht eine auffordernde Handbewegung, dass ich weiterreden soll.

»Jetzt nicht mehr«, erkläre ich. »Kaum war Emanuel mit dem Studium fertig und hatte einen Job, hat er mich wohl nicht mehr gebraucht, um die Wohnung zu finanzieren.«

»Was für ein Arsch.«

Ich hatte gerade Wein trinken wollen und verschlucke mich.

»Sag das!«

»Was?« Ich wische mir mit dem Handrücken über den Mund.

»Dass er ein Arsch ist.« Oliver sieht mich erwartungsvoll an.

»Weshalb?«

»Um über die Beziehung hinwegzukommen«, erklärt er.

Leicht verdattert starre ich ihn an. »Sehe ich aus, als wäre ich das nicht schon?« Ehrlich, mache ich den Eindruck, Emanuel noch nachzutrauern? Ich rede ja nicht einmal von ihm. Geschweige denn, dass ich an ihn denke.

»Nach zwei Jahren ist es normal, wenn das länger dauert«, erwidert Oliver altklug, und ich weiß nicht, ob er mich nur aufziehen will oder das ernst meint.

»Wenn ich mir Viktoria ansehe, kann es sogar fünf Jahre dauern.«

Die Aussage scheint gesessen zu haben. Oliver wendet sich ab. »Das zwischen uns war anders.«

»Ich wusste nicht, dass du über Emanuels und meine Beziehung so viel weißt.« Mein herausfordernder Gesichtsausdruck reicht wohl aus, um ihn in die Defensive zu drängen.

»Das war immer nur ein Hin und Her«, erklärt er und bringt damit das Thema Viktoria wieder ins Gespräch. »Wir sind miteinander aufgewachsen. Sie wohnte etwa hundert Meter stadtauswärts. Ihr Großvater war mit meinem befreundet, weshalb sie oft hier am Hof war und später auch bei der Lese geholfen hat.«

Ich nehme erneut einen Schluck vom Zweigelt, nur

um irgendwas zu tun. Ich kann ihm ja nicht die ganze Zeit wie gebannt an den Lippen hängen. Auch wenn ich durchaus neugierig bin, mehr darüber zu erfahren.

»Später hat sie eine kaufmännische Ausbildung gemacht, und weil niemand der Familie Feeberger sich gern um den Bürokram kümmert, hat sie das übernommen.«

Das wird ja immer besser. Jetzt ist sie nicht mehr nur die Ex, sondern auch noch die Sandkistenliebe und Teil des Betriebs.

»Das klingt ja sehr ernst«, sage ich nur.

Oliver rümpft die Nase. »Für sie mehr als für mich«, erklärt er. »Ja, ich war als Jugendlicher in sie verliebt, aber ihre dominante Art machte es mir nicht leicht, an etwas Dauerhaftes zu glauben.«

»Sie hat es dir dennoch übel genommen, dass du vor fünf Jahren einfach verschwunden bist.«

Oliver seufzt. »Kann sein. Mir blieb damals aber keine andere Wahl.«

Ich wünschte, ich wüsste, was vor fünf Jahren passiert ist. Mehr, als dass seine Eltern ums Leben gekommen sind und Nina an den Rollstuhl gefesselt wurde. Es ist wie ein Tabuthema am Hof, und wenn es nur annähernd so tragisch ist, wie ich vermute, kann ich das auch verstehen.

»Fällt es dir schwer, wieder hier zu sein? Mal abgesehen von Viktoria?«

Dieses Mal lässt Oliver sich mit einer Antwort Zeit. Ich rechne schon gar nicht mehr damit. Doch dann sagt er es, leise, aber voller Ehrlichkeit: »Ja.«

»Wärst du auch hier, wenn ich nicht mitgekommen wäre?«

»Nein.«

* * *

Es ist halb acht, als ich mir aus Lores Küche einen Pfefferminztee hole und mich damit auf die Terrasse setze, um an diesem Augustmorgen die ersten warmen Sonnenstrahlen einzufangen. Es ist ruhig.

Vor zehn Minuten sind Nina und Fredi aufgebrochen. Er bringt seine Enkeltochter zur Physiotherapie, und um dem Wiener Morgenverkehr zu entgehen, fahren sie schon früh los und gönnen sich ein Frühstück in der Nähe vom Naschmarkt.

Lore steht unter der Dusche, und Oliver liegt noch im Bett, wie ich es auch tun sollte, nachdem wir gestern erst nach Mitternacht schlafen gegangen sind. Doch irgendwie steckt noch der Rhythmus des Büroalltags in mir, und so war ich um halb sieben Uhr bereits putzmunter.

Kaum dass ich das Badezimmer betreten hatte, hat Adrian grantig an die Tür geklopft. »Jetzt mach schon weiter!«, hat er gerufen. »Dein Beautyprogramm kannst du erledigen, wenn wir in der Arbeit sind.«

Ich vermute, es liegt nicht daran, dass Adrian kein Morgenmensch ist. Vielmehr ist er einfach immer schlecht aufgelegt.

Mein Beautyprogramm bestand übrigens aus drei Minuten duschen, zwei Minuten abtrocknen und anziehen und vier Minuten Haare föhnen. Immer noch zu viel für Adrian, dem man es vermutlich um keine Uhrzeit recht machen kann.

»Trödelt nicht herum!« Doris' Stimme dringt über den Hof zu mir herüber.

»Es kotzt mich an, dass ich in den Ferien arbeiten muss und Moritz hier faul rumliegen darf«, sagt Leonie, die mit verknautschtem Gesicht aus dem alten Haus herausgetrottet kommt. Sie sieht aus, als wäre sie erst vor zwei Minuten aus dem Bett gekrochen.

Ihr folgt ein grinsender Moritz, dessen hellblonde Haare wild in alle Richtungen abstehen.

»Er soll nicht faul rumliegen, sondern für seine Nachprüfungen lernen«, entgegnet Doris und schultert ihre Handtasche. Sie zieht die Tür hinter sich zu.

»Werde ich bestraft, weil ich gute Noten habe?«

»Übertreib mal nicht«, entgegnet Doris ungeduldig. »Und jetzt los, sonst kommst du wieder zu spät.« Dann sieht Doris von ihrer Tochter zu Moritz. »Und dir rate ich, die letzten Tage gut zu nutzen.«

Moritz, der mich zwischenzeitlich auf der Terrasse entdeckt hat, pfeift fröhlich vor sich hin. »Mach ich!«, antwortet er gleichgültig und kommt mit großen Schritten auf mich zu. Unter seinem Arm klemmt ein Buch. Ein Schulbuch, wie ich vermute.

»Mona, wirf bitte ein Auge auf ihn, damit er nicht den ganzen Tag vor dem Fernseher herumhängt«, ruft Doris mir zu.

Irritiert sehe ich von meinem Häferl auf. Soll ich jetzt etwa Babysitterin für einen fast Achtzehnjährigen spielen?

»Ja, Mona, wirf bitte ein Auge auf mich«, sagt Moritz und setzt sich mir gegenüber an den Tisch.

In der Einfahrt dreht Leonie sich noch einmal zu uns um und straft mich mit einem finsteren Blick. Als ob ich etwas dafür kann, dass sie in den Ferien arbeiten muss. Ich frage mich, was für ein Job das sein soll. Vermutlich kein Praktikum bei einer Bank, wenn ich mir ihr Outfit so ansehe. Leonie trägt verschlissene Jeans, ein babyblaues Shirt mit dem Konterfei der englischen Queen und ihre bunten, selbst gebastelten Ohrringe.

Als sie mit ihrer Mutter hinter der Einfahrt verschwunden ist, sehe ich wieder zu Moritz, der mich grinsend anstarrt. Das Buch vor ihm ist tatsächlich ein Schulbuch. Auch wenn es durch Kritzeleien und Knitterfalten ziemlich mitgenommen aussieht, bezweifle ich, dass er schon oft einen Blick hineingeworfen hat.

»Wie wär's, wenn du mir Nachhilfe gibst«, fragt er mit einem Augenzwinkern. »Du kannst mir bestimmt noch einiges beibringen.«

Ich ignoriere die Zweideutigkeit seiner Worte und frage stattdessen: »Wo arbeitet Leonie?«

Moritz verzieht das Gesicht, als hätte er keine Ahnung, wovon ich spreche. Dann antwortet er gelangweilt: »Keine Ahnung. Ich glaube, sie hilft bei einem Heurigen aus.«

Es überrascht mich, dass er das nicht genauer weiß. Schließlich wohnen die beiden im gleichen Haus, und wie es aussieht, fühlt Doris sich auch für Moritz mitverantwortlich. Was gut ist, denn Adrian allein dürfte nur wenig Einfluss auf seinen Sohn haben.

»Mein Dad hat mir ein vollständiges Equipment versprochen, mit dem ich YouTube-Videos drehen kann, wenn ich nächstes Jahr die Matura schaffe«, erklärt Moritz enthusiastisch.

Also setzt Adrian wohl keine großen Hoffnungen darauf.

»Du willst YouTube-Videos machen?«

Moritz nickt eifrig.

Ich erinnere mich daran, dass Moritz erwähnt hat, Influencer werden zu wollen. Was soll das eigentlich für ein Berufswunsch sein? Arzt, Pilot, Fußballer ... alles schon gehört, aber Influencer? Was genau ist das? Und wann weiß man, dass man Influencer ist? Ab einer bestimmten Followerzahl? Und wie deklariert man das beim Finanzamt?

Alles Fragen, die Moritz mir wohl auch nicht beantworten kann.

»Und worum soll es in diesen Videos gehen?«, frage ich skeptisch und neugierig zugleich.

»Da habe ich mehrere Ideen.« Seine Augen werden groß, offenbar begeistert, mir mehr darüber erzählen zu dürfen. Er beugt sich über sein Schulbuch zu mir vor. »Erst dachte ich, ich drehe Videos zu aktuellen Rap-Songs und lasse hübsche Mädchen um mich herumtanzen. Vielleicht komme ich da noch auf dich zurück.« Seine Augenbrauen tänzeln aufgeregt.

Diese Antwort entlockt mir nicht mal ein müdes Lächeln. »Und was sind die anderen Ideen?«

»Naked Cooking.« Moritz strahlt mich an, als wäre das eine grenzgeniale Idee.

Grenzdebil trifft es wohl eher.

»Kannst du denn kochen?« Auch auf diese Frage kann ich mir die Antwort selbst denken.

»Nö, aber das bringe ich mir noch bei, und ich glaube sowieso, dass es hier nicht um die Zutaten geht.« Wieder ein dämliches Grinsen. Dazu deutet er auf seinen Körper hinab.

Mein Blick bleibt starr auf sein Gesicht gerichtet. Jetzt mal ganz objektiv betrachtet: Wer will einen Typen wie Moritz nackt kochen sehen? Nicht dass er schlecht aussieht, aber so umwerfend ist er auch wieder nicht. Vielleicht bin ich aber auch nicht seine Zielgruppe, und es fällt mir schwer, mich in die Vorstellungen einer Achtzehnjährigen hineinzuversetzen. Wobei ich auch als Achtzehnjährige einen weiten Bogen um diese Videos gemacht hätte.

»Willst du noch mehr Ideen wissen?«

Ich schüttle langsam den Kopf. »Wie viel hast du denn schon vom Prüfungsstoff gelernt?«, will ich stattdessen wissen und deute auf das Buch vor ihm.

Moritz sieht kurz darauf und beginnt dann, breit zu grinsen. »Nichts.«

Ein Glück für Adrian und die YouTube-Welt.

* * *

Ich muss dringend mit Oliver über die Tätigkeiten sprechen, für die ich hier angestellt bin. Was das Eierholen aus dem Hühnerstall betrifft, will ich ein Veto einlegen. Heute saß Cindy, die Henne, direkt vor dem Gatter, als wollte sie verhindern, dass ich hereinkomme. Dabei hatte sie mir mit einer Arroganz den

Rücken zugekehrt, als wäre ich ihrer Beachtung nicht wert.

Ich sollte dafür sorgen, dass es in diesem Gehege schon bald wieder einen Hahn gibt. Das ist doch bestimmt wichtig für eine artgerechte Haltung. Und damit jemand Cindy zeigt, dass sie hier nichts zu melden hat. Ihre eigenartigen Krählaute hin oder her.

Als ich mit dem Korb voll frischer Eier über die Terrasse in Lores Küche gehe, kann ich ihre Stimme bereits hören. Offenbar telefoniert sie gerade, denn außer uns ist im Moment niemand da. Nina und Fredi sind noch bei der Physiotherapie, Moritz hat sich zum Lernen in sein Zimmer verzogen, und Oliver musste etwas erledigen. Keine Ahnung, was das heißt.

»Sie können von weiteren Anrufen absehen«, erklärt Lore, die sehr geduldig und ruhig klingt. »Sagen Sie das auch dem Leiter der Palliativmedizin.«

Es folgt eine kurze Pause, in der ich vor der Tür verharre und überlege, ob ich einfach weitergehen soll. Dass man keine fremden Gespräche belauscht, weiß ich natürlich, aber hier bin ich ja regelrecht hineingelaufen, und angesichts der Worte kann ich nicht einfach weggehen.

»Vielen Dank. Auf Wiederhören.«

Ich zähle in Gedanken langsam bis zehn und trete dann zu Lore in die Küche. Sie sitzt am Esstisch, den Kopf in die Hände gestützt. Rund um sie herum liegen unzählige Prospekte, Bestellungen und andere Unterlagen, an denen Haftnotizen mit Kritzeleien kleben.

»Ist alles in Ordnung?«, frage ich vorsichtig und stelle den Eierkorb auf die Arbeitsfläche der Küche, die im Gegensatz zum Esstisch immer tipptopp aufgeräumt ist.

»Ja, natürlich«, antwortet Lore schnell und streckt den Rücken durch. Das Lächeln in ihrem Gesicht ist gut, aber nicht gut genug, um über das Gehörte hinwegzutäuschen.

Unschlüssig, was ich sagen soll, gehe ich zum Kühlschrank und sortiere die Eier in die dafür vorgesehene Halterung. Obwohl ich erst gestern neun Stück hineingelegt habe, sind heute nur noch zwei da. Der Verbrauch hier ist wirklich hoch. Hoffentlich schaffen sie sich nicht noch mehr Hühner an.

Als ich fertig bin und die Kühlschranktür schließe, bemerke ich, dass Lore geschäftig die Unterlagen vor sich sortiert. Dabei wurden die keinen Millimeter bewegt, seit ich das erste Mal diese Küche betreten habe.

»Ist wirklich alles okay?«, frage ich noch einmal, weil mir ihr Verhalten eigenartig vorkommt.

Lore lächelt. »Natürlich. Mir ist nur bewusst geworden, dass ich dieses Chaos an Unterlagen endlich in Ordnung bringen muss, und mir wird schon jetzt übel, wenn ich daran denke, meine Zeit damit zu verschwenden.«

Das glaube ich ihr sogar. Da scheint wirklich ein Durcheinander entstanden zu sein. »Ich kann dir dabei helfen«, sage ich. »Organisation liegt mir.«

Lore sieht mich erleichtert an. »Gern! Fredi und Nina drücken sich nämlich auch immer davor.« Sie lacht und lässt die Papierstöße am Esstisch hinter sich. »Wir Feebergers packen überall an und sind handwerklich geschickt, aber alles, was Büroarbeit betrifft, ist nicht so unseres.«

Bei mir ist es genau umgekehrt. »Und wie habt ihr es bislang geschafft?«

»Viktoria kümmert sich um die wichtigsten Angelegenheiten«, antwortet Lore und scheint nicht zu wissen, dass ich sie bereits kenne. »Sie ist ... die Enkeltochter von Freunden. Wir kennen sie, seit sie ein kleines Mädchen war. Eine nette junge Frau.«

Mir fällt es schwer, jetzt unbefangen zu lächeln, ich bemühe mich dennoch darum. Nett ist nicht gerade das Wort, mit dem ich Viktoria beschreiben würde. Aber ich habe ja auch nur einen flüchtigen Eindruck von ihr erhalten.

Ich überlege noch, ob Lore absichtlich nicht erwähnt, dass Viktoria auch Olivers Exfreundin ist.

Ehe ich weitere Gedanken darum spinnen kann, geht sie auch schon in die Speis und holt einen Korb mit Erdäpfeln.

»So, und jetzt zeige ich dir, wie man das Lieblingsgericht aller Feebergers macht.« Sie grinst mich breit an. »Schupfnudeln.«

* * *

Eine knappe Stunde später stehen Lore und ich uns an der Arbeitsplatte gegenüber und schälen die frisch gekochten und viel zu heißen Erdäpfel. Ich habe in meinem Leben noch nie Kartoffeln geschält, doch seit ich hier in Döbling bin, ist es bereits das zweite Mal. Hoffen wir, dass das nicht die sinnvollste Qualifikation wird, die ich von hier mitnehme.

»Die müssen nicht hübsch aussehen«, sagt Lore geduldig, als sie mitbekommt, dass ich leise fluche, weil mir eine Kartoffel in der Hand zerbrochen ist. »Die kommen dann eh in die Erdäpfelpresse.«

Gerade als wir die letzten Stücke schälen, hören wir das Geräusch von Ninas Rollstuhl. Offenbar sind sie und Fredi von der Physiotherapie zurück.

»Wie schade, da verpasse ich ausgerechnet die beste Arbeit«, sagt Nina mit gespieltem Bedauern, als sie sich in die Küche schiebt und einen Blick auf den Berg aus Schalen wirf.

»Dabei hat Nina flinkere Hände als ich«, sagt Lore mit einem warmen Lächeln.

»Ja, leider.« Nina verzieht das Gesicht und rollt zu der Spüle, wo sie sich etwas umständlich die Hände wäscht.

»Wie war die Physio?«

»Sehr gut.«

Und dann nimmt alles einen für mich ganz ungewöhnlichen Verlauf.

Ich koche.

So richtig. Nicht nur Aufstriche zusammenrühren oder mal ein Essen in der Mikrowelle warm machen.

Nein, dieses Mal ist es richtig.

Lores Anweisungen erleichtern mir die Tätigkeit. Erst drücke ich die Erdäpfel durch die Kartoffelpresse, dann vermische ich sie mit Mehl, Grieß und Eidotter sowie Butter und Salz. Eine klebrige Angelegenheit, doch Lore meint, mit den Händen funktioniert das am besten.

»Opa isst die Schupfnudeln zu allem«, erklärt Nina, die froh zu sein scheint, mal nicht mit anpacken zu müssen. Stattdessen beobachtet sie entspannt jeden meiner Handgriffe. »Saftfleisch, Braten, sogar Schnitzel.« Sie lacht. »Oma und ich essen sie gern mit Nussbröseln, und Oliver mochte immer Mohnnudeln am liebsten.«

Ich denke an Oliver, der am frühen Vormittag ohne eine Erklärung aufgebrochen ist. Ob er mir aus dem Weg gehen will? Nach dem gestrigen Abend kann ich das Verhältnis zwischen uns noch weniger definieren als zuvor. Es war einerseits vertraut und freundschaftlich, gleichzeitig aber ziemlich distanziert.

Bestimmt gibt es eine plausible Erklärung, warum er wegmusste. Er wird mich doch nicht einfach zurücklassen, um in sein altes Leben zu flüchten. Oder? Ich schüttle den Gedanken gleich wieder aus dem Kopf. Das würde er nicht tun.

Vermutlich muss er nur ein paar Angelegenheiten regeln. Schließlich hat er von einem Tag auf den anderen alles stehen und liegen lassen, um hierherzukommen. Was ist mit seiner Wohnung? Mit seinem Job?

Und was ist mit mir?

Da gibt es nichts, was auf mich wartet. Was noch zu erledigen wäre. Keine Wohnung, kein Job, keine Beziehung. Lediglich meine Eltern, denen ich mal sagen sollte, dass ich nicht mehr bei Bianca wohne. Ich kann ihre Vorwürfe schon jetzt hören.

Wärst du doch Zahnmedizinerin geworden. Dann hätte es das Schicksal besser mit dir gemeint! Es ist noch nicht zu spät, die Chance zu ergreifen und ein Studium zu beginnen. Unsere Praxis ist groß genug für uns drei.

»Den lassen wir jetzt ein paar Minuten stehen, ehe wir ihn weiterverarbeiten«, sagt Lore und sieht zufrieden auf den homogenen Teig, den ich in eine Schüssel gegeben habe, die sie mir hingestellt hat.

Ich beginne damit, mühsam die Teigreste von meinen Fingern zu rubbeln. »Welche Mengen hatten wir jetzt bei den Zutaten?«, frage ich und halte meine Hände unter den kalten Wasserstrahl, was die Sache nicht einfacher macht. Ich kriege das Zeug einfach nicht runter.

»Das mache ich nach Gefühl«, antwortet Lore und putzt in der Zwischenzeit die Arbeitsplatte.

»Gibt es Kochbücher, an denen du dich orientierst?«

Lore lächelt mich an und schüttelt den Kopf. »Ich habe das alles von meiner Mutter gelernt.«

Ich nicke und trockne meine Hände an einem Geschirrtuch ab. Dann gehe ich zum Esstisch und suche ein leeres Blatt Papier aus dem Durcheinander. Als ich eines gefunden habe, schnappe ich mir einen Stift und schreibe in Großbuchstaben Schupfnudeln auf den oberen Rand. »Wie viele Kartoffeln waren das?«

»Ein Kilo«, antwortet Lore selbstsicher, obwohl ich weiß, dass sie die Knollen nicht abgewogen hat.

»Und die anderen Zutaten?«

Lore überlegt kurz. »So genau kann ich das nicht

sagen«, antwortet sie. »Circa zweihundert Gramm Mehl, hundert Gramm Grieß, etwa noch einmal so viel Butter und zwei Dotter.«

Ich notiere ihre Angaben und frage mich, wie genau sie das wirklich schätzen kann. Als Letztes schreibe ich noch das Salz dazu.

In dem Moment dringt das Läuten der Glocke vom Hof zu uns in die Küche. »Kundschaft«, ruft Nina fröhlich und wendet ihren Rollstuhl geschickt in Richtung Tür. »Komm mit!«

Ich folge Nina aus der Küche hinaus auf die Terrasse. Sie fährt vor mir mit einer erschreckenden Geschwindigkeit die Rampe hinunter.

In der Einfahrt stehen ein dunkler Kastenwagen und ein Mann in unserem Alter.

»Hallo, Nina!«, ruft er freundlich.

»Hallo, Hannes.« Nina hält geschickt vor ihm. Sogar von hinten erkenne ich das Strahlen in ihrem Gesicht. »Darf ich dir Mona vorstellen.« Sie stellt den Rollstuhl schräg. »Sie hilft diese Saison bei uns aus. Mona, das ist Hannes. Seine Eltern haben ein Restaurant in Sievering und schenken dort unseren Wein aus.« Sie sagt das voller Stolz, und ich überlege, ob es wegen des Weins oder wegen Hannes ist.

Dieser grüßt kurz und wendet sich dann wieder Nina zu.

»Was darf's denn heute sein?« Nina rollt zum Verkaufsraum hinüber. Auch hier gibt es eine kleine Rampe sowie eine breite Tür, durch die Nina problemlos hindurchfahren kann.

»Wir brauchen Erdäpfel. Hundertzwanzig Kilo

speckige und achtzig Kilo mehlige«, erklärt Hannes und geht hinter ihr her.

Ich zögere noch einen Moment und überlege, ob ich mich bei den Mengenangaben eben verhört habe. Dann folge ich ihnen ins Innere.

»Außerdem eine ganze Ladung Wein.« Hannes zupft ein Stück Papier aus der Hosentasche und reicht es Nina.

Diese wirft einen kurzen Blick darauf. »Du weißt, bei der Menge liefern wir das kostenlos zu euch hinüber.«

»Dann würde ich ja den netten Service hier verpassen.« Hannes grinst, und ich sehe, wie seine Wangen rot werden.

Von der Seite aus beobachte ich die beiden und bin mir nicht sicher, ob Nina die liebevollen Kommentare als solche wahrnimmt. Stattdessen widmet sie sich den Erdäpfeln. »Es sollten genug da sein.«

Offenbar habe ich mich doch nicht verhört.

Als sie versucht, einen Kartoffelsack hochzuhieven, trete ich einen Schritt vor, um ihr zu helfen. Doch Hannes ist schneller und nimmt ihr die schwere Last ab.

»Lass nur, ich mache das schon!« Er lächelt sie liebevoll an. Dann hebt er sich je einen schweren Sack auf die Schultern und trägt sie mit einer erstaunlichen Leichtigkeit nach draußen zu seinem Fahrzeug.

Ich greife nach einem einzelnen Sack und folge ihm.

»Hast du schon gehört«, sagt Nina, als wir zurückkommen. »Oliver ist wieder da.«

»Ah, deshalb das Strahlen in deinem Gesicht.«

Ich muss mir ein Grinsen verkneifen. Das liegt im Augenblick wohl eher an Hannes, als an ihrem Bruder.

Nachdem die Kartoffeln – hauptsächlich von Hannes – auf der Ladefläche verstaut sind, füllen wir den restlichen Platz mit Weinkisten auf. Gefühlte fünfzig Kisten, auch wenn ich kurz bezweifle, dass sich das alles ausgeht. Doch Hannes kauft genauso viel Wein, wie noch darauf passt. Vermutlich ist es immer die gleiche Menge, und er weiß, wie viel er transportieren kann.

»Ich wollte dich fragen, ob du mal wieder bei uns vorbeikommst«, sagt Hannes und schiebt seine Hände etwas unsicher in die Hosentaschen. »Papa übt neue Wildgerichte, vielleicht magst du mal welche mit mir verkosten.« Er sieht Nina erwartungsvoll an.

Ich komme mir vor wie das fünfte Rad am Wagen, mache aber keine Anstalten, die beiden allein zu lassen.

»Mal schauen«, sagt Nina. Ihr Lächeln wirkt verkrampft.

Hannes nickt leicht. »Kannst dich ja bei mir melden«, fügt er hinzu und verabschiedet sich dann von uns.

Als er seinen Kastenwagen rückwärts aus der Einfahrt fährt, sehe ich Nina an. »Der steht auf dich.«

»Was? Unsinn!« Nina wendet ihren Rollstuhl und bewegt sich zielstrebig in Richtung Terrasse.

»Er hat mit dir geflirtet«, beharre ich.

»Hat er nicht.«

»Das sieht doch ein Blinder! Du solltest seine Essenseinladung annehmen. Glaub mir, der will nicht nur ein paar Gerichte verkosten.«

Nina bremst so abrupt ab, dass ich mir an ihrem Reifen die Zehen anstoße und einen leisen Fluch ausstoße. Sie sieht mit ernstem Gesicht zu mir hoch. »Was soll er denn mit mir?«, fragt sie. »Mit einer im Rollstuhl.«

Ihre Worte nehmen mir die Luft zum Atmen. So habe ich sie noch nie gesehen.

Anscheinend ist auch ihr die angespannte Situation unangenehm. Sie strafft die Schultern. »Komm, wir müssen das Essen fertigmachen.« Sie rollt weiter und lässt mich mit schlechtem Gewissen hinterherlaufen.

In der Küche hat Lore den Kartoffelteig bereits auf der bemehlten Arbeitsfläche weiterbearbeitet und mehrere Schlangen gerollt. Mit einem Messer teilt sie diese in kleine Stücke.

»Hast du schon einmal Schupfnudeln geformt?«, fragt sie mich.

Ich sehe verdattert auf. Ninas Worte liegen mir immer noch wie Blei im Magen. Ich blicke vorsichtig zu ihr hin und bin überrascht, als ich ihr verhaltenes Lächeln sehe. Offenbar nimmt sie mir meine Einmischung nicht weiter übel.

Das schlechte Gewissen lastet dennoch auf mir.

»Ich zeig es dir«, sagt Nina plötzlich und schiebt sich an die Kante der Arbeitsplatte.

***

Was das Kochen betrifft, scheint Lore keine Mühe zu groß zu sein. Während Nina und ich uns für Nussnudeln entschieden haben – eine Variante, in der die gekochten Schupfnudeln mit Semmelbrösel, geriebenen Nüssen und etwas Zucker vermengt werden –, machte Lore für sich und Fredi eine pikante Variante. Dafür hat sie Zwiebel und Speckwürfeln angebraten und die Schupfnudeln mit Sauerkraut vermengt.

Die dritte Variation, geschwenkt in Butter und Mohn, steht noch immer in der Küche, bestimmt schon kalt und angetrocknet.

Doch niemand erwähnt Oliver. Auch nicht, dass er immer noch nicht zurückgekommen ist und sich nicht gemeldet hat.

Es ist bereits kurz vor vier Uhr. Die Nachmittagssonne ist wunderbar warm, als Nina und ich auf der Terrasse sitzen und die Stellung halten. Lore und Fredi sind für ein paar Besorgungen weggefahren. Ich genieße einen Milchkaffee, und Nina pult Käferbohnen aus der Schale, die Lore hinter dem Haus auf Schnüre aufzieht.

»Ich kann dir helfen«, sage ich noch einmal, nachdem ich es ihr schon vor einer Viertelstunde angeboten habe.

Wieder winkt Nina ab. »Lass nur. Ich mach das gern«, antwortet sie. Vor ihr steht eine noch volle Schüssel mit geernteten Bohnen, die Lore in den letzten Tagen in der Sonne hat trocknen lassen. »Das ist gut für meine Fingerfertigkeit.«

Ich runzle die Stirn.

»Nach dem Unfall konnte ich meine Hände nur eingeschränkt nutzen«, erklärt sie und sieht dabei auf ihre zierlichen Finger. »Ich musste wochenlang täglich Übungen machen, bis ich wieder annähernd die gleiche Motorik hatte wie zuvor. Also, zumindest in den Fingern.« Sie hebt den Kopf und lächelt stolz. »Wenn ich schon an dieses Ding gefesselt bin, will ich zumindest meine Hände, so gut es geht, nutzen.«

Jetzt klingt etwas Wehmut mit, und ich erinnere mich an ihre Worte von heute Vormittag, als Hannes weggefahren war. Doch ehe ich mir mehr Gedanken darüber machen kann, durchbricht ein aufdringliches Pfeifen unser Gespräch.

Moritz schlendert von der Einfahrt her mit einem breiten Grinsen auf uns zu. »Hallo, Mädels«, flötet er.

»Wo kommst du denn her?«, fragt Nina irritiert, die genau wie ich weiß, dass er eigentlich lernen sollte.

»Hab mich mit Freunden getroffen.« Er lässt sich neben mir auf der Bank nieder.

Ich sehe seine Karriere als Influencer den Bach runtergehen und empfinde dies als Glück für die Menschheit. Und vermutlich auch für Moritz selbst. So kann er sich seine Träume als YouTube-Star ab-schminken und vernünftige Pläne für die Zukunft schmieden.

»Ich wünschte, ich könnte mit deiner Gelassenheit durchs Leben gehen«, sagt Nina und schüttelt den Kopf.

»Oder rollen«, fügt Moritz grinsend hinzu.

Ich reiße die Augen auf und will ihm schon gegen den Arm boxen, als Nina lacht.

»Du Arsch. Pass bloß auf, sonst verpetze ich dich bei deinem Vater.«

Anscheinend nimmt sie seine Bemerkung nicht so ernst, wie ich es tue.

141

»Rate mal, wer dir nicht mehr hilft, wenn dir das nächste Mal die Luft im Reifen ausgeht.«

Ich bin immer noch zu baff über den Verlauf dieses Gesprächs, als dass ich reagieren kann.

»Ich kann mich nicht erinnern, je einen Platten gehabt zu haben«, entgegnet Nina amüsiert.

»Ich werde Reißnägel ausstreuen«, sagt Moritz und steht wieder vom Tisch auf. »Hab noch was vor!«, fügt er hinzu und lässt uns auf der Terrasse zurück.

Nina lachend und mich verdattert.

Als er weg ist, sieht Nina zu mir auf. »Jetzt schau nicht so. Ich bin nicht aus Zucker. Auch wenn das nicht jeder sieht.«

Ich weiß nicht, wem diese Anspielung gilt. Vielleicht ihren Großeltern? Statt etwas zu sagen, trinke ich den letzten Schluck von meinem Milchkaffee und bringe das leere Häferl in die Küche zurück.

Als ich wieder auf die Terrasse trete, fährt ein rotes Cabrio auf den Hof. Darin ein Mann, Mitte fünfzig, mit weißem Polohemd und glänzender Pilotenbrille. An seiner Seite sitzt eine junge Blonde mit großer Sonnenbrille und wallender Mähne.

»Das wird jetzt eine Show«, sagt Nina halblaut und deutet zu den beiden.

Ich runzle nur die Stirn.

»Das ist Herr Traxler, und die junge Dame an seiner Seite ist nicht seine Ehefrau.«

Wir machen uns gemeinsam auf den Weg zu der Kundschaft, als der Mann schon aus dem Auto springt und um die Motorhaube herumeilt, um seiner Freundin die Tür zu öffnen.

Ich beobachte ihn dabei, und mein Blick fällt auf sein protziges Äußeres. Teure Armbanduhr, polierte Schuhe und ein Goldkettchen um seinen braun gebrannten Nacken. Seine dünnen grauen Haare hat er so streng zurückgegelt, dass ich die Spuren der einzelnen Kammzinken erkennen kann. Typen wie der wollen dir etwas verkaufen. Ein Auto, eine Immobilie oder eine Frau.

»Grüß Sie, Herr Traxler«, sagt Nina freundlich. »Was darf's denn sein?«

Der Mann legt seinen Arm um die Hüfte seiner Begleitung. »Wir suchen einen guten Tropfen für einen besonderen Anlass«, antwortet er, und die junge Dame klimpert mit ihren falschen Wimpern.

Ich frage mich, ob sie älter ist als ich. Jedenfalls deutlich jünger als Herr Traxler.

»Weiß oder rot?« Nina rollt vor zum Verkaufsraum, in dem die Weine gelagert werden. Routiniert drückt sie die Tür auf.

»Was meinst du, Blümchen?« Die Hand des Mannes rutscht noch ein Stück tiefer, als die beiden vor mir den Verkaufsraum betreten.

»Ich mag Weißwein«, antwortet die Blonde.

Als würden sie und Nina nicht die gleiche Sprache sprechen, wendet Herr Traxler sich erneut Nina zu: »Dann nehmen wir einen Weißwein. Den besten, den ihr habt.«

»Sehr gut ist unser Sauvignon blanc«, erklärt Nina und rollt zu einem Weinregal. »Er ist im Vorjahr Landessieger geworden. Mona, gibst du mir bitte zwei Gläser?«

Ich hole aus einer Vitrine zwei Weingläser und halte sie Nina hin, die eine Kostprobe einschenkt. Dann reiche ich die Gläser dem Pärchen.

Herr Traxler prostet seiner Freundin zu und drückt ihr einen dicken, feuchten Kuss auf ihre roten Lippen. »Auf uns.« Die Blonde grinst nur, ehe sie einen Schluck nehmen. Herr Traxler schmatzt ein paarmal. Der muss echt viel Geld haben. Anders ist das nicht zu erklären, dass eine hübsche, junge Frau nicht schreiend vor ihm davonläuft. »Köstlich«, sinniert er.

Nina lächelt souverän, während ich mich immer noch frage, wie dick sein Bankkonto ist, um sein Auftreten wettzumachen. »Durch die Reife der Trauben kommt ein kräftiges Beerenaroma durch. Wir haben letztes Jahr den perfekten Zeitpunkt für die Lese erwischt, weshalb die Qualität besonders gut ist und er sich beim Wiener Weinpreis gegen die Konkurrenz in seiner Kategorie durchsetzen konnte.« Sie blickt über ihre Schulter zurück auf das Regal. »Wir haben nur noch wenige Flaschen. Danach müssen wir auf den Heurigen warten.«

»Was meinst du? Nehmen wir den?« Herr Traxler sieht seine Freundin mit einem Augenzwinkern an.

»Gern.«

»Dann nehmen wir vier Flaschen und kühlen die bei dir ein.« Er wendet sich Nina und mir zu. »Ich habe ihr nämlich zum Geburtstag einen Weintemperierschrank geschenkt, und der gehört endlich gefüllt.« Sichtlich stolz auf sein vermutlich kostspieliges Geschenk sieht er uns an.

»Tolle Idee«, sagt Nina höflich, doch ich erkenne in ihrem Blick, dass sie sich das Gleiche denkt wie ich.

Die Blonde grinst wieder.

»Sie ist erst sechsundzwanzig«, fügt Herr Traxler hinzu, als wäre das besonders erwähnenswert. Ist es vermutlich auch für einen dreißig Jahre älteren Mann, der sein Ego mit einer schönen Frau aufpolieren will.

Also doch jünger als ich. Mich schüttelt es innerlich.

Die Blonde grinst. Immer noch.

Wenig später verlädt Herr Traxler den Weinkarton im Minikofferraum des Cabrios und hilft seiner Freundin beim Einsteigen. Bevor er losfährt, beglückt er sie erneut mit übertrieben schmatzenden Küssen. Dann verschwinden die beiden endlich wieder.

»Was für ein schmieriger Kerl«, sagt Nina, als er weg ist.

»Kommt er öfter?«

Sie sieht zu mir auf. »Bestimmt bald wieder«, antwortet sie. »Pass mal auf, wenn er mit seiner Ehefrau auftaucht. Ich erinnere dich dann daran.«

Ich bezweifle, dass sie mich erinnern muss. Diese Szene und der Typ bleiben mir bestimmt noch länger im Gedächtnis. »Was so ein Kerl wohl beruflich macht?«, überlege ich laut.

»Wenn seine Frau dabei ist, ist es eine schlecht gehende Entrümpelungsfirma«, erklärt Nina, die offensichtlich bestens Bescheid weiß. »Wenn er mit der Freundin kommt, spricht er von der erfolgreichsten Immobilienservicefirma Wiens.«

»Die Wahrheit liegt in der Mitte?«

»Das Wort Wahrheit kennt der Typ nicht.«

Als kurz darauf erneut ein Auto durch die Einfahrt

hereinfährt, fürchte ich, dass Herr Traxler noch einmal zurückkommt, um uns wissen zu lassen, dass seine Freundin eine Granate im Bett ist. Muss man ja erwähnt haben, oder nicht?

Statt des roten Cabrios ist es jedoch ein schwarzer Sportwagen.

Nina stöhnt leise. »Auch das noch«, murmelt sie.

Eine Sekunde später erkenne ich Viktoria, die aus dem Wagen steigt, und verstehe Ninas Reaktion.

»Hallo, Viktoria«, sagt Nina und kann dabei den genervten Unterton trotz ihres Lächelns nicht verbergen.

»Ist er heute da?«, fragt Viktoria ohne jegliche Begrüßung.

»Er ist unterwegs.«

Ich bemerke, wie Viktorias Blick kurz zu mir schweift, sie dann aber wieder wegsieht, als wäre ich es nicht wert, weiter beachtet zu werden. Soll mir recht sein.

»Wann kommt er zurück?«

»Gegen Abend«, lügt Nina, die genauso wenig Ahnung hat wie ich. Vermutlich hat sie einfach keine Lust, dass Viktoria in der Zwischenzeit hier wartet.

Viktoria nickt gedankenversunken. »Ich muss sowieso noch ein paar Unterlagen vorbereiten. Ist Adrian schon da?«

Nina schüttelt den Kopf.

»Ich habe eine Frage wegen meines Autos«, erklärt sie ungefragt und geht dann einfach an uns vorbei in Richtung Terrasse.

Nina und ich bleiben mitten auf dem Hof zurück.

»Warum kommt sie noch so oft hierher, wenn sie so wütend auf Oliver ist?«, frage ich leise, auch wenn ich nicht glaube, dass Viktoria uns von dem kleinen Büro aus hören kann, das auf der Rückseite des Gebäudes liegt.

»Weil sie die Buchhaltung für uns macht«, erklärt Nina und verzieht das Gesicht. »Oma wäre es auch lieber, wenn ich das mal übernehme.«

»Aber?«

»Nichts aber«, entgegnet sie. »Das ist Buchhaltung. Wer macht das schon freiwillig?«

»Ich kann es dir zeigen.«

Fragend hebt Nina die Augenbrauen.

»Ist echt keine Hexerei.«

*** Heurige in Wien ***

Unter Heurigen verstehen die Wiener zweierlei:
Den Wein des aktuellen Jahrgangs sowie jene Lokale am Stadtrand, die in familiärer und ländlicher Atmosphäre ihre Eigenbauweine anbieten. Dazu gibt es, im Gegensatz zu den Buschenschanken, auch warme Speisen, meist traditionell aus der österreichischen Küche.
Im Norden, Süden und Westen Wiens liegen die für den Weinbau bekannten Stadtteile, in denen man bei zahlreichen Heurigen-Betrieben einkehren kann. Wie der Buschenschank werden auch hier die Öffnungszeiten mit einem ausg'steckten Föhrenbusch gekennzeichnet.
Da der Begriff des Heurigen nicht geschützt ist, findet man unter der Bezeichnung auch zahlreiche Gaststätten und Restaurants, die keinen Eigenbauwein anbieten, sich aber dennoch als Heurigen-Lokal bezeichnen. Vereine setzen sich heute für den Erhalt der traditionellen Wiener Heurigen ein.

»Das schmeckt wie ... gekühlte Spucke!« Olivers Stimme poltert aus dem Inneren der Küche.

»Das gehört auch nicht dir, sondern Mona«, höre ich Lore tadelnd erwidern.

Es ist kurz vor sieben Uhr. Ich sitze mit einem Pfefferminztee auf der Terrasse und grinse bei den Worten. Ich schwenke die Tasse, ein Mitbringsel aus Sankt Petersburg mit den blauen Umrissen einer Skyline.

»Was soll das überhaupt sein? Mandelpüree?« Oliver schnaubt.

Ich lache leise. Gestern war ich in einem Supermarkt, der nur zehn Minuten von hier entfernt liegt, und habe mich mit ein paar Sachen eingedeckt, die ich gern esse. Eine Joghurt-Alternative auf Mandelbasis, Haferflocken, Chia-Samen, gepufften Amaranth und Hafermilch. Lore und Nina haben mir ziemlich verblüfft zugesehen, als ich meine Einkaufstasche ausgeräumt habe.

»Daraus kann man fantastische Overnight Oats herstellen«, habe ich ihnen erklärt und das Mischverhältnis gezeigt. Einfach zusammen in ein verschließbares Glas und ab damit in den Kühlschrank. »Am Morgen ist es fertig, macht lange satt und ist supergesund.«

Als ich das Glas heute Morgen geöffnet und den Brei zu löffeln begonnen habe, haben die beiden angesichts der Konsistenz angewidert das Gesicht verzogen und sind gegangen.

Ich höre Schritte hinter mir, dann setzt Oliver sich auch schon mit einem Barcelona-Häferl auf die andere Seite des Tisches. »Guten Morgen«, murrt er unausgeschlafen. »Ich hab etwas von deinem Mandelzeug gegessen.«

»Schon gut«, sage ich schmunzelnd.

Eine Weile sitzen wir schweigend da. Ich nippe von meinem Tee, Oliver rührt gedankenverloren in seinem Kaffee herum. Unter dem Tisch liegt Reblaus auf meinen Füßen und schnurrt leise. Zuvor ist er noch um meine Beine gestrichen und hat sein Köpfchen und seinen warmen Körper an meine Unterschenkel geschmiegt. Seine Haare auf meiner dunklen Hose muss ich später abbürsten.

»Du hast heute deinen freien Tag?«, fragt Oliver nach einer Weile.

Ich nicke zufrieden, auch wenn ich mir etwas vorgenommen habe, was ich sonst tunlichst zu vermeiden versuche: Ich will meine Eltern besuchen.

Im Augenwinkel nehme ich eine Bewegung auf der anderen Seite des Hofes wahr. Als ich hinsehe, erkenne ich Leonie, die lustlos auf uns zugeschlendert kommt. Auf der Terrasse angekommen, gibt sie ein undefinierbares Murren von sich, das vermutlich eine morgendliche Begrüßung sein soll. Dann geht sie an uns vorbei ins Haus hinein.

»Hallo, Lore«, sagt sie. »Mama fragt, ob sie die Salbe gegen Muskelverspannungen haben kann. Sie ist letzte Nacht schlecht gelegen.«

»Natürlich. Ich hole sie.« Lore klingt wie gewohnt fürsorglich und mütterlich.

Kurz darauf kommt Leonie wieder aus der Küche heraus. Offenbar hat sie uns vergessen, denn als sie uns sieht, wendet sie uns den Rücken zu. Ich habe den

Verdacht, dass es an mir liegt. Auch wenn ich immer noch nicht verstehe, was ihr Problem ist.

Mein Blick fällt auf die selbst gebastelten Ohrringe aus den bunten Gummischnüren, die Leonie wieder einmal trägt.

»Hübsche Ohrringe«, flunkere ich, um etwas Nettes zu sagen.

Leonie ignoriert mich, und Oliver hebt verwundert den Blick. Bestimmt irritiert ihn mein Interesse an billigem Plastikschmuck. Ich trage ja noch nicht einmal irgendwelche Ohrstecker.

»Hier, bitte.« Lore drückt Leonie eine weiße Tube in die Hand.

»Danke. Wenn es ihr bis Mittag nicht besser geht, will sie zum Arzt. Dann muss ich am Nachmittag den Verkauf übernehmen«, erklärt Leonie und wendet sich mit gesenktem Blick uns zu. »Außer jemand anderer könnte das machen.«

Mir ist sofort klar, dass sie mich damit meint, und obwohl meine Hilfsbereitschaft das Verhältnis zu Leonie vermutlich entspannen würde, kann ich heute wirklich nicht. Den Besuch bei meinen Eltern schiebe ich schon lang genug vor mir her, und wenn ich heute nicht hinfahre, werde ich beim nächsten Mal auch eine Ausrede suchen.

»Ich habe etwas vor«, sage ich nur.

»Opa und ich sind ausliefern«, ergänzt Oliver nahezu zeitgleich.

Lore seufzt. »Und ich muss mit Nina zu einem Arzttermin.« Sie sieht bedauernd zu Leonie. »Wir werden uns beeilen, damit wir dich schnell ablösen können.«

Leonie schnauft resigniert und stapft mit der muskelentspannenden Salbe davon. Ich glaube, sie noch leise fluchen zu hören.

»Ach, verflixt!« Lore greift sich an die Stirn und sieht mich an. »Jetzt habe ich ganz vergessen, dass du ein Auto brauchst.«

»Wo fährst du denn hin?«, fragt Oliver neugierig und trinkt einen Schluck von seinem Kaffee, wobei er sich mit dem Stiel des Teelöffels fast das Auge aussticht. Genervt nimmt er ihn aus der Tasse und legt ihn auf den Tisch.

»In die Stadt«, antworte ich vage und höre selbst, dass es so klingt, als wären wir weit weg von Wien. Es fühlt sich hier einfach zu ländlich an, als dass man denken könnte, man sei noch innerhalb der Stadtgrenzen.

»Für?«

»Angelegenheiten.« Oliver hält sich selbst gern bedeckt. Da muss er auch nicht wissen, dass ich heute meine Eltern besuche.

»Ich brauche den Van, um mit Nina zum Arzt zu fahren, und Fredi und Oliver den Transporter«, überlegt Lore laut und hat anscheinend ernsthaft in Betracht gezogen, mich mit dem riesigen Transporter auf Parkplatzsuche in die Wiener Innenstadt zu schicken.

»Ich frage Viktoria, ob sie uns ihr Auto leihen kann.«

Oliver und ich erstarren. Meint sie das ernst?

»Hältst du das für eine gute Idee?«, meint Oliver gespielt beiläufig und hebt sein Häferl vors Gesicht, als könnte er sich dahinter verstecken.

»Wir zahlen ihr Kilometergeld, wenn sie mit dem

Auto Erledigungen für uns macht«, antwortet Lore unbekümmert. »Sie soll das einfach auf das nächste Honorar schreiben.« Mit den Worten dreht sie sich um und geht zurück in die Küche. Für sie ist die Angelegenheit damit erledigt.

Für mich hat sie eine Kriegserklärung unterschrieben. Zumindest wenn Viktoria erfährt, wem sie ihr Auto zur Verfügung stellen soll.

»Besuchst du deinen Ex?«, fragt Oliver unvermittelt.

»Was?« Verwirrt blinzle ich und wundere mich, wie er auf die Idee kommt.

»Hast du das heute vor?«

»Meinen Ex besuchen? Beim besten Willen nicht.«

Oliver mustert mich genau. »Wen dann?«

Warum ist er denn so neugierig?

»Du hast mir noch gar nicht erzählt, was du gestern gemacht hast.« Ich drehe den Spieß um. »Ich dachte schon, du lässt mich hier zurück.«

Oliver verzieht den Mund zu einem schiefen Lächeln. »Hast du mich vermisst?«

»Und wie! Vor allem unsere tiefgründigen Gespräche.«

Oliver verdreht die Augen.

»Viktoria war gestern wieder hier.«

»Mhm.« Oliver könnte nicht deutlicher zeigen, wie wenig ihn das interessiert. Er wendet seinen Blick ab und starrt zu den Weingärten hinüber.

»Ich hoffe, sie kreuzt nicht auf, wenn ich mal allein hier bin.«

»Hunde, die bellen, beißen nicht«, murmelt er.

»Und warum gehst du ihr dann aus dem Weg?«

»Mach ich doch gar nicht.«

Ich lache amüsiert. »Langsam durchschaue ich dich, Oliver Feeberger.«

»Tatsächlich, Mona Böse?« Er wendet sich mir zu, als hätte ich ihn eben herausgefordert.

»Du scheust Konflikte.«

Oliver zieht skeptisch eine Augenbraue hoch. »Hast du das im Psychologiestudium gelernt?«

»Dafür brauche ich kein Psychologiestudium«, entgegne ich etwas zu altklug. »Für deine Rückkehr hierher hast du dir ausgerechnet einen Tag ausgesucht, an dem hier so viele Gäste sind, dass deine Familie nicht anders reagieren kann, als dich willkommen zu heißen.«

»Es war der erste Tag, nachdem ich meine Entscheidung getroffen habe«, erwidert er, unbeeindruckt von meinem Vorwurf. »Ich wollte keine Zeit verstreichen lassen.«

Ich lege den Kopf schief. Wir kennen beide die Wahrheit.

»Und warum gehst du Nina aus dem Weg?«

»Wie kommst du denn darauf?« Mit dieser Anschuldigung hat er offenbar nicht gerechnet.

»Ist mir aufgefallen.«

Oliver schnaubt. »Wenn du wüsstest, wie lange wir abends noch zusammensitzen und über dich lästern, würdest du das nicht behaupten.«

Auch wenn ich weiß, dass er das nur behauptet, um mich zu ärgern, kränkt es mich. Ich ignoriere es dennoch und spiele meine letzte Karte aus. »Und zu guter Letzt Viktoria.«

Oliver seufzt theatralisch, und ich glaube für einen Moment sogar, dass er einfach aufstehen wird und das Gespräch beendet, indem er mich hier sitzenlässt.

»Du hättest sie kontaktieren können, damit sie weiß, dass du wieder da bist.«

»Willst du sie verteidigen?«

Nicht unbedingt, aber ein wenig kann ich ihren Unmut schon verstehen. Allerdings nur ein wenig, denn dass sie sich aufführt wie eine Furie, halte ich für überzogen. Auch wenn ich hoffe, dass sie mir heute ihr Auto leiht. Mit den Öffis von hier in die Innenstadt könnte eine Weltreise werden.

»Es ist viel Zeit verstrichen«, entgegnet Oliver, dieses Mal ernster als bei seinen bisherigen Antworten. »Da gibt es meiner Meinung nach nichts mehr zu sagen.«

»Aber vor fünf Jahren hätte es das.«

Sein Blick trifft mich hart. Offenbar habe ich einen wunden Punkt erwischt.

»Du hast keine Ahnung, in welcher Situation ich vor fünf Jahren war«, zischt Oliver.

Ich muss zweimal hinschauen, um mich zu versichern, dass der gleiche Oliver hier sitzt, den ich kenne. Abrupt steht er auf.

»Dann erkläre es mir«, sage ich ruhig.

Oliver verharrt einen Moment, und ich glaube ernsthaft, dass er über meine Worte nachdenkt. Dann hebt er sein Kinn und wendet sich ab.

»Warum sollte ich?«

* * *

Die Ordination meiner Eltern in der Innenstadt liegt in so begehrter Lage, dass ich erst einmal fünfzehn Minuten durch die Gegend fahren muss, bis ich einen Parkplatz finde. Dabei hat Viktorias Auto eine kompakte Größe. Mit dem Van oder dem Transporter wäre ich vermutlich nach einer Woche noch nicht fündig geworden.

Bei dem goldenen Schild an der Eingangstür bleibe ich stehen und starre die schwarz eingravierten Buchstaben an.

1. Stock
Dr. Arnold Böse und Dr. Theodora Böse
Fachärzte für Zahn-, Mund- und Kieferheilkunde
Wahlarztordination

Die angeführten Sprechzeiten kenne ich auswendig. Mein Finger gleitet auf den weißen Knopf neben Stockwerk 2. Ich hätte auch einen Schlüssel, aber den habe ich nicht mehr benutzt, seit ich vor einigen Jahren zu Emanuel gezogen bin.

Ich hole tief Luft, drücke auf den Knopf und warte. Und warte.

Es würde mich wundern, wenn sie an einem Mittwochvormittag nicht zu Hause wären. Die Praxis wird heute erst am Nachmittag geöffnet.

In der Gegensprechanlage knistert es.

»Ja, bitte?« Die Stimme meiner Mutter klingt älter, als sie ist, und gereizt. Vermutlich, weil sie sich an ihrem freien Vormittag gestört fühlt.

»Hallo, Mama, ich bin's.«

»Wer?«

»Mona«, knurre ich, weil es lächerlich ist. Als ob sie noch mehrere Kinder hätte oder meine Stimme nicht erkennen würde.

»Was machst du denn hier?«

»Kann ich reinkommen?«

Die Antwort lässt auf sich warten.

»Ja, gut.«

Es surrt an der Eingangstür. Ich fasse schnell danach, denn wie zu erwarten, betätigt meine Mutter den Knopf nur extrem kurz.

Das Haus, in dem meine Eltern ihre Praxis und direkt darüber die Wohnung haben, ist ein typischer Innenbezirk-Altbau. Es gibt einen breiten Eingang mit einem gemusterten Steinboden, der an manchen Stellen schon gesprungen und brüchig ist. An der linken Seite hängen goldfarbene Postkästchen mit den Nummern der Wohneinheiten. Keine Namen, damit auch ja kein Patient erfährt, dass meine Eltern nur ein Stockwerk über der Praxis wohnen. Sonst könnte jemand außerhalb der Sprechzeiten hierherkommen und meine Eltern in ihrer Freizeit wegen akuter Zahnschmerzen stören.

Ich nehme die ersten vier Stufen und gelange zu den Praxisräumen meiner Eltern. Moderne Lampen beleuchten den Gang freundlich. Neben der Tür steht eine Zimmerpflanze, von der ich weiß, dass sie in regelmäßigen Abständen ausgetauscht wird, weil ihre Lebenszeit wegen des fehlenden, natürlichen Lichts begrenzt ist.

Zügig stapfe ich die Stiege in das erste Geschoss

hoch, ehe meine Mutter ihre Meinung ändert und mir die Tür doch nicht öffnet, um ihren ruhigen Mittwochvormittag zu retten.

Als ich anklopfen will, greift meine Hand ins Leere. Mein Vater war schneller und hat die Tür geöffnet, ohne seinen Blick von der gefalteten Tageszeitung zu heben. »Wo muss ich unterschreiben?«, murmelt er.

»Hallo, Papa«, sage ich, ungeachtet seiner Frage.

Das Rascheln der Zeitung füllt das Stiegenhaus. Verwirrt schaut mein Vater auf. »Mona!« Er wirkt überrascht und zugleich erfreut, mich vor sich stehen zu sehen. »Ich dachte, ein Paketzusteller wäre hier.« Er tritt zur Seite und lässt mich herein.

»Hat Mama das gesagt?«, frage ich wenig verwundert. Noch vor der Tür streife ich mir die Schuhe von den Füßen, um mir nachher nicht anhören zu müssen, dass irgendwelche Steinchen in den Sohlen meiner Schuhe das Parkett ruiniert hätten.

»Sie meinte nur, es sei für mich.« Mein Vater schiebt sich seine runde Hornbrille auf den Kopf und gibt mir einen Kuss auf die Wange. »Haben wir dich erwartet?« Es könnte für andere wie ein Vorwurf klingen, doch ich weiß, mein Vater nimmt es mir nicht übel, dass ich hier so unangekündigt hereinschneie.

»Nein, das ist ein Spontanbesuch«, erkläre ich und lege meine Handtasche im Vorraum auf die Kommode unter dem antiken Spiegel. Das Fenster zu dem schmalen Innenhof lässt nur wenig Licht in den Raum mit den vier Meter hohen Wänden.

»Deshalb die Laune deiner Mutter«, sagt mein Vater leise. Dann lächelt er schnell und streckt den Arm aus. »Komm in die Küche. Ich mache dir einen Kaffee.«

Gerade als ich in die schmale Küche einbiegen will, an deren hinterem Ende ein Tisch für vier Personen steht, kommt meine Mutter herausgestürmt und verschwindet im daneben liegenden Badezimmer.

Mein Vater sieht ihr kurz nach, dann lächelt er, als wäre diese Reaktion ganz normal, und fragt: »Milch und Zucker?«

»Weder noch.« Ich setze mich an den Tisch, mit dem Rücken zum Fenster, damit ich die Tür im Auge habe, falls meine Mutter sich doch dazu entschließt, ihre Tochter zu begrüßen. Immerhin haben wir uns seit zwei Monaten nicht mehr gesehen.

Der Tisch ist klein und mit Zeitungen und Zeitschriften übersät. Das meiste davon ist Fachliteratur für Zahnärzte und, wie ich vermute, ungelesen. Mehr als gefrühstückt wird hier nicht. Für das Abendessen – oder wenn Besuch kommt – wird in das Esszimmer ausgewichen. Dieses ist immer picobello hergerichtet, samt gefalteten Servietten in der Lade, Kerzenständer mit unbenutzten weißen Kerzen und einer Vase mit frischen Blumen, die von der Haushälterin zweimal in der Woche ausgetauscht werden.

Mein Vater studiert gerade die Anzeige des Kaffeevollautomats, der vermutlich so viel gekostet hat wie ein gebrauchter Kleinwagen, und stößt dabei das Brummen aus, das er immer von sich gibt, wenn er überfordert ist. Gut, dass das die meisten Patienten nicht wissen, auch wenn mein Vater wirklich eine Koryphäe auf seinem Gebiet ist.

»Äußerst ungünstig, wirklich äußerst ungünstig!«
Meine Mutter rauscht in die Küche und erschreckt
meinen Vater so sehr, dass es ihn völlig aus dem Konzept bringt. Er schnauft, während meine Mutter ohne
Blickkontakt zu mir an den Tisch läuft, mit einem thea-
tralischen Seufzen ein Notizbuch unter den Zeitungen
hervorzieht und wieder aus der Küche verschwindet.

»Du hättest anrufen sollen«, sagt mein Vater, ohne
vom Display des Vollautomaten aufzusehen. »Wie
war das noch mal?«

Ich stehe auf und gehe zu ihm, um ihm bei der Bedienung dieses komplexen Automats zu helfen. Aus
dem Küchenschrank über mir hole ich eine der teuren
Porzellantassen heraus, die meine Mutter von ihrer
letzten Chinareise mitgebracht hat. »Ich mache das
schon«, sage ich, weil ich weiß, dass mein Vater mit
der Technik nicht viel am Hut hat. Mal abgesehen von
den mörderischen Instrumenten in seiner Praxis. Sobald es um Computer, Smartphone oder Vollautomaten geht, klinkt er sich aus.

»Du weißt doch, wie deine Mutter reagiert, wenn
die Patienten ohne Termin in die Ordi schneien und
glauben, sie können sofort behandelt werden«, sagt
mein Vater, sichtlich erleichtert, dass ich ihm die Zubereitung des Kaffees abnehme. Schließlich ist dafür
sonst meine Mutter zuständig.

»Furchtbare Menschen«, pflichte ich ihm zynisch
bei. »Und wollen dann noch dreihundert Euro für die
Stunde liegen lassen.«

Das Geschnatter meiner Mutter, die uns belauscht
hat, übertönt zum Glück das Brummen der Kaffee-

maschine. Ich schließe einen Moment lang die Augen – zufrieden, dass ich mir einen Kommentar auf ihre Vorwürfe erspare – und atme den aromatischen Duft des frischen Kaffees tief ein. Als die Maschine ihren Brühvorgang beendet hat, nehme ich die Tasse und drehe mich mit einem Lächeln zu meinem Vater um. »Danke für den Kaffee.«

Wir setzen uns wieder an den Tisch. Die Zeitung hat mein Vater währenddessen auf der Brotbox abgelegt.

»Was führt dich zu uns?«, fragt er, und ich höre diesen kleinen, aber feinen Unterton mitschwingen, der die Erwartung ausdrückt, ich würde etwas von ihnen brauchen. Dabei habe ich sie nicht mehr um Hilfe gebeten, seit ich vor zehn Jahren die Matura gemacht habe. Ich war schon immer eine sehr eigenständige Person, auch wenn es meine Mutter nicht glauben will. Zumindest nicht, bis auf dem Schild vor der Eingangstür Dr. Arnold Böse, Dr. Theodora Böse und Dr. Mona Böse steht.

Oder Familie Dr. Böse, zwei Generationen an Fachärzten für Zahn-, Mund- und Kieferheilkunde.

»Ich wollte bloß vorbeischauen, wie es euch geht«, lüge ich.

»Wie es uns geht!« Zwei Sekunden später stürmt meine Mutter herein. »Wir haben viel zu tun und keine Zeit für Spontanbesuche. Du denkst, wir hätten abseits der Praxiszeiten keinerlei Verpflichtungen, nur weil du dich vor sämtlichen drückst.«

»Theodora, ich bitte dich«, interveniert mein Vater. »Mona ist bestimmt nicht lang hier und wollte uns nur wissen lassen, dass es ihr gut geht. Nicht wahr? Dir geht's doch gut, oder?«

»Natürlich«, antworte ich.

Meine Mutter gibt Laute von sich, die ich nicht deuten kann, die aber bestimmt keine Erleichterung über meine gute Situation ausdrücken.

»Ich wollte euch nur wissen lassen, dass ich für zwei Monate auf einem Weingut in Döbling arbeite und wohne.« So, jetzt ist es raus. Zeit, dass meine Mutter ihre Enttäuschung kundtun kann.

»Um danach dein Studium zu beginnen, nicht wahr?«, fragt mein Vater etwas zu naiv. »Du weißt, dass wir nichts lieber täten, als dir eines Tages die Praxis zu übergeben.«

»Ja, das weiß ich«, sage ich, weil ich es in meinem Leben schon viel zu oft gehört habe. Vermutlich öfter, als irgendwelche lobenden Worte. »Aber nein, ich werde nicht studieren.«

»Meine Güte, was habe ich nur falsch gemacht.« Meine Mutter flüchtet aus der Küche. Sie war noch nie eine Frau, die Sitzfleisch hatte. Selbst in der Praxis läuft sie die meiste Zeit umher, statt sich mit etwas mehr Ruhe ihren Patienten zu widmen.

Der sorgenvolle Blick meines Vaters folgt ihr, ehe er sich wieder mir zuwendet. Das Lächeln auf seinen schmalen Lippen ist jetzt ein wenig kraftloser. »Auf einem Weingut, sagst du?« Ein verzweifelter Versuch, etwas Positives aus meinen Worten zu filtern. »Was machst du denn da?«

»Allerlei«, antworte ich vage. »Marketing, Vertrieb und Customer Service.« Was übersetzt so viel heißt wie: Flaschen etikettieren, Ab-Hof-Verkauf und im Buschenschank servieren. Doch das würde meine Eltern nur ins Grab bringen.

Mein Vater nickt, auch wenn ich mir nicht sicher bin, ob er eine Ahnung hat, was das bedeutet. Vielleicht wirkt er aber auch so apathisch, weil er es sich denken kann. »Und nach diesen zwei Monaten?«

»Ich werde mich rechtzeitig um einen neuen Job kümmern«, erkläre ich selbstsicher. »Das ist nur eine Übergangslösung, die sich zum richtigen Zeitpunkt wunderbar ergeben hat.«

Wieder ein Nicken.

»Was ist mit Emanuel?« Meine Mutter stürmt wieder unerwartet in die Küche, rauscht so knapp an der Anrichte vorbei, dass ein Teller, der dort abgestellt ist, gefährlich weit über die Kante rutscht. Mein Vater streckt sich und schiebt ihn wortlos zurück.

»Nichts ist mit Emanuel«, antworte ich genervt. Meine Eltern wissen längst von unserer Trennung. Damals war ich nur nicht so blöd und bin hier aufgekreuzt, um ihnen davon zu erzählen. Stattdessen habe ich das am Telefon getan, wie es meinen Eltern durchaus recht ist, weil sie die Gespräche gern kurzhalten.

»Warum tust du uns das an?«, fragt meine Mutter vorwurfsvoll und stemmt ihre Hände auf die Lehne des Sessels, in dem mein Vater sitzt. »Warum. Tust. Du. Uns. Das. An?« Offenbar hat sie das Bedürfnis, der Frage noch mehr Nachdruck zu verleihen.

»Ich wusste nicht, dass ihr sosehr an ihm hängt«, sage ich irritiert. In den vergangenen zwei Jahren haben sie ihn lediglich dreimal zu Gesicht bekommen.

Und das auch nur, weil ich darauf bestanden habe. Nach dem letzten Mal – Weihnachten im vergangenen Jahr – hat meine Mutter sich mit folgenden Worten von mir verabschiedet: »Es genügt, wenn du ihn wieder mitbringst, wenn er sein Studium abgeschlossen hat. Falls das jemals passieren sollte.«

Es gefiel ihr nicht, dass Emanuel ein Langzeitstudent war. Und manchmal gefiel mir das auch nicht, aber ich wusste, dass er sehr bemüht um sein Studium war, obwohl es ihm zeitweise an Ehrgeiz fehlte, die Prüfungen in Angriff zu nehmen.

»Wieso sollte ich an ihm hängen?«, spottet meine Mutter. »Aber ich dachte, ihr würdet wenigstens bald eine Familie gründen.«

Mein Vater nickt, als würde er das Gleiche denken.

Mein Gesichtsausdruck könnte im Moment nicht mehr verfallen.

Sie haben *was* gedacht?

Habe ich je eine Andeutung gemacht, Mutter werden zu wollen? In absehbarer Zeit oder überhaupt?

»Ihr wollt schon Großeltern werden?«, frage ich fassungslos, da meine Eltern ihr Alter gern ignorieren und sich als nie älter werdende Workaholics bezeichnen.

»Natürlich nicht!« Meine Mutter streckt die Hände in die Luft. »Ich habe nur gehofft, dass du dann zur Vernunft kommst und endlich den richtigen Weg einschlägst!« Wieder einmal eilt sie aus der Küche.

Ich stelle mir jedes Mal vor, dass sie wie Rumpelstilzchen herumhüpft und sich die Haare rauft.

* * *

Mein Vater legt besänftigend die Hände auf den Tisch. Er war schon immer der Diplomatische in der Familie, auch wenn er mit seiner Meinung manchmal nur schwer hinterm Berg halten kann. In vielen Angelegenheiten denkt er genau wie meine Mutter, aber er zeigt es nicht so kühl und verletzend wie sie.

»Wusstest du, dass deine Mutter erst nach deiner Geburt ihr Studium begonnen hat? Sie war zuvor als Zahnarzthelferin tätig.«

Es klingt, als würde mein Vater eine Anekdote aus seiner Jugend erzählen, von der ich noch nie zuvor gehört habe. Doch hier handelt es sich um eine wenig subtile Anspielung, dass mein Leben noch nicht ganz den Bach hinuntergegangen ist und ich die Chance habe, alles in den Griff zu bekommen. Auch wenn meine Mutter zum Zeitpunkt meiner Geburt erst sechsundzwanzig Jahre alt und damit zwei Jahre jünger war, als ich heute bin, sehen sie es wohl als selbstverständlich an, dass ich den gleichen Weg einschlagen werde.

Als ob ich das wollte.

»Ja, Papa, diese Geschichte kenne ich.« Und sie hängt mir zu den Ohren raus.

»Stattdessen versumperst du auf einem Weingut.« Meine Mutter taucht in der Tür auf. Ihre Haare sehen wirklich zerzaust aus. »Wie bist du überhaupt dazu gekommen?«

»Das war ein Zufall«, antworte ich und entscheide mich, diese Geschichte etwas zu beschönigen. »Ich bin durch Geschäftsbeziehungen mit dem Enkelsohn der Inhaber in Kontakt gekommen, und dieser hat mir eine befristete Anstellung angeboten, weil sie gerade Verstärkung brauchen.«

Nicht schlecht, denke ich und grinse in mich hinein. Von der missglückten Bewerbung in der Detektei müssen sie ja nichts erfahren.

»Hm.« Mit diesem nachdenklichen Ton verschwindet meine Mutter wieder im Vorzimmer.

Mein Vater lächelt, wie er es immer tut, wenn er weder Partei ergreifen noch sich in die Schusslinie meiner Mutter begeben will.

»Würdest du kurz in die Praxis mitkommen, Mona?«, ruft meine Mutter plötzlich.

Ich sehe auf meinen Kaffee. »Ich habe noch nicht ausgetrunken.«

»Also bitte!« Meine Mutter steckt den Kopf zur Tür rein. »Habt ihr am Weingut etwa keine Kaffeemaschine?«

Schon, aber keine so gute, würde ich am liebsten antworten. Der für einen einfachen Haushalt viel zu teure Kaffeevollautomat meiner Eltern kann eben besonders köstlichen Kaffee zaubern.

Ich stehe von dem kleinen Küchentisch auf.

»Du kannst dich bei Papa gleich verabschieden«, fügt meine Mutter hinzu, ohne eine Widerrede zu dulden. »Ich bringe dich dann nach draußen.«

Ein höflicher Wink mit dem Zaunpfahl, dass ich gehen soll. Nur hat meine Mutter die Höflichkeit dabei vergessen.

»Mach's gut, Mona.« Mein Vater gibt mir einen Kuss auf die Wange. Dann sieht er sich auch schon nach seiner Zeitung um.

Meine Mutter lässt mir gerade mal so viel Zeit, dass ich in meine Schuhe schlüpfen und meine Handtasche schnappen kann. Ich rechne fast damit, dass sie mich gleich vor die Tür setzt, doch wider Erwarten bleibt sie vor der Praxis stehen.

Das Klimpern des Schlüssels hallt durch das Treppenhaus. Dann geht sie voraus, ohne sich nach mir umzudrehen.

Die Praxis meiner Eltern ist weitläufig, hell und weiß. Alles ist weiß. Die Wände, die Fenster, die Stühle, die Türen, die Einrichtung und selbst die Bilder an den Wänden. Weiße Rahmen, weißer Hintergrund und wenige abstrakte, einfarbige Akzente, die genau gar nichts darstellen. Das größte Bild im Warteraum ist ausschließlich weiß.

»Putz dir doch mal die Zähne!« Im Vorbeigehen stößt meine Mutter die Tür zu dem Waschraum auf, in dem sich die Patienten die Zähne putzen können.

Da Widerstand zwecklos ist, lasse ich meine Tasche vor der Tür fallen und nehme aus dem Spiegelschrank eine eingepackte Zahnbürste sowie eine der Zahnpastaproben, die meine Eltern bei Bedarf an die Patienten weitergeben.

Drei Minuten später tapse ich durch die Ordination auf der Suche nach meiner Mutter. Ich finde sie im Behandlungsraum 1.

»Vor drei Wochen haben wir neue Behandlungsstühle bekommen«, sagt sie geschäftig.

»Sehen schön aus.« Ich erkenne keinen Unterschied zu den Vorgängermodellen, die bestimmt noch keine fünf Jahre alt waren.

»Setz dich!«

Ich weiß, was jetzt kommt, also lasse ich mich auf den Stuhl plumpsen, lege die Beine hoch und lehne mich zurück.

»Ich werde jetzt allerdings nicht das Röntgengerät einschalten, nur weil du es seit Monaten nicht für wichtig erachtest, deine Zähne kontrollieren zu lassen, und jetzt einfach hier hereinschneist.«

Als ob ich lediglich für eine Gratisbehandlung gekommen wäre und mich meiner Mutter außerhalb der Sprechzeiten aufgezwungen hätte.

Sie lässt die Lehne zurückgleiten und stellt den Stuhl höher.

»Deine Hose sieht furchtbar aus.«

Ich will mich aufrichten, um zu sehen, was sie meint, aber meine Mutter bohrt zwei harte Finger in meine Schulter und drückt mich zurück. Also hebe ich die Beine und sehe auf dem schwarzen Stoff meiner Hose die vielen Katzenhaare. Ich habe vergessen, sie abzubürsten, nachdem Reblaus mir während des Frühstücks um die Beine gestrichen ist. Ich brauche unbedingt andere Hosen. Am besten Jeans.

»Mund auf!« Meine Mutter knipst die Lampe über dem Behandlungsstuhl an und richtet das Licht erst einmal direkt in meine Augen.

Man könnte meinen, sie wäre eine unsensible und harsche Zahnärztin, doch ich kann jedem Patienten versichern, dass sie ausschließlich bei mir so ist.

»Scheinst wohl viel Rotwein zu trinken«, sagt sie und richtet ihren Blick noch tiefer in meinen Mund.

Ja, ich mache den ganzen Tag nichts anderes, würde

ich am liebsten antworten, aber meine Mutter zieht mir gerade mit ihren Instrumenten den Mund auseinander und klopft meine Zähne ab.

»Eine Mundhygiene wäre ratsam.« Sie fischt das Zahnarztbesteck aus meinem Mund.

»Werde ich machen.«

Statt mich wieder in eine aufrechte Lage zu bringen, legt sie nur die Instrumente zur Seite. »Das mit Emanuel ist endgültig aus?«

Ich nicke. Daran besteht kein Zweifel. Nicht, nachdem es bislang keiner von uns für nötig hielt, sich beim anderen zu melden. Sei es, um nachzufragen, wie es ihm geht, oder um über die Sachen zu reden, die noch in seiner Wohnung sind und eigentlich mir gehören.

»Von ihm aus oder von dir?«

Die Frage meiner Mutter überrascht mich, auch wenn mir klar ist, dass es nur eine richtige Antwort gibt, um mir weitere Vorwürfe zu ersparen. »Von uns beiden aus.«

Sie nickt leicht und denkt darüber nach. Was sie dann sagt, überrascht mich jedoch noch mehr: »Und dieser … Enkelsohn von dem Weingut hat nichts damit zu tun?«

»Wie bitte?«

Der Blick meiner Mutter sagt so viel wie: Stell dich nicht an, du bist weder schwerhörig noch schwer von Begriff. »Dieses Räuspern, nachdem du ihn erwähnt hast, hat dich verraten. Das machst du immer, wenn du etwas verschweigen willst.«

Ich versuche, mir nichts anmerken zu lassen und das Räuspern zu unterdrücken, das jetzt in meinem

Hals kratzt. Ernsthaft? Tue ich das wirklich? Und wenn ja, warum ist das ausgerechnet meiner Mutter aufgefallen?

»Also, hat er damit zu tun?«

»Nein«, antworte ich schnell und selbstsicher. »Ich habe ihn erst kennengelernt, als es mit Emanuel längst vorbei war.« Das ging mir leicht über die Lippen, schließlich ist es wahr. Dass ich aber doch ein Kribbeln in mir spüre, wenn ich an Oliver denke, wird mir erst jetzt bewusst. So ein kleines Flattern unter dem Brustbein.

Der Blick meiner Mutter scheint mich zu prüfen.

Ich halte ihm stand.

»Also gut«, sagt sie resignierend. »Dann lass es mich wissen, sobald du eine anständige und unbefristete Lösung für dein Jobproblem hast.« Sie steht auf und tippt mit dem Fuß jenen Taster an, der mich wieder aufrecht sitzen lässt. »Vielleicht denkst du ja doch über ein Studium der Zahnmedizin nach.«

Klar, noch einmal sechs Jahre studieren.

»Mach dir wegen der finanziellen Belastung keine Gedanken«, fügt meine Mutter hinzu, um mir jeglichen Gegenwind aus den Segeln zu nehmen. »Da finden wir eine Lösung.«

Ehe ich darüber nachdenken oder etwas erwidern kann, stehe ich schon mit geschulterter Handtasche im Stiegenhaus. Meine Mutter macht keine Anstalten, mich noch bis zur Tür zu begleiten. Ich bin hier aufgewachsen und finde den Weg hinaus allein. Auch sonst kommt es zu keiner Verabschiedung, aber das habe ich nach der Begrüßung auch nicht erwartet.

»Vergiss nicht auf die Zwischenraumbürstchen.« Das sind ihre letzten Worte, ehe sie die Stufen in den zweiten Stock hochsteigt.

Natürlich nicht.

* * *

Dass Viktoria ein Automatikauto hat, kommt mir als Wenig-Fahrerin durchaus gelegen. Nachdem mich meine Mutter früher als gedacht auf die Straße gesetzt hat, fahre ich noch zu Bianca. Auch spontan und ohne Ankündigung, was in ihrem Fall durchaus willkommen ist. Sie ist nämlich kurz davor durchzudrehen. Das Ende der Sommerferien steht bevor, und Bianca hat die letzten Tage halb Wien abgeklappert, um alles für das neue Schul- und Kindergartenjahr zu besorgen. Turnsachen, ein Federpennal samt Inhalt, Werkkoffer und Kleidung für den kommenden Herbst und Winter.

Während sich Bianca eine Auszeit im Bad nimmt, beschäftige ich Arya und Sheldon. Anschließend lädt sie mich zum Mittagessen ein. Es gibt einen Erdäpfel-Auflauf. Die Kinder und ich schieben die Portion zerkleinert von einem Tellerrand zum anderen, bis wir endlich erlöst werden und aufstehen dürfen. Die Kinder, um in ihre Zimmer zu gehen, und ich, um den Abwasch zu erledigen.

»Du weißt, dass du jederzeit wieder zu uns kommen kannst«, sagt Bianca, ehe ich mich endgültig loseisen und zurück nach Döbling fahren kann. »Ich hab sogar Sheldons Bett frisch bezogen.«

Ja, nachdem er auf Aryas Anraten ein Mentos in eine Flasche Cola gesteckt und damit sein ganzes Zimmer verwüstet hat. Sheldon hat es mir erzählt, während Bianca in der Badewanne lag.

Ich schlage ihr Angebot dankend aus, auch wenn ich weiß, dass ich noch einmal darauf zurückkommen muss, wenn meine Zeit auf dem Weingut beendet ist. So schnell werde ich nämlich keine Wohnung finden.

Arya und Sheldon verabschieden sich mit dem Versprechen, dass sie mich mal besuchen kommen. Ich bin sicher, es würde ihnen am Weingut gefallen.

Auf dem Weg zurück nach Döbling kaufe ich mir noch zwei Jeanshosen und eine Jogginghose, die für die Arbeit dort bestimmt besser geeignet sind als meine teuren Stoffhosen. Als ich Viktorias Auto am Parkplatz abstelle, bin ich eigentlich ganz froh, wieder zurück zu sein.

Mit den Einkäufen in der einen und dem Autoschlüssel in der anderen Hand gehe ich zur Terrasse, auf der Leonie sitzt und gelangweilt auf ihr Handy starrt.

»Hallo, Leonie«, sage ich unbeschwert, obwohl sie nicht einmal aufsieht. Vermutlich weil sie weiß, dass ich es bin. »Wie war's in der Arbeit?«

»Toll«, murrt sie zynisch und bewegt ihre Augen keinen Millimeter. »Und dank dir kann ich hier weiterarbeiten.«

Dank mir? Bloß, weil ich meinen freien Tag nicht opfern wollte?

»Wo ist Moritz? Er kann dich doch unterstützen. Zu zweit ist es bestimmt lustiger.«

»Spielt Fußball«, antwortet Leonie und dreht mir den Rücken zu.

Ich schüttle den Kopf und ignoriere sie bis auf Weiteres. Ja, ich könnte ihr die Arbeit abnehmen und mich den restlichen Nachmittag um den Ab-Hof-Verkauf kümmern, doch dafür erwarte ich etwas Freundlichkeit. Also lege ich wie vereinbart Viktorias Autoschlüssel in die Küche und gehe ohne ein weiteres Wort an Leonie vorbei.

Gerade als ich zum alten Haus komme, betritt jemand den Hof. Der Mann ist etwas älter als ich, trägt dunkelblaue Jeanshosen und ein beiges Hemd. Als er mich sieht, grüßt er höflich.

»Ist jemand von der Familie Feeberger da?«, fragt er.

»Alle außer Haus«, antworte ich. »Kann ich vielleicht helfen?«

Er zögert kurz, lächelt aber dann. »Ich fürchte nicht. Arbeiten Sie hier?«

»Ich mache hier eine Art … saisonales Praktikum«, erkläre ich grinsend.

»Sind Sie auch aus einer Winzerfamilie?«

Mein Kopfschütteln scheint ihn zu erstaunen.

»Weinstudium? Sommelier-Ausbildung? Nichts davon?« Er lacht amüsiert, aber freundlich.

»Quereinsteigerin«, sage ich schmunzelnd und füge leiser hinzu: »Eigentlich mache ich mir nicht viel aus Wein.«

Mein Gegenüber lacht herzhaft. »Sagen Sie das hier lieber nicht zu laut.« Dann streckt er mir seine Hand entgegen. »Elias Reznicek.«

»Mona Böse.« Ich erwidere seinen festen Händedruck.

»Freut mich, Mona. Darf ich du sagen?« Sein Lächeln ist sympathisch wie auch sein gesamtes Erscheinungsbild.

Ich nicke.

»Wenn du willst, kann ich dir ein paar Tipps geben, wie es niemandem auffällt, dass du dich nicht auskennst.«

»Klingt gut.«

»Jetzt gleich?«

Ich zögere und überlege, ob Elias mit mir flirtet. Da habe ich mich vor Kurzem über Nina lustig gemacht – und jetzt das.

»Ich kann auch warten, wenn du noch zu tun hast«, fügt Elias zuvorkommend hinzu und deutet auf meine Einkaufstasche mit den neu gekauften Hosen. »Ich könnte dir meinen Heurigen zeigen.«

Mir klappt der Mund auf. »Du hast einen Heurigen?«, frage ich verdattert.

Elias lacht wieder auf seine warme, herzliche Art. »Meine Familie. Dachtest du etwa, ich wäre ein Vertreter für Handstaubsauger?«

Ich dachte eigentlich gar nichts Bestimmtes und schüttle schnell den Kopf.

»Mein Angebot steht.«

* * *

»Das wirkt alles sehr neu«, sage ich und trinke den letzten Schluck von meinem Chardonnay. Zuvor hat Elias mich gefragt, wie sich dieser vom Chardonnay der Familie Feeberger unterscheidet. Ich kann mich nicht erinnern, ob ich dort schon einmal einen getrunken habe.

Jetzt richte ich meine Aufmerksamkeit lieber auf den Heurigen selbst, der mit dem Buschenschank von Lore und Fredi nicht viel gemeinsam hat. Mit dem Auto waren wir in wenigen Minuten bei dem großen, modernen Gebäude, das sich von den angrenzenden, alten Häusern stark unterscheidet.

Zwar wurde Wert darauf gelegt, einen traditionellen, ländlichen Eindruck zu wahren, doch das Moderne sticht stark hervor. Über den Tischen hängen Lampen aus grünen Weinflaschen, deren Böden abgeschnitten wurden. Dazu gibt es eine indirekte Beleuchtung, die das ganze Heurigenlokal mit Licht flutet. Hell gebeizte Tische und Stühle bilden einen neuzeitlichen Kontrast zu der rustikalen Holzvertäfelung an der unteren Hälfte der Wände. Darüber sind die Mauern weiß gestrichen und mit Fotografien aus dem Weingarten dekoriert.

»Das Gebäude stammt aus dem Anfang des 20. Jahrhunderts«, erklärt Elias und schenkt mir Wein nach. Gefühlt meine siebzehnte Kostprobe, obwohl ich gar nicht so viel trinken wollte. Er lässt es sich jedoch nicht nehmen, mir alle Weine zu präsentieren. »Es dauerte lang, bis wir alle Genehmigungen hatten, um mit dem Umbau beginnen zu können. Vor sechs Jahren war es dann so weit.« Stolz lässt er seinen Blick durch den Raum gleiten.

Es ist wirklich schön geworden. Alles ist sehr schlicht, auch der Übergang vom Lokal zu dem großen

Wintergarten, durch den man in den Garten gelangt. Dort sitzen die meisten Gäste.

Die Küche und das Buffet passen sich mit beleuchteten Glaselementen und dem hellen Holz perfekt dem Ambiente an. Die grüne Tafel hinter der Theke präsentiert eine Vielzahl an Speisen. Weit mehr, als bei den Feebergers angeboten werden. Knödel, diverse Braten, Gegrilltes und Gebackenes sowie saisonale Gerichte. Nur Lores Mehlspeisen-Buffet übertrumpft jenes der Familie Reznicek.

»Ein schönes Lokal«, sage ich und sehe auf mein erneut gefülltes Weinglas hinab.

»Weißburgunder«, erklärt Elias. Sich selbst hat er auch eingeschenkt.

Um Himmels willen, das wievielte Glas ist das? Was hatte ich zuvor? Chardonnay, Veltliner, Riesling, Cuvée … ja, was eigentlich noch? Wüsste ich es nicht besser, würde ich glauben, dass er mich abfüllen will. Wahrscheinlich ist er einfach nur großzügig.

»Sag mir, was du schmeckst!«, fordert Elias mich auf.

Ich nehme einen Schluck und versuche, nach all den zuvor probierten Sorten einen Unterschied zu erkennen. »Für mich schmecken die alle gleich«, murmle ich und bemerke, wie meine Zunge schwerer wird. Puh, ist es hier warm.

»Das will ich mal überhört haben«, sagt Elias schmunzelnd. »Es gibt unzählige Faktoren, die erheblichen Einfluss auf die Qualität des Weines haben.«

Ich kann nur schwer seinen Worten folgen. Es ist Zeit für eine Pause. Eine lange Pause. Und ein Glas Wasser. Ich stelle mein Glas auf den Tisch.

»Und die wären?«, frage ich, bemüht interessiert, und hoffe, etwas Zeit zu schinden.

»Mal abgesehen von der Rebe selbst?« Elias mustert mich, vielleicht um zu sehen, ob ich noch aufnahmefähig genug bin. Ich werde das Gefühl nicht los, dass er mir bewusst zu viel eingeschenkt hat. »Das Klima und der richtige Schnitt spielen eine große Rolle. Und dann ist da natürlich die Lage.«

»Welche Lage?«

»Die des Weingartens.«

»Ach so.«

Hätte ich mir denken können. Ich sinke auf meinem Sessel zusammen. Wie peinlich. Elias ist eigentlich richtig nett und charmant. Und jetzt blamiere ich mich dermaßen vor ihm.

»Die Höhenlage und die Ausrichtung haben ebenso viel Einfluss auf die Reifung der Beeren wie die Bodenqualität«, fährt Elias fort. Er ist voll in seinem Element. Ein echter Winzer eben.

Ob Oliver das auch alles weiß? Bestimmt, aber was kümmert er mich im Augenblick?

»Alles ziemlich kompliziert«, sage ich und habe das Gefühl, in meiner Zunge wäre ein Knoten.

»Gar nicht so schlimm«, entgegnet Elias lächelnd. »Die Feeberger haben zum Beispiel eine Vielzahl an Weingärten in den besten Lagen Wiens.«

»Tatsächlich?«

Elias nickt energisch. »Es ist eine Seltenheit, dass Weingärten in Wien zum Verkauf gelangen. Und noch dazu in diesen exponierten Lagen. Da muss man als Winzer natürlich zuschlagen.«

Die Worte sickern mir ebenso schnell in den Kopf wie der Alkohol in mein Blut.

»Zuschlagen?«, wiederhole ich und kann immer noch nicht glauben, welche Erkenntnis sich gerade in mein Hirn brennt.

Wie dumm kann ich eigentlich sein?

»Du hast erwähnt, dass du noch zwei Monate für die Familie arbeitest«, sagt Elias.

Habe ich das? Schon möglich.

»Heißt das, es gibt ein absehbares Ende?«

Ich starre ihn wortlos an.

»Hat Lore sich schon für den Verkauf entschieden?«

Es ist eine Frage, auf die ich keine Antwort weiß. Aber selbst wenn, würde ich sie ihm nicht geben. So nett er auch ist.

Ich hebe meinen Hintern langsam vom Stuhl hoch. »Ich muss jetzt gehen.« Bemüht um ein dankbares Lächeln, versuche ich, einen stabilen Halt zu finden.

Ach du Scheiße, bin ich unsicher auf den Beinen.

Elias hatte nie vor, mir Tipps zum Verkosten von Weinen zu geben. Er wollte mir auch nicht seinen tollen Heurigen präsentieren und bestimmt auch nicht mit mir flirten.

Er wollte mich nur betrunken genug machen, um Informationen aus mir herauszulocken.

»Soll ich dich zurückfahren?« Elias steht ebenfalls auf und sieht mich besorgt an.

»Nein, danke. Die paar Meter laufe ich.«

* * *

Von wegen ein paar Meter.

Mal abgesehen davon, dass ich mich zweimal verlaufe, finde ich dann doch auf die Straße zurück, die zum Weingut Feeberger führt. Es ist weiter zu gehen als gedacht.

Die Zeit hilft, um langsam nüchtern zu werden. Dafür bekomme ich riesigen Hunger, vielleicht auch, weil ich nicht viel von Biancas Auflauf gegessen habe. Die Augusthitze tut ihr Übriges, und auf den letzten Meter beginnen meine Schläfen zu pulsieren. Es ist, als würde mein Kopf gleich explodieren. Ich brauche dringend ein Glas Wasser, eine kühle Dusche und eine ordentliche Portion Schlaf.

Am Parkplatz stehen die Autos der Familie. Viktorias ist bereits weg. Das heißt, mir bleibt ein erneutes Aufeinandertreffen erspart.

Ich gehe durch die Einfahrt und muss ein paarmal blinzeln, bis ich mir sicher bin, dass ich mir das nicht nur einbilde. Mitten im Hof steht Viktorias Auto. Daneben ein Traktor sowie Oliver, Adrian und Fredi.

Interessante Konstellation.

Sie starren mich an, als hätten sie mich erwartet.

»Dass du dich noch hierhertraust«, blafft Adrian.

Irritiert sehe ich über meine Schulter.

Da ist niemand, den er außer mir meinen könnte. Sein Blick trifft eindeutig mich. Und auch Oliver sieht richtig wütend aus.

»Wie bitte?«, frage ich etwas undeutlich.

»Wo warst du, verdammt noch mal?«, zischt Oliver.

Ich schlucke. Wenn er erfährt, dass ich bei Elias Reznicek war, um den Heurigen zu verkosten, und von seinem Interesse am Weingut Feeberger hört, wird er vermutlich noch wütender werden. Das könnte ich dann wenigstens verstehen. Im Gegensatz zu dem, was hier gerade abläuft.

»Ich war spazieren«, lüge ich ungeschickt.

Habe ich etwas vergessen? Etwas, das ich hätte tun sollen? Ihre Blicke sind vorwurfsvoll.

»Und das Auto lässt du einfach im Graben liegen?« Oliver deutet auf Viktorias Wagen.

Ich blinzle und versuche zu begreifen, was er meint. Erst jetzt fällt mir auf, dass die vordere Stoßstange an einer Seite tiefer hängt.

»Aber ich bin doch gar nicht …«, bringe ich stotternd hervor. Weiter komme ich nicht.

»Adrian hat ihn am Weg von der Arbeit im Straßengraben entdeckt«, klärt Oliver mich auf.

Ich sehe zu Adrian, dessen Kopf immer röter wird. Auf seiner Stirn pulsiert eine Ader. Er macht den Eindruck, als wolle er sich am liebsten auf mich stürzen.

»Du hattest Glück, dass kein Öl ausgelaufen ist«, fährt Oliver fort und verschränkt die Arme vor der Brust. »Aber die Karosserie ist ziemlich beschädigt, und auch der Auspuff hat etwas abbekommen.« Er starrt mich an, als erwarte er eine Erklärung von mir. Oder eine Entschuldigung.

»Das war ich nicht«, bringe ich schwach hervor. Selbst ich würde mir nicht glauben.

»Es ist eine Sache, wenn du zu blöd zum Autofahren bist«, mischt Adrian sich ein. Fredi legt ihm besänftigend eine Hand auf die Schulter. »Aber sich aus dem Staub zu machen und alles abzustreiten, das ist das Feigste, das man tun kann.«

Ein dicker Kloß bildet sich in meinem Hals. Ich kann kaum noch atmen. Ich will mich verteidigen, mir diese Anschuldigungen nicht gefallen lassen, doch ich weiß nicht, wie. Wenn ich Elias Reznicek erwähne, wird die Lage auch nicht besser – und genau genommen auch nicht meine Unschuld bewiesen. Ich könnte ja erst das Auto geschrottet haben und dann zu ihm gegangen sein.

Ich mache einen Schritt auf Oliver zu. Er kennt mich von allen hier am besten. Wenn ich es nicht schaffe, dass er mir glaubt, wird es auch sonst keiner tun. Ich hebe meine Hand, um sie auf seinen Arm zu legen, doch er tritt einen Schritt zurück, um der Berührung zu entgehen.

»Du musst mir glauben«, sage ich und bin froh, dass meine Stimme nicht ganz versagt. »Ich war das nicht.«

»Hast du getrunken?« Oliver verzieht das Gesicht. Ich greife mir an den Mund.

Verdammt! Daran habe ich gar nicht mehr gedacht.

* * *

Um halb sieben in der Früh wage ich mich aus meinem Zimmer. Es ist noch ruhig im Haus.

Wahrscheinlich wissen schon alle, was gestern Nachmittag passiert ist. Oder zumindest glauben sie, es zu wissen. Mir wollte ja niemand zuhören. Ich habe aber auch schnell aufgegeben, mich weiter zu erklären. Es war sinnlos. Sie haben ihr Urteil bereits gefällt, noch bevor ich zu Fuß und angetrunken zurückgekommen bin.

Mir wird schlecht, wenn ich daran denke, Lore zu begegnen. Sie wird mich hinauswerfen, das weiß ich. Meine Tasche steht bereits gepackt im Zimmer. Doch bevor ich diese Niederlage akzeptiere, will ich noch einmal versuchen, mit jemandem darüber zu reden.

Ich konnte die ganze Nacht nicht schlafen. Einerseits, weil mir der Wein zu schaffen gemacht hat, und andererseits, weil ich so unfassbar wütend war. Wütend, weil mir niemand glaubt, obwohl ich die Wahrheit sage. Es war so schlimm, dass mir sogar die Tränen gekommen sind. Dabei kann ich mich nicht erinnern, wann ich das letzte Mal geweint habe.

Am liebsten wäre ich noch in der Nacht abgereist. Einfach mit meinen Sachen hinaus auf die Straße, in der Hoffnung, irgendwo einen Bus zu finden, der mich wegbringt. Egal, wohin.

Na gut, ich könnte sowieso nur zu Bianca.

Aber sie würde mir glauben. Sie würde keine Sekunde daran zweifeln. Sie wüsste, dass ich einen Unfall niemals vertuschen würde. Und dass ich für meine Fehler geradestehe und mich entschuldige. Doch die Menschen hier kennen mich nicht so, wie Bianca es tut.

Im Hof sehe ich mich vorsichtig um. Ich will nicht gleich Adrian in die Arme laufen.

Es ist ruhig. Ein paar Vögel zwitschern im Geäst des

Nussbaums. Der leichte Wind ist noch angenehm kühl und lässt die Oleandersträuche sanft rascheln.

Die Terrasse ist leer. Ich überlege kurz, Lore zu suchen. Dann lässt mich aber ein Geräusch aus der Halle aufsehen. Ich hoffe, dass es Oliver ist.

Das Tor zur Halle steht einen Spalt weit offen. Ich schiebe mich hindurch und brauche einen Augenblick, um mich an das gedämpfte Licht zu gewöhnen. Dann erkenne ich Viktorias Auto, das gerade so zwischen die Tanks, Traktoren und Weinkisten passt.

Langsam trete ich näher.

Oliver sitzt auf einer leeren Getränkekiste hinter dem Wagen und reinigt mit einem Tuch sein Werkzeug.

»Hallo«, sage ich kleinlaut.

Er sieht kurz auf und dann wieder auf die Schraubenschlüssel. Seine Gesichtszüge verändern sich. Er wirkt angespannt, und ich rechne damit, dass er mich gleich hinauswirft. Nicht aus der Halle, sondern vom Weingut. Bestimmt zieht er mir die Reparaturkosten vom Lohn ab.

»Ist mit dem Auto wieder alles in Ordnung?«, frage ich.

»Ja«, antwortet er knapp und legt die Schraubenschlüssel, der Größe nach sortiert, in einen kleinen Koffer. »Viktoria kommt gleich vorbei. Sie braucht das Auto heute.«

»Sie weiß schon Bescheid?«

Oliver nickt.

Wenn sie mich nicht schon zuvor gehasst hat, tut sie es spätestens jetzt.

»Ich habe ihr nicht gesagt, was genau passiert ist«, erklärt Oliver, ohne mich dabei anzusehen. »Nur, dass du einen kleinen Unfall hattest. Sie ist natürlich trotzdem stinksauer.«

Soll ich mich dafür bedanken, dass er Viktoria nicht erzählt hat, welche Vorwürfe sie mir machen? Nein, bestimmt nicht! »Ich weiß, es sieht aus, als wäre ich das gewesen«, setze ich an und fange mir damit einen finsteren Blick von Oliver ein. Schon gestern wollte er nichts davon hören. »Aber ich war das nicht. Ehrlich.«

»Und wer war es dann?« Er sieht mich erwartungsvoll an. In seinen Augen erkenne ich den Wunsch, dass er mir glauben will.

Ich zucke mit den Schultern. »Vielleicht hat es jemand gestohlen.«

»Und den Schlüssel stecken lassen?«

»Den Schlüssel habe ich in die Küche gelegt«, sage ich. »Leonie kann das bezeugen.« Gut, sie hat vielleicht nicht gesehen, was ich in die Küche gelegt habe, aber zumindest, dass ich da war.

»Leonie sagt, sie hätte dich gestern Nachmittag nicht gesehen.«

Dieses kleine, verlogene Biest! Und ihr glaubt man mehr als mir?

»Dann frag …« Ich halte inne und überlege, ob es eine gute Idee ist, seinen Namen jetzt zu erwähnen. Aber was habe ich schon zu verlieren? »Frag Elias Reznicek. Er war hier und hat mich zu seinem Heurigen eingeladen. Das muss um drei oder halb vier gewesen sein.«

Oliver blickt mich entsetzt an, als müsste er erst verstehen, was ich gesagt habe. »Du bist mit ihm mitgegangen?«, fragt er fassungslos. »Ausgerechnet mit ihm?«

Was heißt ausgerechnet mit ihm? Ich kannte ihn doch gar nicht.

»Er wollte mir seinen Heurigen zeigen«, verteidige ich mich. Da ist doch nichts dabei.

»Elias ist eine falsche Schlange«, sagt Oliver laut. »Er tut alles, um sich selbst zu bereichern. So war er schon immer.«

»Und wenn schon!«, gebe ich aufgebracht zurück. »Du hast mir mehr als deutlich gezeigt, dass mich deine Angelegenheiten einen Scheiß angehen. Aber wenn ich mich mit einem anderen Mann unterhalte, interessiert es dich?«

»Wenn er es ist, dann schon!«

»Ich kannte ihn davor noch nicht!«

»Na, Eheprobleme?«

Oliver und ich erstarren. Dann drehen wir uns zu der Stimme um, die vom Hallentor zu uns herüberklingt.

Viktoria steht dort, wieder einmal schick gekleidet, als müsste sie gleich zu einem wichtigen Meeting.

»Er ist schon fertig«, sagt Oliver und ignoriert ihren Kommentar.

»Und es wird auch das letzte Mal gewesen sein, dass ich ihn dir oder deiner Freundin borge.« Viktorias böse funkelnde Augen blicken mich an. »Wenigstens eine Entschuldigung wärst du mir schuldig.«

»Viktoria!«, zischt Oliver. »Wir haben das am Telefon geklärt!«

»Wen meinst du überhaupt?«, mische ich mich ein. »Mich oder Oliver?« Herausfordernd stemme ich die Hände in die Hüften.

»Das zwischen Oliver und mir geht dich nichts an«, blafft sie.

»Und das zwischen mir und ihm geht wiederum dich nichts an.« Ups, diese Antwort kam mir schneller über die Lippen, als ich darüber nachdenken konnte. Ich spüre Olivers Blick, reagiere jedoch nicht darauf.

»Das kümmert mich auch gar nicht«, entgegnet Viktoria etwas zu unterkühlt. Innerlich brodelt sie, das sieht man ganz genau. Sie streckt fordernd die Hand aus. »Den Schlüssel!«

Oliver wirft ihn ihr zu, und Viktoria fängt ihn gekonnt. Das wäre mir nicht so cool gelungen.

»Wenn du willst, stell ich den Wagen raus«, bietet Oliver überraschend ruhig an.

»Nicht nötig.« Viktoria steigt ein und startet den Motor.

Oliver schiebt das Hallentor auf. Mit aufheulendem Motor fährt Viktoria rückwärts ins Freie und lässt mitten im Hof die Reifen quietschen. Spätestens jetzt sind alle wach.

Als das schwarze Heck durch die Einfahrt verschwindet, stehen Oliver und ich nebeneinander vor der Halle und sehen ihr nach. Mir liegt eine blöde Bemerkung auf der Zunge, doch ich verkneife sie mir.

»Ich werde meine Sachen packen«, sage ich stattdessen, obwohl ich das längst getan habe.

Oliver sieht mich verwundert an.

»Ich kann verstehen, wenn ihr wollt, dass ich verschwinde.«

Einen Moment lang antwortet er nicht. Stattdessen wendet er sich ab und räumt sein restliches Werkzeug weg.

Ich überlege, kommentarlos zu gehen. Das wäre vermutlich das Einfachste. Für uns alle.

So war es auch mit Emanuel und mir. Als er mir erklärte, dass er seine Freiheiten vermisst und bezweifelt, dass ich die Frau fürs Leben bin. Also für sein Leben. Und von welchen Freiheiten sprach er überhaupt? Ich war gut fünfzig Stunden in der Woche im Büro, gelegentlich am Wochenende bei meinen Eltern und regelmäßig bei Bianca, um sie bei ihrem hausfraulichen und mütterlichen Frust zu entlasten. Ich war mit Arya und Sheldon bei Geburtstagsfeiern, wenn sie Zeit mit Thomas verbringen wollte, und habe die Kinder sogar einmal im Monat ins Kino ausgeführt, damit Bianca Zeit für sich hatte.

Emanuel hatte seine Freiheiten. Mehr als genug. Und diese Bemerkung hätte mich vermutlich zum Ausrasten bringen sollen, wenn mir mehr an ihm gelegen wäre. Ob ich in dem Fall eine Szene gemacht hätte? Vermutlich nicht. So bin ich einfach nicht.

Was habe ich stattdessen getan? Meine Sachen gepackt, den Schlüssel auf die Kommode neben der Eingangstür gelegt und bin gegangen.

Meine Rache war, dass ich all die Zahlungsaufträge für die Wohnung gestoppt habe. Die Rechnungen liefen sowieso auf Emanuel, und so würde er die

Mahnungen von Strom, Gas und Wasser bekommen. Denn wie ich ihn kenne, hat er nicht daran gedacht, sich darum zu kümmern. Mit einer gewissen Genugtuung stelle ich mir vor, wie er jetzt mit kaltem Wasser im Dunklen duschen muss.

Doch all das hat keine tiefen Wunden hinterlassen. Vielleicht, weil ich emotional nie von ihm abhängig war.

Und dann tue ich es wieder.

Ich wende mich einer ungewissen Zukunft zu. Hinter mir das Ende einer Beziehung, in der ich mich unfair behandelt fühlte, und gegen das ich nichts mehr machen will. Ich will keine Konfrontation. Ich habe versucht, mich zu verteidigen. Meine Unschuld zu beweisen. Doch niemand hat mir geglaubt.

»Wo willst du hin?«

Olivers Stimme lässt mich innehalten.

Langsam drehe ich mich zu ihm um. »Gehen«, sage ich leise und denke an Sheldons Rennautobett, das mehr oder weniger auf mich wartet.

Er kommt auf mich zu und bleibt dicht vor mir stehen.

Ich muss den Kopf in den Nacken legen, um ihm in die Augen sehen zu können. Darin erkenne ich eine unerwartete Wärme, Hoffnung.

»Du bist es wirklich nicht gewesen?«, fragt er leise.

Ich schüttle den Kopf.

»Ich will dir glauben«, sagt er. »Aber die anderen werden es nicht.«

Das ist mir bewusst.

»Sie werden eine Bestrafung erwarten.«

»Was?«

»Ich werde heute den Ab-Hof-Verkauf machen, und du wirst stattdessen meine Aufgabe übernehmen.«

»Und die wäre?«

»Mit Adrian in die Weingärten fahren.«

*** Dirndl ***

Ursprünglich als Arbeitsgewand der jungen Mägde, auch Dirnen genannt, musste das Dirndl nur eines sein: praktisch.

In Mode kam das Dirndl erst um 1930, als die Damen der Stadt den ländlichen Look für sich entdeckten und zum Modephänomen erklärten. Getragen wurde es zu festlichen Gelegenheiten, wie es noch heute in ländlichen Regionen üblich ist.

Das klassische Dirndl der heutigen Zeit besteht meist aus einer weißen Bluse mit Puffärmeln, einem farbigen Dirndlkleid und einer Schürze. Vor allem in den Alpenregionen haben sich über die Jahrzehnte Trachtenlandschaften herausgebildet, die sich in ihren Details voneinander unterscheiden.

Die bekannte Schürzenregel hat keinen belegten traditionellen Hintergrund, wird aber heute gern von den Frauen angewandt. Je nachdem, wie die Trägerin ihre Schürze bindet, signalisiert sie ihren Beziehungsstatus: Vorn rechts gebunden bedeutet, sie ist vergeben oder verheiratet, an der linken Seite zeigt sie, dass sie noch zu haben ist, während Witwen die Masche am Rücken tragen.

»Kein Wort über gestern«, sagt Oliver und steckt den Kopf durch die offene Beifahrertür. Sein mahnender Blick trifft Adrian, der ihn ignoriert. Dann tritt Oliver zurück und wirft die Tür zu.

Ich bin kurz davor, mich aus dem anfahrenden Auto zu stürzen.

Einführung in die abwechslungsreiche Tätigkeit eines Winzers.

So nennt Oliver die Arbeit, die mir heute bevorsteht.

Es ist eine Strafarbeit, das wissen wir alle, obwohl ich dachte, Oliver würde mir glauben.

Bereits kurz vor acht Uhr herrschen draußen siebenundzwanzig Grad Celsius. Den Tag bei dieser brütenden Hitze mit Adrian in den Weingärten zu verbringen ist mit Abstand das Letzte, was ich mir wünschen würde.

Auf meinem Schoß liegen eine Wasserflasche, Handschuhe und eine spitze Schere.

Tatsächlich schweigt Adrian, als er durch die Gassen fährt. Die Gedanken ziehen an mir vorbei, als Adrian den Wagen plötzlich am Straßenrand parkt. Rechts und links von uns nichts als Bäume und Reben, die sich Reihe für Reihe den Hügel hinauf erstrecken. Keine Häuser, keine abzweigenden Straßen, keine Menschen weit und breit.

»Ich erkläre dir das Ganze nur ein einziges Mal. Pass also gut auf!«, sagt Adrian, nachdem wir ausgestiegen sind. Er steuert auf die Reben zu, ohne sich zu vergewissern, ob ich ihm folge.

Ich frage mich, woran er erkennt, welche Reben

dem Weingut Feeberger gehören. Sie sehen alle gleich aus, und es gibt keinerlei Kennzeichnung.

»Wir machen die grüne Lese. Das heißt, wir entfernen ganze Trauben, damit die verbleibenden besser reifen können und mehr Inhaltsstoffe erhalten.«

Ich passe genau auf und beobachte, wie er mit geschickten Fingern den ersten Weinstock inspiziert.

»Das ist ein Merlot. Die Beeren stehen kurz vor dem Umfärben, der ideale Zeitpunkt für die grüne Lese.« Adrian zupft einige Blätter weg, um eine bessere Sicht auf die Trauben zu schaffen. »Pro Stock sechs Trauben. Du suchst die schönsten aus und schneidest die anderen ab. Verstanden?« Er könnte nicht herrischer klingen.

»Verstanden!« Nicht gerade eine anspruchsvolle Arbeit, doch ein Blick den Hügel hinauf macht mir klar, dass es ein langer Tag werden kann. Die Reihe zieht sich endlos bergauf.

»Außerdem entfernen wir das Blätterwerk über den Trauben, damit sie mehr Sonnenlicht abbekommen.« Er sieht mich an, als erwarte er eine Bestätigung, dass ich kapiert habe, wovon er spricht.

»Verstanden!«, wiederhole ich pflichtbewusst.

»Uns gehören vier Reihen«, sagt er. »Ich mache die linken und du die rechten. Wenn ich fertig bin, fahre ich, also sieh zu, dass du nicht trödelst.«

»Verstanden!«

»Und mach es ordentlich, sonst gehst du zu Fuß nach Hause.«

Dieses Mal nicke ich nur, doch als Adrians Kopf wieder eine unnatürliche Röte annimmt, füge ich schnell »Verstanden« hinzu.

Adrian wendet sich ab und stellt sich an die linke Reihe. »Wenn es nach mir geht, hätte ich dich schon hochkant hinausgeworfen«, murmelt er.

»Verstanden!«, rufe ich trotzig, doch er ignoriert mich.

* * *

Über Jahre hinweg habe ich die durchschnittliche Zeit berechnet, wie lange es dauert, bis jemand am anderen Ende der Telefonleitung abhebt. Wie oft hat jemand das Handy griffbereit neben sich liegen und antwortet sofort? In der Regel klingelt es fünf- bis siebenmal, bis abgehoben wird.

Fazit meiner kleinen, privaten Untersuchung ist, dass ich beim neunten Klingeln aufgeben kann. Spätestens dann weiß man, dass der Angerufene gerade nicht erreichbar ist. Da mir die Zahl Neun aber unsympathisch ist, warte ich immer das zehnte Freizeichen ab. Ich mag gerade Zahlen.

Dieses Mal habe ich aber unerwartet mehr Geduld. Es muss einfach sein.

Elf. Zwölf. Dreizehn.

Bitte heb ab.

Ich muss mit Bianca reden, denn alle anderen gehen mir aus dem Weg. Selbst Nina hat nur kurz die Hand zum Gruß gehoben und ist nicht hergekommen, um mit mir zu plaudern. Etwas, das sie sonst immer tut.

Also habe ich mich in mein Zimmer verkrochen, geduscht und Biancas Nummer eingetippt.

Siebzehn. Achtzehn. Jetzt mach schon!

»Ja?« Es ist Biancas abgehetzt klingende Stimme, mit der ich gar nicht mehr gerechnet habe.

»Hey, ich bin's«, sage ich etwas trostlos.

Bianca scheint gestresst zu sein, doch wann ist sie das nicht? Im Hintergrund höre ich Arya und Sheldon, die sich streiten. Dann Schritte und eine zufallende Tür. Jetzt ist es leiser.

»Was ist los?«, fragt Bianca besorgt. Sie scheint bemerkt zu haben, dass es mir nicht gut geht.

»Ich überlege, wieder zurückzukommen«, sage ich und entscheide mich dagegen, ihr von dem Autounfall zu erzählen. Ich weiß, dass sie mir sofort glauben würde, aber ich brauche ihre Bestätigung nicht.

»Das halte ich für eine hervorragende Idee!« Biancas Stimme klingt sofort ruhiger. »Dann könntest du ein paar Tage auf die Kinder aufpassen. Ich glaube, Thomas hat eine Affäre mit einer Kollegin. Er ist jeden Tag länger im Büro, und nach seinen Geschäftsreisen wirkt er immer so entspannt und ausgeglichen.«

Ich weiß, dass sie sich in ihrer Frustration nicht unterbrechen lässt, auch wenn ich im Augenblick gern über mich selbst sprechen würde. »Glaubst du das wirklich?«, frage ich ein wenig geistesabwesend.

»Das muss doch so sein«, erklärt sie energisch. »Ein Mann ist nur so entspannt, wenn er Sex hatte, und glaub mir, zwischen uns läuft schon lang nichts mehr.«

»Kann sein«, antworte ich vage, weil ich diesbezüglich nicht sehr erfahren bin.

Vielleicht kann Thomas im Hotel einfach besser schlafen. Schließlich rammt ihm dort um drei in der Früh kein Sheldon den Fuß in die Niere oder zieht ihm ständig die Decke weg. Vielleicht reicht es auch schon, für ein paar Stunden während eines Meetings das Handy abzuschalten und nicht ständig die Nachrichten seiner Frau beantworten zu müssen.

»Als du noch bei uns warst, war alles viel harmonischer. Jetzt fliegen täglich die Fetzen.« Bianca seufzt, während ich im Hintergrund gedämpft Arya und Sheldon brüllen höre. »Ich glaube, Thomas provoziert mich, damit ich ihn vor die Tür setze und er sich durch die Firma vögeln kann, ohne ein schlechtes Gewissen haben zu müssen.«

»Was du natürlich nicht tust!«

»Wie soll ich dann die Miete bezahlen?«, ruft Bianca verzweifelt. »Hast du eine Ahnung, wie viel so eine Wohnung in der Lage kostet?«

»Kann's mir vorstellen«, antworte ich, weil ich die Abrechnungen von ihnen kenne.

»Wobei, wenn du hier einziehst, könnten wir uns die Kosten teilen.« Biancas Geistesblitz lässt bei mir alle Alarmglocken schrillen. »Das wäre doch praktisch.«

Dieses Gespräch hat sich anders entwickelt, als ich mir vorgestellt hatte.

»Was sagst du dazu?«, drängt Bianca ungeduldig. »Ich setze Thomas noch heute auf die Straße, und du kannst dafür Sheldons Zimmer haben. Der schläft sowieso bei mir im Bett, bis er zehn ist.«

»Ich weiß nicht, ob das für die Entwicklung eines Kindes gut ist«, sage ich in der Hoffnung, ihren Vorschlag diplomatisch abzuwürgen.

Eigentlich habe ich vor, meine Zukunft in kontrollierte Bahnen zu lenken. Ich will wieder auf eigenen Beinen stehen. Mit einer eigenen Wohnung und einem mich erfüllenden Job. Mich wohnlich an Bianca zu binden, schränkt mich zu sehr ein.

Nur ist es leider so, dass ich im Augenblick nehmen muss, was sich mir bietet. Und das ist entweder Sheldons Rennautobett oder das Gästezimmer im alten Haus der Familie Feeberger.

»Viele Kinder schlafen heute lange Zeit im Familienbett«, verteidigt sich Bianca.

»Und die Trennung der Eltern?«, lege ich schnell nach. »Wollt ihr nicht erst einmal eine Paartherapie probieren?«

Bianca lacht spöttisch. »Dafür hat Thomas doch gar keine Zeit.«

»Ich finde dennoch, dass du nichts überstürzen solltest«, sage ich. »Außerdem komme ich auch nicht so schnell zurück.«

Bianca brummt. »Na gut. Überleg es dir. Ich muss jetzt aufhören. Arya und Sheldon bringen einander gerade um.«

»Ist okay. Ich melde mich wieder.«

Noch bevor ich den Satz zu Ende gesprochen habe, hat Bianca auch schon aufgelegt.

Müde lasse ich mich aufs Bett fallen und lege mir die Arme übers Gesicht.

Verdammt, was soll ich nur machen?

Auf dem Gang höre ich Schritte. Vermutlich Moritz oder Adrian, die in der Wohnung neben meinem Zimmer leben. Dann klopft es plötzlich an meiner Tür.

Ich hebe die Arme von meinen Augen und sehe, dass jemand bereits die Tür öffnet.

»Dachte ich mir, dass ich dich hier untätig vorfinde.«

Viktoria steht in der Tür und wirft mir einen verächtlichen Blick zu.

Ich fühle mich so überrumpelt, dass ich keinen Ton hervorbringe.

»Du hast was in meinem Auto verloren.« Sie wirft mir etwas auf die Brust.

Ich muss danach tasten, um zu sehen, was es ist. Und dann erkenne ich es sofort. Die bunten Gummischnüre ... Leonies Ohrring.

»Ich kann nur hoffen, dass du möglichst bald verschwindest«, zischt sie und greift nach dem Türgriff. »Und nimm Oliver gleich mit.«

Dann knallt auch schon die Tür ins Schloss, und die Schritte entfernen sich wieder.

Immer noch baff von der Erkenntnis, zu der ich gerade gelangt bin, sitze ich auf dem Bett und starre auf das Plastik in meiner Hand.

Leonie hat das Auto in den Graben gefahren.

Leonie hat mir die Schuld dafür in die Schuhe geschoben.

* * *

Es ist Samstag, der dritte Tag, den ich in den Weingärten verbringe. Gestern mit Fredi, der ein sehr wortkarger Geselle ist. Ähnlich wie Adrian, aber auf eine angenehme Art und Weise.

Heute bin ich jedoch wieder mit Adrian unterwegs. Wir sind in Nussdorf, einem ruhigen Gebiet nicht weit von der Donau entfernt. Die Handgriffe habe ich längst intus. Jedoch macht mir die Arbeit in der prallen Sonne zu schaffen. Schon nach dem ersten Tag hatte ich einen Sonnenbrand im Nacken und auf den Armen.

Es ist bereits später Vormittag, als sich eine fiese Übelkeit in mir ausbreitet. Dazu kommen pochende Kopfschmerzen, die es mir nicht leicht machen, mich auf die Arbeit zu konzentrieren. Einmal erwische ich mit der spitzen Schere meine Hand und kratze mir die Haut auf.

Ich brauche dringend etwas zu trinken, doch die Wasserflasche steht am unteren Ende des Weingartens. Noch mindestens zwanzig Reben, bis ich dort ankomme. Vielleicht sogar mehr.

Sieben Reben weiter tauchen kleine Blitze vor meinen Augen auf. Ich gehe in die Hocke und hole tief Luft. Mein Zuckerspiegel ist im Keller. Es kann aber nicht mehr lang dauern, bis Oliver uns abholt, damit wir mit den anderen zu Mittag essen. Auch wenn ich nicht sicher bin, ob sie mich überhaupt dabeihaben wollen.

Adrian arbeitet ein gutes Stück vor mir. Er ruft mir etwas zu, doch der Pfeifton in meinen Ohren übertönt seine Worte. Ich kann mir aber denken, was er sagt.

Die letzten Reben will ich noch schaffen, also beiße ich die Zähne zusammen und rapple mich wieder auf. Trauben weg. Trauben weg. Wie viele sind noch da? Vier, fünf oder sechs? Ach, wird schon passen. Nächster Weinstock.

Ich sehne mich nach meiner Wasserflasche.

Als ich endlich am Ende der Reihe ankomme, lasse ich mich auf den Boden sinken und leere den ganzen Inhalt in meine Kehle. Dass das Wasser warm ist, stört mich nicht.

»Noch ist Oliver nicht da«, ruft Adrian erbost. Er arbeitet schon wieder die nächste Zeile den Hügel aufwärts. »Jetzt mach weiter!«

Dieses Feld ist so groß, dass wir an einem Tag nicht fertig werden. Ich halte es aber für eine gute Idee, für heute Schluss zu machen. Erschöpft lasse ich den Kopf auf die Knie sinken. Ich habe nicht einmal mehr die Kraft, um Adrian zu antworten. Er kann mich mal.

»Faules Stück!«, höre ich ihn mehr als deutlich murmeln.

Ich kann immer noch nicht glauben, dass ich das hier über mich ergehen lasse. Ich werde für etwas bestraft, das ich nicht getan habe. Etwas, das Leonie zu verantworten hat. Sie sollte an meiner Stelle hier sein.

Aber was soll ich tun? Sie verpetzen und damit in die gleiche Lage bringen, in der ich jetzt bin? Doris würde ihr den Kopf abreißen.

Irgendwann höre ich das Geräusch eines Autos und blicke auf. Keine Ahnung, wie lange ich hier schon sitze. Endlich. Oliver.

Mühevoll rapple ich mich auf und muss mich am letzten Weingartensteher festhalten, um nicht zusammenzubrechen. Meine Beine sind kraftlos und wollen das Gewicht meines Körpers nicht tragen.

»Ist alles in Ordnung?« Oliver ist aus dem Wagen gestiegen und zu mir gelaufen.

Ich nicke.

»Du siehst nicht gut aus.«

»Mir ist nur etwas … unwohl.«

Oliver legt seine Hand auf meine Stirn.

»Hast du Kopfschmerzen? Ist dir schlecht?«

Wieder nicke ich. Was heißt hier schlecht? Ich glaube, mir kommt gleich das Wasser von vorhin hoch.

»Shit.«

* * *

»Das war eine dumme Idee.« Lores Stimme dringt gedämpft durch die angelehnte Tür in mein Zimmer. »Das weißt du!« Ihr Tonfall schwankt zwischen Vorwürfen Oliver gegenüber und Sorge um mich.

Ich fühle mich, als hätte mich ein Lastwagen angefahren. Alles in mir pulsiert und schmerzt. Mein Kopf dröhnt, und meine Haut brennt. Die feuchten Tücher auf meiner Stirn und in meinem Nacken sind längst warm geworden.

»Es war heute unerwartet heißer als in den vergangenen Tagen«, verteidigt sich Oliver. Das schlechte Gewissen ist ihm anzuhören.

»Unerwartet«, poltert Lore. »Dass ich nicht lache. Es ist Ende August. Natürlich ist es heiß. Und du schickst sie tagelang in die pralle Sonne.«

Es gefällt mir, dass Lore ihrem Enkelsohn die Leviten liest, auch wenn ich es nicht so genießen kann, wie ich gern würde. Mir ist im Moment einfach nicht danach.

»Den Rest machen Opa und ich allein«, sagt Oliver.

»Das will ich hoffen. Schon diese Idee war lächerlich.«

»Was sollte ich denn tun?« Olivers Stimme wird lauter. »Sie hat Viktorias Auto fast geschrottet.«

»Sie sagt, sie war es nicht.«

Ich schlage die Augen auf, was ich in der gleichen Sekunde bereue, weil ein fürchterlicher Schmerz direkt in meinen Kopf schießt. Habe ich Lore richtig verstanden?

»Es sieht nun mal so aus«, entgegnet Oliver.

»Du bist nicht hier, um Richter zu spielen«, tadelt Lore ihn. »Dazu haben dich deine Eltern nicht erzogen.«

Dann ist es still im Flur vor meinem Zimmer. Sekunden verstreichen. Ich höre nur das Pulsieren meines überhitzten Bluts.

»Hol ihr jetzt etwas zu essen«, weist Lore ihn schließlich an. »Ich kümmere mich derweil um sie.«

Die Scharniere meiner Tür quietschen leise.

»Mona? Wie geht es dir?«, fragt Lore sanft und kommt an mein Bett. Sie setzt sich auf die Kante und nimmt das Tuch von meiner Stirn.

»Geht so.« Ich bemühe mich um ein kleines Lächeln, was mir gleich wieder Kopfschmerzen beschert.

»Du musst viel trinken«, sagt sie und greift nach dem Wasserglas, das neben meinem Bett steht. »Dann kommst du schnell wieder zu Kräften.«

Ich nehme ein paar kleine Schlucke. »Danke.«

»Einen ordentlichen Sonnenstich hast du dir da eingefangen.« Lore streichelt mir sanft über den Kopf.

»Ich mache dir einen Topfenwickel. Der wirkt kühlend.« Als sie wieder gegangen ist, schließe ich die Augen. So ist es am angenehmsten.

Irgendwann geht die Tür wieder auf. Ich habe keine Ahnung, wie viel Zeit verstrichen ist.

»Ich soll dir Wasser bringen.«

Das ist Leonies Stimme.

Sofort schlage ich die Lider auf, auch wenn ich den Schmerz kaum aushalte. Sie stellt den Krug ab und will wieder aus dem Zimmer hinausgehen.

»Warte!«, rufe ich mit schwacher Stimme. »Ich habe etwas von dir.«

Zögernd hält sie inne. Nur langsam dreht sie sich zu mir um.

Mit zitternden Händen hole ich aus meinem Nachtkästchen jenen Ohrring hervor, den Viktoria in ihrem Auto gefunden hat. Ich halte ihn demonstrativ in die Luft.

»Muss mir wohl rausgerutscht sein«, sagt Leonie unsicher. Sie kommt näher, doch als sie nach dem Ohrring greifen will, ziehe ich die Hand zurück. Leonie schreckt auf.

»Ja«, antworte ich ruhig, aber bestimmt, »in Viktorias Auto.«

Das Mädchen wird kreidebleich.

»Eine Scheißaktion, mir das in die Schuhe zu schieben.«

Leonie wirkt nervös. Sie kaut auf ihrer Unterlippe und sieht sich um, als wollte sie schnellstmöglich die Flucht ergreifen.

»Wirst du es ihnen sagen?«, fragt sie leise.

Ich schüttle den Kopf. »Nein, aber mach so etwas nie wieder. Das hätte echt schiefgehen können. Auch für dich.«

* * *

Als ich am nächsten Tag aufwache und mit schmerzendem Nacken einen Blick auf mein Handy werfe, sehe ich, dass es bereits elf Uhr ist. Die Sonne kämpft sich gnadenlos durch die Vorhänge in mein Zimmer und heizt es unerträglich auf.

Jeder Muskel meines Körpers schmerzt, als ich mich aus dem Bett hieve. Eine kühle Dusche wird mich in Schwung bringen und hoffentlich meinem schweren Kopf helfen, der sich anfühlt, als wäre er mit Beton ausgegossen. Außerdem muss ich die Reste des Topfens abwaschen, den Lore mir in den Nacken und auf die Brust gestrichen hat, um meine erhitzte Haut zu kühlen.

Als ich wenig später in den Hof komme, stehen die Tische und Bänke wie jeden Sonntag bereit, um die Gäste im Buschenschank zu empfangen. In drei Stunden ist es so weit. Jeder ist vorbereitet, kennt seine Aufgaben. Jeder außer mir. Nicht heute.

Auf der Terrasse entdecke ich Nina, die, über den Tisch gebeugt, etwas schreibt.

»Hallo.«

Erschrocken fährt sie hoch. Als sie mich sieht, lächelt sie und entspannt sich. »Ich habe dich gar nicht kommen gehört.« Sie klappt das Notizbuch zu, das vor ihr liegt. »Wie geht es dir?«

»Ging schon besser«, antworte ich ehrlich. »Was machst du gerade?«

Nina legt ihre Hände überkreuzt auf das Buch. »Ich schreibe an einer Art Tagebuch«, erklärt sie.

Ich nicke und frage nicht weiter nach. Das ist mir zu persönlich.

»Nach dem Unfall ging es mir nicht so gut, und in der Therapie habe ich begonnen, ein Tagebuch zu führen«, erzählt sie von sich aus.

»Und hilft es dir?«

»Jetzt schon«, antwortet sie tapfer. »Anfangs half gar nichts. Wie auch? Mein Leben wurde von einem Tag auf den anderen auf den Kopf gestellt. Meine Eltern tot, mein Bruder weg und ich an den hier gebunden.« Sie klopft auf die Räder des Rollstuhls.

Ich weiß nicht, was ich darauf sagen soll. Auch ein Lächeln kommt mir nicht richtig vor. Also sehe ich sie einfach nur aufmerksam an.

»Heute verstehe ich es, wenn unser Pfarrer sagt, dass Gott uns nicht vor Herausforderungen stellt, von denen er glaubt, dass wir sie nicht bewältigen können.«

Ich erinnere mich an Herrn Leutgeb, der mehr Ähnlichkeiten mit Heath Ledger hatte als mit irgendeinem Geistlichen, der mir jemals zu Gesicht gekommen ist.

»Nimmst du es ihm eigentlich übel?«, frage ich und muss mich dabei nicht näher erklären.

Nina weiß sofort, von wem ich spreche. Sie starrt mich an, ehe sie den Kopf leicht schüttelt. »Ich hätte Oliver an meiner Seite gebraucht, als das passiert ist«, antwortet sie ruhig. »Als Stütze. Aber ich kann verstehen, dass es auch für ihn sehr schwer war.«

Ich bewundere sie für ihr Mitgefühl. Sie ist es, die im Rollstuhl sitzt, nicht Oliver. Wie gern wüsste ich mehr über diesen Unfall vor fünf Jahren, doch ich traue mich nicht, sie danach zu fragen. Wenn sie will, wird sie es mir erzählen. Irgendwann vielleicht.

»Hallo, Mona.« Lore kommt auf die Terrasse in einem karierten Kleid, das ihre Körpermitte leicht umspannt und durch eine helle Schürze extra betont wird. »Wie geht es dir?«

»Besser.« Und das stimmt auch. Natürlich fühle ich mich immer noch matt und erschöpft, aber es geht aufwärts.

»Ich koche dir einen Tee«, sagt Lore mütterlich und macht Anstalten, in die Küche zurückzugehen.

»Um ehrlich zu sein, habe ich Hunger. Richtig großen Hunger.«

Lores Augen weiten sich. »Dann habe ich genau das Richtige für dich. Heute gibt es ein Gröstl. Wie wär's damit?«

»Omas Gröstl kannst du nicht ausschlagen. Es ist Weltklasse.«

Ich nicke Lore zu und bedanke mich schon jetzt dafür.

»Komm mit, Mona! Ich will dir etwas zeigen.« Nina legt das Tagebuch auf ihren Schoß und rollt vom Tisch weg.

Ich folge ihr in das Haus und dort den schmalen Gang entlang, der gerade mal so breit ist, dass Nina trotz Kommode mit dem Rollstuhl bequem durchfahren kann. Als das Gebäude errichtet wurde, hat bestimmt niemand daran gedacht, dass hier eines Tages eine junge Frau im Rollstuhl wohnen würde.

»Das ist mein Zimmer.« Nina beugt sich vor und schubst am Ende des Flurs eine Tür auf.

Es ist ein großer Raum mit einem Einzelbett, das so an der Wand steht, dass man von beiden Seiten mit dem Rollstuhl ranfahren kann. An einem breiten Kasten neben der Tür sind die Türen abmontiert. Vermutlich, damit Nina leichter an ihre Sachen kommt. Des Weiteren gibt es einen Schreibtisch ohne Sessel und eine Kommode, auf der allerlei Zeug herumsteht.

Auf dem Boden entdecke ich eine Socke und überlege, ob ich sie aufheben soll. Nina hätte bestimmt Schwierigkeiten, es zu tun. Doch sie ist so selbstständig, dass ich nicht sicher bin, ob sie das überhaupt will.

»Kommst du da hinauf?« Nina deutet auf eine Schachtel im obersten Fach ihres Kastens.

»Klar.« Ich muss mich ein wenig strecken, kann die Box aber mit den Fingerspitzen herausziehen. Sie ist ein bisschen verstaubt.

Nina wirft das Tagebuch aufs Bett und nimmt mir die Schachtel ab. Sie hebt den Deckel, und ich erkenne darin einen tannengrünen Stoff und weiße Spitze.

»Nimm es heraus.«

Vorsichtig greife ich nach dem Stoff und erkenne, dass es ein wunderschönes mattgrünes Dirndl mit einer zarten, unauffälligen Verzierung ist. Die weiße Schürze sieht aus, als wäre sie mit der Hand gehäkelt worden, so fein sind die kleinen Maschen, die ein hübsches Muster bilden.

»Das habe ich zu meinem achtzehnten Geburtstag bekommen«, erklärt Nina und streicht sanft mit der Hand über den Stoff. Sie lächelt wehmütig. »Ich habe es sehr gern getragen.«

»Es ist wirklich schön.« Ganz anders als die üblichen Dirndl – meist Kombinationen aus Rot und Grün oder Blau und Pink, aus seidigen Stoffen, mit auffallenden Mustern und gewagten Schnitten. Doch dieses Kleid braucht das alles nicht. Es besticht durch seine schlichte Art, die gediegenen Farben und den eleganten Schnitt.

»Ich will es dir schenken.«

»Was?« Irritiert löse ich meinen Blick von dem Kleid und sehe auf Nina hinab. »Das kann ich nicht annehmen.«

»Und ob du das kannst«, entgegnet sie, amüsiert über meine Reaktion. Sie wehrt meinen Versuch, ihr das Dirndl zurückzugeben, sanft ab. »Ich kann es ja ohnehin nicht mehr tragen.«

»Natürlich kannst du das«, protestiere ich.

»Das sieht doch blöd aus«, sagt Nina. »Ich im Dirndl und im Rollstuhl.«

»Das ist doch Unsinn!«

»Mona!« Lores Stimme unterbricht unsere kleine Diskussion. »Dein Essen ist fertig.«

Ich sehe wieder zu Nina.

»Überleg es dir, okay?« Sie lächelt sanft. »Ich würde mich freuen, wenn es wieder getragen wird. Es müsste dir ausgezeichnet stehen.«

Ich nicke. Wissend, dass ich dieses Angebot nicht annehmen werde. Nicht, weil das Dirndl nicht wunderschön ist.

Vorsichtig lege ich es zurück in die Schachtel und stelle diese wieder in das oberste Fach von Ninas Kasten. Dann gehen wir zurück auf die Terrasse.

»Ich hoffe, du magst Blunzengröstl«, sagt Lore und stellt mir einen Teller auf den Tisch. »Ich habe dir noch ein Spiegelei dazu gemacht.«

»Perfekt!« Ich lasse mich unter der Laube nieder. Beim Anblick des frischen Essens läuft mir das Wasser im Mund zusammen. Dabei habe ich in meinem Leben noch nie Blunzen gegessen. Doch wenn Lore es gekocht hat, schmeckt es bestimmt hervorragend.

Die Erdäpfel sind in dünne Scheiben geschnitten, dazwischen finden sich Blutwurst- und Apfelstücke sowie Zwiebelringe. Das Ganze ist mit frischen Kräutern garniert, die Lore bestimmt aus ihrem kleinen Garten geholt hat. Am Tellerrand liegt noch ein Spiegelei mit knusprigen Eiweiß, dessen Eigelb so mittig platziert ist, als wäre die Position mathematisch berechnet worden.

»Hau rein!« Nina lacht, als sie sieht, wie ich Lores Blunzengröstl gierig begutachte.

Als ich fertig bin, fühle ich mich gestärkt, aber auch kugelrund. Am liebsten würde ich noch ein Stündchen hier sitzen bleiben. Die Weinlaube bietet einen angenehmen Schatten, und noch ist es ruhig, ehe die ersten Gäste kommen.

»Hat's geschmeckt?« Lore sieht mich neugierig an, als sie kommt, um den Teller abzuräumen.

»Das beste Gröstl, das ich je gegessen habe«, antworte ich ehrlich.

Lore lächelt zufrieden. »Freut mich. Ruh du dich nur aus. Du hast heute natürlich frei.«

Ich schüttle den Kopf. »Ich werde euch helfen.«

»Unsinn! Du brauchst die Erholung.«

»Ich will aber«, beharre ich auf meiner Entscheidung. »Das schaffe ich schon.«

Lore blickt nachdenklich zu Nina, doch die zuckt mit den Schultern. »Wie du meinst. Du kannst jederzeit eine Pause machen, wenn es dir zu viel wird.« Dann wendet sie sich ihrer Enkeltochter zu. »Kannst du die Bestellungen überprüfen? Da sind zwei neue Nachrichten, und irgendwie macht der Computer nicht das, was ich will.«

Nina lacht amüsiert. »Das macht er doch nie. Ich schaue es mir gleich an.« Sie folgt ihrer Großmutter ins Haus.

Ich lehne mich zurück und schließe die Augen. Noch ist nichts wie vorher. Der Ärger wegen des Unfalls kann nicht von einem Tag auf den anderen verschwinden. Aber ich bin froh, dass Lore und Nina mich nicht anders behandeln als zuvor. Dennoch muss ich allen zeigen, dass auf mich mehr Verlass ist, als sie nach dem Geschehenen vermuten.

»Mona?«

Ich reagiere nicht. Es kommt mir fast so vor, als wäre die Stimme nur in meinem Kopf.

»Mona!«

Jetzt ist sie lauter und bestimmter.

Ich habe schon beim ersten Mal erkannt, dass es Oliver ist. Dennoch öffne ich nur zaghaft die Lider. »Was gibt's?«, frage ich, ohne mich aufzurichten.

»Kommst du kurz mit?« Er sieht angespannt aus und macht keine Anstalten, zu mir auf die Terrasse zu treten.

Etwas widerwillig richte ich mich auf und folge ihm. Mein Magen ist voll. Lores Portionen sind immer so üppig.

Oliver führt mich in Richtung Weingärten und dann um die Ecke zu jenem Stapel Paletten, bei dem wir schon an unserem ersten Tag gelandet sind. Er wendet sich von mir ab und starrt auf die Reben.

Keine Ahnung, was jetzt kommt, aber offenbar scheut Oliver dieses Gespräch. Als ob er es schnell hinter sich bringen will und mir dennoch nicht in die Augen blicken kann. Trotz meiner Neugier bleibe ich ruhig und dränge ihn nicht, mir zu erklären, was er will. Es scheint etwas Ernstes zu sein. Ob er seine Meinung geändert hat und nun doch will, dass ich das Weingut verlasse?

»Leonie war bei mir«, sagt er plötzlich. So leise, dass ich seine Stimme kaum hören kann.

Überrascht ziehe ich die Augenbrauen hoch und beiße mir auf die Unterlippe, um nichts zu sagen. Was denn auch? Es kann nur um eine Sache gehen.

Langsam dreht Oliver sich zu mir um und blickt mich reuevoll an.

»Sie hat mir erzählt, was wirklich passiert ist«, fährt er nach einer kurzen Pause fort. »Offenbar war sie sauer auf dich, weil Moritz sich nur für dich interessiert und nicht für sie. Deshalb hat sie Viktorias Auto in den Graben gelenkt und es aussehen lassen, als wärst du es gewesen.« Er verdreht die Augen und schüttelt leicht den Kopf.

Etwas Ähnliches habe ich schon geahnt, doch ich hätte nie gedacht, dass sie deshalb so etwas tun würde.

Diese Aktion strotzt vor Dummheit. Dummheit, wie sie bei einem unglücklich verliebten, pubertierenden Mädchen leider vorkommen kann.

»Sieht so aus, als hätte sie Elias angestiftet, dich vom Weingut wegzulocken.«

»Warte!« Ich hebe die Hand, damit er kurz ruhig ist und ich das eben Gehörte verstehen kann. »Elias steckt auch dahinter?«

Oliver nickt. »Ich sagte doch, dass er eine falsche Schlange ist.«

Ja, das ist er, doch das tut jetzt nichts zur Sache. Ich erinnere mich an den Tag des Unfalls. Ich war mit Viktorias Auto zum Weingut zurückgekommen, und Leonie hat alles beobachtet, während sie mit ihrem Handy gespielt hat. Ob sie Elias damit ein Zeichen gegeben hat, dass er loslegen kann?

Sie ist ja noch ausgefuchster, als ich dachte.

»Ich verstehe immer noch nicht, warum Leonie ausgerechnet bei den Rezniceks einen Sommerjob bekommen hat«, meint Oliver, doch ich höre ihm gar nicht richtig zu.

»Ich glaub es nicht.« Kopfschüttelnd greife ich mir an die Stirn.

»Ich werde natürlich mit Doris darüber sprechen. Sie muss wissen, was ihre Tochter angestellt hat.«

»Lass das!«

Oliver blickt mich verwirrt an.

»Ich wusste bereits, dass Leonie es war«, erkläre ich. »Hätte ich gewollt, dass Doris davon erfährt, hätte ich es ihr schon gesagt.«

»Du wusstest es?« Oliver scheint völlig aus dem

Konzept gebracht worden zu sein. »Warum hast du es mir nicht gesagt?«

»Du hättest mir auch so glauben sollen.«

Oliver presst die Lippen zusammen. »Ich weiß. Es tut mir leid.«

*** Bauerngarten ***

Ursprünglich war ein Bauerngarten eine eingezäunte Ackerfläche, die von Landwirten ausschließlich mit Nutzpflanzen bewirtschaftet wurde. Erst Anfang des 20. Jahrhunderts fanden Gemüse, Kräuter und auch Zierpflanzen Einzug in den heute bekannten Bauerngarten. Später auch Obstbäume und Beerensträucher. Meist ist er rechteckig und mit einem Wegekreuz ausgelegt, wodurch vier gleichgroße Beete entstehen. In der Mitte befinden sich nicht selten ein Brunnen, ein kleiner Obstbaum oder ein Rosenbusch.

Kennzeichnend für den Bauerngarten sind Mischkulturen. So werden verschiedene Nutz- und Zierpflanzen nebeneinander angebaut, die mit ihren besonderen Eigenschaften ihren Beetnachbarn nützlich sind, weil sie Insekten anlocken oder Schädlinge fernhalten. Um die Fruchtbarkeit des Bodens zu bewahren, wechseln die Kulturen jährlich, und die Beete erhalten eine Gründüngung.

Ich atme tief ein und führe die Arme über die Seiten nach oben. Meine Scheitelkrone zieht in Richtung Himmel, und ich bringe die Hände vor der Brust zusammen. Die morgendlichen Sonnenstrahlen wärmen meine Augenlider. Wie könnte man besser in eine neue Woche starten als mit einem sanften Morgenyoga?

Drei tiefe Atemzüge. Der Brustkorb füllt sich. Im Hintergrund höre ich leise die Hühner, die aus dem Stall kommen und den Tag gackernd begrüßen. Und ausatmen, der Nabel zieht sich zur Wirbelsäule. Ich fokussiere mich ganz auf meine Atmung.

An meinem rechten Ohr wird ein Surren lauter, dann kitzelt es an meiner Schläfe. Ich bewege sanft den Kopf. Die Fliege, die sich auf mir niedergelassen hat, krabbelt über meine Stirn.

Lästiges Vieh. Ausgerechnet jetzt, wo ich zur Ruhe kommen und Energie tanken will.

Mit der Hand scheuche ich sie weg.

Noch einmal von vorn. Arme über die Seiten nach oben, Rücken gerade. Ich bin die Ruhe in Person. Der heutige Morgen ist nur für mich da.

Jetzt kommt das Surren von links.

»Hau ab!«, zische ich und fuchtle mit der Hand in der Luft herum.

Ich sehe mich um, doch die Fliege hat längst ein sicheres Versteck gefunden.

Ich warte noch ein paar Sekunden, rühre mich dabei nicht, doch die Fliege lässt sich nicht mehr blicken. Dann eben noch mal von vorn. Dieses Mal lege ich die Hände auf die Knie, schließe die Augen und richte meine Konzentration wieder auf meine Atmung. Ein und aus. Die Lunge füllt sich, der Nabel zieht sich nach innen.

Ssssss.

»Verdammt noch mal!« Dieses Mal fuchtle ich mit beiden Händen durch die Luft. »Du Scheißvieh!« Die schwarze kleine Fliege dreht vor meiner Nase Loopings und verschwindet dann. Als ob sie es nur darauf angelegt hat, mich aus der Ruhe zu bringen.

Jedenfalls hat sie das geschafft.

So wird das nichts.

Verärgert stehe ich auf, rolle meine Yogamatte zusammen, klemme sie unter den Arm, stapfe hinter der Halle hervor, wo ich mir ein ruhiges Plätzchen erhofft habe, und gehe zur Terrasse. Vielleicht ist ja schon jemand aufgestanden.

Auf dem Tisch steht eine Kanne mit dampfenden Wasser sowie ein Häferl, in dem ein trockenes Teesäckchen baumelt. Lore war mal wieder vorausschauend.

Ich gieße das Wasser vorsichtig auf den Beutel.

»Guten Morgen, Mona.« Olivers Großmutter kommt aus dem Haus und lächelt mich freundlich an. Dann schnappt sie sich einen Besen und beginnt, den Boden zu kehren. Das macht sie fast jeden Tag. Für sie ist die Terrasse im Sommer ihr Wohnzimmer, weshalb sie diese gern sauber hält. Meistens ziert auch eine kleine Keramikvase den Holztisch, gefüllt mit Blumen aus ihrem Bauerngarten. Was eben gerade blüht und hübsch aussieht.

»Was steht heute an?«, frage ich und schwenke den Teebeutel hin und her.

Lore kehrt unbeirrt weiter. »Ich dachte, du könntest heute Oliver helfen«, sagt sie und fegt ein paar Blätter zusammen, die sich von der Weinlaube gelöst haben. »Er fährt in die Stadt und beliefert einige Kunden.«

»Okay.« Ich will mir nicht anmerken lassen, dass mich ein Tag mit Oliver allein nervös macht. Warum, das weiß ich auch nicht. Vielleicht ist es wegen seiner gestrigen Entschuldigung, die ich ihm hoch anrechne. Oder weil mein Herz bei seinen Worten und dem liebevollen Ausdruck in seinen Augen etwas schneller geschlagen hat.

»Eigentlich sollte Oliver sich beeilen, damit ihr in die Stadt kommt, bevor der Montagfrühverkehr einsetzt«, sagt Lore und kehrt die Rampe ab, über die Nina mit dem Rollstuhl fährt. »Vermutlich duscht er noch.«

Eine Vorstellung, die ich im Moment lieber aus meinem Kopf verdränge.

»Der Montagfrühverkehr ist um diese Zeit ohnehin schon voll im Gange«, sage ich stattdessen. »Es ist besser, wir warten noch ein bisschen.«

Lore reagiert nicht.

Ich sehe zu ihr und stelle fest, dass sie etwas blass im Gesicht ist und sich auf dem Besen abstützt. Sofort stehe ich auf und gehe zu ihr.

»Alles in Ordnung?« Ich fasse sie am Unterarm.

»Ich muss mich nur kurz setzen.« Mit meiner Hilfe lässt sie sich auf der Bank nieder.

»Soll ich dir etwas zu trinken holen?«

»Nein, geht schon!« Lore winkt ab und lächelt

tapfer. »Ich bin nur unterzuckert. Ich ruhe mich kurz aus, und dann frühstücken wir zusammen, ja?«

* * *

Es war klar, dass Oliver sogar mit dem Transporter mitten in der Innenstadt einen Parkplatz findet. Gleich beim ersten Versuch, während ich bestimmt viermal durch das Grätzel hätte fahren müssen, um eine zu kleine Lücke zu finden, in die ich mit mehrmaligem Rangieren mühevoll eingeparkt hätte.

Oliver bekommt jedoch bei jeder Adresse, zu der wir fahren, gleich einen passenden Parkplatz. Es waren hauptsächlich Lokale und Hotels, denen wir unseren Wein geliefert haben, aber auch ein kleiner Delikatessenladen, der mit allerlei hochwertigen, regionalen Produkten ausgestattet war.

Es ist ein Uhr mittags, und mein Magen schreit nach einem vernünftigen Mittagessen, das wir sicherlich bekommen, wenn wir wieder bei Lore sind. Stattdessen hat Oliver eine kleine Überraschung für mich. Schon als wir durch die schmalen Seitengassen unweit des Stephansdoms fahren, ahne ich, wohin es geht.

Schließlich stellt er den Transporter ab und sieht mich grinsend an.

»Lust auf ein Eis?«

Ich nicke. »Und wie!«

In Wien gibt es viele hervorragende Eissalons mit fantastischen Eiskreationen, und ich kenne sie alle. Auch diesen hier am Tuchlauben, in den ich schon als Kind gern gekommen bin.

Wie für einen warmen Septembertag üblich, hat sich bereits eine kleine Schlange vor der Theke im Inneren des Salons gebildet. An der Seite stehen kleine Tische mit runden Hockern, an denen man sich mit aufwendig garnierten Eiskreationen verwöhnen lassen kann.

Wir entscheiden uns für ein Eis zum Mitnehmen.

»Tüte oder Becher?«, fragt Oliver, während wir anstehen.

»Becher«, antworte ich, studiere die weiße Tafel hinter der Anrichte und überlege, für welche Sorten ich mich entscheiden soll.

»Angst vor den zusätzlichen Kalorien einer Tüte?«, fragt er neckisch.

»Nein, aber ich will mich ausschließlich dem Geschmack des Eises widmen«, erkläre ich. Auch wenn ich vor Oliver nicht zugeben würde, dass ich sehr wohl auf die Kalorien achte, die ich zu mir nehme. Ich habe, seit ich bei Lore bin, ohnehin schon ein paar Kilo zugelegt. Aber sie kocht und backt einfach viel zu gut.

»Und welche Sorten willst du?«

Ich seufze. Wie soll ich mich da entscheiden. Allein beim bloßen Anblick der Behälter mit den cremigen, bunten Eismassen fällt mir die Wahl schwer. »Ich nehme Topfen-Feige und Amarena.« Eine schwierige, aber bestimmt gute Entscheidung.

Oliver zieht überrascht die Augenbrauen hoch.

»Was ist?« Ich stupse ihm gegen den Oberarm und lache.

»Ich hätte getippt, dass du der Pistazien-Haselnuss-Typ bist.«

Mmm, Pistazien und Haselnuss, auch eine gute Idee. Nein, ich bleibe bei meiner Wahl.

Wenig später halten wir unsere Becher in der Hand und verlassen das Lokal. Oliver hat sich für Raffaello und Nocciolone entschieden. Ob ich bei ihm kosten darf?

Das Eis schmeckt fantastisch, trotz der nicht mehr so hochsommerlichen Temperaturen.

»Also«, beginnt Oliver, während wir durch die Straße schlendern. Ein paar eilige Fußgänger überholen uns, auf der anderen Straßenseite plappern Touristen in einer mir fremden Sprache und deuten in Richtung Stephansdom. »Hältst du es noch die restliche Saison bei uns aus?« Er schielt von seinem Becher, den er konzentriert auslöffelt, zu mir herüber.

Ich lächle. »Das kommt darauf an, was mich in den nächsten Tagen erwartet.«

Oliver sieht nachdenklich auf seinen Löffel mit dem braunen Eis mit Nussstücken. »Das mit Leonie war wirklich unglücklich«, sagt er, offenbar noch geplagt von schlechtem Gewissen. »Also für dich, meine ich.« Er schiebt sich den Löffel in den Mund.

»Halb so wild«, antworte ich, auch wenn das nicht ganz stimmt. Diese Situation, in der mir niemand glauben wollte, und die Strafarbeit mit Adrian in den Weingärten war wirklich nicht leicht für mich. Jetzt bin ich aber einfach nur froh, dass Oliver die Wahrheit kennt und ich mich dazu entschlossen habe, meinen Aufenthalt am Weingut nicht vorzeitig abzubrechen.

Das Amarena-Eis schmilzt mir auf der Zunge. Eine

tolle Idee von Oliver, zum Abschluss unserer Auslieferung hier einen Halt einzulegen.

»Und wie gefällt es dir sonst so bei uns?«, fragt Oliver weiter.

Ich lächle zufrieden. Die Antwort darauf fällt mir nicht schwer. »Es ist eine große Umstellung für mich«, gestehe ich. »Der ganze Tagesablauf ist anders. Nicht so strikt und geregelt. Dennoch kennt jeder seine Aufgaben.«

Er nickt zustimmend.

»Mir gefällt das Familiäre«, fahre ich nach einem Löffel voll Topfen-Feige fort. »Bei euch wird zusammen gefrühstückt, der Tag besprochen, und wenn jemand Hilfe braucht, ist immer einer zur Stelle.«

»Ein Familienbetrieb eben«, ergänzt Oliver und klingt dabei, als wäre er die letzten fünf Jahre nicht weg gewesen.

»Ich kenne das so nicht«, erkläre ich. »Meine Eltern haben mich früh zur Selbstständigkeit erzogen, da sie nicht die Zeit hatten, sich viel um mich zu kümmern.« Und auch nicht den Willen, ergänze ich beim Gedanken an meine Mutter. »Ich war früh auf mich allein gestellt.«

Wir halten vor dem Transporter, und Oliver wendet sich mir zu. »Das klingt nach einer einsamen Kindheit.« Der mitfühlende Ton in seiner Stimme überrascht mich.

»Man gewöhnt sich daran«, antworte ich. »Und irgendwie ist mir das auch geblieben. Ich habe mir zur Gewohnheit gemacht, alles eigenständig zu erledigen. Ich habe für das Studium allein gelernt und später in der Arbeit Aufgaben bevorzugt, die ich selbstständig bearbeiten konnte.«

Oliver lacht leise. »Das klingt, als wärst du sehr introvertiert.«

»Vielleicht bin ich das«, gebe ich zu. Es mag für andere nicht nachvollziehbar sein, aber ich fühle mich wohl dabei. So war ich eben. So bin ich.

»Aber bei uns merkt man nichts davon.«

»Hm. Ja, vielleicht.«

Ich denke darüber nach. Mit Lore und Nina macht die gemeinsame Arbeit besonders viel Spaß. Aber auch der Kontakt zu den Gästen des Buschenschanks und der Ab-Hof-Verkauf sind interessante, abwechslungsreiche Tätigkeiten. Alles Aufgaben, von denen ich vor ein paar Wochen noch behauptet hätte, sie würden nicht zu mir passen.

»Ich bin nicht weit weg von hier aufgewachsen«, sage ich, weil ich das Bedürfnis habe, Oliver mehr von mir zu erzählen. Wenn er sich schon ein Bild von mir macht, dann soll er ein paar Puzzlesteine dazubekommen zu den wenigen, die er bislang kennt.

»Tatsächlich?« Oliver sieht mich neugierig an. Er ist längst mit seinem Eis fertig, was mich nicht überrascht, so gierig, wie er es verschlungen hat. Ich hingegen genieße Löffel für Löffel.

»Etwa sieben, vielleicht zehn Minuten zu Fuß von hier.« Ich zeige ihm die Richtung an. »Meinen Eltern gehören zwei Etagen eines Altbaus hier im Ersten. Im Parterre haben sie ihre Zahnarztpraxis und darüber die Wohnung.«

Oliver nickt anerkennend. »Nicht schlecht.« Bestimmt kann er sich vorstellen, wie viel diese Immobilie im ersten Bezirk wert ist. Ein Vermögen, auf das meine Eltern besonders stolz sind.

»Wenn es nach ihnen geht, soll ich die Ordination eines Tages übernehmen.«

»Und was willst du?«

Eine Frage, die ich nicht so leicht beantworten kann.

»Ich weiß es nicht«, antworte ich daher. »Jedenfalls will ich nicht Zahnärztin werden und schon gar nicht gemeinsam mit meinen Eltern eine Praxis führen.« So viel steht fest.

Oliver nickt und wirft seinen leeren Becher in einen Mistkübel.

»Das heißt, früher hättest du eine solche Warenauslieferung lieber allein gemacht? Anstatt mit mir?« Ob er sich erhofft, dass ich ihm eine schmeichelnde Antwort gebe?

»Um ehrlich zu sein, nein.«

Oliver grinst zufrieden.

Ich kratze den Rest von Topfen-Feige mit dem kleinen Plastiklöffel zusammen und schiebe ihn mir genüsslich in den Mund. Dann entsorge ich den Becher ebenfalls und füge hinzu: »Ich hasse es, im Ersten einen Parkplatz zu suchen.«

Oliver greift sich gespielt betroffen an die Brust. »Ich bin für dich nur Mittel zum Zweck?«

»Ja!«, sage ich grinsend und öffne die Beifahrertür des Transporters.

Oliver springt auf der anderen Seite in den Wagen. »Dann will ich die Prinzessin mal zur letzten Auslieferung kutschieren.«

Letzte Auslieferung? Ich krame den zerknitterten Zettel unter meinem Sitz hervor, auf dem alle Lieferungen des heutigen Tages stehen. Sie sind alle abgehakt. »Wir sind doch schon fertig.«

Oliver startet den Motor und manövriert uns auf die Einbahnstraße hinaus. »Nein, eine Station gibt es noch. Wir statten einer Freundin einen Überraschungsbesuch ab.«

Einer Freundin? Ich überlege, was für eine Art Freundin das für Oliver ist. Ob sie ihm mehr bedeutet?

»Wohin geht's denn?«, frage ich neugierig, während er den Wagen gekonnt durch die engen Gassen fährt und darauf achtet, keinen der vielen Menschen zu überfahren, die immer wieder über die Straße laufen.

»In die Mariahilfer Straße.« Mehr sagt er nicht.

Ich verdränge das eigenartige Gefühl, das sich in meinem Bauch ausbreitet, und konzentriere mich auf die Straße. Ich werde schon sehen, was für eine Freundin das ist.

Wir fahren durch die Wollzeile, eine der exklusivsten Einkaufsstraßen im Herzen Wiens. Sie ist schmal und links und rechts von exklusiven Geschäften gesäumt, die es oft schon seit Generationen hier gibt. Der Verkehr stockt, doch wir kommen verhältnismäßig gut voran. Auf dem Ring sind wir dann trotz der Ampeln schneller unterwegs. Erst am Schwarzenbergplatz müssen wir länger bei einer roten Ampel halten.

Oliver sieht zu mir herüber, und obwohl ich ihn ignorieren will, bemerke ich, dass er seinen Blick nicht mehr von mir abwendet. Dabei könnte die Ampel jeden Moment auf Grün umschalten.

»Was ist?«, frage ich unruhig.

Oliver grinst. »Du siehst irgendwie anders aus.«

Die Ampel wechselt die Farbe, und er tritt aufs Gaspedal.

»Was meinst du?«, frage ich auf Höhe der Ringstraßen-Galerien.

Oliver antwortet nicht. Als müsste er sich voll und ganz auf den Verkehr konzentrieren. Zügig passieren wir die Kärntner Straße und die Staatsoper. Er fährt den Opernring entlang, als hätte ich ihm keine Frage gestellt.

Dann, eine gefühlte Ewigkeit später, holt er tief Luft und antwortet: »Als ich dich das erste Mal gesehen habe, hast du den Eindruck gemacht, als hättest du einen Stock im Arsch.«

Ich schnappe nach Luft, weiß aber nicht, ob ich mich darüber ärgern oder amüsieren soll. Ehe ich etwas erwidern kann, erinnere ich mich an unser erstes Treffen. Damals, in der Bar seines Freundes, war ich vielleicht tatsächlich ziemlich steif. Mein gebügeltes Gewand, die eleganten, aber orthopädischen Schuhe und meine aktenkofferähnliche Handtasche.

Ich muss grinsen, als ich mir das vorstelle. »Nachdem ich zu euch an den Hof gekommen bin, hab ich mich auch gefühlt, als hätte ich einen Stock im Arsch«, gestehe ich und bin selbst überrascht, das laut auszusprechen.

Oliver beginnt herzhaft zu lachen. Ein ehrliches, warmes Lachen, das ich mir heimlich von der Seite aus ansehe. Erst nachdem wir vom Ring abgebogen sind und den Museumsplatz überqueren, beruhigt er sich wieder. »Und jetzt?«

Ich zucke mit den Schultern, auch wenn er es nicht sieht. »Man gewöhnt sich an alles, oder?«, antworte ich und will nicht zu sentimental klingen. Ich muss ja nicht hinausposaunen, dass ich diese Auszeit auf dem Weingut auch genieße. Die Verköstigung, die Gesellschaft und auch meine Neugierde, etwas Neues zu entdecken.

Oliver fährt die untere Mariahilfer Straße entlang. Als er sagte, er wolle in die Mariahilfer Straße – die größte Einkaufsstraße Wiens – fahren, habe ich nicht angenommen, dass er sie entlangfahren will. Das macht doch nur ein Irrer, oder?

Aber Oliver findet rasch eine Parklücke, die groß genug für den Transporter ist.

»Da wären wir«, sagt er und lächelt mich von der Seite an, nachdem er das Fahrzeug geschickt eingeparkt hat. Wir steigen aus, und Oliver holt einen Karton mit Wein von der Ladefläche des Transporters. Die letzte Kiste, die wir noch mitführen. Er würde einer Frau, die er beeindrucken will, doch nicht eine ganze Kiste mit Wein schenken. Eine einzelne Flasche wäre stilvoller, oder? So sieht es nach einer Warenlieferung aus und ist nicht gerade romantisch.

Den kleinen Hoffnungsschimmer in mir festhaltend folge ich ihm den Gehsteig entlang.

Ob seine Freundin weiß, dass wir kommen? Oder will er sie überraschen? Jedenfalls wohnt sie in keinem schlechten Viertel, muss ich anerkennen. Hier eine Wohnung zu haben würde mir auch gefallen.

»Hereinspaziert.« Oliver bleibt vor einem Blumengeschäft stehen, das mir noch nie zuvor aufgefallen ist.

Gut, so oft bin ich in dieser Gegend nicht unterwegs, und wenn, dann nicht, um Blumen zu kaufen. Erst im letzten Moment erhasche ich einen Blick auf den Schriftzug über der Tür: *Ritas Blütenzauber.*

In dem Raum sehe ich mich um und verschaffe mir einen Eindruck. Es riecht frisch nach Blumen und Erde. Überall stehen Töpfe und Kübel mit Pflanzen, Blumen und Grünzeug, das für Buketts verwendet wird.

Ein junger Verkäufer, der eine Kundin berät, schaut zu uns her. »Hallo, Oliver. Rita ist hinten. Sie hat aber gerade eine Kundin bei sich.«

Oliver grüßt zurück. »Wir stören nur ganz kurz«, sagt er und schlängelt sich an einer Badewanne vorbei, die mit Orchideen bepflanzt ist. Dann verschwindet er hinter der Kassentheke durch einen Durchgang.

Etwas verloren verharre ich auf der Stelle. Soll ich ihm folgen?

»Mona?« Oliver nimmt mir die Entscheidung ab.

Im hinteren Bereich gibt es einen weiteren, nicht ganz so großen Raum, in dem eine junge Frau mit langen braunen Haaren und einem warmen Lächeln Oliver freundlich begrüßt.

Etwas in mir zieht sich zusammen, als ich die Vertrautheit zwischen den beiden beobachte.

»Schön, dass du mich mal wieder besuchst«, sagt sie, ohne dabei vorwurfsvoll zu klingen. Als sie über Olivers Schulter blickt und mich entdeckt, kommt sie auf mich zu und reicht mir die Hand. »Hallo, ich bin Rita.«

Dann ist sie wohl die Besitzerin dieses Geschäfts.

Ich stelle mich ebenfalls vor, bedacht darauf, ebenso freundlich zu wirken.

Auf einem länglichen Tisch hinter Rita liegen allerlei Mappen, Muster und sogar frische Blumen. Erst jetzt bemerke ich eine weitere Frau, die mit einem verzweifelten Gesichtsausdruck am Tisch sitzt und zu uns aufsieht. Vermutlich stören wir gerade.

»Danke für den Wein.« Rita nimmt Oliver mühelos den schweren Karton ab und stellt ihn auf den Boden. Dann wendet sie sich ihrer Kundin zu. »Ein fabelhafter Wein. Wenn du für deine Hochzeit noch eine Weinbegleitung brauchst, kann ich dir den Feeberger Wein wärmstens empfehlen.« Es klingt weniger wie eine bemühte Werbung, als wie ein ehrlicher und gut gemeinter Ratschlag.

Die Kundin ringt sich ein schmales Lächeln ab. »Danke, aber der Wein ist im Moment meine geringste Sorge.«

Ritas fröhlicher Gesichtsausdruck verfliegt. Mitfühlend sieht sie die Frau an. »Vanessa hat gestern erst erfahren, dass ihre Hochzeitslocation doppelt vergeben wurde«, erklärt sie, an uns gerichtet.

»Ups«, sagt Oliver und verzieht das Gesicht.

»Sie sagen zwar, sie können zwei Gesellschaften handhaben, aber wir müssen in den Wintergarten ausweichen«, erklärt Vanessa, die nicht nur Ritas Kundin, sondern offenbar auch eine zukünftige Braut ist. »Dabei habe ich dieses Lokal nur gebucht, weil sie so eine wundervolle Terrasse haben.«

»Wir werden den Wintergarten so zauberhaft dekorieren, dass du glaubst, mitten in einer Blumenwiese zu sitzen«, sagt Rita zuversichtlich.

Sie ist mir auf Anhieb sympathisch. Mist!

Vanessa nickt zwar dankbar, wirkt aber nicht ganz so euphorisch.

»Warum sucht ihr euch nicht ein neues Lokal?«, schlage ich, offenbar ein wenig zu pragmatisch, vor, denn ich ernte von allen nur finstere Blicke. Verlegen füge ich hinzu: »Also, nur so ein Vorschlag.«

»Für eine Hochzeit am zweiten Septemberwochenende?«, meint Vanessa und blickt mich an, als wäre ich völlig neben der Spur. »Da ist jedes gute Lokal längst ausgebucht.«

»Sind wir ausgebucht?« Ich sehe fragend zu Oliver. Dieser starrt mich an, als hätte ich eine andere Sprache gesprochen.

Einige Sekunden lang breitet sich eine unangenehme Stille im Raum aus. Dann bricht Rita plötzlich in einen Jubelschrei aus: »Das ist eine großartige Idee.«

Oliver und Vanessa scheinen immer noch überfordert, meine Frage zu verstehen.

»Was ist eine großartige Idee?«, fragt Oliver leicht irritiert.

»Eine Hochzeit bei euch am Hof«, erklärt Rita, die mir damit zuvorkommt. Dann wendet sie sich Vanessa zu. »Lukas hat mir davon erzählt. Es soll ein fantastisches Weingut in Neustift am Walde sein, ein wenig abgelegen, aber direkt in den Weingärten Wiens.«

»Hat Lukas das erzählt?«, knurrt Oliver, und ich erinnere mich, dass das sein Freund ist, dem die Bar in den Stadtbahnbögen gehört. Dann sieht er zu mir. »Ich kann nicht einfach eine Veranstaltung planen, ohne mit meiner Großmutter darüber zu sprechen. Mal abgesehen davon, dass wir nicht wissen, ob wir so viele

Gäste unterbringen können, wer das Essen zubereiten soll und wie das Finanzielle geregelt ist.« Letzteres zischt er durch zusammengebissene Zähne, als wäre es ihm unangenehm, das vor Vanessa zu besprechen.

»Achtunddreißig, wir haben einen Caterer, und für das Finanzielle kommt mein Schwiegervater auf«, sagt Vanessa, als wäre das ein einziges, langes Wort. Dann hält sie die Luft an und wartet auf eine Entscheidung von Oliver.

Wie auch Rita und ich.

Er windet sich unter den Blicken von uns drei Frauen. Als er den Mund öffnet, kommt jedoch nichts heraus.

»Vanessa sollte sich die Location erst einmal anschauen«, schlägt Rita schnell vor, als wolle sie die Situation retten. »In der Zwischenzeit kannst du alles mit deiner Großmutter klären.«

Oliver ist anzusehen, dass noch mehr Gedanken durch seinen Kopf rattern. »Und was machen wir mit den regulären Gästen?«, fragt er, als suche er nach einer Ausrede.

Dabei ist das eine tolle Gelegenheit. Und mit der richtigen Kalkulation bleibt am Schluss ein beträchtlicher Gewinn.

»Eingeschränkter Betrieb«, sage ich schnell. »Wegen einer geschlossenen Gesellschaft. Ach, komm schon, Oliver. Das machen doch alle Lokale mal.«

Er atmet hörbar aus. »Und wenn es regnet?«

»Besorgen wir uns ein Partyzelt. Zur Not bekommen wir achtunddreißig Gäste auch im Buffet-Raum unter.«

»Zur Not lade ich meine Großtante samt Kinder wieder aus«, fügt Vanessa völlig ernst hinzu. »Die kann ich sowieso nicht leiden.«

Oliver sieht mich skeptisch an, doch offenbar sind ihm die Gegenargumente ausgegangen.

»Ist die Privatdetektivin jetzt auch noch Eventplanerin?«, fragt er stattdessen resignierend.

* * *

Seit einer halben Stunde erklärt Lore mir das Prinzip eines Bauerngartens, den kleinen, eingezäunten Garten hinter der Halle beim Hühnerstall.

Holzlatten, die etwas willkürlich zusammengeschraubt aussehen, grenzen die Fläche ein. In der Mitte gibt es ein Rondell mit einem kleinen Zwetschkenbaum. Von diesem aus führen vier Wege in alle Richtungen und teilen den Garten in gleich große Beete.

Auf den ersten Blick blüht und wächst hier alles völlig unsystematisch. Blumen neben Nutzpflanzen, dazwischen Kräuter und Beerensträucher. Doch Lore erklärt mir geduldig das System.

»In der Ecke wachsen die Starkzehrer«, sagt sie, obwohl ich keine Ahnung habe, wovon sie spricht. »Dort die Mittel- und dahinten die Schwachzehrer. Dieser Teil bekommt heuer eine Gründüngung.«

Ich verstehe nur Bahnhof. »Gründüngung?«, wiederhole ich, obwohl noch mehr Wörter gefallen sind, die ich noch nie zuvor gehört habe.

»Ich habe Ringelblumen, Tagetes und Lupinen als Gründüngung gesetzt«, erklärt sie. »Durch ihre langen Wurzeln lockern sie den Boden auf und geben ausreichend Stickstoff ab, wodurch die Erde mit neuen Nährstoffen versorgt wird.«

Während sie mir das erklärt, entferne ich nach ihren Anweisungen das Unkraut zwischen den Nutzpflanzen. Sie selbst erntet die reifen Früchte. Erst die Paradeiser, dann die Beeren. Zwischendurch nimmt sie die angetrockneten Hülsen der Käferbohnen ab, die an einem Rankgitter hinaufwachsen.

»Das ist eine späte Sorte«, sagt Lore und steckt sich ein paar Himbeeren in den Mund. »Von der frühen Sorte habe ich eineinhalb Kilo eingefroren. Dazu vier Kilogramm Ribiseln. Wir könnten diese Woche eine Marmelade daraus machen.«

»Gern.« Ich lasse mir wirklich gern von Lore beibringen, wie sie all die köstlichen Mehlspeisen, die Salate, die deftigen Speisen und das Eingemachte zubereitet. Wer sonst sollte mir das je zeigen? Meine Mutter ganz bestimmt nicht.

Dann gähnt Lore ausgiebig.

»Müde?«, frage ich beiläufig und werfe eine Handvoll Unkraut in den Kübel, der dafür bereitsteht.

»Schlecht geschlafen«, antwortet sie. »Aber das bin ich mittlerweile gewohnt.«

Ich frage nicht weiter nach, weil ich das Gefühl habe, dass Lore nicht darüber sprechen will. Es ist ja auch nicht außergewöhnlich. Viele Menschen haben Schlafprobleme.

Ich arbeite weiter und lande bei einer Pflanze, die mir schon beim ersten Mal, als ich hier vorbeigekommen bin, aufgefallen ist. Jetzt kann ich das grüne

Blätterwerk aus der Nähe betrachten. Die handförmigen, am Rand gezackten Blätter. Der markante Geruch …

»Lore!«, sage ich aufgeregt. »Ich glaube, Moritz baut hier etwas Illegales an.« Wer sonst sollte das tun?

»Das ist nicht illegal«, entgegnet Lore und wirft mir einen flüchtigen Blick zu.

Ich betrachte noch einmal die Pflanze. Auch wenn ich bislang nichts mit Cannabis zu tun hatte, bin ich ganz sicher, dass hier vor mir eine Hanfpflanze gedeiht.

»Das ist Industriehanf«, erklärt Lore und erntet gelassen die Himbeeren. »Der entwickelt kein THC, nur CBD. Das wirkt nicht psychoaktiv.«

Ich glotze Lore ziemlich verdutzt an. Die liebe, wohl etwas zu naive Lore. »Hat Moritz dir das etwa eingeredet?«

»Warum denn Moritz?«, fragt sie verwundert. »Der ist von mir.«

»Dir?«

»Du kannst dir bestimmt vorstellen, wie das in meinem Alter ist«, fährt sie fort. »Da hat man hier ein Wehwehchen und da eines. CBD hilft gegen Schmerzen und auch bei Schlafstörungen.«

In meinem Kopf kommen mehrere Gedanken zusammen. Ich erinnere mich an ein Telefonat von Lore, in dem der Leiter der Palliativmedizin erwähnt wurde. Daran, dass Lore am Montagmorgen beim Kehren der Terrasse einen kleinen Schwächeanfall hatte.

»Bist du krank?«

Meine Frage trifft Lore so unvorbereitet, dass ihr

die kleine Box mit den geernteten Himbeeren aus der Hand fällt. Eine Antwort erübrigt sich.

»Wie schwer?«

»Mona, ich …«

»Lore, bitte!«

Sie presst die Lippen aufeinander und starrt mit blassem Gesicht auf die Früchte am Boden. Dann hebt sie langsam den Blick und sieht sich um. Offenbar um sich zu vergewissern, dass uns niemand zuhört. Doch wir sind allein.

»Ich habe Brustkrebs«, sagt sie und trifft mich damit schwerer, als ich erwartet hätte.

Es hätte doch so vieles sein können. Hohes Cholesterin. Hoher Blutdruck. Was ältere Menschen eben so haben. Aber Brustkrebs? Es fühlt sich an, als würde mir der Boden unter den Füßen weggezogen werden.

»Du musst mir versprechen, es keinem zu sagen.«

»Es weiß niemand davon?« Meine Stimme wird schrill.

»Nur Fredi.«

Ich schüttle fassungslos den Kopf. Das darf nicht wahr sein. Eben noch lief alles so gut, und jetzt erfahre ich das. Ich denke an Oliver, und obwohl nicht mehr zwischen uns ist als Freundschaft, steigen schon jetzt die Schuldgefühle ihm gegenüber in mir hoch. »Das kann ich nicht.«

»Du musst.« Lores Stimme ist sanft, lässt aber keine Widerrede zu. Sie lächelt und versucht, zuversichtlich zu wirken. Doch das kommt bei mir nicht an. Im Moment kommt gar nichts bei mir an.

»Bist du in guter Behandlung?«

Lore schüttelt den Kopf. »Der Krebs hat bereits Metastasen gebildet. Nach ausgiebiger Beratung habe ich mich gegen eine Therapie entschieden.«

»Warum?« Mir steigen Tränen in die Augen.

»Weil ich gesehen habe, wie eine Chemotherapie einem Menschen die Lebenskraft nehmen kann«, antwortet Lore, als hätte sie diese Worte schon tausendfach geübt. »Ich will die letzte Zeit nicht mit nervenaufreibenden Behandlungen verbringen, die mehr Nebenwirkungen als positive Effekte haben. Ich will die Zeit genießen.«

Es klingt so falsch, was sie sagt, und gleichzeitig so richtig. Ich kann ihre Entscheidung nicht verstehen, doch wie könnte ich das? Wie sollte ich mich in ihre Situation hineinversetzen?

»Wie lange hast du noch?« Mir versagt die Stimme bei den Worten. Warum nimmt mich das nur so sehr mit? Ich kenne sie doch noch nicht einmal drei Wochen.

»Vielleicht zwei Monate. Vielleicht sechs.« Sie zuckt mit den Schultern. »Ich zähle die Tage nicht. Ich will keinen Tag länger leben, wenn er nicht mit Leben gefüllt ist.«

»Um Himmels willen.« Ich schlage mir die Hand vor den Mund.

»Es geht mir nicht um die Zeit, die mir mit meiner Familie bleibt«, erklärt Lore, ungeachtet meiner Reaktion. »Sondern um die Intensität. Ich hatte ein schönes Leben, trotz schwerer Schicksalsschläge. Wenn ich die letzten Monate ohne Einschränkungen leben kann, werde ich glücklich gehen.«

Gehen. Wie sie das sagt. Nicht sterben.

»Habt ihr deshalb nach Oliver gesucht?« Jetzt ist mir so einiges klar.

»Fredi wird auch nicht jünger, und ich will für ihn und Nina vorsorgen«, antwortet sie.

»Er würde es wissen wollen«, sage ich. »Sie alle würden es wissen wollen.« Ich denke an Nina, die so ein wunderbares Verhältnis zu ihrer Großmutter hat. Es wird sie umso härter treffen, wenn der Tag kommt.

»Und sie würden mich anders behandeln«, entgegnet Lore wohlüberlegt. »Ich will keine mitleidigen Blicke, keine Ängste in der Familie. Vielleicht ist das selbstsüchtig, aber ich will die letzte Zeit mit ihnen einfach genießen. Und das sollen sie auch tun.«

Ich schüttle den Kopf. So ein schweres Geheimnis darf sie mir nicht auf die Schultern laden. Ich bin nicht stark genug, um es zu tragen.

»Ich vertraue dir«, sagt Lore, die offensichtlich meine Bedenken wahrnimmt. »Ich bin froh, dass du hier bist. Du bist Oliver eine große Stütze. Das sehe ich.«

Jetzt schüttle ich den Kopf energischer. »Wir kennen uns kaum.«

»Und dennoch bin ich sicher, er wäre nicht hier, wenn du ihn nicht begleitet hättest«, sagt sie. »Einfach, weil er eine außenstehende Person braucht, die seine Schuldgefühle abfedert. Wir freuen uns, dass er da ist, und ich weiß, dass du einen Teil dazu beiträgst.«

Ich schätze ihre Worte. Gleichzeitig kann ich immer noch nicht glauben, welch schwere Bürde sie trotz ihrer liebevollen, starken Fassade mit sich herumschleppt.

»Es wird der Moment kommen, an dem ich die Krankheit nicht mehr vor ihnen verbergen kann«, fährt Lore nach einer Weile fort. »Aber bis dahin genieße ich diese unbeschwerte Zeit mit ihnen. Dass Oliver zurück ist und ich noch einige Wochen mit ihm verbringen kann, ist das Schönste, was ich mir für meine letzten Tage wünschen konnte. Und vielleicht trifft er bis dahin auch eine Entscheidung.«

Erst jetzt denke ich wieder an Oliver und den familiären Betrieb. Er soll das Weingut übernehmen, den Buschenschank. »Wie soll er das ohne dich schaffen?«

Lore lächelt. »Er kann das.« Es sind nur diese drei kurzen Wörter, doch Lore sagt sie so überzeugt, dass ich ebenfalls daran glaube.

Ja, Oliver kann das wirklich. Aber würde er es auch wollen, wenn er wüsste, was ihm bevorsteht?

»Oliver soll seine Entscheidung treffen, ohne von meiner Krankheit zu wissen«, sagt sie. »Freiwillig.«

»Aber du übernimmst so viele Aufgaben, von denen er nichts weiß«, erwidere ich.

»Und er wird auch nicht allein sein.« Lore lächelt mich zuversichtlich an. »Er wird viele Menschen an seiner Seite haben, die ihn unterstützen.« Sie kommt auf mich zu und legt mir ihre warme Hand auf die Schulter. »Ich habe nie mit meinem Wissen gegeizt«, sagt sie. »Nina und Doris durften von mir lernen, schon lang, bevor ich wusste, dass meine Zeit hier zu Ende geht. Sie alle können mehr, als sie sich zutrauen. Auch du, Mona.«

Und dann nimmt sie mich in den Arm. Tränen fließen über meine Wangen und verfangen sich im Stoff von Lores Kleid. Es stört sie nicht. Und es stört mich nicht. Wir halten und drücken einander, und irgendwann, als das Weinen verebbt ist, lässt Lore mich wieder los und lächelt mich an.

Ich hole tief Luft.

»Es wird noch eine wunderbare Zeit«, sagt sie überzeugt.

Ich nicke. Das wird es. Ich will Lore diesen Wunsch erfüllen. Ich will ihn allen erfüllen. Sie sollen so viele unbeschwerte Tage miteinander genießen wie nur möglich.

»Und wie ist das jetzt?«, frage ich, darum bemüht, die Stimmung aufzulockern. Ich deute auf die Hanfpflanze. »Wann kann man die rauchen?«

Lore betrachtet zufrieden die Spitzen der Pflanze. Dann antwortet sie grinsend: »Wenn das Wetter passt, in ein paar Wochen.«

* * *

Wenig später sitze ich mit einer Liste an Bestellungen, die Lore mir ausgedruckt hat, im Verkaufsraum und soll die gewünschten Weinsorten zusammensuchen, verpacken und die Kartons beschriften, damit sie später versendet werden können.

Lore und Fredi haben einem Termin im Krankenhaus, wo Lore die Begleiterscheinungen ihrer Erkrankung mit einem Arzt besprechen will. Zu Nina haben sie gesagt, dass Fredi einen Termin für eine Vorsorgeuntersuchung hat.

Anscheinend haben sie das schon öfter so gemacht, um die Wahrheit vor der Familie zu verbergen. Aber wer ist bei einem Pärchen in diesem Alter schon misstrauisch, wenn immer mal wieder Arzttermine anstehen. Ich jedenfalls wäre es nicht.

Nina schien erleichtert zu sein, dass ihre Großeltern unterwegs waren. Ich habe sie nämlich überreden können, sich mit Hannes zu verabreden, der sie vorhin abgeholt hat. Sie war so nervös, dass sie fast von der Rampe der Terrasse gekippt wäre.

Um kurz vor zehn Uhr steckt Oliver seinen Kopf in den Verkaufsraum.

»Brauchst du noch lang?«, fragt er und sieht sich um. Er war am Morgen im Weingarten unterwegs. Mir ist gar nicht aufgefallen, dass er schon zurück ist.

Vor mir stehen die etwas planlos zusammengesammelten Weinflaschen. Ich habe noch nicht einmal richtig begonnen. Im Moment kämpfe ich mit den Kartons und damit, wie sie richtig zusammengebaut werden.

»Denke schon«, antworte ich vage.

»Wenn du mir zeigst, wie man den Herd anmacht, helfe ich dir nachher beim Verpacken.«

Ich grinse. »Du weißt nicht, wie man einen Gasherd einschaltet?« Ich lasse mal unter den Tisch fallen, dass ich das bis vor einigen Tagen auch nicht wusste.

»Wer benutzt denn heutzutage noch so ein Steinzeitding«, verteidigt Oliver sich und greift nach einem der misslungenen Verpackungskartons. »Du weißt nicht, wie man die richtig faltet?«, äfft er meinen Ton nach.

»Ich bezweifle, dass es in der Steinzeit schon Gas gegeben hat«, sage ich und folge ihm aus dem Verkaufsraum.

Wir gehen über den Hof und die Terrasse in Lores Küche. Am Herd steht bereits eine Pfanne, daneben ein Eierkarton.

»Was hast du denn vor?«, frage ich neugierig.

»Spiegeleier.« Oliver lehnt sich neben den Herd an die Arbeitsplatte und sieht zu mir.

»Es ist kurz vor zehn«, stelle ich verwundert fest. »Jetzt willst du Spiegeleier essen?«

Oliver stöhnt genervt, als hätte er keine Lust, mir diese Frage zu beantworten. »Ich bin seit fünf Uhr auf den Beinen und in den Weingärten unterwegs«, erklärt er. »Sag bloß, dir ist nicht aufgefallen, dass ich in der Früh nicht da war.«

Natürlich ist es mir aufgefallen, und ich habe mich auch bei Lore unauffällig nach ihm erkundigt. Vor ihm zugeben würde ich das aber nicht.

»Ich dachte, du schläfst dich mal wieder aus«, necke ich ihn.

Ich drehe und drücke den Knopf für die vordere Kochstelle. Es knackst mehrmals, während kleine hellblaue Flammen eine Sonne bilden und nach oben züngeln. Wenn man zu früh loslässt, erlischt das Ganze wieder, weshalb ich noch zwei Sekunden länger abwarte. Dann nehme ich die Hand weg. Es funktioniert. Sieg!

Zufrieden grinse ich Oliver an. »Von einem technischen Studium rate ich dir auf jeden Fall ab.«

»Sei nicht so vorlaut«, entgegnet er gelassen. »Ich

erinnere dich an den verstümmelten Karton von vorhin.«

»Ich weiß nicht, was du meinst.« Es fällt mir schwer, ernst zu bleiben. Dann deute ich auf die noch neben dem Herd stehende Pfanne. »Dann zeig mir mal deine Kochkünste.«

Oliver räuspert sich. »Ich hab mir gedacht, vielleicht könntest du sie machen.«

»Sag bloß, du kannst nicht kochen«, necke ich ihn. Sofern Eier anbraten überhaupt als Kochen gilt.

»Doch«, antwortet Oliver schnell, »einfache Gerichte schon.«

Bei dieser Antwort muss ich herzhaft lachen. »Spiegeleier sind einfach«, sage ich und stelle die Pfanne auf die Flammen. Dann gieße ich etwas Öl hinein, das Lore griffbereit in einem kleinen Fläschchen parat stehen hat. »Zwei? Drei?«

»Mach fünf.«

»Fünf?« Ich reiße die Augen auf.

»Ich habe Hunger«, verteidigt Oliver sich.

»Und einen Cholesterinspiegel, der durch die Decke schießt, wenn du das isst. Du bekommst drei Eier und einen Kornspitz.« Ohne seine Reaktion abzuwarten, schlage ich die Eier an der Kante der Pfanne auf. Obwohl auch meine Kochkünste bescheiden sind, reichen sie für Spiegeleier.

Oliver zieht beim Anblick meiner Aktion die Luft scharf zwischen den Zähnen ein.

»Was ist?«, frage ich, ohne aufzusehen.

»Bitte pass auf, dass der Dotter nicht zerläuft«, antwortet er unruhig. »Sonst esse ich sie nicht.«

»Du willst mich verarschen.«

»Ist so ein Tick von mir«, gibt Oliver kleinlaut zu.

Ich werfe die Eierschalen in einen kleinen Kübel, in dem Lore die Bioabfälle sammelt, die auf den Kompost kommen, und sehe Oliver an. Vor mir brutzeln währenddessen die Eier. »Wie komisch ist das denn?«

Oliver zuckt mit den Schultern. »Immerhin stört es mich nicht, wenn der Dotter nicht genau in der Mitte vom Eiweiß ist«, erklärt er und fügt kleinlaut hinzu: »Nicht mehr.«

»Ist das dein Ernst?« Ich kann mich vor Lachen kaum halten. »Das schmeckt doch genau gleich.« Ich erinnere mich an das Spiegelei, das Lore mir zum Gröstl gemacht hat. Dessen Dotter war perfekt in der Mitte. Ich habe keine Ahnung, wie man das so hinbekommt.

»Als ob du keine Ticks hättest«, entgegnet Oliver trotzig und pickst mir einen Finger in die Seite.

Ich quietsche auf und springe zur Seite. »Und die wären?«

»Dein Zahlentick.«

»Das ist doch kein Tick.« Ich verdrehe die Augen und bin froh, dass Bianca das nicht hört. Sie würde ihm sofort zustimmen. Stattdessen tue ich geschäftig und drehe die Flammen kleiner. »Das nennt man Zahlenaffinität.«

»Wenn man nicht ruhig sitzen kann, weil die Radiolautstärke auf neun statt zehn ist, ist das ein Tick.« Oliver sieht mich mit hochgezogenen Augenbrauen an.

Mist! Es ist ihm aufgefallen. Dabei habe ich das bei unserer Fahrt durch Wien ganz unauffällig geändert.

»Und wenn schon.« Ich suche nach dem Pfannenheber, um die Spiegeleier zu bewegen, damit sie an der Unterseite nicht anbrennen. Wo hat Lore den nur versteckt?

»Da ist er wieder«, sagt Oliver fröhlich. »Der Stock im Arsch.«

Ha, gefunden! Mit dem Pfannenheber in der Hand, als wäre es eine Waffe, drehe ich mich zu ihm um. »Ich brate dir gleich eine über, wenn du das noch einmal sagst«, drohe ich und versuche, dabei ernst zu bleiben. Schwer möglich, wenn man jemanden mit einem Küchenutensil aus Kunststoff bedroht.

Oliver grinst über das ganze Gesicht. »Du siehst gerade richtig süß aus.«

Ich weiß nicht, ob er den Pfannenheber oder den Stock im Arsch meint, doch ich frage nicht nach. Ich muss mich vielmehr darauf konzentrieren, meinen Herzschlag wieder zu beruhigen, der bei diesen Worten durch die Decke geschossen ist.

Seine Worte ignorierend, kümmere ich mich um die Eier, obwohl ich sie anbrennen lassen sollte. Nur um Oliver eins auszuwischen.

Wenig später sitzen wir zusammen am Esstisch. Ich trinke Kaffee, und er verputzt in Windeseile die Spiegeleier und zwei Kornspitz.

»Wo ist Nina eigentlich?«, fragt er zwischendurch mit vollem Mund.

»Unterwegs«, antworte ich beiläufig und wundere mich, dass er nichts davon weiß. Lore und Fredi sind darüber informiert, dass Nina Hannes trifft.

»Allein?«

Ich schüttle den Kopf. Muss ich ihm jetzt verkünden, dass seine kleine Schwester mit einem Mann ausgeht? Aber mal ehrlich, Nina ist fast so alt wie ich. Eine erwachsene Frau. Sie muss sich Oliver gegenüber nicht rechtfertigen. Und ich auch nicht.

»Mit Hannes.«

»Hannes wer?«

»Hannes, der Sohn von …« Keine Ahnung, wie er überhaupt mit Nachnamen heißt. »Seine Eltern haben ein Restaurant in Sievering.«

Oliver zieht eine Augenbraue auf Anschlag hoch. »Und was machen die zwei?«

»Einen Ausflug.« Was soll ich sonst sagen? Sich besser kennenlernen? Flirten? »Was soll dieser Blick?«, frage ich ein wenig provozierend, weil er so reagiert. »Darf Nina sich nicht mit Männern treffen?«

»Doch, schon«, entgegnet Oliver schnell und scheint sich diese Vorstellung durch den Kopf gehen zu lassen. Nach einer Weile fügt er hinzu: »Glaubst du nicht, er will sie nur ausnutzen, um bessere Konditionen zu bekommen?«

Ich boxe ihn gegen den Oberarm. So fest, dass mir das Handgelenk schmerzt. »Nina ist eine tolle Frau«, sage ich verärgert. »Aber das kannst du ja nicht wissen, da du ihr immer aus dem Weg gehst.«

Oliver starrt mich sprachlos an.

»Du siehst sie ja kaum an.« Ich bin so in Fahrt, dass mir der nächste Satz schneller über die Lippen rutscht, als ich darüber nachdenken kann. »Gibst du ihr die Schuld, dass eure Eltern bei dem Unfall ums Leben gekommen sind?«

Olivers braune Augen werden fast schwarz. Er wendet seinen finsteren Blick ab.

Ich weiß, dass ich ein Tabuthema angesprochen habe und er normalerweise alles liegen und stehen lässt, wenn es zur Sprache kommt. Und auch jetzt scheint er mit sich zu ringen, wie er sich verhalten soll.

Seine folgenden Worte sind das Einzige, was er dazu sagt: »Nein. Im Gegenteil.«

* * *

Zwei Tage später sind die Tische und Bänke für den bevorstehenden Ausschank bereits um den Nussbaum herum aufgestellt. Oliver und Fredi haben das am Vormittag erledigt, während Nina und ich Lore bei der Zubereitung der Mehlspeisen geholfen haben. Die Aufstriche und Salate haben wir schon gestern vorbereitet.

Am zeitaufwendigsten war der Schmerstrudel, eine Süßspeise, die ich vor meiner Ankunft bei den Feebergern nicht kannte. Ich habe sie allerdings längst zur besten Mehlspeise in Lores Repertoire gekürt.

Neben dem Grundteig haben wir einen Ziegel erstellt, der aus Mehl und Schweinebauchfett, dem sogenannten Schmer, besteht. Dieser Ziegel wurde wie ein Päckchen in den Grundteig eingeschlagen und durfte erst einmal ruhen. Dann hat Lore ihn mehrmals, ähnlich wie Blätterteig, mit dem Nudelholz dünn ausgerollt und wieder zusammengeklappt.

Einmal musste auch ich ran und habe schnell festgestellt, dass diese Prozedur ganz schön in die Hand-

244

gelenke geht. Jetzt verstehe ich, warum Nina sich weigerte, den Schmerstrudel herzustellen. Sie hat erst mitgeholfen, als wir den Teig dünn ausgerollt, mit Ribiselmarmelade bestrichen und zusammengelegt haben. Die fertig gebackenen Schmerstrudel mit Staubzucker bestreut sind einfach ein Traum. Vor allem, wenn man sich gleich einen vom Backblech stibitzt.

In eineinhalb Stunden werden die ersten Gäste durch das Einfahrtstor kommen und den Hof bei herbstlich warmem Wetter mit Leben füllen. Der Wind weht sanft von den Weingärten herüber und lässt die Blätter des Nussbaums und der Oleandersträuche leise rascheln.

Während Lore das Buffet vorbereitet, sind Fredi und Oliver in einen Großmarkt gefahren, um Lebensmittel einzukaufen, die für das bevorstehende Wochenende gebraucht werden. Nina und ich sitzen indes am – erstmals seit ich hier bin – leer geräumten Esstisch in der Küche und bereiten Häppchen zu, die bei einer Weinverkostung am heutigen Nachmittag gereicht werden sollen. Eine Firma hat sich mit fast zwanzig Teilnehmern angekündigt. Es gibt von Lore frisch gebackenes Nussbrot, kleine Stücke milden Käse mit Walnüssen, spanischen Schinken, Tiroler Speckwürfel und Weintrauben. Eine süße Speisetraube, die Lore am Vormittag von einer Rebe hinter der Halle geschnitten hat.

Nina faltet die Weinkarten, die sie für die Verkostung ausgedruckt hat. Darauf sind alle Weinsorten, die den Teilnehmern ausgeschenkt werden, mit ihren charakteristischen Eigenschaften angeführt.

»Wie oft macht ihr solche Weinverkostungen?«,

frage ich und stehe auf, um den harten Tiroler Speck besser schneiden zu können.

»Nicht so oft wie früher«, erklärt Nina. »Es gibt zwar laufend Anfragen, aber da Viktoria diese Verkostungen leitet, sind wir davon abhängig, ob sie Zeit und Lust hat.«

»Lass mich raten, sie hat nicht oft Zeit und Lust.« Ich schneide den Speck erst in Streifen und dann in mundgerechte Stücke. Später sollen diese auf Holzplatten hübsch angerichtet und mit kleinen Spießen gereicht werden.

»Ich kann es ihr nicht übel nehmen«, sagt Nina mit einem Schulterzucken. »Sie ist nur noch hier, weil sie sich verpflichtet fühlt. Sie macht die Buchhaltung, hat eine Sommelier-Ausbildung und ging hier schon ein und aus, als sie noch klein war.«

»Aber jetzt, wo Oliver wieder da ist, könnte er das doch übernehmen«, schlage ich vor.

Nina sieht von den gefalteten Weinkarten auf. In ihren Augen funkelt nicht der gleiche Enthusiasmus wie in meinen. »Wenn er den Betrieb übernimmt, ja.« Ihre Stimme ist leise, als sie das sagt.

Ich überlege kurz, ob ich nachfragen soll, wie es um dieses Thema steht. Da ich nicht zur Familie gehöre, geht es mich vermutlich nichts an. Meine Neugierde ist dennoch zu groß. »Das heißt, er hat sich noch nicht entschieden?«

Nina schüttelt den Kopf. »Ein Interessent hat sein Angebot zwar nachgebessert, und wenn es erst einmal die Runde macht, kommen bestimmt noch mehr mögliche Käufer, aber Oliver lässt sich nicht in die Karten blicken.« Sie macht eine kurze Pause und presst die Lippen aufeinander. »Wenn das Angebot passt, wird Oliver nur schwer Nein sagen können.«

Ich erkenne die Enttäuschung in ihren Augen. Es sieht so aus, als hätte sie sich mit dieser Vorstellung bereits abgefunden.

»Noch ist nichts beschlossen«, sage ich, klinge dabei aber nicht so aufbauend, wie ich gern würde.

»Mona?« Eine kindliche Stimme unterbricht unser Gespräch.

Ich sehe auf und erkenne Leonie, die in der Tür steht und unsicher zu mir herüberschaut.

»Kann ich mit dir reden?«

Eigentlich will ich das Gespräch mit Nina fortsetzen, aber das können wir ja auch später tun.

»Klar.« Ich folge Leonie in den Hof. Sie bleibt einige Meter von der Terrasse entfernt stehen und wendet sich, nervös auf der Unterlippe kauend, zu mir um.

»Ich will dich um einen Gefallen bitten.« Sie spricht leise, als wollte sie vermeiden, dass uns jemand belauscht. Dabei sind wir allein im Hof.

»Was gibt's denn?«, frage ich unbeschwert.

Leonie zögert mit einer Erklärung. »Tut mir leid, dass ich so blöd zu dir war, weil Moritz mit dir geflirtet hat«, murmelt sie. Und auch wenn es nicht sehr überzeugend klingt, weiß ich, wie schwer ihr diese Worte fallen.

Ich mache ihr keine Vorwürfe, da sie ja wenigstens Oliver die Wahrheit erzählt hat.

»Vergiss das einfach.«

Leonie bemüht sich um ein Lächeln. »Vielleicht

kannst du mir ja helfen, damit Moritz mich so ansieht, wie er dich ansieht.«

Etwas überrumpelt klappt mir der Mund auf. »Ich fürchte, du redest mit der Falschen.« Ich habe keine Ahnung, wie man flirtet oder die Aufmerksamkeit eines Mannes auf sich zieht. Das passiert einfach. Oder eben nicht. Bei mir meistens eben nicht.

»Mit wem soll ich denn reden?« Leonie wirkt verzweifelt. »Mit Lore oder meiner Mama?«

Hat Leonie denn keine Freundinnen, die ihr helfen können? Vielleicht kann ich ja Bianca anrufen. Die war zumindest bei Thomas erfolgreich. Ich bin mit Emanuel ja nicht gerade ein Paradebeispiel.

»Ich werde darüber nachdenken, was wir machen können«, sage ich und versuche, vielversprechender zu klingen, als ich mich fühle.

Leonie lächelt verhalten. »Danke.« In ihren Augen blitzt ein Funke Hoffnung auf. Wenigstens bei einer von uns.

Dann läuft sie auch schon davon, und ich sehe ihr nach, wie sie im alten Haus verschwindet. Verdammt, warum kommt sie damit ausgerechnet zu mir? Ich bin doch die mit dem Stock im Arsch. Von einer Flirtexpertin kilometerweit entfernt.

»Ah, Mona, da bist du ja.« Lore tritt durch die Tür, die zum Buffet führt, und trägt einen großen Karton mit der Beschriftung Vorsicht, Glas! »Ich habe mir etwas überlegt.«

Ich gehe ihr entgegen.

»Ich fände es gut, wenn du Viktoria bei der Weinverkostung hilfst.«

Mein Gesichtsausdruck könnte nicht mehr Entsetzen ausdrücken. »Was? Warum denn?«

Sie weiß doch, dass Viktoria mich nicht ausstehen kann. Und das schon lang vor dem Autocrash, von dem sie glaubt, dass ich ihn verursacht habe. Das kann ihr ja wohl kaum entgangen sein.

»Weil es für sie leichter ist, wenn jemand dabei ist, der die Gäste bewirtet, während sie über den Weinanbau spricht.« Für Lore scheint die Idee nicht ungewöhnlich zu sein. »Außerdem lernst du auf diese Art etwas über unseren Wein. Ich halte das für eine gute Gelegenheit.«

Sie drückt mir den Karton in die Hand. »Diese Gläser sind frisch gewaschen. Die kannst du in den Verkostungsraum bringen.« Dann nickt sie mir noch zu und verschwindet wieder im Buffet-Raum, was so viel bedeutet wie: Das ist so und basta!

Ich bleibe mit aufgerissenen Augen und einer kleinen Panikattacke im Hof zurück. Verdammt!

Irgendwie muss ich das verhindern.

Ich kann doch nicht mit Viktoria für zwei Stunden in dem kleinen Verkostungsraum eingepfercht sein. Von den zwanzig Teilnehmern mal abgesehen. Die machen es definitiv nicht besser.

Mein Brustkorb hebt und senkt sich viel zu schnell. Ich muss mich beruhigen.

Ich konzentriere mich auf meinen Atem. Vier Sekunden einatmen, sieben Sekunden die Luft anhalten und acht Sekunden langsames Ausatmen. Und wiederholen.

Das ist eine Atemübung, mit der ich einst versucht

habe, Bianca zu beruhigen, als sie sich wegen Thomas in ihre Untreue-Theorien hineingesteigert hat.

Ich atme zum vierten Mal nach dieser Übung und hoffe, es funktioniert besser als bei Bianca.

Also gut. Ich weiß nicht, ob ich mich ausreichend beruhigt habe oder ob ich einfach nur die Hoffnung befeuere, noch eine Ausrede zu finden, aber ich mache mich auf den Weg zu jenem Raum, in dem die Weinverkostung stattfinden soll.

Immer noch die Atemzüge zählend, komme ich zu dem Fenster des Verkostungsraums, das hübsch dekoriert ist. Mit dekorativ positionierten Weinflaschen, Bildern von den Weingärten und der Familie und seit ein paar Tagen mit herbstlichen Zweigen. Heute hängt ein Schild in der Auslage, das die Verkostung ankündigt.

Durch das Fenster bemerke ich eine Bewegung im Inneren des Raums.

Ist Viktoria etwa schon da? Mist!

Aber da ist noch jemand. Sie ist nicht allein, und die beiden ... stehen ganz schön nahe beieinander.

Ich trete einen Schritt zurück, um nicht so auffällig durch das Fenster zu glotzen. Vorsichtig luge ich in den Raum. Hoffentlich sehen sie mich nicht. Weder Viktoria noch der Mann, den sie eng umschlungen hat und leidenschaftlich küsst.

Ich komme mir wie eine Voyeurin vor. Gleichzeitig muss ich aber wissen, wer es ist. Doch nicht etwa Oliver, oder?

Ich beuge mich weiter nach vorn, als Viktoria gerade ihren Kopf zur anderen Seite neigt und das Gesicht des Mannes freigibt.

Ich weiß nicht, ob ich entsetzt oder erheitert sein soll.
Viktoria knutscht heimlich mit Adrian herum.

* * *

Lore ist eine harte Nuss.

Das wusste ich zwar bereits, dennoch ließ ich nichts
unversucht, um sie zu überzeugen, dass sie mich beim
Buschenschank nicht entbehren kann. Es waren wirklich viele Gäste hier und alle Tische belegt. In den angrenzenden Weingärten tobten ein Dutzend Kinder
herum.

Aber nichts da.

Lore lächelte über meinen verzweifelten Versuch,
mich vor einer Verkostung mit Viktoria zu drücken.
Also blieb mir nichts anderes über, als wie angewiesen in ein Dirndl zu schlüpfen und mich der Aufgabe
zu stellen.

Vier Weinsorten hat Viktoria den Teilnehmern bereits ausgeschenkt und die Rebsorten näher erklärt.
Am meisten habe wohl ich dazugelernt, denn die
Gäste scheinen über bemerkenswerte Vorkenntnisse
zu verfügen.

Ich weiß jetzt, dass der Welschriesling im Edelstahltank gelagert wird und aufgrund seiner fruchti-
gen Eigenschaften besonders gut zu leichten Speisen
wie Hühnchen oder Salaten schmeckt. Der Sauvignon
blanc hingegen ist ein würziger Wein mit einem Hauch
von Kräutern, vor allem Minze, und einer leichten
Stachelbeernote. Als Weinbegleitung eignet er sich zu
Kalb und Meeresfrüchten.

Ich weiß allerdings nicht, ob die Gäste schmecken, wovon Viktoria spricht, doch sie gurgeln, schmatzen und ziehen den Wein zwischen den Zähnen hindurch. Am schlimmsten finde ich, wenn sie ihn nicht hinunterschlucken, sondern in einen Becher ausspucken. Dort hinein werden auch die Reste der Kostproben geleert, die von den Teilnehmern nicht getrunken werden.

»Am Ende werden alle Becher zusammengeschüttet und teuer als Cuvée verkauft«, sagt ein Teilnehmer, und alle anderen beginnen laut zu lachen.

Viktoria ringt sich ein müdes Lächeln ab.

Ich kapiere den Witz erst, als jemand erklärt, dass ein Cuvée eine Mischung aus mehreren Rebsorten ist.

Nach dem nussig schmeckenden Weißburgunder mit einer Mangonote reicht Viktoria den gemischten Satz.

»Der Klassiker der Wiener Weißweine«, sagt Viktoria, die selbst immer ein Schlückchen trinkt. »Für den gemischten Satz werden in einem Weingarten mindestens drei verschiedene Rebsorten gemeinsam angepflanzt und geerntet.«

Ich reiche wie ausgemacht die Käsehäppchen und Walnussstücke. Viktoria hat mir zuvor erklärt, wann was serviert werden muss. Ein Mal, wie sie ausdrücklich erwähnt hat, denn sie wiederholt sich nicht.

Das Gleiche hat auch Adrian im Weingarten zu mir gesagt. Vielleicht verbindet die beiden mehr, als bislang angenommen.

Das würde auch erklären, warum Adrian so unfreundlich und streng zu mir war. Spätestens nachdem ich Viktorias Auto angeblich in den Graben gefahren habe, war ich bei ihm unten durch.

»Ein sehr langer Abgang mit einem feinen Marillengeschmack.«

Ich verdrehe die Augen. Marillengeschmack. Dass ich nicht lache.

Nachdem alle Käsestücke aufgegessen und sämtliche Kostproben von den hart gesottenen Weinverkostern getrunken worden waren, schlägt Viktoria eine Pause vor.

»Sie können sich gern auf unserem Weingut umsehen«, sagt sie und spricht, als wäre sie ein Teil des Teams. Ein Teil der Familie. »Angrenzend sind die Gärten des Grünen Veltliners. In fünfzehn Minuten sehen wir uns wieder, und ich präsentiere Ihnen unsere roten Sorten.«

Es gefällt mir nicht, dass Viktoria so tut, als wäre sie jeden Tag hier am Hof. Als würde sie die Flaschen etikettieren und die Weingläser abspülen. Als säße sie am Wochenende mit der Familie gemeinsam am Mittagstisch.

Viktoria gehört nicht dazu.

Doch das tue ich auch nicht.

»Die Weingläser tauschen«, weist Viktoria mich harsch an, als die Gäste den Raum verlassen haben. Manche rauchen draußen Zigaretten, und ein paar Männer greifen zu Zigarren. Andere vertreten sich die Beine in Richtung Weingarten.

Ich schnappe mir ein Tablett und sammle die benutzten Weingläser ein. Für die Rotweine haben wir bauchige Gläser vorgesehen.

»Lore hat mir von der Hochzeit erzählt, die du hier veranstalten willst.«

Ich verharre einen Moment, dann sammle ich weiter die benutzten Gläser ein.

»Ich bin hier für die Veranstaltungen zuständig«, fügt Viktoria mit Nachdruck hinzu. »Hast du überhaupt eine Ahnung, was es bedeutet, eine Hochzeit zu organisieren? In weniger als zwei Wochen?«

Ich wende mich ihr zu und versuche, mir nicht anmerken zu lassen, wie es in mir brodelt. Viktoria macht die Verkostungen nur, wenn sie dazu Lust hat. Am liebsten würde ich ihr die Gläser an den Kopf werfen.

Stattdessen atme ich zweimal tief durch und sage betont ruhig: »Zum Glück müssen wir nicht die ganze Hochzeit organisieren. Wir bieten nur die Location an.«

»Genau!« Viktoria lacht spöttisch auf. »Das stellst du dir etwas zu einfach vor, Fräulein.«

Fräulein?

Hat sie ernsthaft gerade Fräulein zu mir gesagt?

Viktoria ist bestenfalls drei oder vier Jahre älter als ich. Das sagen doch sonst nur alte Leute.

»Aber ich sag dir was.« Sie kommt auf mich zu und zeigt mit dem Finger drohend auf mich. »Die Verantwortung dafür trägst du allein, hast du verstanden?«

»Verstanden.« Das artet ja tatsächlich zu einem ähnlichen Gespräch wie mit Adrian im Weingarten aus.

»Schön. Aber glaub ja nicht, dass ich für dich einspringe, wenn dir das Ganze über den Kopf wächst.«

Ich antworte nicht, sondern lächle nur. Zufrieden und sorglos. Das beste Mittel, um Viktoria zu zeigen, wie viel ich von ihr und ihrer Meinung halte.

Einen Moment lang starrt sie mich noch an. Ob sie überlegt, was sie mir als Nächstes an den Kopf werfen könnte? Was auch immer es ist, wird mich nicht einschüchtern. Nicht, nachdem ich jetzt ihr kleines Geheimnis kenne.

Wie wohl die anderen reagieren würden, wenn sie davon erführen, was zwischen Viktoria und Adrian läuft. Dass das noch niemandem aufgefallen ist!

Was Moritz wohl dazu sagt, wenn er hört, wen sein Vater heimlich trifft?

Bei dem Gedanken daran muss ich grinsen.

Viktoria schnaubt, macht auf der Stelle kehrt und stürzt zur Tür. Ich glaube, sogar ein leises »Blöde Kuh« zu hören. Dann verschwindet sie ins Freie.

Das war's wert.

* * *

»Hast du mich beobachtet?«

Ich senke den Blick, damit er nicht sieht, dass ich grinse. Die buschigen Weinreben, die sich zwischen den gespannten Drähten in die Höhe ranken, bieten ein gutes Versteck.

Oliver steht auf der anderen Seite. Mit ihm macht die Arbeit im Weingarten richtig Spaß. Wir entfernen die Blätter des Welschrieslings, einer späten Sorte, die laut Oliver noch mehr Sonne braucht, um eine fruchtige Süße zu entwickeln.

»Das war doch recht auffällig«, verteidigt sich Oliver, als wollte er nicht zugeben, dass er mich gestern Nachmittag im Auge behalten hat.

Mein Grinsen wird breiter.

»Manche Männer glauben echt, dass Frauen Freiwild sind, sobald sie ein Dirndl anhaben«, knurrt er ins Blätterwerk.

»Er war einfach nur nett«, sage ich gelassen und vollführe innerlich einen Freudentanz.

Die Teilnehmer der Weinverkostung waren nach Viktorias Vortrag noch im Hof sitzen geblieben. Dann wurde nicht mehr in Becher gespuckt, sondern kräftig geschluckt.

Ich habe mit Oliver und Kristina die Bedienung übernommen und bin ausgerechnet an diesem Tisch gelandet. Die Stimmung war nicht nur bestens, auch der Alkoholspiegel war bemerkenswert. Von Komplimenten, derben Sprüchen, machohaftem Gehabe bis zu nett gemeinten Avancen bekam ich alles serviert.

Ein Mann war besonders hartnäckig. Jedes Mal, wenn ich vorbeikam, versuchte er sein Glück bei mir. Fehlte nur, dass er auf die Knie ging und mir einen Heiratsantrag machte. Leider hatte ich nicht so schlagfertige Sprüche auf Lager wie Kristina, die aufdringlichen Gästen damit den Wind aus den Segeln nimmt. Vermutlich muss man sich als Kellnerin nicht nur ein dickes Fell zulegen, sondern auch ein freches Mundwerk.

»Ich hätte den Tisch mit dir getauscht«, fährt Oliver fort, an dem das Thema immer noch nagt. »Aber du wolltest ja nicht.«

Dieses Angebot hat er mir tatsächlich mehrmals gemacht. Es war richtig süß.

»Ich wollte das gute Trinkgeld nicht sausen lassen«, entgegne ich, denn das war wirklich nicht schlecht.

Eine Weile sagen wir beide nichts. Schritt für Schritt arbeiten wir uns die Reihe der Weinstöcke entlang. Das Ende ist schon in Sicht. Vielleicht noch zehn oder fünfzehn Minuten. Bei der Arbeit im Freien verliert man schnell das Zeitgefühl. Ohne Uhr und ohne Radio ist die Sonne das Einzige, das sich mit uns bewegt. Das Wetter der kommenden Tage ist für die Qualität der Trauben entscheidend. Die Beeren verfärben sich und werden weich, der Zucker wird von den Blättern in die Früchte transportiert. Je mehr Sonne sie jetzt bekommen, desto höher der Mostgehalt.

Wenn Oliver mir dies alles erklärt, ist es sogar für mich verständlich.

»Ich habe nur darauf gewartet, dass er dir einmal zu nahe kommt«, erklärt Oliver.

Ich hatte angenommen, dass das Thema beendet ist, doch weit gefehlt.

»Ich hätte ihn hochkant hinausgeworfen. Und seine ganze Clique gleich mit.«

Ein eigenartiges Gefühl breitet sich in meiner Brust aus. Wärmend und tiefer gehend. Oliver könnte es egal sein, wie sich die Gäste mir gegenüber verhalten. Schließlich gehört ein gewisser Schmäh einfach dazu. Gerade in so traditionellen und bodenständigen Buschenschanken.

Aber es ist ihm nicht egal.

Und da schießt mir die Erkenntnis wie ein Blitz in den Kopf. Ich halte inne und starre Oliver an. Zwischen den saftig grünen Blätter hindurch sehe ich sein Gesicht nur teilweise. Er bemerkt nicht, wie ich ihn beobachte. In kleinen Schritten bewegt er sich vorwärts und ist dabei so vertieft in die Arbeit – oder in seine Gedanken –, dass er nicht mitbekommt, dass ich stehen geblieben bin.

Oliver ist eifersüchtig.

Ich lache leise.

Noch nie war ein Mann wegen mir eifersüchtig. Und es gibt auch gar keinen Grund für ihn, so zu reagieren. Da ist nichts vorgefallen. Selbstverständlich habe ich die Avancen des Gastes nicht erwidert. Außerdem, was ist schon zwischen Oliver und mir?

Oder habe ich etwas übersehen?

Schmunzelnd mache ich mich wieder an die Arbeit.

Ob es mir gefällt, dass Oliver eifersüchtig ist?

Ja, ein bisschen.

Ob ich auch eifersüchtig reagieren würde, wenn eine Besucherin mit ihm flirten würde?

Vermutlich. Ich würde es aber besser verbergen.

Nachdem wir die letzten Weinstöcke entlaubt haben, trinke ich einen kräftigen Schluck aus der Wasserflasche, die wir mitgenommen haben. Es ist nicht so heiß wie beim letzten Mal, als ich im Weingarten war, hat aber immer noch über zwanzig Grad. Angenehm warm für September. Wenn es so bleibt, wird Vanessa eine fantastische Hochzeit am Weingut erleben.

»Das war der letzte Weingarten«, sagt Oliver zufrieden und lehnt sich an den dicken Steher am Ende der Reihe. »Wir sind fertig.«

»Fertig?«, frage ich misstrauisch und reiche ihm die Wasserflasche.

Er leert sie mit wenigen Schlucken. »Fürs Erste«, korrigiert er sich und wischt sich mit dem Handrücken über den Mund. »Wenn die Lese beginnt, geht's natürlich erst richtig los.«

»Wann ist es denn so weit?«, frage ich und sehe zu den Trauben, die bereits prall gefüllt sind und eine schöne Farbe angenommen haben.

Oliver kommt auf meine Seite herüber und bricht eine Rispe ab. Er steckt sich eine Beere in den Mund und reicht mir die anderen. »Sie entwickeln bereits eine gute Süße«, sagt er, »aber sie brauchen noch.«

Ich zupfe eine Beere ab und stecke sie mir zwischen die Zähne. Das saftige Fruchtfleisch breitet sich in meinem Mund aus. Ich verziehe das Gesicht. »Die sind total sauer.« Am liebsten würde ich sie wieder ausspucken.

Oliver runzelt die Stirn. »Probier noch eine. Meine war gut.«

Wir beide kosten noch einmal.

»Wieder sauer.« Ich ziehe die Nase kraus. Also, wenn aus denen ein guter Wein werden soll, brauchen sie wirklich noch ein Weilchen. »Und du nennst dich einen guten Winzer?«

Oliver zieht eine Grimasse und löst andere Trauben vom Weinstock. »Noch ein Versuch.« Er gibt uns beiden eine Beere.

»Kein Unterschied.« Ich zucke mit den Schultern.

Hätte ich solche Weintrauben im Supermarkt gekauft, würde ich sie zurückbringen und mich beschweren. Von Süße kann hier keine Rede sein.

»Du verarschst mich doch.« Oliver pflückt die nächste Beere und reicht sie mir. »Nimm die. Das ist die schönste von allen.«

»Hast du schon mal deine Geschmacksnerven testen lassen?« Ich halte die Beere in der Hand und sehe Oliver grinsend an. Es macht Spaß, ihn zu necken. Auch wenn die Trauben wirklich eine säuerliche Note haben.

»Koste!«

Ich stecke sie mir in den Mund. Es dauert nicht lang, um zu wissen, dass diese sich nicht von den anderen unterscheidet. Auch wenn sie die schönste ist. »Sauer«, sage ich nur.

»Das gibt's doch nicht.« Oliver macht einen Schritt auf mich zu und steht plötzlich ganz dicht vor mir. Seine warme Hand legt sich an meine Wange. »Lass mich mal probieren.« Dann beugt er sich zu mir vor und küsst mich einfach.

Ich bin so perplex über seine freche Art, dass ich erst einmal einen Atemzug brauche, bis ich kapiere, was er da tut.

Oliver küsst mich!

Ganz sanft und warm pressen sich seine Lippen auf meine. Ich schmecke ihn und … eigentlich schmecke ich nur saure Trauben.

Als er seine Lippen wieder von meinen löst, verharrt er knapp vor meinem Gesicht. »Schmeckt süß«, sagt er leise.

»Jetzt schmecke ich es auch.« O Gott, etwas Besseres fällt mir nicht ein?

Ein wenig verlegen wende ich mich ab. Ich könnte mich selbst ohrfeigen, weil ich so steif reagiert habe. Und gleichzeitig will ich einfach nur grinsen. Richtig blöd grinsen.

»Ich habe uns etwas mitgebracht«, sagt Oliver plötzlich und läuft zum Auto. Ich sehe ihm nach und beobachte, wie er aus dem Kofferraum eine Decke und eine Kühlbox holt. Damit kommt er in den Weingarten am Nussberg zurück. Er breitet die Decke auf dem Boden aus und klappt die Kühlbox auf.

Darin sind zwei in ein Handtuch gewickelte Weingläser und eine Flasche Weißwein.

»Setz dich!«

Ich lasse mich nieder, und Oliver reicht mir die beiden Gläser. Dann schenkt er ein, stellt die Flasche wieder in die Kühlbox und setzt sich neben mich.

»Hast du erst abgewartet, ob du mich küssen darfst, bevor du den guten Wein rausholst?«, frage ich frech und rieche an dem Wein.

»Der ist aus dem Vorjahr und muss weg«, entgegnet er kühl. Ich weiß, dass er mich nur ärgern will. »Platz machen für den Jungwein.«

Ich muss angesichts seiner Reaktion lachen. Wir stoßen an, und ich füge hinzu: »Du hast es drauf.«

Dann trinken wir von dem Wein. Er schmeckt besser als die Trauben, die wir genascht haben. Viel besser.

»Also, was machen wir in den nächsten Tagen? Den Trauben beim Reifen zusehen?«

Oliver lächelt. »Du wirst wohl mit der anstehenden Hochzeitsfeier genug zu tun haben, oder?«

Da hat er recht. An die habe ich gar nicht mehr gedacht. Dennoch lasse ich mich nicht aus der Ruhe bringen. Planung und Organisation liegen mir, weshalb ich zuversichtlich bin, das gut zu meistern. »Am Dienstag kommt das Brautpaar und besichtigt das Weingut«, erkläre ich. »Sie werden den Hochzeitswein auswählen und entscheiden, welchen Teil der Feier wir ins Freie verlegen und wie der Verkostungsraum für das Essen vorbereitet werden soll. Außerdem besprechen sie mit deiner Großmutter, welche Mehlspeisen angeboten werden.«

»Bestens vorbereitet«, sagt Oliver anerkennend. »Dann hoffen wir mal, dass alles so funktioniert, wie du es dir vorstellst.«

Ich glaube, eine Spur Skepsis in seiner Stimme mitschwingen zu hören, und habe eine Ahnung, woher das kommt. »Ich weiß, dass Viktoria deswegen sauer ist.«

»Und wenn schon.« Oliver winkt gelassen ab. »Sie hat hier ohnehin nicht mehr lang etwas zu melden.«

Was meint er damit? Will er künftig die Weinverkostungen selbst durchführen? Oder spielt er damit auf einen Verkauf des Weinguts an? Mein Bauchgefühl lässt auf nichts Gutes schließen.

»Ist es entschieden?«, frage ich vorsichtig.

Er senkt den Blick. »Entschieden nicht«, antwortet er leise, »aber eigentlich macht nur ein Verkauf Sinn.«

Ich will protestieren, doch Oliver kommt mir zuvor.

»So ist es für alle das Beste. Ein Verkauf bringt genügend Geld, damit für jeden gesorgt ist.«

Dem kann ich nicht zustimmen. Enttäuscht schüttle ich den Kopf. »Ich denke, du machst einen Fehler«, sage ich mit zitternder Stimme. Ich verstehe selbst nicht, warum mir das so nahegeht. Vielleicht weil mir die Menschen hier mittlerweile sehr ans Herz gewachsen sind. Lore, die mich immer großmütterlich umsorgt hat. Fredi, der für jede Person am Hof alles liegen und stehen lassen würde, um zu helfen. Und Nina, die wie eine Schwester für mich geworden ist.

Warum will Oliver dem ein Ende setzen? Der Buschenschank ist ein Schatz am Rand von Wien. Hier herrscht Tradition – etwas, das man mit keinem Geld der Welt kaufen kann. Wenn Oliver das Weingut verkauft, setzt er ein Ende unter die Ära der Buschenschank-Familie Feeberger.

Als ich vorsichtig zu Oliver blicke, sieht er mich sanft an. Er sagt nichts. Ist es das, was er hören will? Wartet er darauf, dass ihm jemand erklärt, dass er nicht aufgeben darf?

»Ich weiß, wenn man jung ist, will man nicht in die Fußstapfen seiner Eltern treten«, sage ich und kann dabei meine Emotionen nur schwer im Zaum halten. »Du weißt, dass meine Eltern wollen, dass ich ihre Praxis übernehme. Aber eine Zahnarztpraxis hat etwa so viel Charme wie diese mobilen Plastikkloboxen auf den Autobahnrastplätzen. Euer Weingut jedoch ist einzigartig. Es ist das Ergebnis aus harter Arbeit und Liebe zum Wein, das über Generationen weitergegeben wurde. Willst du das einem Fremden verkaufen?«

Immer noch sagt Oliver nichts. Vielmehr sieht er aus, als könnte er nicht glauben, was ich eben gesagt habe. Gleichzeitig ist da der Hauch eines Lächelns auf seinen Lippen. Ich wünschte, es wäre noch mehr.

»Ich weiß, es betrifft mich nicht«, fahre ich fort. »In ein paar Wochen ist meine Zeit hier zu Ende. Aber deine Familie hat ihr Leben hier.«

»Und wenn ich dieser Verantwortung nicht gewachsen bin?«, unterbricht er meinen verzweifelten Versuch, ihn zu überzeugen. Er klingt ehrlich besorgt. Als hätte er schon tausendmal darüber nachgedacht. »Wenn ich es will, aber nicht schaffe?«

Ich lege meine Hand auf seine. »Natürlich schaffst du das. Du weißt alles über Wein, du kannst großartig mit den Gästen umgehen, und ich bin sicher, dass du so viel Rückhalt haben wirst, dass …« Ich verstumme abrupt.

Den Rückhalt wird er haben.

Von allen.

Außer von einer.

Dieses traurige Geheimnis habe ich längst verdrängt. Verdrängt, weil es mich sonst innerlich aufgefressen hätte. Oliver weiß nichts von Lores Krankheit. Er weiß nicht, dass sie in der nächsten Saison nicht mehr dabei sein wird. Dass die Hauptverantwortung dann auf seinen Schultern lasten würde.

»Wenn du den Satz so unvollendet stehen lässt, verliert alles, was du gesagt hast, seine Bedeutung.« Oliver lächelt, wenn auch nicht so herzlich, wie ich es von ihm kenne.

Wir sehen uns einfach nur an. Sein Blick ruht auf mir, ohne Erwartungen. Er will mir seine Sorgen nicht aufhalsen, das weiß ich. Vermutlich wäre ich nicht stark genug, um sie ihm abzunehmen. Dennoch kenne ich ihn gut genug und habe keine Zweifel, dass er diesen Hof und die Verantwortung dafür übernehmen kann.

»Ich glaube an dich«, flüstere ich. Die Worte kommen mir einfach über die Lippen, ehrlich und aus tiefstem Herzen.

Sein Blick bleibt unverändert auf mir liegen.

Dann beugt er sich vor und küsst mich. Wieder!

Einfach so.

Ehrlich und aus tiefstem Herzen.

Dieses Mal bin ich nicht unvorbereitet und erwidere seinen Kuss vorsichtig. Ein warmer Schauer strömt durch meinen Körper.

Ehrlich und tief in mein Herz hinein.

Erst jetzt wird mir bewusst, wie lange ich schon darauf gewartet habe. Viel länger, als seit dem letzten Kuss vor einigen Minuten, ein paar Schritte entfernt.

Oliver löst seine Lippen von meinen.

Als ich die Augen öffne, sieht er mich auf eine so intensive Art an, dass mir die Luft wegbleibt. Mein Herz schlägt unkontrolliert schneller. Als wüsste es nicht, wie es mit den Gefühlen umgehen soll, die in mir Achterbahn fahren.

Rauf und runter.

Rauf und runter.

Gut, mehr rauf als runter.

»Danke«, haucht er, als hätten ihm meine Worte eine schwere Last abgenommen.

*** Weingelee ***

Wein kann mehr sein als nur ein Getränk. Er eignet sich auch hervorragend für die Zubereitung eines köstlichen Weingelees.

Als Delikatesse zur Käseplatte oder Fleischgerichten reicht man fruchtiges Weißweingelee. Als Wein eignen sich der würzige Veltliner oder für eine blumigere Variante ein Riesling oder Gelber Muskateller. Heiß abgefüllt in kleine Schraubgläser hält sich das Weingelee kühl gelagert mehrere Monate.

Mit frischem Basilikum passt es auch hervorragend zu Antipasti wie Tomaten und Mozzarella. Mit Chili oder Ingwer erhält man eine feurige Alternative.

Für gebackenen Camembert verwendet man Gelee aus Rotwein. Hier kann ein Teil des Weins durch Ribiselsaft ersetzt werden, wodurch sich ein köstlicher Brotaufstrich ergibt.

Rezept Veltlinergelee:

Lores Tipp: In hübsche Gläser gefüllt und mit einer bunten Masche dekoriert ist das Weingelee ein tolles Präsent für Familie und Freunde.

Zutaten:

3 l Grüner Veltliner
1,5 kg Gelierzucker (2:1)
4 Packungen Gelfix
etwas Zitronensäure

Zubereitung:

Alle Zutaten ca. 5 Minuten kochen, dann in ausgekochte Einmachgläser füllen und fest verschließen. Kurz umdrehen und auskühlen lassen.

Ich mache es ohne Ankündigung.

So ist der Überraschungseffekt größer. Außerdem war keine Zeit, Leonie rechtzeitig einzuweihen. Der Zeitpunkt ist aber gerade ideal.

Oliver und Moritz sitzen auf der Terrasse und essen die Schmerstrudel, die vom Wochenende übrig geblieben sind. Ich wundere mich, dass überhaupt noch welche da sind, denn normalerweise sind diese Strudel als Erstes vergriffen. Bestimmt haben sie sich zwei Stück weggelegt.

Ich hänge vor dem alten Haus meine frisch gewaschene Wäsche auf einen Wäscheständer. Seit einer halben Stunde, weil ich eigentlich auf Leonie warte, die jeden Moment von der Schule zurückkommen muss. Haben die in der ersten Woche echt schon so lange Unterricht?

Die Burschen müssen sich denken, dass ich zu blöd bin, Wäsche aufzuhängen, weil ich ewig dafür brauche. Immer wieder nehme ich ein Teil wieder herunter und positioniere es neu. Einfach nur, um Zeit zu gewinnen.

Dann kommt sie endlich durch die Einfahrt. Sie sieht müde aus und trägt einen Rucksack, der schwer zu sein scheint.

Mit steifen Beinen stürme ich ihr entgegen. Eine Mischung aus Gehen und Laufen, total doof.

»Junges Fräulein!«, beginne ich meine kleine Show.

O Gott, habe ich gerade echt Fräulein gesagt?

Irritiert blickt Leonie mich an.

»Glaubst du, nur weil ihr euch hinter der Busstation versteckt, sieht euch niemand?«

Leonie klappt der Mund auf. Sie wird ganz blass im Gesicht.

»Wie alt war der überhaupt?« Ich spreche absichtlich lauter, damit Moritz auch ja nichts verpasst. Bestimmt spitzt er schon die Ohren.

»Was redest du?«, fragt Leonie leise. Hilfe suchend sieht sie zu Oliver und Moritz hinüber.

»Einundzwanzig?«, rufe ich. »Der ist viel zu alt für dich. Ich glaube nicht, dass deine Mutter davon begeistert wäre.«

»Ist es wegen dem Auto?«

Ich muss mich zusammenreißen, damit ich nicht zu lachen beginne. Sie sieht so süß aus, so verschreckt und unsicher. Wenn sie jetzt aber nicht mitspielt, geht mein Plan nicht auf.

»Bist du deshalb so spät gekommen?«

»Mein Bus hatte Verspätung«, antwortet Leonie trotzig.

»Na klar!« Ich stemme die Hände in die Hüften, wie Doris es manchmal macht, wenn sie mit Leonie spricht. »Bestimmt hast du wieder mit ihm herumgeknutscht.«

Leonie verzieht das Gesicht.

Sagt man nicht mehr knutschen? Woher soll ich das denn wissen?

»Du gehst jetzt besser in dein Zimmer. Ich werde mir überlegen, ob ich das mit deiner Mutter bespreche.«

Für diese Darbietung sollte man mir einen Oscar verleihen. Ich habe den gleichen Ton getroffen, den meine Mutter angeschlagen hat, als ich ihr gestanden habe, dass ich keine Zahnärztin werden will. Hoffentlich bleibt das nicht hängen.

Immer noch starrt Leonie mich an, als würde ich gleich verkünden, nur einen Scherz gemacht zu haben. Dann geht sie an mir vorbei und stapft in Richtung altes Haus.

»Und, Leonie!«, rufe ich sie noch einmal zurück.

Sie dreht sich um und sieht ziemlich genervt aus.

Ich trete dicht vor sie und füge leise hinzu: »Überleg mal, wer gerade mitgehört hat.«

Ihr Blick fällt kurz zur Terrasse hinüber, und sie scheint es endlich zu begreifen. »Alles klar«, murmelt sie und nickt kurz.

Als Leonie weg ist, hänge ich das letzte Teil – zum dritten Mal – über den Wäscheständer und gehe zu Oliver und Moritz auf die Terrasse.

»Da kommt mal ein gut aussehender Typ vorbei, und schon verlieren die sechzehnjährigen Mädchen den Kopf.« Ich verdrehe die Augen. »Frühreif nennt man das.«

Oliver und Moritz starren mich verblüfft an.

»Was?«

Sie schütteln schnell die Köpfe und widmen sich wieder ihren Schmerstrudeln. Das muss doch schon die zweite Portion sein!

Moritz schlingt seinen hinunter und steht dann hastig auf. »Ich geh dann mal zu Leonie. Sie hat etwas geknickt ausgesehen.«

Da halte ich ihn nicht auf. Auch wenn er einfach seinen Teller stehen lässt.

Zufrieden sehe ich ihm nach, bis er im alten Haus verschwindet.

»Was war das denn?«, fragt Oliver irritiert.

»Meine Mission«, antworte ich zufrieden und lehne mich zurück. Läuft ja besser als gedacht.

»Mission Anstandswauwau?«

»Nein«, entgegne ich stolz und hebe das Kinn, »Mission: Moritz auf Leonie aufmerksam machen.«

Oliver schleckt den Staubzucker von seinen Fingern ab und sieht mich, den Kopf schräg gelegt, an. »Bitte was?«

»Moritz auf Leonie aufmerksam machen«, wiederhole ich, als wäre das völlig klar.

Es dauert ein paar Sekunden, bis Oliver die Worte findet, die ihm offenbar gerade durch den Kopf flattern. »Soweit ich weiß, kennen sich die beiden schon.«

»Aber offenbar hat er noch nicht gecheckt, dass Leonie verknallt in ihn ist.« Sagt man noch verknallt? Oder doch verschossen? Verliebt? Ich bin ja so was von uninformiert. Ich werde wohl erst in zehn Jahren, wenn Arya in dem Alter ist, lernen, was die aktuelle Jugendsprache ist.

»Vielleicht weiß er es, ist aber nicht interessiert«, gibt Oliver zu bedenken.

Ich schüttle den Kopf. Leonie ist ein wirklich hübsches Mädchen. Die muss Moritz gefallen. »Oder er ist genauso berechenbar wie alle Männer«, kontere ich selbstsicher.

Oliver richtet sich auf. Er scheint sich herausgefordert zu fühlen. »Das soll heißen?«

»Ganz einfach.« Ich beuge mich über den Tisch zu ihm vor. »Sobald ein Mann spürt, dass er Konkurrenz hat, weckt dies seine Instinkte. Reines Steinzeitverhalten.«

Oliver verzieht das Gesicht. »Und du hast wirklich nicht Psychologie studiert?«

»Nein«, antworte ich, obwohl ich weiß, dass er sich nur über mich lustig macht.

»Aha.«

»Ich danke dir übrigens für diese Erkenntnis.«

»Mir?« Er tippt sich mit seinem klebrigen Finger gegen die Brust. »Was hab ich denn damit zu tun?«

Grinsend beobachte ich seine Reaktion. Er sieht einfach gut aus. Wenn er lächelt, wenn er sich ärgert. Sogar jetzt, wenn er mich so ratlos und irritiert anstarrt.

»Dein Verhalten hat mir die Augen geöffnet«, erkläre ich. »Du hast dich nicht für mich interessiert, aber kaum macht mir ein Gast Avancen, weckt es deinen Trieb, und du küsst mich.«

Statt etwas darauf zu sagen, wird Olivers Gesichtsausdruck ganz weich. Wortlos starrt er mich an. Das ist irgendwie … eigenartig.

Warum sagt er denn nichts?

Jetzt werde ich unsicher. Habe ich Unsinn erzählt? Vielleicht.

»Das ist wie bei kleinen Kindern«, füge ich daher schnell hinzu. »Das eine Kind will nicht mit dem Auto spielen, aber wenn ein anderes Kind das Auto nimmt, verlangt es doch danach.«

»Hör auf!«, ruft Oliver und tut so, als wäre er begeistert von dieser neuen Erkenntnis. »An dir ist ja eine Psychologin verloren gegangen.«

»Verarsch mich nicht!«

»Vielleicht solltest du wirklich Psychologie studieren«, erklärt er ernster. »Denn meiner Meinung nach hast du absolut keine Ahnung.« Er schüttelt gespielt bedauernd den Kopf. Dann beugt er sich über seinen Teller zu mir herüber, sodass unsere Gesichter ziemlich nahe voreinander sind. »Und weißt du, wo dein Fehler liegt?«

Ich reagiere nicht darauf und halte stattdessen den Atem an. So tief in seine dunklen Augen zu schauen macht mich ganz kribbelig.

»Ich hatte schon Interesse an dir, lange bevor dieser Kerl dir an die Wäsche wollte.«

Meine Wangen werden rot.

Und heiß.

Was vielleicht daran liegt, dass ich immer noch nicht atme. Ich kann mich kaum bewegen. Langsam hole ich Luft.

»Und wieder einmal der Beweis dafür, dass du einen Stock im Arsch hast.« Oliver beginnt zu lachen. Dann pickt er die Brösel des Schmerstrudels auf, die auf den Tisch gefallen sind.

Verwirrt starre ich ihn an.

Was war das jetzt? Hat er sich über mich lustig gemacht? Oder meinte er das ernst?

Ich kann ihn doch nicht einfach fragen.

Seit unserem Kuss im Weingarten tut er jedenfalls so, als wären wir einfach nur ... ja, was eigentlich?

»Ich muss die Wäsche aufhängen«, murmle ich und springe auf, ohne seine Reaktion abzuwarten.

Ja, ja, Stock im Arsch, ich weiß!

* * *

Vanessa und ihr Verlobter Julian kommen schon am frühen Vormittag, um das Weingut zu besichtigen. Die Ablenkung tut mir gut, sonst würde ich immer noch darüber grübeln, was Olivers Worte von gestern zu bedeuten haben.

So wie die halbe Nacht.

Ich hatte schon Interesse an dir, lange bevor dieser Kerl dir an die Wäsche wollte.

»Es ist hier wirklich fantastisch«, schwärmt Vanessa und reißt mich aus meinen Gedanken. Diese Worte fallen bereits zum siebten Mal, seit sie das Weingut betreten hat.

Julian hält sich mehr zurück. Er begutachtet alles sehr genau und sieht mich immer wieder skeptisch an. Ich weiß nicht, ob es an der Location liegt, die ihm vielleicht nicht gefällt, oder an mir. Bin ich ihm nicht sympathisch? Traut er mir nicht zu, dass ich diese Hochzeit organisieren kann? Er wird doch keine kalten Füße bekommen, oder?

»Die Kulisse eignet sich hervorragend für die Fotoaufnahmen«, sage ich selbstsicher und schiebe Ninas Rollstuhl weiter. Hier zwischen den Weinreben ist der Boden so uneben, dass sie nur schwer vorankommt. Eigentlich wollte sie nicht dabei sein, doch ich habe keine Widerrede zugelassen. Sie ist ja schon ganz aufgeregt, seit sie erfahren hat, dass hier erstmals eine Hochzeitsfeier stattfinden soll.

Nina teilt meine Meinung, dass hier öfter Veranstaltungen stattfinden sollten. Zumindest in den Sommermonaten, wo man diese im Freien ausrichten kann. Lore gibt sich so viel Mühe mit all den wunderbaren Details, den Sträuchern und Blumen. Es ist doch schade, das nicht öfter als Kulisse zu nutzen.

»Und ihr seid sicher, dass ihr diese Feier in vier Tagen organisieren könnt?« Endlich spricht Julian aus, was ihn offensichtlich bereits die ganze Zeit bedrückt.

Nina wirft mir einen Blick über die Schulter zu.

»Julian!«, zischt Vanessa genervt. »Es ist doch so gut wie alles vorbereitet. Wir wechseln lediglich die Örtlichkeit.«

»Ich meine ja nur«, entgegnet der zukünftige Bräutigam. »Das kommt mir alles überstürzt vor. Vielleicht sollten wir doch bei unserer ersten Wahl bleiben.«

»Und im kleinen Wintergarten ausharren, während die andere Gesellschaft die tolle Terrasse nutzen darf?«

»Wenigstens wissen wir dort, dass alles glatt läuft.«

Vanessa lächelt mich peinlich berührt an.

»Ich kann natürlich verstehen, dass ihr Bedenken habt«, sage ich betont gelassen, um nicht noch mehr Unruhe in dieses Gespräch zu bringen. »Eine Hochzeit ist tatsächlich nicht alltäglich für uns. Umso gewissenhafter bereiten wir diese Veranstaltung vor.«

»Gewissenhafter?« Julian verschränkt die Arme vor der Brust, und Vanessa sieht aus, als bekäme sie gleich die Krise. »Ihr habt noch keine einzige Notiz gemacht. Wie wollt ihr euch da alle Details merken?«

Nina krallt ihre zarten Finger um die Räder des Rollstuhls. Wieder sucht sie meinen Blick. Vielleicht aus Angst, ich könnte gleich davonlaufen und sie mit den beiden zurücklassen.

Stattdessen trete ich neben sie und lege ihr beruhigend die Hand auf die Schulter.

»Da braucht ihr euch keine Sorgen zu machen«, antworte ich. »Ich habe mir alles gemerkt.« Lächelnd tippe ich mir an die Schläfe.

Vanessa scheint das zufriedenzustellen, doch Julian kneift die Augen zusammen.

»Anzahl der Gäste?«

»Achtunddreißig.« Die Frage war einfach. »Wobei noch unsicher ist, ob Vanessas Cousine mit dem Kleinkind kommt. Dann wären es vierzig Leute, was auch kein Problem ist.«

Vanessa nickt zufrieden.

»Davon vier Kinder und zwei Teenager«, füge ich hinzu.

»Das war nicht schwierig«, meint Julian. »Wie sieht die Zeitplanung aus?«

Es gefällt mir, dass er mich testet. Ich habe mir alles gemerkt, und das beweise ich ihm gern: »Die Messe ist um drei Uhr zu Ende. Mit anschließenden Glückwünschen und der Weiterfahrt erwarten wir euch um drei viertel vier Uhr zur Agape.«

Vanessas Lächeln wird breiter. Ich fürchte schon, sie ernennt mich gleich zur ersten Brautjungfer.

»Die Cateringfirma hat ab halb vier Zugang zur Küche«, fahre ich fort. Julian braucht wohl noch einen kleinen Schubs, um restlos überzeugt zu sein. »Um ein Aufeinandertreffen mit den Gästen des Buschenschanks zu vermeiden, findet die Agape hier im Weingarten statt. Es gibt Wein und alkoholfreie Getränke sowie Schmerstrudel und Nussbrot. Und selbstverständlich stellen wir ausreichend Sitzgelegenheiten zur Verfügung.«

Julians starrer Gesichtsausdruck entspannt sich deutlich sichtbar, und auch Nina wird unter meinem sanften Griff lockerer.

»Das Abendessen startet um sechs Uhr und dauert voraussichtlich bis sieben. Anschließend gibt es Livemusik und Getränke. Apropos Getränke, eure alte Location hat für die Getränke eine Pauschale von fünfunddreißig Euro pro Person kalkuliert. Wir können euch entweder eine Abrechnung nach Verbrauch oder eine Pauschale von fünfundzwanzig Euro anbieten.«

Vanessa sieht hoffnungsvoll zu Julian auf.

»Landwein?«

»Bouteillen-Wein«, korrigiere ich sofort. »Den wir jetzt im Anschluss gern verkosten können.«

Endlich scheint Julian überzeugt zu sein.

»Schatz, das klingt doch perfekt«, interveniert Vanessa. »Du siehst, Mona hat alles im Griff.«

»Sieht so aus.« Julian windet sich noch ein wenig. Dann lässt er seinen Blick erneut über die Weingärten und weiter zum Weingut gleiten. »Ist wirklich ein kleines Schmuckstück.«

Da hat er recht.

Ich spüre, wie Nina erleichtert durchatmet. Und auch Vanessa wirkt nun relaxter.

Zufrieden mache ich eine einladende Handbewegung. »Ich schlage vor, wir kommen jetzt zum kulinarischen Teil des Tages und suchen den Wein aus. Ninas Großmutter, die Chefin des Hauses, hat uns dafür eine Käseplatte mit einem ausgezeichneten Weingelee zubereitet, wie wir es den Gästen zu späterer Stunde anbieten können.«

»Tolle Idee!« Vanessa greift nach Julians Hand und geht mit ihm voraus.

Ich wende Ninas Rollstuhl und schiebe ihn zurück in Richtung Hof.

Sie dreht sich, so weit es ihr möglich ist, zu mir um und formt mit den Lippen ein *Wow*.

Ich grinse und schiebe sie weiter.

* * *

Genüsslich nippe ich an meinem Tee und genieße die kühle Morgenluft. Der Sommer ist längst vorbei, doch die Sitzgelegenheiten auf der Terrasse laden immer noch zum gemütlichen Verweilen ein.

Ich habe mir den Vormittag freigehalten, damit ich in Ruhe Stelleninserate ansehen kann. Die Zeit am Weingut war aufregend, aber das Ende kommt schneller als erwartet. Und darauf will ich vorbereitet sein.

Ein paar Bewerbungen habe ich bereits abgeschickt, doch die Antworten stehen noch aus. Dabei habe ich mich auf große Firmen konzentriert. Versicherungen, Agenturen und sogar eine Steuerberatungskanzlei in der Innenstadt. Um Inserate wie jene der Detektei mache ich einen Bogen. Die Chance, dort das Richtige für mich zu finden, halte ich für gering.

Im Hof stellt Doris gerade die Dekoration auf die Tische, die Nina und ich in den letzten Tagen gebastelt haben. Einmachgläser, mit Spitze beklebt und mit weißem Sand gefüllt, in die wir Teelichter und hübsche Steine gelegt haben.

Da der Buschenschank heute wieder öffnet hat,

wollen wir, wenn die Sonne untergeht, die Lichter an-
zünden und die Atmosphäre im Hof noch gemütlicher
gestalten.

Ich trinke gerade den letzten Schluck von meinem
Pfefferminztee, als Leonie zu mir auf die Terrasse
huscht. Ich habe sie gar nicht kommen sehen. Sie setzt
sich mir gegenüber auf die Bank und zieht ihre Weste
fester um sich.

Nachts erreichen die Temperaturen nur noch nied-
rige zweistellige Werte. Die Wetterprognose für das
Wochenende sieht jedoch blendend aus. Das wird Vanessa bestimmt freuen.

»Guten Morgen«, sage ich gedehnt, nachdem Leonie keinen Ton von sich gibt und mich einfach nur mit
großen Augen anstarrt.

»Er will mit mir auf eine Party gehen«, sagt sie
plötzlich. Sie sieht kurz zu Doris hinüber, doch die hat
nicht mitbekommen, dass ihre Tochter bei mir auf der
Terrasse ist. Muss Leonie nicht in die Schule gehen?

»Okay.«

In den letzten Tagen hat sich an der Moritz-Leonie-
Front nicht viel getan. Sie reden zwar öfter miteinander, und Leonie kichert dabei die meiste Zeit, aber ob
der Funke wirklich übergesprungen ist, bezweifle ich.

»Heute Abend«, ergänzt Leonie.

»Ist doch cool.« Ich lächle sie aufmunternd an. Das
ist doch das, was sie sich erhofft hat, oder?

Leonie wirkt jedoch unruhig. »Ich habe Mama versprochen, beim Buschenschank mitzuhelfen«, erklärt
sie.

»Kein Problem«, antworte ich und winke ab, »dann

geh ich eben statt dir mit Moritz auf die Party.« Leonie verzieht keine Miene. Vielleicht ist gerade nicht der richtige Zeitpunkt für einen solchen Scherz.

Eigentlich hatte ich vor, mich heute Nachmittag um die Hochzeitsvorbereitungen zu kümmern und anschließend früher ins Bett zu gehen, um morgen fit für den langen Tag zu sein.

Eigentlich …

»Was hältst du davon, wenn ich für dich einspringe?«

Leonie reißt die Augen auf, als hätte sie damit nicht gerechnet. »Echt? Das würdest du tun?«

Ich nicke.

»Das wäre so cool.« Sie strahlt mich freudig an, und ich glaube ihr, dass es nicht ihre Absicht war, mich darum zu bitten. Die Freude verfliegt jedoch schnell wieder.

»Was ist?«

Sie sieht zu ihrer Mutter hinüber.

Ich verstehe, was los ist. Doris ist wirklich eine strenge Mutter. Sie wird Leonie bestimmt nicht so einfach erlauben, auf eine Party zu gehen.

»Könntest du mit ihr reden?«, fragt Leonie vorsichtig. »Bitte, du hast auch etwas gut bei mir.«

* * *

Obwohl es sich ein wenig so anfühlt: Es ist nicht mein großer Tag.

Dennoch spüre ich die Anspannung, seit ich um sechs Uhr aufgestanden bin, um ausreichend Zeit für die letzten Vorbereitungen der Hochzeitsfeier zu haben.

Leonie und Nina habe ich ebenfalls früh geweckt. Sie haben mir versprochen, mich am heutigen Tag zu unterstützen. Leonie, weil ich Doris überzeugen konnte, dass sie mit Moritz auf die Party gehen darf. Zwar nur bis halb zwölf, aber dem Grinsen in ihrem Gesicht nach zu urteilen, war die Party dennoch ein Erfolg.

Nachdem wir die Tische im Verkostungsraum u-förmig aufgestellt haben, gehen wir in den Weingarten hinaus. Die Dekoration des Tisches übernimmt Rita mit ihren Blumenarrangements.

Ich habe angeboten, den Weingarten zu verschönern, damit die Hochzeitsgesellschaft dort tolle Fotos machen kann. Auf Ninas Schoß liegen die langen, seidenen Stoffbänder, die ich zwischen den Weinstöcken durchziehe und an den Enden zu hübschen Maschen binde. Leonie befestigt kleine Laternen an den Rebstöcken, die den Weingarten am Abend wie einen Sternenhimmel aussehen lassen sollen.

»Das ist richtig hübsch geworden«, sagt Nina und reicht mir das nächste aufgerollte Stoffband.

»Finde ich auch«, zwitschert Leonie überschwänglich.

Ich stimme nickend zu. »Oliver und Fredi stellen später Stehtische und Stühle am Ende des Weingartens auf«, erkläre ich. Eigentlich hätte auch Adrian helfen sollen, aber er meinte, dass er mit dieser Hochzeit nichts zu tun haben will.

Vermutlich ist Viktoria noch sauer, weil die Feier

ohne ihre Zustimmung stattfindet. Sie kommt in letzter Zeit immer seltener vorbei. Vielleicht ist Adrian auch deshalb so grantig. Mein Mitleid für das geheime Liebespaar hält sich jedoch in Grenzen.

Nina richtet ihr Gesicht gen Himmel und schließt die Augen, während die warme Vormittagssonne ihre Haut wärmt. »Das Wetter scheint perfekt zu werden.«

»O ja«, sage ich erleichtert. Auch wenn das Essen im Verkostungsraum stattfindet, werden sich die Gäste bestimmt im Freien aufhalten wollen.

»Mooona!« Eine kindliche Stimme durchbricht meine entspannten Gedanken. »Halloooo!«

Ich muss nicht aufsehen, um zu wissen, zu wem sie gehört.

»Sheldon?«

»Sheldon?«, wiederholen Leonie und Nina wie aus einem Mund.

Und dann sehe ich ihn schon.

Wirkt er nicht älter als vor eineinhalb Monaten, als ich ihn zuletzt gesehen habe? Die Haare sind kürzer, und er ist bestimmt drei Zentimeter gewachsen. Ob er schon in seinem eigenen Bett schläft?

Aber die eigentliche Frage ist ja: Was, zum Teufel, macht Sheldon hier?

Und Arya, die hinter ihm herspaziert. In einem weißen Sommerkleidchen, das gar nicht zu der sonst so jungenhaften Arya passt.

Erst jetzt taucht auch eine abgehetzte Bianca im Hof auf.

»Hey, Mona«, stöhnt sie erschöpft, als sie uns erreicht. »Du musst auf die Kinder aufpassen.«

Arya und Sheldon stehen neben ihr und grinsen mich breit an.

»Gern«, sage ich mit einem verkrampften Lächeln, weil ich eine böse Vorahnung habe. »Aber nicht heute.«

»Geht nicht anders«, keucht meine Freundin. Ihr Haar ist zerzaust, als hätte sie am Morgen vergessen, es zu kämmen.

»Mein Taxi wartet draußen. Ich muss los.«

Dann will sie sich einfach umdrehen, doch ich greife nach ihrem Arm. »Jetzt warte mal! Was ist los?«

Bianca sieht nervös zu den Kindern. »Sucht doch mal den Traktor«, sagt sie und sagt damit ein Zauberwort, sodass die beiden gleich losstürmen.

»Ich muss Thomas nachreisen«, erklärt sie und überrascht mich mit dieser Aussage weniger als vermutet. Irgendwann musste es wohl so weit sein. Sie hat oft genug davon gesprochen. »Ich bin mir sicher, dass er etwas am Laufen hat. Er ist jedes Mal frustriert, wenn er nach Hause kommt. Da muss eine andere Frau dahinterstecken. Bestimmt eine neue Kollegin.«

Ich weiß, dass Bianca sich nicht umstimmen lässt. Und auch, dass sie so lange am Rad drehen wird, bis sie endgültige Gewissheit hat. Egal, ob Thomas sie betrügt oder nicht.

»Und du bist dir sicher, dass das eine gute Idee ist?«, frage ich, weil man das als beste Freundin wohl tun muss. Ich kann sie ohnehin nicht aufhalten.

Bianca nickt eifrig. Ihre dunklen Augenringe verraten, dass sie schon lang keine ruhige Nacht mehr hatte.

»Du weißt, dass Arya am Montag in die Schule muss«, erinnere ich sie, weil ich fürchte, Biancas Trip könnte länger als geplant dauern.

»Ja, ja, weiß ich doch!« Sie winkt ab. »Ich melde mich!«

Dann ist sie auch schon auf und davon. Sie ist so durch den Wind, dass sie sich nicht mal von Sheldon und Arya verabschiedet.

Ich sehe zur Halle und bin erleichtert, dass Lore sich um Sheldon und Arya kümmert.

»Sheldon und Arya?«, fragt Nina und verzieht das Gesicht.

»Frag nicht.«

Ich muss Lore erklären, was dieser Auftritt gerade zu bedeuten hat. Und dass ich natürlich die Verantwortung für die Kinder übernehme, solange sie hier sind. Auch wenn das mit der heutigen Feier sehr ungünstig zusammenfällt.

»Ich erklär's euch später«, sage ich und gehe zu den drei hinunter.

Lore sieht mir lächelnd entgegen und bedeutet mir mit einem leichten Kopfschütteln, dass es im Augenblick nichts zu bereden gibt. Nicht vor Sheldon und Arya.

Ich bin ihr so dankbar dafür.

»Wisst ihr denn, wie lange ihr bei uns bleiben dürft?«, fragt sie mit sanfter Stimme.

»Bis Mama uns wieder holt«, antwortet Sheldon und sieht grinsend zu mir auf.

»Vielleicht ein oder zwei Nächte«, füge ich schnell hinzu und bete, dass es nur eine Nacht ist. Ich habe keine Lust, Arya am Montagmorgen von hier aus in die Schule zu bringen. Wenn sie denn überhaupt Schulsachen dabeihat.

Lore nickt. »Dann sollten wir uns überlegen, wo ihr zwei schlafen könnt. Bei Mona ist leider kein Platz.«

* * *

»Hier!« Oliver hält mir einen Beerendrink hin, den Nina zubereitet hat. »Den hast du dir verdient.« Er lächelt mich an.

Die Früchte, die aus Lores Bauerngarten stammen, hat Nina mit Holundersirup angesetzt. Für die alkoholfreie Variante wurde der Beerensirup mit Sodawasser und für die Erwachsenenversion mit dem hauseigenen Rosé-Frizzante gespritzt.

Bislang hatte ich nicht die Gelegenheit, ihre Kreation zu probieren, weshalb ich das Glas dankend annehme. Meinen Blick richte ich weiterhin auf Sheldon und Arya, die gerade auf der Terrasse sitzen und zu Abend essen. Mit kleinen Aufgaben konnte ich sie den ganzen Tag über beschäftigen, damit sie nichts anstellen oder sich Sorgen um ihre Eltern machen. Doch das war offenbar gar nicht der Fall.

Stattdessen haben sie mit kindlich großen Augen neugierig auf die Braut gewartet.

Wie auch Lore, Nina, Leonie und ich.

Wir waren alle ganz begeistert, als Vanessa in dem bauschigen weißen Kleid mit den vielen Perlen und Pailletten auf das Weingut gekommen ist.

Zurzeit gibt es das Abendessen, weshalb der Caterer

sich um die Betreuung der Gäste kümmert. Wir müssen nur dafür sorgen, ausreichend Getränke zur Verfügung zu stellen. Ich nutze den Moment für eine Verschnaufpause und um nach den Kindern zu sehen.

Hinter uns im Hof sitzen wie jedes Wochenende die Besucher des Buschenschanks. Um sie von den Gästen der Hochzeitsfeier räumlich abzuschirmen, hatte Lore die fantastische Idee, die in Töpfen gepflanzten Oleandersträucher als eine Art Trennwand zu positionieren. Es ist wie ein grüner, blühender Paravent.

»Danke für deine Hilfe«, sage ich und stoße mit Oliver an, dessen Glas schon halb leer ist.

»Kein Problem«, erwidert er, »der Gewinn bleibt ja in der Familie.« Er grinst.

»Ich erwarte mir am Ende meiner Anstellung eine satte Provision«, entgegne ich mit einem Augenzwinkern.

Oliver zieht eine Augenbraue hoch. »Sollten wir nicht erst über die Verlängerung deines Dienstvertrags sprechen?«

»Ich habe nie einen Vertrag bekommen«, antworte ich trocken. »Abgesehen davon ist mir die Zukunft des Weinguts zu ungewiss.«

Olivers Lächeln friert im Bruchteil einer Sekunde fest.

Es ist ein schlechter Zeitpunkt, dieses Thema zur Sprache zu bringen.

»Mona!«

Ich sehe auf und entdecke Vanessa, die mit besorgter Miene auf uns zukommt. Die Buschenschank-Gäste beobachten sie neugierig durch das

Geäst der Oleandersträucher. Wie oft bekommt man hier schon eine Braut zu Gesicht?

»Solltest du nicht dein Hochzeitsessen genießen?«, frage ich lächelnd und gehe ihr entgegen.

»Die Band ist abgesprungen«, erklärt sie. »Sie haben Julian angerufen und gemeint, dass sie es nicht schaffen.«

Oliver tritt zu uns. Ich sehe ihn ratlos an.

Es ist halb sieben. Eigentlich hätten die Musiker um sechs Uhr eintreffen und ihr Equipment aufbauen sollen. In einer Stunde war der Beginn der Livemusik geplant. Ein Keyboarder, ein Gitarrist und eine Sängerin. Verdammt, wo bekommt man jetzt so schnell Ersatz her?

»Was ist eine Hochzeit ohne Musik?« Vanessas Augen füllen sich mit Tränen, und sie schnappt nach Luft.

»Wir können eine Playlist abspielen«, schlägt Oliver vor. »Ich habe eine ganz passable Anlage im Zimmer, die wir aufbauen können.«

Ich schüttle den Kopf. Nein, das kommt nicht infrage.

Bislang lief alles perfekt. Sogar das plötzliche Auftauchen von Arya und Sheldon hat mich nicht aus dem Konzept gebracht. Dann wird es eine fehlende Band auch nicht tun.

»Ich werde mich darum kümmern«, sage ich zuversichtlicher, als ich mich fühle. »Genieße dein Essen.«

Einen Moment lang starrt Vanessa mich an, als hätte ich in einer fremden Sprache gesprochen. Dann beginnt sie, langsam zu nicken, ehe sie sich zögerlich abwendet und zurück in den Verkostungsraum geht, den Rita wunderbar dekoriert hat. Zweimal wirft sie mir noch einen Blick über die Schulter zu. Vermutlich, um zu überprüfen, ob ich nicht auf und davon laufe.

Nachdem sie verschwunden ist, sehe ich Oliver an. »Du erledigst das!«

»Was? Nein! Spinnst du?« Er macht eine Bewegung, als wollte er die Flucht ergreifen.

Ich packe ihn am Unterarm und halte ihn fest. Diese Berührung lässt uns beide kurz innehalten. Wir sehen uns in die Augen, und ich bemerke, dass sich etwas verändert hat. Auch wenn ich nicht sagen kann, was genau es ist.

»Du hast eine tolle Stimme«, sage ich und bete innerlich, dass er mich nicht im Stich lässt. Mich, ein Brautpaar und achtunddreißig Hochzeitsgäste.

»Ich kann niemals eine Band ersetzen«, entgegnet er.

»Musst du auch nicht!«

»Ich weiß nicht einmal, ob die Gitarre in meinem Zimmer gestimmt ist.«

»Dann stimme sie.«

»Und ich kann nur wenige Songs.«

Ich lächle. Das ist mehr, als ich erwartet habe. »Du musst ja nicht den ganzen Abend spielen. Ein paar Songs zum Tanzen. Für das Brautpaar. Danach können wir immer noch eine Anlage aufstellen.«

»Mein Repertoire ist wirklich lausig.« Nun klingt er resigniert.

»Besser als nichts.«

* * *

Nina und ich stehen abseits der Gäste, die einen Halb-
kreis um das Brautpaar gebildet haben. In der Mitte
tanzen Vanessa und Julian eng umschlungen und ver-
sonnen lächelnd. So soll es sein.

Auch wenn der Verkostungsraum nicht sehr groß
ist, konnten wir durch die Anordnung der Tische ausreichend Platz für eine kleine Tanzfläche freihalten.
Und für die Band. Die statt einem Trio nun aus Oliver besteht.

Als das Brautpaar von meiner Idee erfahren hat,
war es überglücklich und hatte nur einen einzigen Lie-
derwunsch. Es sollte ihr erster Tanz als Ehemann und
Ehefrau sein.

Erst war Oliver unsicher, ob er die Gitarrengriffe
kann, doch als seine Finger die Saiten berührten, war
mir sofort klar, dass er den Song perfekt interpretie-
ren würde.

Ein warmer Schauer läuft mir über den Rücken, als
er Rainhard Fendrichs *Weus'd a Herz hast wia a Berg-
werk* singt.

Er ist richtig gut. Noch besser, als ich ihn in Erinnerung hatte. Dass er ohne Mikrofon singt, fällt in dem
Raum nicht auf. Seine Stimme ist kräftig, ruhig und
samtig weich.

Wie meine Knie.

»Ich hab ganz vergessen, wie gut er singt«, flüstert
Nina mit tränenerstickter Stimme. »In seiner Jugend
hätte er fast aufgehört zu spielen.«

Ich bringe kein Wort über die Lippen. Es ist einfach
zu schön.

Als die letzten Zeilen erklingen, halte ich den Atem

an. Es ist wunderbar. Ich wünschte, das Lied würde nicht enden. Auch, weil wir uns darauf geeinigt haben, dass er sieben Songs spielt. Zu mehr konnte ich ihn nicht überreden. Dafür darf er die restlichen Lieder aussuchen.

Ich bin einfach nur froh, Vanessa und Julian doch noch Livemusik bieten zu können, auch wenn es nicht die Band ist, die sie sich vorgestellt hatten.

Die Gäste applaudieren, als das Lied zu Ende ist. Natürlich dem Brautpaar, das sich innig küsst.

Mein Klatschen gilt Oliver. Er hat das großartig gemacht.

Dann stimmt er auch schon die nächsten Takte an.

Nina schnappt nach Luft. Sie erkennt den Song viel früher als ich. »Ich liebe dieses Lied!«, raunt sie voller Hingabe.

Nach den ersten Zeilen erkenne ich es auch. Bryan Adams *Heaven*. Olivers tiefe, leicht raue Stimme passt perfekt zu dem Text.

Nina greift nach meiner Hand, und wir lauschen den wunderbaren Klängen ihres Bruders. Sie trägt das tannengrüne Dirndl, das sie mir eigentlich geben wollte. Rollstuhl hin oder her, sie sieht wunderschön darin aus.

Nun bilden auch die Gäste Pärchen und tanzen zu Olivers Showeinlage. Dazwischen drehen sich Kinder im Kreis, und Mädchen lassen ihre hübschen Kleider flattern. Unter ihnen auch Arya und Sheldon, die sich mit den Kindern angefreundet und der Feier angeschlossen haben. Solange sie brav sind, werde ich sie nicht davon abhalten.

Als *Heaven* zu Ende ist, habe ich Tränen in den Augen. Keine Band hätte diese Atmosphäre schaffen können, die Oliver mit seiner Gitarre und Stimme erzeugt hat.

Unweigerlich muss ich an unseren Kuss in den Weingärten denken. Ein Teil von mir wünscht sich zurück zu dem Kuss – und dazu den Klang seiner Stimme.

Es folgt eine kurze Pause, in der Oliver einen Schluck Wasser trinkt.

Dann positioniert er sich wieder und beginnt, mit dem Fuß auf den Boden zu klopfen. Er streicht über die Saiten seiner Gitarre. Die Töne kommen mir bekannt vor, doch erst als seine Stimme einsetzt, weiß ich, welches Lied es ist.

Every breath you take.

Every move you make.

»O Gott!«, stöhnt Nina und presst sich die Hand auf den Mund.

»Er wird doch nicht ...« Mir bleiben die Worte im Hals stecken.

Nina beginnt zu lachen. »Sieht so aus, als hätte er den Text nicht verstanden.«

Auch einige Gäste sehen irritiert auf, doch dank Olivers Stimme und den sanften Klängen des Liedes scheint es niemanden zu stören, dass der Song eigentlich von einem Stalker handelt.

Als er *I'll be watching you* singt, blinzelt Oliver ein paarmal, als hätte er eben realisiert, worum es in dem Lied geht.

Am Ende des Songs applaudiere ich dennoch, wenn auch etwas verhaltener.

»Als Nächstes kommt *I still havn't found, what I'm looking for*«, sagt Nina leise zu mir und kichert.

Ich hoffe, sie irrt sich.

»Früher war er ein richtiger U2-Fan«, erklärt sie.

* * *

Die restlichen Songs handeln nicht von Stalkern, verschmähter Liebe oder Trennungsschmerz. Oliver spielt am Ende sogar zwei Lieder mehr. Ich habe genau mitgezählt. Und fand eines besser als das andere.

Einige Gäste versuchen, Oliver zu einer Zugabe zu überreden, doch ihm ist anzusehen, dass er froh ist, seinen Teil geliefert zu haben. Er wünscht noch einen schönen Abend und eilt dann aus dem Verkostungsraum, als wollte er vermeiden, aufgehalten zu werden.

Als ich ihn im Hof entdecke, hält er schon einen Spritzer in der Hand. Den muss er Kristina von einem Tablett gestohlen haben, anders kann ich mir nicht erklären, wie er so schnell an das Getränk herangekommen ist. Er trinkt hastig einen Schluck.

»Das hast du gut gemacht«, sage ich, als ich mich zu ihm stelle. »Richtig gut sogar.«

Oliver lässt das Glas sinken. »Du hast bei *Heaven* geheult.«

Ich verziehe fragend das Gesicht, als wüsste ich nicht, wovon er spricht.

»Ich hab's genau gesehen.«

»War ja auch gut«, murmle ich verlegen.

Auch andere Gäste der Hochzeitsfeier kommen

ins Freie, um sich nach dem Tanzen in der frischen Abendluft abzukühlen. Die Männer legen den Frauen ihre Sakkos um die Schultern und schlendern mit ihnen zu den Weingärten, wo die Laternen den Hügel wie kleine Glühwürmchen beleuchten.

»Hätte ich gewusst, dass ich eine solche Wirkung auf Frauen habe, wenn ich Schnulzen singe, hätte ich eine Karriere in diese Richtung eingeschlagen.«

Ich weiß, dass Oliver nur scherzt, aber sein selbstgefälliges Grinsen ärgert mich.

Wer sagt denn, dass er diese Wirkung auf alle Frauen hat?

Er hat sie auf mich!

»Du übertreibst«, sage ich und rolle mit den Augen.

»Chartstürmer und Frauenheld Nummer eins«, philosophiert er.

»Das passt nicht zu dir.«

»Du könntest mein Groupie sein.« Er hört mir gar nicht zu.

»Da hätte ich Besseres zu tun.«

Oliver legt den Arm um mich und zieht mich an seinen warmen Körper. Einen Moment lang schließe ich die Augen und atme seinen Geruch ein. Mein Herz macht einen kleinen Satz bei seiner Berührung, und ich bewege mich keinen Millimeter.

Einfach, weil ich es so will.

»Ich könnte für dich mein Image als Frauenheld aufgeben«, flüstert er mir ins Ohr. Sein Atem kitzelt an meinem Hals, und der Schauer, den er auslöst, zieht bis in meine Zehenspitzen.

»Dafür müsstest du erst beweisen, dass du ein

Frauenheld bist«, erwidere ich provozierend. Auch wenn ich natürlich nicht will, dass er das tut.

Oliver schlingt seinen anderen Arm um mich und beginnt, sich langsam im Takt zu bewegen – einem Takt, der nur in unser beider Körper ist.

»Baby, you're all that I want. When you're lyin' here in my arms.«

»Also bitte!« Ich schiebe Oliver unsanft von mir weg.

»Was denn?« Er lacht amüsiert über meine Reaktion. »So krieg ich sonst alle Frauen rum.«

Ich weiß, dass es nur ein blöder Spruch ist, aber er gefällt mir dennoch nicht. »Dann musst du dich mit denen begnügen«, entgegne ich kühl.

Oliver seufzt theatralisch, und einen Moment lang weiß ich nicht, ob ich ihn jetzt vor den Kopf gestoßen habe oder ob es zu seinem Spielchen gehört.

Er sieht mich kopfschüttelnd an.

Trotzig blicke ich zum Verkostungsraum, wo die Hochzeitsgesellschaft in Kürze Käseplatten mit Weingelee und Lores selbst gemachtem Nussbrot serviert bekommt. Ich kenne ihr fantastisches Weingelee. Sie hat es mit einem Grünen Veltliner zubereitet und mit Holundersirup verfeinert.

»Every single day. Every word you say.« Olivers Stimme ist ganz leise, als würde er das Lied nur vor sich hin summen.

Ich wende meine Aufmerksamkeit wieder ihm zu. Genau das, was er wollte.

»Ich fasse es immer noch nicht, dass du dieses Lied gesungen hast.«

Oliver erwidert nichts darauf. Dann, ein paar Sekunden später, fährt er fort: »Every game you play. Every night you stay.«

»Schluss jetzt!«, zische ich, auch weil uns nur ein paar Oleandersträucher von den Buschenschank-Gästen abschirmen.

Kaum sehe ich wieder weg, singt er unbeeindruckt und voller Hingabe weiter: »I'll be watching you.«

Ich wünschte, ich könnte es unterdrücken, doch das Grinsen schiebt sich einfach in mein Gesicht und lässt sich nicht verdrängen.

»Ich glaube, das wird unser Song«, sagt Oliver entschlossen und tritt näher an mich heran.

Ich spüre die Wärme, die sein Körper ausstrahlt, an meinem Rücken. Dennoch berühren wir einander nicht. Für die Dauer eines Gedankenblitzes stelle ich mir vor, mich jetzt einfach zurückzulehnen, gegen seine Brust, umschlossen von seinen Armen.

»Bis zur Hochzeit können wir es uns ja noch überlegen«, sage ich und drehe mich mit einem scheinheiligen Lächeln um. Meiner Erfahrung nach bekommen die meisten Männer kalte Füße, sobald das Thema Heirat zur Sprache kommt.

»Apropos Hochzeit.« Unbekümmert von meinem Versuch, seine Anspielungen zunichtezumachen, sagt er: »Du weißt, ich wünsche mir Kinder. Viele Kinder. Mindestens drei, eher vier. Ich glaube, du wärst eine tolle Mutter.«

Oliver dreht den Spieß einfach um.

Ich kneife die Augen zusammen.

»Nur wenn wir sie nach Serienhelden benennen«,

sage ich in Anspielung auf Arya und Sheldon. Vielleicht sollte ich mal nach den beiden sehen. Aber wenn sie den Verkostungsraum, geschweige denn das Weingut, bislang nicht unter Wasser gesetzt haben, dann kann ich mir wohl noch ein paar Minuten Zeit lassen.

So viel zum Thema tolle Mutter.

»Fantastische Idee«, stimmt Oliver mir zu. »Wie wäre es mit Cersei und Jaime und unser Nachzügler heißt dann Tyrion.«

»Eine widerliche Vorstellung«, entgegne ich. »Und ich rede nicht von den Namen.«

Oliver setzt ein gespielt beleidigtes Gesicht auf.

»Du brichst mir das Herz.«

»Tja, du weißt ja, *No Woman, No Cry.*« Ich schüttle bedauernd den Kopf.

»Ein Irrglaube«, wirft Oliver ein. »Das Original heißt übersetzt so viel wie ›Nein, Frau, weine nicht!‹«

»Ich danke dir für die Musikstunde«, entgegne ich zynisch. Gleichzeitig ärgere ich mich, dass ich nicht flirten kann. Vielleicht habe ich wirklich einen Stock im Arsch.

Oliver sagt nichts mehr. Er sieht mich einfach nur an, als versuche er, meine Gedanken zu lesen.

»Du siehst heute Abend wirklich gut aus«, sagt er plötzlich leise.

Automatisch blicke ich auf das Dirndl hinunter, das ich nicht zum ersten Mal trage. Er hat es bereits gesehen. Auch damals gefiel es ihm.

Bis vor wenigen Wochen hätte ich mir nicht vorstellen können, völlig selbstverständlich ein Dirndl anzuziehen. Oder überhaupt ein Kleid. Da gab es nur

Stoffhosen, in Beige oder Grau, und passende Blusen. Schlicht und gerade geschnitten. Ein mattes Altrosa war schon das Höchste der Gefühle.

Zu dem Kleid passend hat Nina aus meinen Haaren eine Flechtfrisur gezaubert. Sie hat richtig geschickte Finger, auch wenn ich dafür ziemlich unbequem am Boden vor ihrem Rollstuhl knien musste. Das Resultat gefällt mir aber. Einzelne Strähnen hat sie herausgezupft, damit die Frisur lässiger wirkt. Zumindest hat sie behauptet, dass das so gehört.

Ich blinzle Oliver an und erinnere mich, dass ich auf sein Kompliment etwas sagen sollte. Also bedanke ich mich mit einem schüchternen Lächeln. Mit Komplimenten konnte ich noch nie gut umgehen. Bislang hatte ich aber auch nicht oft welche bekommen.

Oliver lächelt. Nicht über meine roten Wangen. Nicht über unser kleines Geplänkel zuvor. Er lächelt einfach nur. Als wäre er froh, in diesem Moment hier mit mir zu stehen.

In meinem Kopf rattert es auf der Suche nach Worten, mit denen ich diesen Augenblick verlängern kann, ein Stück weit unendlich machen. Weil es sich gerade so richtig anfühlt.

Doch noch bevor ich eine Idee habe, höre ich den quietschenden Schrei von Arya. Das klingt nicht gut.

»Ich sollte mal …«, sage ich und deute über meine Schulter. Das Bedauern in meiner Stimme kann sogar ich hören.

Oliver nickt.

»Iihh, ist diese Kröte eklig. Gib die weg, Sheldon.«

Oliver zieht überrascht die Augenbrauen hoch, als er Aryas Gekreische hört.

»Ich werfe sie in den Obstsalat.«

Sheldons Stimme lässt endgültig meine Alarmglocken schrillen. Die große Schüssel mit Obstsalat soll den Gästen als erfrischender Snack zwischendurch dienen. Eine Kröte darin würde die gute Stimmung der Hochzeitsgesellschaft wohl schlagartig beenden.

»Ich beeile mich mal lieber.«

Oliver nickt, ein Grinsen auf den Lippen.

Verdammte Kröte!

*** Herbstgulasch ***

Das Wiener Saftgulasch ist ein Ragout, bestehend aus Rindfleisch im gleichen Verhältnis zu Zwiebeln, die mit Paprikapulver, einem Schuss Essig, Paradeisermark, Knoblauch und Kümmel zwei bis drei Stunden langsam gegart werden.

Den Ursprung hat es in Ungarn, auch wenn das »Gulyás« eher der bei uns bekannten Gulaschsuppe ähnelt.

Es gibt unzählige Variationen, ein Gulasch zuzubereiten. Manche Köche nehmen auch Rotwein, um das Ragout abzuschmecken. Doch bei einem ist man sich einig: Das passende Getränk dazu ist Bier.

Das Gulasch wird am besten schon am Vortag gekocht, denn: »Nur ein Gulasch schmeckt aufgewärmt besser.«

Rezept Herbstgulasch
(4 Portionen)

*Lores Tipp: Saisonal passend kann auch Wildfleisch verwendet wer-
den. Als Beilage eignen sich resche Kaisersemmeln oder eine Scheibe
Brot.*

Zutaten:

300 g Schweinefleisch

3 große Erdäpfel

1 kleiner Hokkaido-Kürbis

1 Zwiebel

400 g Eierschwammerl (alternativ: Champignons)

100 g Maroni

100 g Walnüsse

2 EL Öl

2 EL Paprikapulver süß

1 TL Paprikapulver scharf

2 EL Mehl

1 TL Salz

1 EL Essig

Zubereitung:

Gehackten Zwiebel in Öl anrösten, dann gewürfeltes Fleisch dazugeben.
Mit der Hälfte des Paprikapulvers bestäuben und mit Essig ablöschen.
Salzen und mit Wasser aufgießen, bis das Fleisch bedeckt ist.

1/2 Stunde köcheln lassen und dabei gelegentlich umrühren. In der Zwischenzeit die geschälten Erdäpfel und den Kürbis in gleich große Stücke würfeln und dazugeben. Köcheln lassen, bis das Gemüse weich ist. Eierschwammerl und Maroni einrühren. Mehl, restliches Paprikapulver und wenig Wasser glatt rühren und dazugeben. Aufkochen lassen und nach Belieben abschmecken. Vor dem Servieren mit gehackten Walnüssen garnieren.

»Darf's sonst noch was sein?«, fragt Arya geschäftstüchtig. Sie war sofort Feuer und Flamme, als ich sie beim Frühstück gefragt habe, ob sie mir beim Ab-Hof-Verkauf helfen will.

Sheldon hat nach einer halben Stunde das Interesse verloren und lässt sich nun von Lore in der Küche verwöhnen.

»Vielen Dank, junges Fräulein«, sagt die Kundin so sanft, dass ich ihr nicht einmal das Fräulein übelnehme. Schließlich ist sie etwa zehnmal so alt wie Arya. »Jetzt musst du mir nur noch verraten, wie viel das kostet.«

Der Mann der Kundin schließt den Kofferraum, in dem zwei Kisten Wein, fünf Kilo Erdäpfel und drei Kürbisse verstaut sind. Letztere sind frisch geerntet. Fredi war am Freitag beim nahe gelegenen Feld und hat die ersten Früchte geholt. Hokkaido und Butternuss.

Nina hat angesichts der Ernte von Lores Kürbisgerichten geschwärmt. Doch ihre Großmutter hat sich in den letzten Tagen immer öfter zurückgezogen. Manchmal für eine Stunde, manchmal länger. Sie wirkt müde, ist schneller erschöpft, und in ihrem Blick ist eine Traurigkeit zu erkennen, die mich jedes Mal schmerzhaft daran erinnert, was in ihr schlummert.

Nur Fredi und ich kennen ihr Geheimnis. Und ich will mir immer noch nicht vorstellen, wie die Familie das verkraften soll.

Ob sie diese Anzeichen deuten können? Schließlich hat Lore abgenommen. Fünf Kilo, seit ich auf das Weingut gekommen bin. Das hat sie mir selbst anvertraut.

Ihre Entscheidung gegen eine Chemotherapie hält sie immer noch für richtig. Die ausgefallenen Haare und alle anderen Nebenwirkungen hätten sie längst verraten und es ihr unmöglich gemacht, die verbleibende Zeit mit ihren Liebsten zu genießen.

»Mona?« Arya tippt mir auf den Arm. »Wie viel kostet das?«

Es sieht so aus, als hätte sie mich das schon einmal gefragt. Ich räuspere mich und setze schnell ein Lächeln auf.

»152,50 bitte«, antworte ich, nachdem ich schnell nachgerechnet habe. »Ich hole Ihnen gleich die Rechnung.« Im Verkaufsraum steht die Kassa, in der ich die Warenpreise eintippe und den Bon ausdrucke. 152,50 Euro.

»Der Rest ist für Ihre fleißige Helferin«, sagt die Kundin und rundet den Betrag auf.

Sowohl Arya als auch ich bedanken uns dafür.

»Das hier ist echt klasse«, sagt Arya, als die Kunden durch die Einfahrt hinausgefahren sind. »Bei Mama sind wir am Wochenende immer zu Hause. Hier kann ich mir sogar mein Taschengeld aufbessern.« Stolz sieht sie auf die zwei Euro und fünfzig Cent, die sie Trinkgeld erhalten hat.

»Schön, dass es dir hier gefällt.«

»Wenn du Oliver heiratest, werdet ihr dann auch so eine Feier machen wie gestern?«, fragt Arya. »Und lädst du mich dazu ein?«

Ich stolpere fast, als ich das höre.

»Wie kommst du denn auf die Idee, dass ich Oliver heirate?«

Ausgerechnet in dem Moment taucht Oliver auf der Terrasse auf. Seinem Blick nach zu urteilen, hat er gehört, was Arya mich gefragt hat. Er zieht erwartungsvoll die Augenbrauen hoch.

Ehe ich das Gesprächsthema wechseln kann, fährt Arya in ihrer kindlichen Begeisterung fort: »Weil du mit Emanuel nie so glücklich ausgesehen hast wie mit ihm.«

Ich wünschte, sie hätte alles gesagt, aber nicht das. Vor allem nicht vor Oliver.

»Das wäre doch schön«, fügt Arya lächelnd hinzu. Sie hat offenbar nicht einmal bemerkt, dass Oliver im Hof ist.

»Ich denke nicht, dass ich so bald heirate«, antworte ich verlegen.

Ich kann ihr noch nicht einmal einen Vorwurf machen, dass sie das denkt. Schließlich haben wir die Kinder in Olivers Zimmer einquartiert, weil mein Gästezimmer zu klein dafür ist. Ich habe bei ihnen im Bett geschlafen und Oliver auf dem Sofa im Wohnzimmer.

»Aber wenn es so weit ist, darf ich dabei sein, oder?«, hakt Arya nach.

»Du wärst die Erste, die eine Einladung erhält«, sagt Oliver und kommt von der Terrasse zu uns herunter.

Arya grinst zufrieden.

Ich bin wieder einmal überrascht, wie gut Oliver mit Kindern umgehen kann. Viel besser als ich. Schon gestern ist mir aufgefallen, wie ungezwungen er mit Arya und Sheldon spricht. Als würde er ständig mit Kindern zu tun haben.

Wieder rollt ein Auto in die Einfahrt und bleibt vor dem Verkaufsraum stehen. Dieses Mal ist es ein alter Kombi mit rostigen Beulen an der Seite.

Oliver stößt ein krächzendes Geräusch aus.

»Was ist?«, fragt Arya verwundert, und auch ich sehe auf.

»Kennst du schon Herrn Traxler?« Oliver sieht mich fragend an.

Traxler? Traxler? Ich brauche zwei Sekunden, bis ich den Namen richtig zuordnen kann. Dann fällt es mir wieder ein. Das rote Cabrio, ein schmieriger Typ und eine junge Blonde, die nicht seine Ehefrau ist. Ehe noch mehr Erinnerungen auftauchen, steigt er auch schon aus und ist kaum wiederzuerkennen.

Sein Haar ist nicht zurückgekämmt, sondern steht ihm zerzaust vom Kopf ab. Statt schicker Markenkleidung trägt er ausgebleichte Jeans, ein verwaschenes Shirt und alte Sneakers.

Die Fahrertür quietscht, als er sie zuwirft.

Auf der Beifahrerseite steigt seine Frau aus und grüßt höflich. Sie ist etwa in seinem Alter und hat eine weibliche Figur. Die Handtasche, die sie schultert, sieht aus, als hätte sie auch schon bessere Tage erlebt.

»Grüß Sie, Herr Traxler«, sagt Oliver freundlich, während ich mir auf die Zunge beißen muss, um der Frau nicht zu sagen, mit welchem Auto ihr Mann kommt, wenn er mit seiner Freundin unterwegs ist. Und dass er ihr einen teuren Weintemperierschrank gekauft hat, für den bestimmt auch eine Luxushandtasche für seine Ehefrau denkbar gewesen wäre.

»Ah, der Jungchef.« Herr Traxler schüttelt Oliver

die Hand. Mich und Arya beachtet er kaum. »Wir brauchen einen Wein.«

»Wieder einen Sauvignon blanc?«, frage ich und spiele damit auf seinen letzten Besuch an.

Herr Traxler wirft mir einen finsteren Blick zu. »Nein«, entgegnet er unhöflich, »drei Flaschen Doppler.«

Warum überrascht mich das nicht? Für die junge Freundin gibt es den besten Bouteillenwein, die Ehefrau muss sich mit dem günstigen gemischten Satz in der preiswerten Zweiliterflasche begnügen.

»Wir könnten mal den Sauvignon blanc probieren«, schlägt Frau Traxler interessiert vor.

»Hast du eine Ahnung, was der kostet?«, entgegnet ihr Mann. »Wir nehmen den Doppler.«

Oliver nickt und geht in den Verkaufsraum, um die Flaschen zu holen.

»Was ist ein Doppler?«, fragt Arya neugierig.

»Wein in einer Zweiliterflasche«, erkläre ich ihr.

Sie denkt kurz darüber nach und sieht dann Herrn Traxler fragend an. »Haben Sie so viel Durst?«

»Bei der Frau schon«, murmelt er.

»Hier, bitte schön.« Oliver kommt mit den drei Flaschen aus dem Verkaufsraum. Mit Herrn Traxlers Hilfe verstaut er diese im Kofferraum des Kombis. Es braucht drei Versuche, bis sich der Deckel des Kofferraums schließen lässt. Ich frage mich, wer älter ist. Seine Freundin oder dieses Auto.

Kurz darauf verabschiedet sich das Ehepaar und fährt davon.

»Was für ein …« Ich beiße mir auf die Zunge.

Arya sieht mich mit großen Augen an, als hoffe sie, dass ich ein richtig schlimmes Schimpfwort ausspreche.

Gut, dass ich mich zurückhalten konnte, denn plötzlich spaziert Bianca in die Einfahrt. Als sie Arya sieht, breitet sie die Arme weit aus: »Gott sei Dank! Ihr lebt noch.«

»Mama!« Arya fällt ihr fröhlich um den Hals.

Noch kann ich nicht erkennen, ob Biancas Vorhaben, Thomas nachzuspionieren, gut gelaufen ist. Ihre Augen sind zumindest nicht gerötet und verquollen. Ein gutes Zeichen?

»Sag bloß, du hattest Angst, ich würde sie verhungern lassen«, sage ich ein wenig gekränkt. Was in vierundzwanzig Stunden nicht einmal ich schaffen würde.

Bianca lächelt über meinen Kommentar. »Das verstehst du nicht. Als Mutter sorgt man sich einfach immer, wenn man die Kinder jemandem anvertraut.«

Ich nicke, als würde ich es verstehen. Tue ich aber nicht. Schließlich hat sie mir Arya und Sheldon regelrecht aufgedrängt. Abgesehen davon ist da eine große Kluft zwischen verantwortungsvoller Aufsicht fremder Kinder und dem Tod. Auch wenn ich keine Pädagogin bin, weiß ich, dass ich sie nicht mit Benzin und Feuer spielen lassen soll.

Erst recht nicht diese beiden.

»Wo steckt Sheldon?«, fragt Bianca, als würde sie erst jetzt bemerken, dass er nicht da ist.

»Arya, hol doch mal deinen Bruder, damit deine Mutter sieht, dass auch er noch lebt«, sage ich vorwurfsvoll.

Das Mädchen rennt los.

»Und bringt gleich eure Sachen mit«, ruft Bianca ihr nach.

»Wie ist es denn gelaufen?«

Endlich entspannt sich Biancas Gesichtsausdruck. »Er betrügt mich nicht«, sagt sie glückselig. »Im Gegenteil. Er ist so unzufrieden mit seinem Job, dass er schon seit Wochen nach einer neuen Stelle sucht. Und er hat sich zu Hause nur deshalb so eigenartig verhalten, weil er sich nicht getraut hat, mir das zu sagen.«

Ich runzle verwundert die Stirn. »Warum das denn?«

»Weil er in einer anderen Firma weniger verdienen würde«, erklärt meine Freundin. Dennoch klingt sie erleichtert. »Dafür wäre er an den Wochenenden bei uns. Das ist doch toll.«

Ich nicke zustimmend. Finanzielle Sorgen müssen sich die beiden bestimmt nicht machen. Und dass Thomas mehr Zeit für Bianca und die Kinder hat, wird ihnen allen guttun.

»Und bei dir läuft alles?«, fragt Bianca und sieht ein paarmal zwischen Oliver und mir hin und her. Vermutlich glaubt sie, dass da mehr zwischen uns ist.

Ich nicke wortlos.

»Und weißt du schon, was du nach dem hier machen wirst?«

Ich zögere mit der Antwort. Eigentlich will ich das Thema nicht vor Oliver besprechen. Auch wenn es keinen richtigen Grund dafür gibt. Schließlich weiß er, dass meine Zeit hier begrenzt ist und ich auch danach ein Dach über dem Kopf und etwas zu essen brauche.

»Ich habe einige Bewerbungen verschickt«, antworte ich knapp.

Ich spüre Olivers Blick, kann ihn aber nicht deuten. Dafür müsste ich ihn schon ansehen.

»Halt mich auf dem Laufenden«, sagt sie. »Du kannst natürlich jederzeit bei uns unterkommen.«

Ich nicke ihr dankend zu, auch wenn ich weiß, dass es nur für kurze Zeit wäre. Erst recht, wenn Thomas fortan mehr zu Hause sein wird. So groß ist ihre Wohnung auch wieder nicht.

Arya und Sheldon kommen mit ihren kleinen Reisetaschen aus dem Haus gelaufen. Sheldon begrüßt seine Mama mit vielen Küsschen.

»Dann wollen wir mal heimfahren«, sagt Bianca zufrieden. »Danke, dass du auf die beiden aufgepasst hast.«

»Keine Ursache«, antworte ich, auch wenn der Zeitpunkt wegen der Hochzeit ein wenig unpassend war.

Sie verabschieden sich, und Arya verspricht, dass sie wieder vorbeikommt. Es freut mich, dass sie hier so viel Spaß hatte.

Als sie in Richtung Parkplatz verschwunden sind, wende ich mich Oliver zu. Ich erwarte, dass er etwas zu den Bewerbungen sagt. Vielleicht einen zynischen Kommentar. Oder doch ein Angebot, dass ich länger hierbleiben kann. Aber nichts davon ist zu hören.

»War cool mit den Kids«, sagt er stattdessen.

Ich stimme ihm schnell zu.

Wir starren einander wortlos an. Keiner bringt das Thema zur Sprache. Es ist wie ein Spielball, den wir uns gegenseitig zuwerfen wollen.

»Sie ist ja immer noch hier.«

Automatisch treten wir einen Schritt auseinander, als hätte der Blitz zwischen uns eingeschlagen.

Viktoria steht in der Einfahrt und sieht uns, eine Hand in die Hüfte gestemmt, an.

Ist heute Tag der offenen Tür?

Ich räuspere mich verlegen, und Oliver seufzt leise.

Dann kommt Viktoria näher. In der freien Hand hält sie eine Mappe. »Die Unterlagen für die Umsatzsteuervoranmeldung«, erklärt sie und drückt Oliver die Mappe unsanft gegen die Brust. »Es wird Zeit, dass ihr euch selbst darum kümmert.« Ihr Blick gleitet zu mir. »Vielleicht kann dir ja deine neue Freundin dabei helfen.«

»Ja, kann ich«, sage ich nur und hebe mein Kinn. Es ist zwar schon eine Weile her, seit ich das zuletzt getan habe, aber theoretisch weiß ich, wie es geht. In der Anfangszeit bei der Agentur *Gut und Böse* habe ich das auch gemacht. Erst als wir uns einen Steuerberater geleistet haben, musste ich die Unterlagen nur noch vorbereiten.

»Dann viel Vergnügen!«, blafft sie mich an.

»Musst du immer eine Szene machen?«, fragt Oliver, offensichtlich genervt. »Jedes Mal, wenn du kommst, verbreitest du eine Stimmung, die einfach nur ätzend ist.«

Überrascht sehe ich auf. Hat er das eben wirklich gesagt? So kenne ich ihn gar nicht.

»An Mona brauchst du es jedenfalls nicht auszulassen«, fährt er fort, und mein Herz macht einen kleinen Hüpfer. »Nur, weil du noch immer sauer auf mich bist.«

Ich muss gestehen, es gefällt mir, dass er mich vor seiner Exfreundin in Schutz nimmt. Ich kann mich nicht erinnern, dass das schon jemals ein Mann für mich getan hat. Es fühlt sich gut an.

»Tu nicht so scheinheilig«, entgegnet Viktoria unbeeindruckt. »Du warst es doch, der damals einfach abgehauen ist. Kein einziges Mal hast du dich gemeldet. Hast mich einfach hier sitzenlassen.« Sie sieht kurz zu mir herüber, wendet sich dann aber wieder Oliver zu. »Und jetzt kommst du zurück und tust, als wäre nichts gewesen.«

Ich bemerke, wie Oliver bei diesen Worten ein wenig zusammensackt.

»Unsere Beziehung war schon damals an einem Punkt, an dem wir beide wussten, dass es so nicht weitergehen kann«, erwidert er ruhig.

Ich fühle mich wie das fünfte Rad am Wagen, doch ich werde einen Teufel tun und die beiden allein lassen.

»Dann hättest du wenigstens richtig Schluss gemacht«, entgegnet Viktoria trocken. »Statt fünf Jahre später mit einer Neuen aufzukreuzen.«

Ich könnte ihr erklären, dass zwischen Oliver und mir nichts ist. Also zumindest war da nichts, als er mich hierhergebracht hat. Und jetzt ist da immer noch zu wenig, als dass sie ihm Vorwürfe machen könnte.

Da war nur ein Kuss.

Vielleicht ein paar schöne Momente.

Intensiver Augenkontakt.

Abgesehen davon hat sie ein Verhältnis mit Adrian. Eines, das sie vor allen anderen geheim hält.

»Du bist ernsthaft beleidigt, weil ich Mona mitgebracht habe?« Oliver schüttelt den Kopf. Er lacht
kurz auf, wirkt aber keinesfalls amüsiert. »Nach über
fünf Jahren? Dachtest du etwa, wir wären noch ein
Paar?«

Viktoria verzieht beleidigt das Gesicht. »Wir hätten wenigstens über alles sprechen können«, sagt sie
mit einer Mischung aus Enttäuschung und ein wenig
Hoffnung.

Ich schnappe nach Luft, doch Oliver streckt seinen
Arm aus, als müsste er mich zurückhalten, damit ich
mich nicht auf Viktoria stürze. Oder mich einmische.

»Vielleicht ist es wirklich besser, wenn du von jetzt
an bei uns keine Verpflichtungen mehr hast«, sagt Oliver. »Es wäre dir gegenüber eine Zumutung, wenn du
dich gezwungen fühlst, weiterhin hierherzukommen.«

Viktoria – und auch mir – steht der Mund offen.

Oliver meint das nicht böse, da bin ich mir sicher.
Er will ihr wirklich entgegenkommen. Sie von einer
Belastung befreien.

»Ich kann dich auch gern aus dem Leseplan austra-
gen, wenn dir das lieber ist.«

Viktoria hätte bei der Lese mithelfen sollen? Trotz
ihrer harschen Art uns gegenüber? Sie hängt noch
mehr in dem Betrieb mit drin, als mir bewusst war.

»Das mache ich gern«, sagt sie ruhig. Sie bemüht
sich um ein Lächeln, auch wenn es traurig wirkt. Als
würde sie einsehen, dass sie Oliver für immer verloren
hat. »Morgen geht's los?«

Oliver nickt.

»Dann werde ich pünktlich da sein.« Das Lächeln

verblasst. Dann nickt sie uns noch einmal zu und verlässt ohne ein weiteres Wort den Hof.

Schweigend sehen wir ihr nach. Oliver holt tief Luft und stößt einen lauten Seufzer aus.

»Ich bin mir nicht sicher, ob das jetzt ein positives oder negatives Ende genommen hat.« Er sieht zu mir.

Ich weiß nicht, wie ich darauf reagieren soll.

»Vielleicht ist jetzt endlich Ruhe«, sagt er leise. »Oder wir haben eine Naturkatastrophe losgetreten.«

* * *

Oliver hat die Führung unserer Scheibtruhe übernommen. In seiner Reihe steht auch der Traktor mit dem Anhänger, darauf jene grünen Boxen, in welche wir die geernteten Trauben füllen.

Wir bewegen uns synchron vorwärts. Schritt für Schritt. Er schneidet die Trauben auf seiner Seite, ich die auf meiner. Dabei lassen wir sie direkt in die Scheibtruhe, die unter den jeweiligen Reben platziert wird, fallen. Wieder einmal ist sie schnell voll geworden.

Die prallen violett-roten Beeren sehen zum Anbeißen aus. Ich habe schon einige probiert, und abgesehen von den zwei bitteren Kernen, die in jeder Beere stecken, schmecken sie fruchtig gut. Auch wenn es keine Speisetrauben sind. Später soll der bei den Gästen beliebte Zweigelt daraus werden.

»Warte noch!« Ich schiebe ein paar Blätter weg, um an den Stängel der Traube zu gelangen, die noch an diesem Weinstock hängt. Die Schere ist messerscharf. Nicht nur einmal hat Oliver mich daran erinnert aufzupassen. Ich lasse die Rispe in die Wanne zu den anderen fallen. »Geht schon.«

Oliver fährt die Scheibtruhe zu seiner Seite hinaus und stellt sie zwischen den nächsten Weinstöcken unter das Blätterwerk.

Der Wind ist lebhaft und schickt seine Böen durch die Reihen des Weingartens. Gelegentlich kämpft sich die Sonne zwischen den Wolken hindurch und wärmt uns mit ihren herbstlichen Strahlen.

In der Reihe hinter Oliver arbeiten Viktoria und Adrian zusammen. Sie sind schneller als wir, was vermutlich daran liegt, dass sie mehr Routine haben. Ich habe die beiden beobachtet, um zu sehen, wie sie sich verhalten. Gibt es nette Worte, Flirts oder Neckereien? Doch die meiste Zeit sprechen sie kaum ein Wort miteinander. Im Gegensatz zu Fredi und Doris in der nächsten Reihe, die über die Lese der letzten Jahre plaudern und damit auch alle anderen unterhalten.

Nach diesem Weinstock entleert Oliver die Scheibtruhe in den Anhänger des Traktors. Dafür fährt er eine Rampe hoch und kippt die Wanne in eine der großen grünen Boxen. Immer, wenn wir zu nahe an den Traktor geraten, fährt Fredi ihn ein Stück weiter.

»Das ist einer meiner Lieblingshänge«, sagt Oliver, als er zurückkommt.

»Warum?«, frage ich und denke an den Fußmarsch, den wir machen mussten, um hierherzugelangen. Ich vermute, wir haben kein Auto genommen, weil unsere Schuhe von der feuchten Erde im Weingarten ziemlich dreckig werden und niemand wollte, dass wir damit später in den Wagen steigen.

»Er ist nicht so steil und so lang«, erklärt Oliver.

»Dafür sind es fünfzehn Reihen, und wir müssen jedes Mal rauf und runter«, entgegne ich. Nach dem dritten Mal finde ich das richtig anstrengend.

»Dafür hast du das Ende in Sicht«, erklärt er und schneidet gekonnt die Rispen heraus. »Andere Weingärten sind endlos lang, machen eine Kurve und führen über einen Hügel. Da arbeitest du den halben Tag und kannst das Ende immer noch nicht sehen. Das ist frustrierend.«

Ich verstehe, was er meint, und erinnere mich an die grüne Lese mit Adrian. Ich weiß sogar, welchen Weingarten er meint.

* * *

Nach vier Stunden ist die Zweigelt-Lese an diesem Hang fertig. Obwohl ich erschöpft und hungrig bin, ist die Zeit schneller vergangen, als ich gedacht hatte.

Es ist kurz nach zwölf Uhr, und die Sonne steht hoch über uns, was uns trotz des Windes zum Schwitzen gebracht hat.

Sehnsüchtig marschieren wir den Weg zum Weingut Feeberger zurück, wo ein stärkendes Mittagessen auf uns wartet, das Lore und Nina in der Zwischenzeit zubereitet haben.

Der Weg kommt mir jetzt nicht mehr so lang vor. Nach einer Viertelstunde erreichen wir den Hof. Auf der Terrasse wurde der Tisch schon eingedeckt, und tiefe Teller stehen bereit. Lore bringt sogleich Getränke, als sie uns sieht. Wein und Sodawasser, die von den Männern zu Spritzer gemischt werden. Ich bleibe bei Wasser.

»Greift zu, meine Lieben«, sagt Lore und stellt einen riesigen Topf in die Mitte des Tisches.

Fredi greift als Erster zu dem Schöpfer und lädt sich eine großzügige Portion des Herbstgulaschs auf seinen Teller. Anschließend macht der Schöpfer die Runde.

Das Essen sieht fantastisch aus. Beim Anblick des sämigen Gulaschs mit den Kürbisstücken und den klein geschnittenen Schwammerln läuft mir das Wasser im Mund zusammen. Nina reicht uns einen Korb mit frischen Kaisersemmeln.

In den nächsten Minuten ist das Klappern des Bestecks das Einzige, was zu hören ist. Und ein zufriedenes Schmatzen.

»Und wie war es?«, fragt Lore, als Fredi sich erneut nehmen will. Offenbar wollte sie warten, bis der erste, große Hunger gestillt ist.

»Das wird ein guter Jahrgang«, sagt Fredi überzeugt. »Sowohl die Qualität als auch die Menge stimmen.«

Lore sieht zufrieden zu dem Traktor, der mitten im Hof steht. »Sehr schön.«

Die Teller und die Henkelgläser werden neu gefüllt. Lore schenkt Wein und Wasser nach. Nach dem Essen sitzen wir noch eine Weile zusammen und plaudern gemütlich miteinander. Über die bevorstehenden Lesetage, das Wetter und allerlei anderes, das mit dem Wein nichts zu tun hat.

Dann machen sich Oliver, Fredi und Adrian auf den Weg, um die geernteten Trauben weiterzuverarbeiten.

Ich dachte, wir könnten uns den restlichen Tag ausruhen, doch offenbar ist erst die halbe Arbeit getan.

Vor der Halle, wo gestern noch die Tische und Bänke
für die Gäste des Buschenschanks standen, macht sich
jetzt ein Gabelstapler breit, mit dem Fredi die Kisten
voller Trauben vom Anhänger herunterhebt.

Oliver schiebt indes das Tor zur Halle auf, und eine
riesige Maschine, die, wie auch der Tank daneben, aus
Edelstahl ist, kommt zum Vorschein. In den Tanks
wird der Wein aufbewahrt, das weiß ich bereits.

Es dauert eine Weile, bis alles vorbereitet ist und die
drei loslegen können. Mit einem dicken Schlauch werden der untere Teil der Maschine und der Tank miteinander verbunden. Es sind routinierte Handgriffe, auch
bei Oliver, obwohl er seit fünf Jahren bei keiner Lese
mehr geholfen hat.

»Ich muss jetzt los«, sagt Viktoria und steht auf.

»Alles in Ordnung?«, fragt Doris besorgt. »Du
siehst heute etwas blass aus.«

»Ja, ja«, wiegelt Viktoria ab. »Ich bin nur müde.«

Nachdem Lore sich für ihre Hilfe bedankt hat und
wir uns voneinander verabschiedet haben, verlässt
Viktoria den Hof.

Auch Doris lässt uns kurz darauf allein. Sie will
noch duschen, ehe sie mit Leonie ein paar Besorgungen für die Schule machen muss.

»Dann kümmere ich mich mal um die Unordnung
in der Küche«, sagt Lore lächelnd.

»Soll ich dir helfen?«, schlage ich schnell vor.

»Nicht doch.« Sie drückt mich sanft auf die Bank
zurück. »Du hast eine Pause verdient.«

Nina und ich bleiben auf der Terrasse und beobachten die Männer, wie sie die Kisten mit dem Stapler über die Maschine heben und die Trauben in den Trog leeren. Dort werden die Traubenkämme entfernt und die Beeren gequetscht, damit der Saft austritt. Anschließend fallen sie in einen Behälter, wo eine Spindel die Maische durch den Schlauch in den Edelstahltank befördert. So erklärt Nina es mir.

Jeder Handgriff sitzt. Die Männer sind ein eingespieltes Team.

»Als hätten die letzten fünf Jahre nicht existiert«, sagt Nina gedankenverloren.

Mit einem leisen Summen stimme ich ihr zu.

Dann wendet sie sich mir zu. Ihre dunkelbraunen Augen sehen mich an. »Hannes hat angerufen«, sagt sie unvermittelt.

Ich bin überrascht, aber ich weiß, dass sie den Kontakt in den vergangenen Wochen aufrechterhalten haben. Sie hat mir allerdings nicht verraten, wie oft sie miteinander telefonieren.

»Er ist in drei Wochen zu einem Galadinner eingeladen und hat mich gebeten, ihn zu begleiten.«

Ich grinse. »Das klingt ja toll.«

Sie zuckt mit den Schultern.

»Was ist?«

»Ich bin mir nicht sicher, ob ich hingehen soll«, erklärt sie und klopft auf die Räder ihres Rollstuhls. »Oder besser gesagt fahren.«

»Klar gehst du hin«, sage ich, ohne eine Widerrede zuzulassen. »Hannes ist ein netter Kerl. Diese Chance solltest du dir nicht entgehen lassen.«

Nina lächelt verlegen. »Vielleicht will er eben nur nett sein.«

»Der ist nicht einfach nur nett«, entgegne ich. »Ich habe ihn gesehen. Er ist total fasziniert von dir.«

Ninas Wangen werden ganz rot. »Meinst du?«

»Bestimmt!«

Das Lächeln auf ihrem hübsch geschwungenen Mund erinnert mich manchmal an Oliver. Ich kann mir vorstellen, dass es für sie nicht einfach ist, sich einem Mann zu öffnen. Der Alltag mit einer Rollstuhlfahrerin bringt viele Schwierigkeiten mit sich, das konnte ich in meiner Zeit hier lernen. Aber das ist kein Grund, sich deshalb von der Welt abzuschotten und sich nicht auf die Liebe einzulassen.

Mal abgesehen davon, dass Nina trotz ihrer Einschränkung erstaunlich selbstständig und lebensfroh ist.

Sie sieht mich einige Sekunden schweigend an, ehe sie nickt. »Also gut, ich werde hingehen.«

»Unbedingt«, bekräftige ich.

»Und vielleicht das grüne Dirndl anziehen?«

Jetzt nicke ich ebenfalls – zustimmend.

Nina grinst zufrieden, als wäre meine Unterstützung der kleine Schubs gewesen, den sie noch gebraucht hat, um sich das zuzutrauen. »Ich hole mir etwas zu trinken«, sagt sie und klemmt ihr leeres Glas zwischen die Knie. Damit rollt sie in die Küche und lässt mich für einen Augenblick allein.

Ich sehe wieder zur Halle hinüber, wo die Männer den restlichen Inhalt der Kisten verarbeiten und in den Edelstahltank pumpen. Oliver steht auf einer Leiter, um einen Blick in den Trog werfen zu können. Er dirigiert seinen Großvater, der den Stapler fährt und in schwindelerregender Höhe so dreht, dass die Ernte in die Presse fällt.

Plötzlich sieht Oliver hoch, und unsere Blicke treffen sich. Mein Herz macht einen kleinen Stolperer, als er mich aus der Entfernung anlächelt. Er sieht richtig gut aus. Sogar in dem verschwitzten und leicht fleckigen Shirt und den verwaschenen Jeans.

O Mann, was hat er nur mit mir gemacht?

»Mona!« Nina klingt so verzweifelt und verängstigt, dass ich sofort aufspringe und in die Küche laufe. Dort sehe ich, was los ist.

Lore sitzt schwer atmend am Boden, mit dem Rücken an einen Küchenschrank gelehnt.

Ich sinke neben ihr in die Knie. »Soll ich einen Arzt rufen?«, frage ich und greife nach ihrer Hand.

Schnell schüttelt Lore den Kopf. »Mir geht es gut«, sagt sie, auch wenn es nicht so aussieht. »Mir wurde nur kurz schwindlig.«

Ich bringe ihr ein Glas Wasser und achte darauf, dass sie es austrinkt.

»Ich möchte mich gern hinlegen«, sagt sie, als sie mir das leere Glas zurückreicht. »Ich habe mich heute wohl übernommen und vergessen, ausreichend zu trinken.«

Mir ist bewusst, dass das nur eine Ausrede ist. Ihr Zustand verschlechtert sich von Tag zu Tag. Auch wenn es den anderen noch nicht aufgefallen ist, wird Lores Gesicht immer schmaler und blasser. Ihre Schultern hängen tiefer, und sie hat nicht mehr die kraftvolle Ausstrahlung, die ich bei meiner Ankunft am Hof gespürt habe.

»Soll ich Oliver holen?«, fragt Nina mit zitternder Stimme.

»Nein, ist gut«, antworte ich schnell. »Das schaffen wir schon.«

Mit aller Kraft ziehe ich Lore vom Boden hoch. Ich bemerke, wie sie sich anstrengen muss, um wieder auf die Beine zu kommen.

Langsam gehen wir von der Küche aus durch den Flur ins Wohnzimmer. Über der Couch liegt ein weinroter Überwurf. Vorsichtig setze ich Lore darauf und helfe ihr, eine angenehme Position einzunehmen.

Nina steht mit dem Rollstuhl in der Tür und beobachtet uns.

»Ich werde später noch einmal nach dir sehen«, sage ich.

Lore hält mich an der Hand fest und zieht mich zu sich herunter. »Kein Wort zu Oliver«, flüstert sie.

Ich nicke.

Dann gehe ich mit Nina zurück in die Küche.

Während ich die Teller und das Besteck in den Geschirrspüler stecke, starrt sie mich an. Ich weiß, dass sie ziemlich erschrocken ist.

»Deine Oma ist ständig auf den Beinen«, sage ich und versuche, dabei so entspannt wie möglich zu klingen. »Aber sie ist in einem Alter, wo sie sich zwischendurch auch Ruhepausen gönnen darf.«

Als ich Nina ansehe, nickt sie leicht.

»Mach dir keine Sorgen. Wenn es ihr später nicht besser geht, lassen wir einen Arzt kommen.«

Nina nickt erneut und rollt nach draußen auf die Terrasse.

Ich stoße einen schweren Seufzer aus.

Das kann kein gutes Ende nehmen.

* * *

Als wir am Donnerstag nach der Lese auf das Weingut zurückkommen, atme ich erleichtert durch. Es ist der dritte und letzte Lesetag in dieser Woche. Morgen dreht sich alles wieder um den Buschenschank.

Obwohl die Zeit auf dem Feld meist schneller vergeht als gedacht und es mir erstaunlich gut gefällt, in der Natur zu arbeiten, stelle ich abends fest, wie anstrengend es ist. Vor allem, wenn man den ganzen Tag den herbstlichen Wetterbedingungen ausgesetzt ist. Wind, kühle Temperaturen und gelegentlich ein paar Regentropfen gehören im Herbst dazu.

Gestern waren nur Oliver, Doris, Fredi und ich unterwegs. Wegen eines kleinen Wetterumschwungs sind wir am Nachmittag ziemlich durchgefroren zurückgekommen.

Heute war das Wetter wieder besser. Zudem hatten wir Hilfe von Kristina und Viktoria sowie von einem alten Freund Fredis, der ebenfalls in Neustift wohnt. Weil der Weingarten weiter weg liegt, sind wir mit dem Auto hingefahren. Nur Viktoria, die am Morgen spät dran war, ist mit Fredi im Traktor nachgekommen.

Die beiden sind noch unterwegs, als wir schon auf der Terrasse sitzen. Lore reicht uns Schnitzel und Erdäpfelsalat.

»Sollen wir warten?«, fragt Kristina.

»Ich hole mir eine Weste.« Doris läuft über den Hof zum alten Haus hinüber. Sie hat recht, beim Sitzen im Freien wird es bereits ziemlich kühl.

»Brauchst du auch etwas?«, fragt Lore und legt mir die Hand auf die Schulter.

Ich winke ab und bedanke mich. Im Augenblick will ich einfach nur essen. Mindestens drei Schnitzel. Fredi und Oliver langen als Erste zu. Die frisch panierten und herausgebackenen Schnitzel sehen fantastisch aus. Gerade als ich mit meiner Gabel ein Schnitzel aufspießen will, knallt etwas auf meinen Teller.

Irritiert sehe ich auf eine Schachtel und dann in Doris' wütendes Gesicht. Die Hände hat sie in die Hüfte gestemmt. Die Weste hat sie offenbar vergessen.

»Kannst du mir das bitte erklären?«

Alle starren mich an.

Ich schaue mir die Schachtel genauer an und erkenne, dass sie zu einem Schwangerschaftstest gehört. Automatisch greife ich danach und stelle fest, dass die Packung leer ist.

»Ist nicht meiner«, sage ich.

»Dann muss er wohl Leonie gehören.« Offenbar hat Doris wohl mit dieser Antwort gerechnet.

Der Appetit vergeht mir so schnell, dass mir schwindelig wird.

»Du hast die beiden doch zusammengebracht«, fährt sie fort und lässt den Vorwurf anklingen, dass sie mir die Schuld dafür gibt.

Eiseskälte kriecht durch meinen Körper. Ich presse

meine zitternden Hände auf die Knie und spüre die Blicke der anderen auf mir.

Leonie soll einen Schwangerschaftstest gemacht haben?

Haben sie und Moritz etwa schon …? Wie lange ist diese Party jetzt her? Einen Monat?

O Gott, o Gott!

* * *

»Oliver, bitte! Du weißt, dass ich das nicht wollte.« Endlich hole ich ihn ein.

Von der Terrasse aus dringen Stimmen zu uns herüber.

Doris ist kurz vorm Durchdrehen. Am liebsten würde sie sofort in die Schule fahren und ihre Tochter zur Rede stellen. Die anderen können sie nur mit Mühe davon abhalten.

Dass Oliver einfach aufgesprungen und weggegangen ist, war ein Zeichen für mich, dass er mir die gleichen Vorwürfe macht wie Doris. Das Schnitzel hat er nicht angerührt.

»Was du wolltest oder nicht, das ist irrelevant«, zischt er, darauf bedacht, dass uns niemand hören kann. »Hast du eine Ahnung, was es für Doris bedeutet, wenn ihre sechzehnjährige Tochter schwanger ist?«

»Wir wissen doch noch gar nicht, ob der Test positiv war«, entgegne ich, wenn auch nicht sehr überzeugend. »Es war nur eine Verpackung.«

»Für Doris reicht das aus, um auszuflippen. Leonie

ist sechzehn!« Als ob ich das noch nicht kapiert hätte. »Ein Jahr jünger als Doris, als sie Leonie bekommen hat.«

»Vielleicht hat sie ihn ja für eine Freundin besorgt und die Packung liegen lassen.« Ich klammere mich an jeden greifbaren Strohhalm.

Oliver schnaubt. Er will gerade zu einer Antwort ansetzen, als uns das Geräusch des Traktors ablenkt. Tuckernd lenkt Fredi das Fahrzeug in Richtung Halle. Auf dem Seitenteil sitzt Viktoria, die irritiert zu Oliver und mir herübersieht. Als der Motor abgewürgt wird, ist es für einen Moment ruhig auf dem Hof. Sehr, sehr ruhig.

»Ich hoffe, ihr habt etwas übrig gelassen«, sagt Fredi, als er vom Traktor herunterklettert. Dann hilft er Viktoria beim Absteigen. Als er sich umdreht und die vielen angespannten Gesichter sieht, runzelt er die Stirn. »Warum schaut ihr denn alle so grantig?«

Keiner sagt etwas.

Ich kann mein Herz in der Brust hämmern hören. Als wollte es meine Rippen durchbrechen und flüchten, ehe noch mehr Vorwürfe auf mich herabprasseln.

»Leonie ist vielleicht schwanger«, erklärt Doris, als könnte sie es selbst noch nicht glauben. Ihr Gesicht ist fahl, als Lore ihr liebevoll den Arm um die Schultern legt.

»Was?« Viktoria tritt einen Schritt vor.

Doris hebt die Verpackung des Tests hoch. »Den hier habe ich im Bad gefunden.«

»Ach du Scheiße.« Viktoria schlägt sich die Hand auf den Mund. »Der gehört nicht Leonie«, murmelt sie, doch es scheint sie nicht jeder verstanden zu haben.

Ich schon.

»Was?«

»Das ist nicht Leonies Test«, erklärt Viktoria, nachdem sie die Hand wieder sinken lassen hat. »Es ist meiner.«

»Aber ...« Doris sieht sich um. »Aber er lag in unserem Bad.«

Viktoria nickt. »Ich habe ihn auf dem Weg hierher besorgt und noch schnell benutzt, ehe wir losgefahren sind. Auf die Verpackung habe ich ganz vergessen.«

Alle Blicke sind auf sie gerichtet.

In mir verebben die Schuldgefühle. Gott, was bin ich froh, dass Leonie nicht schwanger und der Test nicht von ihr ist.

Das Schweigen am Hof ist fast schon gespenstisch.

Dann sieht Fredi Viktoria von der Seite an.

»Und? Bist jetzt schwanger oder nicht?«

* * *

Als Leonie und Moritz am späten Nachmittag durch die Einfahrt spazieren, bin ich als Einzige noch hier. Lore hat sich zum Ausruhen hingelegt, und Nina liest in ihrem Zimmer ein Buch. Wohin es die anderen verschlagen hat, weiß ich nicht.

Ich jedenfalls halte die Stellung für den Ab-Hof-Verkauf. Es ist ein ruhiger Tag bislang.

Oliver und Fredi sind mit dem Pressen der Trauben längst fertig. Die leeren Kisten, in denen die

Früchte hergebracht wurden, stehen, nachdem sie mit dem Gartenschlauch ausgespritzt wurden, zum Trocknen in der Sonne. Die Traubenpresse ist so weit in die Halle zurückgerückt worden, dass man nur noch das Tor zuschieben muss. Und obwohl alles aufgeräumt ist, wirkt es, als hätten alle die Flucht ergriffen.

Sie lassen sich nichts anmerken, doch ich bin sicher, Leonie und Moritz sind bis auf die letzten Meter noch Hand in Hand von der Bushaltestelle hierhergegangen. Eine Vorstellung, die mich bislang unbeeindruckt gelassen hat. Heute ist mir aber bewusst geworden, dass die beiden in einem Alter sind, in dem Händchenhalten und Küsse nicht mehr das Einzige sind, für das sie sich interessieren.

»Habt ihr einen Moment Zeit?«, rufe ich ihnen zu, ehe sie sich ins Haus verziehen. Vielleicht sogar zu zweit in ein Zimmer. Unbeobachtet, weil weder Doris noch Adrian hier sind.

Doris ist vermutlich auf dem Weg, um zu versuchen, die Anti-Baby-Pille für ihre Tochter zu besorgen. Oder einen maßgeschneiderten Keuschheitsgürtel. Vielleicht meldet sie Leonie auch im Kloster an.

Ich schüttle die Gedanken aus meinem Kopf.

Die Jugendlichen setzen sich mir gegenüber an den Tisch.

Ich hole noch einmal tief Luft. Was ich mir vorgenommen habe, ist mir etwas unangenehm. Ich weiß aber, dass ich nicht mehr ruhig schlafen kann, wenn ich das hier nicht hinter mich bringe.

»Wie war's in der Schule?«, frage ich und versuche,

gelassen zu wirken, was wegen meiner hohen Stimmlage gründlich schiefgeht.

Leonie und Moritz sehen sich skeptisch an.

Dann antworten sie wie aus einem Mund: »Gut.«

»Schön. Wirklich schön.« Ich lächle verlegen. Verdammt, wie komme ich nur auf den Punkt? Der Spritzer, den ich mir zuvor genehmigt habe, hätte mich doch lockerer machen sollen.

Ich räuspere mich.

»Wir alle wissen, dass es zwischen euch ganz schön gefunkt hat«, beginne ich und versuche, den misstrauischen Blick, den sie sich zuwerfen, zu ignorieren. »Und wir freuen uns auch wirklich mit euch. Ich denke aber, es ist an der Zeit, mal über Verhütung zu sprechen.«

»Nicht dein Ernst!« Moritz stöhnt.

Leonie schlägt sich die Hände vors Gesicht. Zwischen ihren Fingern erkenne ich, dass sie rot im Gesicht wird.

»Ich weiß, wie Kindermachen funktioniert«, murrt Moritz und steht auf.

Leonie sinkt auf die Tischplatte und legt die Hände über den Kopf.

»Der Clou ist zu wissen, wie man es verhindert«, erwidere ich und bedeute ihm, wieder Platz zu nehmen.

Er bleibt jedoch stehen und sieht auf mich herab, als wäre er nicht sicher, ob ich einen Scherz mache oder das tatsächlich ernst meine.

Es ist so ernst, dass ich am liebsten im Erdboden versinken würde. Jedoch fühle ich mich verantwortlich für die beiden. Vor allem, damit sie nur zu zweit bleiben.

»Ein solches Gespräch hatte ich vor vier Jahren schon«, motzt Moritz mich an, »mit meinem Vater.«

Ich verziehe das Gesicht.

»Er war vielleicht nicht gerade der Richtige dafür.«

* * *

»Da bist du also.« Ich setze mich neben Oliver auf den erdigen, stellenweise mit Unkraut bewachsenen Boden. Die Sonne ist längst hinter dem Horizont verschwunden, und ich spüre, wie es, für den Herbst üblich, rasch abkühlt. Instinktiv ziehe ich meine Jacke noch fester um mich.

Mit angewinkelten Knien sitzt Oliver mitten in dem Weingarten, der nicht weit weg vom Weingut liegt, in den Händen eine Weinflasche.

»Wie hast du mich gefunden?«, fragt er, ohne aufzusehen.

»Nina meinte, du bist früher immer hierhergekommen, wenn dich etwas bedrückt hat.« Dass ich dennoch geschlagene zwanzig Minuten gebraucht habe, um ihn zu finden, lasse ich unerwähnt.

Oliver brummt nur.

Ich greife nach der Weinflasche und hebe sie ein Stück hoch, um zu sehen, wie viel er bereits getrunken hat. Es ist nur noch ein Schlückchen darin.

»Wegen Viktoria?«, frage ich und koste von dem Wein. Ich verziehe leicht den Mund. Mit manchen Sorten werde ich mich wohl nie anfreunden. Ein Veltliner, wie ich dem Etikett entnehme.

»Ich hätte nie gedacht, dass sie ein Kind bekommt«,

erklärt Oliver, ohne mich anzusehen. »Ausgerechnet sie. Das war einer der Streitpunkte in unserer Beziehung. Ich wollte irgendwann einmal Kinder, sie auf gar keinen Fall.«

»Es ist viel Zeit vergangen«, wende ich ein. »In fünf Jahren kann man seine Meinung ändern.«

Oliver starrt mich an. »Adrian ist der Vater.«

»Ich weiß.«

»Adrian!« Er sagt das, als wäre es das Eigenartigste auf der Welt.

Vielleicht ist es auch ein wenig eigenartig. Er ist um einiges älter als sie. Und im Gegensatz zu der immer sehr korrekten und gut gekleideten Viktoria ist Adrian ... einfach Adrian. Ein chronisch grantiger Mechaniker.

Ich klopfe Oliver mitfühlend auf die Schulter.

»Sie hat mir die ganze Zeit Vorwürfe gemacht und mich in dem Glauben gelassen, sie wäre nicht über mich hinweg, und in Wirklichkeit hat sie etwas mit Adrian.« Olivers Atem riecht nach dem Wein, den er getrunken hat.

»Es ist ihr Leben«, sage ich. »Die beiden sind alt genug, um zu wissen, was sie tun.«

»Wissen sie eben nicht«, ruft Oliver. Ich habe ihn noch nie so aufgebracht gesehen. »Sonst hätten sie ja nicht so verdutzt geschaut, als die Schwangerschaft bestätigt worden ist.«

Was soll ich darauf sagen?

Weder Viktoria noch Adrian, der erst nach der Arbeit von der Schwangerschaft erfahren hat, machten den Eindruck, als wäre dies ein Wunschkind. Adrian ist der Vater eines fast Achtzehnjährigen. Dass er jetzt noch einmal Windeln wechseln und nachts aufstehen soll, hat ihn wohl kalt erwischt.

»Wenn ich es nicht besser wüsste, würde ich meinen, Viktoria wollte mir damit nur eins auswischen.«

»Das ist doch Unsinn«, entgegne ich und bezweifle, dass sie das tun würde. Welche Frau würde das?

Oliver murmelt etwas Unverständliches.

»Ich denke, die Probleme anderer sollten dich nicht so belasten«, sage ich. »Du wirst schon bald selbst eine große Entscheidung treffen müssen.«

Erwartungsvoll sehe ich ihn an. Ob er sich bereits entschieden hat? Und ob er es mir erzählen würde?

Doch Oliver zuckt nur belanglos mit den Schultern. »Ob ich verkaufe oder nicht, kann ich auch nächstes Jahr noch entscheiden. Käufer wird es immer geben.«

Ich nicke, weil er damit eigentlich recht hat. Aber eben nur eigentlich.

Denn es wird nicht bis nächstes Jahr dauern, bis Lore die Familie verlässt und Olivers Situation sich drastisch ändert. Ihr Tod wird einen großen Einfluss auf seine Entscheidung haben. Ich kann nur nicht abschätzen, in welche Richtung.

»Was sagt dein Bauchgefühl?«, frage ich vorsichtig. Immer, wenn dieses Thema zur Sprache kommt, ist es, als würde ich Oliver in die Flucht treiben. Dabei will ich das gar nicht. Ich wäre gern seine Vertraute. Denn manchmal denke ich, er hat niemanden, mit dem er sich offen darüber unterhalten kann.

Wieder zuckt er mit den Schultern, doch dieses Mal wirkt er ehrlich ratlos.

»Ich weiß nicht, ob ich diese Verantwortung übernehmen kann«, antwortet er leise.

Überrascht sehe ich ihn an. »Warum nicht?«

»Da hängt so viel dran. Nina, meine Großeltern und auch Doris und Adrian.«

Und jetzt auch Viktoria, denke ich und überlege, ob sie mit dem Kind wohl auch auf dem Weingut einziehen wird.

»Und sie alle unterstützen dich dabei. Ihr seid ein Team.«

Oliver schüttelt nachdrücklich den Kopf.

»Was, wenn wieder etwas passiert und ich weggehen muss?«

Ich erkenne den traurigen Blick in seinen Augen. Sorgenvoll und bitter.

»So wie vor fünf Jahren.«

Olivers Augen sind ganz glasig. Nicht vom Alkohol, sondern von Tränen. Mein Herz setzt einen Schlag lang aus.

Am liebsten würde ich ihn in den Arm nehmen, doch ich weiß nicht, ob ich das darf. Ob er das will.

»Was ist vor fünf Jahren passiert?«, frage ich mit zitternder Stimme. Erstmals kommt mir der Gedanke, dass ich die Geschichte vielleicht nicht so leicht verkraften werde. Ich war immer neugierig darauf, alles zu erfahren, aber jetzt habe ich Angst davor.

Oliver starrt zu Boden. Eine Weile sagt er nichts. Die Weinflasche hält er zwischen seinen zitternden Fingern.

Ich greife danach und nehme sie ihm aus der Hand, ehe sie zu Boden fällt. Vorsichtig lehne ich sie an einen

Weinstock neben mir. Die Kälte, die uns umhüllt, ignoriere ich, so gut es geht. Sie ist jetzt nicht wichtig.

Endlich öffnet Oliver den Mund. »Einmal im Monat sind meine Eltern, Nina und ich ins Kino gegangen. Es war eine Art Tradition. Die meisten Filme haben mich allerdings nicht interessiert, weil Nina sich immer durchgesetzt hat und auswählen durfte. Dennoch hatten wir jedes Mal viel Spaß.«

Er macht eine kurze Pause. Ich bewege mich nicht, weil ich nichts tun will, das ihn vom Weitersprechen abhält. Auch wenn ich gern meine Hand auf seine legen würde. Einfach, damit er weiß, dass ich für ihn da bin. Damit er weiß, dass ich ihm zuhöre.

»Dann war ich mit Viktoria zusammen, aber es ist nicht so gut gelaufen. Wir haben ständig gestritten und wussten beide, dass es bald aus ist. Meine Eltern hätten uns gern zusammen gesehen. Es hätte sie gefreut, wenn wir eines Tages das Weingut übernehmen.« Oliver lacht auf, wenn auch traurig. »Ich hatte alles einfach nur satt.«

Gern hätte ich seine und Ninas Eltern kennengelernt. Sie müssen großartig gewesen sein, wenn sie zwei so wunderbare Kinder in die Welt gesetzt haben. Zwei fleißige und liebevolle Menschen, die mir in den letzten Wochen mehr ans Herz gewachsen sind, als ich zu hoffen gewagt hatte. Der Abschied wird mir umso schwerer fallen.

»An diesem monatlichen Kinoabend wollte ich lieber auf die Party eines Freundes gehen. Ich bin einfach abgehauen, weil ich dachte, ich könnte endlich mal einen Abend abschalten. Dann tauchte Viktoria dort auf, hat eine Szene gemacht, und ich bin irgendwie ausgetickt. Um kurz nach zehn war ich ziemlich betrunken. So sehr, dass ich meine Eltern angerufen habe, um sie zu bitten, mich nach ihrem Kinobesuch abzuholen.«

Ich schließe die Augen und wünschte, die Geschichte würde ein anderes Ende nehmen, als mir bereits bekannt ist. Das wird sie aber nicht.

»Es hat an dem Abend geregnet. Ein entgegenkommendes Auto ist auf ihre Fahrbahn geschlittert. Mein Dad wollte ausweichen und ist gegen einen Baum geprallt.«

Seine Stimme zittert, als er die Worte ausspricht.

Ich lege meinen Arm um seine Schultern. Unsere Körper beben.

»Meine Eltern waren sofort tot, und Nina …« Er stockt und fasst sich mit Daumen und Zeigefinger an die Nasenwurzel, als könnte er es verhindern zu weinen. »Wegen mir sitzt sie im Rollstuhl.«

Mein Kopf wird so schwer, dass er auf Olivers Schulter sinkt. Tränen lösen sich aus meinen Augenwinkeln.

Zum ersten Mal verstehe ich, warum Oliver sich Nina gegenüber so distanziert verhält. Ich dachte, er würde ihr Vorwürfe machen. Dabei macht er sich diese selbst. Er hält sich für schuldig an Ninas Querschnittlähmung.

Ich schüttle den Kopf.

»Du darfst dir keine Vorwürfe machen«, sage ich mit dünner Stimme. »Es war ein Unfall.«

»Wäre ich nicht …«

»Nein!«, unterbreche ich Oliver, ehe er weitersprechen kann.

»Es ist nicht deine Schuld!«, sage ich entschlossen, hebe den Kopf und warte, bis er mich ansieht.

»Was passiert ist, ist furchtbar tragisch. Für euch alle. Aber du darfst nicht zulassen, dass dich diese Schuldgefühle auffressen.« Ich lege meinen zweiten Arm um ihn und ziehe ihn näher zu mir.

Oliver wehrt sich nicht. Er lässt sich schwer gegen mich sinken, und ich kann nur mit viel Kraftaufwand dagegenhalten. Dennoch habe ich nicht vor, ihn loszulassen.

Jetzt verstehe ich auch, warum er vor fünf Jahren das Weingut verlassen hat. Auch wenn ich vermutlich anders gehandelt hätte, gibt es keinen Grund, ihm deshalb Vorwürfe zu machen. Weder wegen des Unfalls noch wegen seines Verschwindens.

»Es war nicht leicht, damals die Kraft zu haben hierzubleiben«, sage ich. »Aber umso stärker ist es, dass du zurückgekommen bist.«

An Olivers Reaktion – wie sein Körper sich leicht entspannt – erkenne ich, dass er den Sinn meiner Worte verstanden hat.

*** Sturm ***

Wenn der gepresste Traubensaft, auch Most genannt, seine alkoholische Gärung beginnt, entsteht der Sturm. Durch den starken Zuckergehalt und die sich bildende Kohlensäure ist der Sturm sehr süffig und spritzig.

Durch die schnell fortschreitende Gärung ist er nur wenige Tage lagerfähig und muss zudem kühl und nicht luftdicht verschlossen gelagert werden, da das Gefäß sonst bersten kann.

Am Ende seiner Gärung wird der ungefilterte Wein als Staubiger bezeichnet.

Auch wenn nicht geklärt ist, woher diese Tradition stammt, sagt man beim Anstoßen mit Sturm nicht »Prost« sondern »Mahlzeit«.

»Wartets noch kurz!« Fredi steigt auf den Traktor und holt eine Flasche sowie einige Plastikbecher hervor.

Eigentlich ist mir schon viel zu kalt, und ich will endlich zurück zum Weingut. Mich aufwärmen, etwas essen und genießen, dass die Lese beendet ist. Mal abgesehen von den zwei Reihen, die für den Eiswein ausgespart wurden. Dieser wird erst im Winter gelesen, bei mindestens minus sieben Grad Celsius. So hat Oliver es mir erklärt.

Auch wenn es sich jetzt anfühlt, als hätten wir Minusgrade, ist es eigentlich normal kalt für Ende Oktober.

»Den wollte ich euch anlässlich unseres letzten Lesetags kosten lassen.« Fredi reicht jedem einen Becher und schenkt ein. Die Flasche ist unverschlossen, und der Inhalt erinnert nicht an Wein, sondern eher an einen naturtrüben Saft.

»Ich liebe den Sturm«, sagt Doris und riecht an dem Getränk. Ihre Nase ist von der Kälte ganz rot, und sie sieht aus, als würde ihr ein heißer Tee jetzt ebenso guttun wie mir.

»Sturm?«, frage ich und sehe Oliver an.

»Hast du schon einmal einen getrunken?«

Ich schüttle den Kopf.

»Aus unseren Muskatellertrauben«, erklärt Fredi und stellt die leere Flasche ab. Er hebt seinen Becher, und wir alle tun es ihm gleich. »Mahlzeit.«

»Mahlzeit.«

Ich sehe irritiert zu Oliver.

»Bei Sturm sagt man Mahlzeit«, erklärt er mir und trinkt.

»Warum?«, will ich neugierig wissen.

Doch Oliver zuckt nur mit den Schultern.

Also nehme ich ebenfalls einen Schluck und bin erstaunt, wie gut dieser Sturm schmeckt. Sehr süß und leicht prickelnd. Gar nicht nach Wein, sondern nach leicht gärendem Traubensaft. Köstlich.

»Trink nicht zu viel«, sagt Oliver, als ich noch einmal ansetze. Die anderen unterhalten sich über das Ende der Lese. »Du weißt nicht, wie du den verträgst. Abgesehen davon, darf man den Alkoholgehalt nicht unterschätzen, nur weil er noch so süß schmeckt.«

»Machst du dir Sorgen, dass ich von einem Becher betrunken werden kann?«, frage ich lachend.

Oliver schüttelt den Kopf. »Ich mache mir Sorgen, dass du danach nicht mehr vom Klo runterkommst.«

Ich höre Doris an meiner Seite kichern. Sie stupst mich mit den Ellenbogen sanft an. »Er hat recht. Bei Sturm sollte man erst probieren, wie man ihn verträgt.«

Ich gebe Fredi den Becher, der ihn dankend annimmt.

»Den gibt es immer nur für sehr kurze Zeit«, erklärt Oliver, als sein Großvater mit Doris und Adrian im Auto davonfährt. »Deshalb freuen sich alle so sehr darauf.« Er klettert auf den Traktor und reicht mir dann die Hand, um mir hinaufzuhelfen.

Heute fahren wir mit dem Traktor zurück. Ich sitze am Sozius über dem Reifen und halte mich an dem dafür angebrachten Griff fest.

Oliver startet den Motor, und wir tuckern den Weingarten hinunter bis zur Straße. Bei jeder kleinen

Unebenheit schaukle ich hin und her und kralle mich noch fester an den Haltegriff. Erst als wir die asphaltierte Straße erreichen, wird es ruhiger.

»Dein letzter Tag«, sagt Oliver und sieht kurz zu mir her. Er lächelt, obwohl es ihm nicht leichtfällt.

Mir auch nicht. Etwas wehmütig starre ich auf den Weg vor uns. Als würden wir dem Ende entgegenfahren. Dem Ende meiner Zeit hier.

»Jetzt hast du es geschafft.«

Das klingt, als wäre ich hierher strafversetzt worden. Dabei war es eine fantastische Erfahrung. Ich kann immer noch nicht begreifen, dass meine Zeit hier heute vorbei sein soll.

»Vielleicht komme ich ja zur Eisweinlese im Dezember wieder zurück«, sage ich.

Erneut sieht Oliver mich kurz an. Dieses Mal lächelt er nicht, doch in seinen Augen erkenne ich, wie sehr er sich das wünschen würde. »Vergiss deine Handschuhe nicht.«

»Ist notiert.«

Dann ist es eine Weile still zwischen uns. Abgesehen von dem Traktor, der ziemlich laut rattert, während wir durch die Gassen des neunzehnten Bezirks fahren.

Mittlerweile ist mir der Charme dieser Gegend sehr vertraut. Die niedrigen, schönen Häuser mit ihren Satteldächern und den einladenden Einfahrtstoren. Es gibt viele Buschenschanken ebenso wie Heurige. Fast alle davon mit einer generationenübergreifenden Geschichte, urigen Gärten und bestem Wein. Sie sind Konkurrenz und Mitkämpfer zugleich. Mitkämpfer um den Erhalt der Wiener Weintradition. Die Leute hier sind stolz auf jeden einzelnen Betrieb, jeden kleinen Weinhof, jeden bodenständigen Buschenschank und jeden gut gehenden Heurigen. Sie ziehen Besucher an, Einheimische und Touristen. Die Gesamtheit macht es aus.

»Du weißt, dass du länger bleiben könntest«, sagt Oliver plötzlich und reißt mich aus meinen Gedanken.

Es ist nicht mehr weit bis zum Weingut Feeberger. Ich sehe zum Anhänger zurück, in dem die Weintrauben in den grünen Boxen liegen und sanft hin und her ruckeln. Der Welschriesling.

»Ja, weiß ich.« In den letzten Tagen hat Oliver das mehrmals erwähnt. Vor allem an den Tagen, an denen ich freihatte und in die Stadt gefahren bin, um mich bei Firmen vorzustellen. Zwei Zusagen habe ich bereits erhalten. Eine Stelle bei einer Versicherung und eine bei einer Steuerberatungskanzlei. In den nächsten Tagen muss ich mich entscheiden.

Wir fahren bereits den Weg entlang, der zum Weingut Feeberger führt. Hier sind normalerweise kaum Autos unterwegs, nur Spaziergänger und Wanderer, die erst die schöne Umgebung genießen und dann bei einem Weingut einkehren.

Plötzlich hält Oliver den Traktor an. Vielleicht hundert Meter vor unserem Ziel.

»Alles okay?«, frage ich verwundert und lockere den Griff, um meine verkrampfte Hand auszuschütteln.

Oliver nickt kurz und würgt den Motor ab.

Mit einem Mal ist es still.

Dann sieht er mich an.

»Ich wollte mich bei dir bedanken«, sagt er. Ihm fällt es offensichtlich nicht leicht, diese Worte auszusprechen. »Ohne dich wäre es mir sehr schwergefallen, hierher zurückzukommen. Nicht nur die Rückkehr selbst, sondern jeder einzelne Tag war mit dir schöner.«

Ich lächle ihn dankbar an. Es freut mich, dass ich ihm eine Stütze sein konnte. Gleichzeitig befürchte ich, dass er jetzt etwas anspricht, das unser Verhältnis auf eine andere Ebene bringen soll. Und auch wenn ein Teil in mir sich nichts sehnlicher wünscht, bin ich nicht sicher, ob das gut für uns wäre.

Oliver ist ein toller Mann, daran gibt es für mich keinen Zweifel. Dennoch glaube ich nicht, dass sich unsere Leben so einfach miteinander vereinbaren lassen. Ich gehöre in ein Büro statt in einen Bauerngarten, in eine Straßenbahn statt auf einen Traktor und in dunkle Kostüme statt in Dirndl oder bequeme Jeans.

Allerdings möchte ich nicht einen einzigen Tag auf diesem Weingut missen, nicht eine Sekunde mit Oliver. Ich habe eine neue Seite an mir entdeckt, und das hat mir Spaß gemacht. Als wäre ich auf Urlaub. Aber jeder Urlaub geht zu Ende, und man ist dann doch froh, wenn der Alltag wieder einkehrt. So fühle ich mich gerade.

»Ich danke dir dafür, dass ich bei euch die Zeit sinnvoll überbrücken durfte, bis ich einen neuen Job gefunden habe«, sage ich und hoffe, ihn damit nicht zu sehr vor den Kopf zu stoßen. »Das war eine spannende Abwechslung.«

Oliver nickt leicht. Er sieht enttäuscht aus, auch

wenn er sich bemüht, es sich nicht anmerken zu lassen. Dieses Mal fragt er mich nicht, ob ich länger bleiben will. Er weiß, dass ich verneinen würde.

So ist es besser.

»Du bist hier jederzeit willkommen«, sagt er nur. »Das weißt du, oder?«

Ich nicke. »Bedeutet das, du wirst den Hof übernehmen?« Ich strahle ihn an. Das ist es, was ich mir mehr als alles andere gewünscht habe. Für ihn, aber auch für seine Familie.

»Sieht so aus«, antwortet er grinsend. Dann startet er den Traktor wieder. Gerade als er losfahren will, taucht aus einem kleinen Nebenweg ein Rettungswagen mit Blaulicht auf. Er biegt vor uns auf die Straße und rast in Richtung Weingut.

Als wir die Bremslichter erkennen und sehen, wie er in die Einfahrt des Hofs einbiegt, ahnen wir das Schlimmste. Dabei weiß nur ich, was das bedeuten kann.

Oliver zögert nicht und setzt den Traktor in Bewegung. Die letzten Meter zum Hof wirken endlos. Um die Einfahrt nicht zu blockieren, stellt Oliver das Fahrzeug am Parkplatz ab.

Dann würgt er den Motor ab und springt vom Traktor herunter.

* * *

»Sie hat gesagt, sie war beim Arzt«, erklärt Nina mit tränenerstickter Stimme.

Wir sitzen auf der Terrasse, beide in Wolldecken

gehüllt. Ich habe ihr noch eine zweite über die Beine gelegt. Es ist zu kalt, um draußen zu sitzen, doch Nina besteht darauf. Für den Fall der Fälle, dass Oliver oder ihr Großvater sie aus unerklärlichen Gründen nicht vom Spital aus anrufen und plötzlich am Hof auftauchen.

»Sie hat gesagt, es sei alles in Ordnung«, fährt Nina fort. Ihre dunklen Augen schwimmen in Tränen, und ihr Unterkiefer zittert leicht. »Sie war in letzter Zeit so müde. Ein paarmal habe ich sie in der Küche erwischt, wie sie ratlos dastand und nicht wusste, was sie eigentlich tun wollte.«

Ich beiße mir auf die Unterlippe.

Aber es ist nicht meine Aufgabe, Nina etwas zu sagen. Es ist nicht mein Recht. Ich kann ihr nur eine Stütze sein. Nicht mehr.

»Ich weiß ja, dass meine Großeltern nicht mehr die Jüngsten sind, aber ich dachte, so etwas kommt langsam«, sagt sie und sieht mich hoffnungsvoll an, »schleichend.«

Bei jedem Motorengeräusch aus der Ferne blickt sie erwartungsvoll auf. Doch der Hof bleibt leer.

Ich hingegen zucke jedes Mal zusammen. Ich weiß, was dann passieren wird. Die Familie wird von Lores unausweichlichem Schicksal erfahren. Und es wird sie sehr hart treffen.

Dann bleibt tatsächlich ein Auto draußen auf dem Parkplatz stehen. Wir hören das Geräusch der Reifen, eine zufallende Fahrertür. Wenige Sekunden später kommt Hannes durch die Einfahrt direkt auf uns zu.

»Wisst ihr schon etwas Neues?«

Nina hat ihm zuvor eine Nachricht geschrieben über das, was passiert ist. Das war vor nicht einmal fünfzehn Minuten. Dass er so schnell gekommen ist, zeigt, wie wichtig sie ihm ist.

Nina schüttelt den Kopf und presst die Lippen aufeinander.

Die beiden umarmen sich lang, dann setzt Hannes sich mir gegenüber auf die Bank, damit auch er an Ninas Seite ist.

* * *

Eine Stunde später ruft Oliver an.

Ninas Unterkiefer zittert, als sie ihr Handy ans Ohr legt. Den Blick starr in die Ferne gerichtet. Sie sagt nichts, wimmert nur kurz.

Ich schließe die Augen, will mir gar nicht vorstellen, was sie eben hört.

Bitte lass Lore noch leben. Bitte gib ihnen die Chance, sich von ihr zu verabschieden.

Ich schicke Stoßgebete zum Himmel. Ich kann mich nicht erinnern, das schon jemals zuvor gemacht zu haben.

Als Nina auflegt, schweigt sie eine Weile.

Hannes streichelt geduldig ihren Arm. Auch er fragt nicht nach.

»Es geht ihr schlecht«, flüstert Nina dann, wendet den Rollstuhl und fährt ins Haus.

Hannes folgt ihr.

Ich bleibe auf der Terrasse zurück. Weiß nicht, was ich tun soll.

Plötzlich fallen Regentropfen auf das Laub über mir. Die Pflastersteine im Hof färben sich dunkel. Irgendwann hält auch das Blätterdach über mir nicht mehr stand. Die ersten Rinnsale finden ihren Weg durch das Laub und treffen mich am Kopf.

Ich stehe auf und lege die Wolldecke in die Küche. Dann gehe ich ins alte Haus hinüber. Es ist besser, wenn ich in meinem Zimmer warte.

Eigentlich sollte ich schon abgereist sein.

Doch meinen Abschied habe ich mir anders vorgestellt.

* * *

Als es an meine Zimmertür klopft, zucke ich zusammen.

Wie in Trance habe ich auf meinem Bett gesessen und die Zeit verstreichen lassen. Die Erlebnisse der letzten Wochen schwirrten mir durch den Kopf.

Neben mir steht meine gepackte Tasche.

»Gott sei Dank, du bist noch da.« Oliver seufzt erleichtert, als er in mein Gästezimmer lugt.

Sofort kommt er herein und schließt die Tür hinter sich. Sein Blick fällt auf mein Gepäck. Er will etwas sagen, doch im Moment fehlt ihm die Kraft dazu.

Ich stehe auf und umarme ihn fest.

Verzweifelt schlingt er seine Arme um mich und zieht mich an sich. Seine Brust bebt, und ich spüre, wie sein Herz hämmert.

Immer noch regnet es draußen, Olivers Pullover ist feucht. Es stört mich nicht. Es ist der gleiche verschwitzte Pullover, den er heute zur Lese anhatte. Auch das stört mich nicht.

Im Moment will ich einfach nur für ihn da sein, auch wenn ich ihm den Schmerz nicht nehmen kann.

Minutenlang bewegen wir uns nicht.

Es ist eine tiefe, innige und verzweifelte Umarmung. Erst jetzt bemerke ich, wie sehr ich sie selbst brauche.

Ein kaltes Gefühl bleibt zurück, als Oliver sich von mir löst. Immer noch meine Hand haltend, setzt er sich auf das Bett und zieht mich neben sich.

Ich rutsche dicht an ihn heran. Er soll meine Nähe spüren.

»Ihr Körper ist voller Metastasen.« Seine Stimme zittert, als er das sagt. Auf seinen Wangen erkenne ich die Spuren von Tränen. »Vor Monaten wurde Brustkrebs diagnostiziert, aber sie hat sich geweigert, ihn behandeln zu lassen.« Er schüttelt heftig den Kopf. »Wie kann sie das nur machen?«

Ich schlinge meine Arme um seinen Oberarm und lehne meinen Kopf an seine Schulter. Kurz darauf spüre ich seinen Atem über meine Haare streichen.

»Die Behandlung von Krebs muss nicht immer erfolgreich sein«, sage ich leise.

Ich bemerke, wie Oliver sich bei dieser Aussage anspannt.

»Aber so hätte sie wenigstens die Chance gehabt.«

Sanft nicke ich. Natürlich hat er recht. Ich will ihm gar nicht widersprechen. Wäre ich an seiner Stelle, würde ich genau das Gleiche denken. Ich wäre wütend und traurig, verzweifelt. Ich würde die Welt nicht mehr verstehen.

»Deine Großmutter wollte diese letzten Wochen mit euch so verbringen, als wäre alles in Ordnung«, sage ich leise. »Sie wollte nicht bemitleidet oder anders behandelt werden. Sie wollte nicht, dass ihr die Haare ausgehen oder die Nebenwirkungen der Chemotherapie sie schwächen.«

Es fühlt sich an, als würde Oliver nicht mehr atmen.

Sekunden verstreichen.

Dann dreht er sich von mir weg und zieht seinen Arm zurück.

»Du hast davon gewusst?«, fragt er und sieht mich an, die Augenbrauen gerunzelt.

In mir zieht sich alles zusammen. Ich habe bei ihm noch nie einen solchen Blick gesehen. Diese Verachtung, dieser Vorwurf.

»Ich habe es zufällig herausgefunden«, erkläre ich.

»Du hast davon gewusst und mir nichts gesagt?« Er springt vom Bett auf.

Kurz überlege ich, auch aufzustehen, entscheide mich aber, sitzen zu bleiben.

»Sie wollte es so«, verteidige ich mich und bemühe mich, ruhig zu bleiben. »Sie hat mich gebeten, es niemandem zu sagen.«

»Du hättest es mir sagen *müssen*!«

»Gegen ihren Willen?« Ich schüttle den Kopf. Das kann Oliver nicht von mir verlangen. Es war schwer genug, dieses Geheimnis zu wahren, aber mir jetzt Vorwürfe anhören zu müssen, dass ich falsch gehandelt habe, ertrage ich nicht.

»Du hättest an meiner Seite stehen sollen.« Sein

347

Ton ist so scharf, dass es sich wie ein Messer anfühlt, das sich in meinen Brustkorb schiebt.

»Zieh mich da bitte nicht hinein«, flehe ich ihn an.

»Du hast dich doch reingedrängt.«

Mir klappt der Mund auf. Wie kann er das nur sagen?

Ich weiß, dass Oliver im Augenblick aufgewühlt ist. Dass er nicht weiß, wie verletzend seine Worte sind.

Sie tun dennoch weh. Sehr sogar.

»Dein Arbeitsvertrag ist beendet«, sagt er abrupt. »Du solltest jetzt gehen.«

Ich kann kaum atmen.

Bitte, nein! Schick mich nicht weg!

Tränen steigen mir in die Augen.

Mit zitternden Knien erhebe ich mich und greife nach meiner Tasche.

Ich schaue noch einmal zu Oliver in der Hoffnung, dass er seine Worte zurücknimmt. Dass er mich nicht ansieht, als würde er mich hassen.

»Es tut mir leid«, flüstere ich. »Für eure ganze Familie.«

Doch Oliver sagt nichts.

Und so gehe ich. Allein und ohne Abschied.

Hinaus in den Regen.

* * *

»Das ist kaputt.« Sheldon hält mir ein Spielzeugfeuerwehrauto hin.

Ich werfe nur einen flüchtigen Blick darauf. »Aha.«

»Das ist mein allerliebstes Lieblingsauto.«

»Aha.«

»Die Feuerwehr ist so cool. Die hat sogar Blaulicht.«

Sheldon lässt nicht locker. Obwohl Bianca ihm erklärt hat, dass es mir derzeit nicht gut geht. Ich habe mir eine fiese Erkältung eingefangen und liege seit drei Tagen bei Bianca auf der Couch, weil Sheldon mittlerweile in sein eigenes Zimmer ausquartiert wurde. Was ja toll ist, schließlich ist er schon fünf Jahre alt und sollte sich langsam daran gewöhnen, dass er nicht mehr bei Mama und Papa im Bett schlafen kann. Erst recht, weil es zwischen Thomas und Bianca wieder besser läuft und die beiden das eheliche Bett nicht mit ihrem Jüngsten teilen wollen.

Verständlich.

Blöd nur, dass ausgerechnet ich jetzt wieder auftauche und für ein paar Tage eine Unterkunft brauche.

»Ich will mal Feuermann werden.«

»Wehr.«

»Was?« Sheldon sieht mich mit seinen kindlichen Augen fragend an.

Ich ziehe die Decke noch fester um mich, in die ich seit drei Tagen eingewickelt bin und die vielleicht schon etwas muffig riecht. »Es heißt Feuerwehrmann.«

»Sag ich ja! Feuermann.«

»Wieso bist du nicht im Kindergarten?« Ich stöhne genervt.

»Mama hat gesagt, ich darf nicht gehen«, erklärt Sheldon. »Zwei Kinder haben Kopfmäuse.«

Ich nehme an, er meint Läuse.

»Ich frage mich, wie die aussehen.« Sheldon beginnt an meinen Haaren zu zupfen.

Unwirsch schiebe ich seine Hände weg. Dann nehme ich ihm das Feuerwehrauto ab und betrachte es. »Weißt du, wo Papa die Batterien hat?«

Sheldon läuft ohne eine Antwort los.

Ich schließe die Augen. Mein Kopf dröhnt, in meiner Brust baut sich ein enormer Druck auf – ich fühle mich richtig schlecht. Ich habe keine Lust, aufzustehen oder sonst etwas zu machen.

Bianca meint, ich hätte nicht im kalten Herbstregen ohne Schirm und Jacke nach Hause gehen sollen. Als ich bei ihr ankam, war ich völlig durchnässt. Ich weiß aber, dass die Erkältung nicht der einzige Grund ist, warum es mir so schlecht geht. Vielleicht weiß Bianca das auch, aber sie spricht es dankenswerterweise nicht aus.

Das Trappeln von Sheldons Füßen kommt wieder näher. Als ich meine Augen vorsichtig öffne, hält er mir eine ganze Box voll mit Batterien in allen erdenklichen Formen und Größen unter die Nase. Da muss doch was dabei sein.

Es dauert einen Moment, bis ich das Batteriefach von Sheldons Spielzeug aufbekommen habe. Dann lege ich die passenden Batterien ein.

Sheldon strahlt, als er sein geliebtes Auto entgegennimmt. Er ruft noch ein Danke und läuft dann in sein Zimmer. Kurz darauf höre ich das Geräusch der Feuerwehrsirene.

Ich schließe wieder die Augen.

»O Gott!« Jetzt schreit Bianca. »Du hast doch

nicht …« Sie kommt aus der Küche gelaufen. »Hast du etwa Batterien in sein Auto eingelegt?«

Ich murre etwas, das ich selbst nicht verstehen kann, und lasse meine Augen geschlossen.

»Willst du mich in den Wahnsinn treiben? Es hat lang genug gedauert, ihm einzureden, dass es kaputt ist. Ich habe es zur Sicherheit sogar eine Nacht lang im Wasser liegen lassen.«

»Entschuldige«, murmle ich nur und ziehe die Decke über mein Gesicht. Warum lässt man mich nicht einfach in Ruhe?

»Wenn du jemals Kinder haben solltest, werde ich ihnen alle fürchterlichen Geräuschmacher schenken, die das Spielzeuggeschäft so hergibt.«

»Okay.«

»Mit sechs eine Blockflöte und mit zehn ein Schlagzeug«, droht sie.

»Du bringst mich auf Ideen.«

»Ich warne dich!«

Genervt schiebe ich die Decke zurück. So kann das nicht weitergehen. Ich bin erst drei Tage hier, aber meine Nerven liegen blank. Mühevoll hebe ich meine Beine über die Kante des Sofas. »Kann ich mal an den Computer?«

Bianca reagiert nicht, sondern stapft wütend zurück in die Küche, während im Hintergrund Sheldons Feuerwehrsirene durch die Wohnung hallt.

Jetzt verstehe ich, wo das Problem liegt. Als wäre der Ton selbst nicht schon nervig genug, drückt Sheldon den Knopf im Sekundentakt.

Ich schlurfe durch das Vorzimmer in Thomas' Büro,

das gleichzeitig das Bügelzimmer ist. Allerdings wurde hier noch nie im Leben gebügelt. Stattdessen stapelt sich die Wäsche auf dem Schreibtisch, den ich erst einmal freiräumen muss.

Es ist an der Zeit, eine eigene Wohnung zu suchen. Und zu finden. Die Freundschaft zu Bianca ist mir wichtig. Und meine eigenen Nerven sind es auch. Sosehr ich sie mag, wir sind für ein Zusammenleben nicht geschaffen. Nach zwei Monaten auf dem Weingut fällt mir das jetzt so richtig auf.

Dort war alles viel harmonischer. Jeder hatte seine Aufgaben, hat den anderen respektiert und unterstützt, wenn es notwendig war. Trotz der unterschiedlichen Abläufe wurde an den Wochenenden zusammen gefrühstückt. Jeder Tag war auf seine Art und Weise besonders.

Ich vermisse diese Zeit.

Am Computer klicke ich mich durch ein paar Immobilienplattformen. Erst einmal genügt mir eine kleine Wohnung, die zentral gelegen und sofort zu beziehen ist. Die Auswahl ist groß. Aber nur, wenn man den Preis nicht beachtet. Furchtbar, was eine Ein-Zimmer-Wohnung in halbwegs vernünftiger Lage kostet.

Die Bilder und Grundrisse ziehen mehr an mir vorbei, als dass ich sie ansehe.

Meine Gedanken schweifen ständig ab.

Wie gern würde ich wissen, wie es Lore geht. Ob sie noch im Krankenhaus ist? Und wie geht es Oliver? Und Nina? Ich will zum Telefon greifen und einfach anrufen. Nur um zu hören, dass es ihnen gut geht. Doch so ist es nicht.

Ich schäme mich dafür, dass ich verschwunden bin, ohne mich von den anderen zu verabschieden. Allen voran Nina. Die Angst, sie könnte mir die gleichen Vorwürfe machen wie Oliver, war zu groß. Stattdessen bin ich den bequemeren Weg gegangen, habe meine Sachen gepackt und das Weingut verlassen. Ich habe ein Dutzend Mails an sie zu tippen begonnen. Mit Entschuldigungen, Mitleidsbekundungen und der Bitte, dass wir uns treffen könnten. Keine einzige habe ich abgeschickt. Zu groß ist die Angst vor ihrer Antwort. Vor einer Antwort, die auch über Lores Schicksal berichtet.

Das Druckgefühl in meiner Brust wird stärker.

Es ist Freitag. Doch die Buschenschank-Saison ist vorüber.

Mit wenigen Klicks bin ich auf der Internetseite der Familie Feeberger. Ihr Webauftritt ist einfach, besticht aber durch schöne Bilder des Hofs und der Weingärten.

Von einem Hinweis, wie es Lore geht, finde ich nichts. Es gibt auch keine Anzeichen, dass der Hof vor einem baldigen Verkauf steht. Oder dass Oliver ihn übernimmt. All diese unbeantworteten Fragen nagen an mir.

Laut der Homepage ist alles so wie immer.

Doch in Wahrheit ist nichts mehr wie zuvor.

* * *

Wäre ich vor drei Monaten gefragt worden, wie der perfekte Job für mich aussieht, hätte ich vermutlich genau das beschrieben, was ich seit einem Monat mache. Es dauerte, bis ich die Abläufe in der großen Versicherung kennenlernte, und es wird auch noch eine Weile dauern, bis sich jene Routine entwickelt, die ich in der Arbeit so gern habe. Mittlerweile kann ich die meisten meiner Aufgaben selbstständig erledigen. Vor allem die Kalkulationen machen mir Spaß, und ich merke, wie sehr sich die Materie immer mehr in mir festigt.

Zahlen! Endlich wieder arbeite ich den ganzen Tag mit Zahlen. Die sind einfach und unkompliziert. Sie sind nicht unhöflich oder grantig, machen einem keine Vorwürfe und können einen nicht enttäuschen.

Ich verbringe den ganzen Tag im Büro. Die kleine Wohnung, die ich vor zwei Wochen bezogen habe, verlasse ich morgens, wenn es noch dunkel ist, und komme erst zurück, wenn die Sonne längst hinter dem Horizont verschwunden ist.

Nur an den Wochenenden sitze ich stundenlang in der kleinen Mansarde im vierten und damit letzten Stockwerk eines Wohnhauses ohne Aufzug und lasse meine Gedanken kreisen. Es ist vielleicht nicht die perfekte Wohnung, doch ich habe die erste Gelegenheit ergriffen, die sich mir geboten hat. Und die ich mir leisten konnte. Auch wenn die Küchenzeile hier nicht gerade dazu einlädt, die Rezepte nachzukochen, die ich von Lore gesammelt habe. Ich erinnere mich an die Zeit zurück, wie sie mit Nina und mir in der Küche gestanden und erklärt hat, wie man die Speisen, die bei den Feebergers besonders beliebt waren, zubereitet.

Ich erinnere mich an vieles gern zurück.

Daran, dass fast immer jemand da war.

Früher mochte ich es, allein zu sein. Im Büro konnte ich in aller Ruhe meinen Aufgaben nachgehen. Ohne gestört zu werden. Ohne Small Talk betreiben zu müssen.

Mittlerweile vermisse ich eine nette Gesellschaft.

»Frau Böse?« Meine Chefin, eine patente Dame mit flottem Kurzhaarschnitt, steckt ihren Kopf in das kleine Büro am Ende des Gangs, das mir zugeteilt wurde und dank des hohen Fensters trotzdem freundlich und hell wirkt. Zumindest in den wenigen Stunden, in denen im November die Sonne durchkommt. »Es ist Freitag, siebzehn Uhr.« Sie dreht ihr schlankes Handgelenk und sieht auf eine ziemlich teure Uhr. »Wollen Sie nicht lieber ins Wochenende starten?«

Es ist mir unangenehm, zugeben zu müssen, dass ich nichts Besseres zu tun habe, als Überstunden zu machen. »Ich bin eben fertig geworden«, erkläre ich und schiebe das Lineal unauffällig zwischen die Zettel, mit denen ich beschäftigt war, damit ich am Montag weiß, wo ich weitermachen muss.

Meine Chefin nickt zufrieden. »Mir gefällt Ihre Arbeitseinstellung«, sagt sie. »Sehr fokussiert. Es ist erfreulich, Sie in unserem Team zu haben.«

»Danke sehr.« Ich wünschte, dieses Kompliment würde mir mehr bedeuten.

»Schönes Wochenende, Frau Böse.« Sie schließt die Tür hinter sich und lässt mich allein im Büro zurück.

Hier ist alles sehr formell. Die meisten Kollegen siezen einander. Etwas, das mir früher sehr gefallen hat. Die strikten Regeln und Abläufe.

Ganz anders als auf dem Weingut Feeberger. Wo selbst Gäste uns oft geduzt haben und zu einem lockeren Plausch am Hof geblieben sind. Die Feebergers waren nicht froh, mich in ihrem Team zu haben. Sie waren froh, mich in ihrer Familie zu haben. So wie Doris und Adrian und deren Kinder. Der Name hatte nichts zu bedeuten, man wurde mit offenen Armen empfangen. Vom ersten Tag an.

Als ich den Computer abschalte, meinen Schreibtisch aufräume und zu den Aufzügen gehe, spüre ich, wie ausgelaugt ich bin. In den letzten Wochen habe ich hier viele Stunden verbracht. Immer konzentriert, immer ganz bei der Sache. Bei den Feebergers war ich ständig auf den Beinen. Manchmal von früh bis spät in den Weingärten. Doch keiner dieser Tage hat mich so erschöpft, wie ich mich jetzt fühle.

Es ist ruhig im Gebäude. Nur vereinzelt hört man noch Mitarbeiter. Die meisten sind schon ins Wochenende gestartet.

Während ich auf den Lift warte, schaue ich aus dem Fenster. Von hier aus blickt man in Richtung Nussberg. Es ist bereits zu dunkel, um viel sehen zu können, doch um die Mittagszeit, wenn die Sonne auf die Berge scheint, erkennt man die spätherbstlichen Weingärten. Die meisten sind zwar schon kahl, doch vereinzelt hinterlassen die gelben und roten Blätter bunte Kleckse.

Ich erinnere mich an die Lesezeit, in der ich mit Oliver die Weinstöcke entlanggegangen bin, Traube für Traube abgeschnitten und zwischendurch einen Blick durch das Laub auf seine Seite geworfen habe.

Bei dieser Erinnerung zieht sich alles in mir zusammen. Wann wird das endlich besser?

»Fahren Sie mit?«

Ich blinzle die Erinnerung weg und sehe den Mann an, der mich durch die offene Aufzugtür ungeduldig anspricht.

»Ja, danke«, sage ich und trete zu ihm in den Lift.

Den ganzen Weg bis zu meiner Wohnung überlege ich, wie ich das Wochenende hinter mich bringen kann. Bianca und Thomas fahren mit den Kindern in eine Therme. Ich könnte mitkommen, wenn es mich nicht stört, während der zweieinhalbstündigen Fahrt zwischen den Kindern auf der Rückbank zu sitzen und am Abend auf sie aufzupassen.

Die beiden glauben ernsthaft, dass ich darüber nachdenke.

Meine Eltern habe ich letztes Wochenende besucht. Wenn ich schon wieder auftauche, werden sie vermuten, dass ich etwas von ihnen haben will.

In der Straße zu meiner Wohnung ziehe ich meinen Schal höher ins Gesicht, um meine Wangen vor dem kalten Novemberwind zu schützen. Vielleicht werde ich einfach eine Packung Popcorn in die Mikrowelle werfen und mir einen Film einlegen. Oder ich kaufe mir ein Buch und verkrümle mich in mein Bett.

»Hallo, Mona.« Erschrocken blicke ich auf. Vor meiner Haustür steht jemand. In dem schwarzen Wollmantel und den Lederhandschuhen hätte ich ihn fast nicht erkannt.

»Hannes!«

Und dann fällt mir das Auto neben ihm auf, aus

dem mir Nina mit einem müden Lächeln zuwinkt. Sie sieht mitgenommen aus.

Die Emotionen quellen in mir hoch.

»Was macht ihr denn hier?« Ich ärgere mich über meine Frage. Als wollte ich sie nicht sehen. Dabei freue ich mich sehr. Vor allem, weil sie gemeinsam gekommen sind.

»Nina wollte dich treffen«, erklärt Hannes.

Ich öffne die Beifahrertür und umarme Nina.

Sie drückt mich fest an sich.

»Woher kennt ihr denn meine Adresse?«, frage ich sie.

»Ich hab mich bei deinen Eltern danach erkundigt«, antwortet Nina.

Ich muss lächeln. Nina hatte kaum Informationen über mich, wusste aber, dass meine Eltern Zahnärzte sind. Da war es nicht schwierig, sie ausfindig zu machen. Dass die beiden mir nichts davon erzählt haben, überrascht mich hingegen nicht.

Als ich Nina wieder loslasse und mich aufrichte, bemerke ich, dass ihr Gesichtsausdruck sich verändert hat. Die Erleichterung, mich zu sehen, ist etwas anderem gewichen. Etwas Traurigem. Ich traue mich nicht, sie danach zu fragen.

»Sie ist zehn Tage nachdem sie ins Krankenhaus gekommen ist gestorben«, erklärt Nina mit erstickter Stimme.

»Es tut mir so leid«, flüstere ich. Meine Augen füllen sich mit Tränen.

»Sie war dir unendlich dankbar, dass du uns geholfen und dabei ihr Geheimnis für dich behalten hast«, fährt Nina fort, als sie wieder mehr Kraft in der Stimme hat.

»Ich hätte es euch sagen sollen.« Ich schüttle den Kopf in der Hoffnung, Olivers enttäuschtes Gesicht aus meinen Gedanken zu vertreiben.

»Die Wochen, in denen Oliver wieder bei uns war und wir diese Zeit so unbeschwert miteinander erleben durften, waren die besten, die wir in den letzten fünf Jahren hatten«, erklärt Nina. »Hätten wir von Omas Krankheit gewusst, hätten wir das nie so genießen können.«

Jetzt strömen mir die Tränen über die Wangen, und ich schluchze auf.

»Wir hatten noch eine sehr intensive Zeit mit ihr und konnten uns von ihr verabschieden.«

Ich bewundere Nina für die Kraft, mir das zu erzählen.

»Und dann ist sie eingeschlafen, friedlich, ohne Schmerzen.« Nina lächelt, auch wenn in ihren Augen zu sehen ist, wie traurig sie ist.

Diese Worte bedeuten mir mehr, als sie sich vorstellen kann.

»Kannst du einen Moment hier warten?« Ich deute auf das Haus hinter mir. »Ich bin gleich wieder da.«

Nina sieht mich irritiert an, nickt aber. »Ich laufe nicht weg, versprochen.«

Das Lachen, das mir angesichts ihrer Worte herausrutscht, wirkt unbeholfen und verzweifelt.

Es dauert einen Moment, bis ich den Schlüssel ins Schloss bekomme, so sehr zittern meine Finger. Dann laufe ich die Stufen hoch, putze mir die Nase und wische mir die Tränen aus dem Gesicht. Als ich in meiner Wohnung ankomme, bin ich völlig außer Atem, finde aber gleich, wonach ich gesucht habe.

Die Stiegen hinunter bin ich schneller, aber immer noch atemlos.

Hannes steht bei Nina und redet leise mit ihr, als ich zu ihnen trete.

»Das ist für dich.«

Ich halte Nina ein Päckchen hin, das ich mit Papier eingewickelt habe, um es zu schützen.

»Was ist das?« Sie nimmt es vorsichtig entgegen.

»Mach es auf!« Sie muss es selbst sehen.

Ihre zierlichen Finger lösen das Papier. Darunter kommt ein kleines Rezeptbuch zum Vorschein, dessen Umschlag in einem eleganten Weinrot gehalten ist. Nina lässt die Fingerspitzen über den goldenen Schriftzug gleiten. *Lores Rezepte.* Sie schluchzt. Dann schlägt sie das Buch auf und entdeckt darin ein von mir handgeschriebenes Inhaltsverzeichnis der Rezepte. Erst wollte ich sie am Computer abtippen, doch dann entschied ich mich dagegen, auch wenn jetzt jede Seite etwas anders aussieht.

»Es sind die Rezepte, die sie uns gezeigt hat«, erkläre ich und beobachte Nina, wie sie durch die Seiten blättert. »Ich habe sie foliert und binden lassen.«

Am Anfang stehen immer die Zutaten, wobei die Mengenangaben oftmals nur geschätzt sind, weil Lore so gern nach Gefühl gekocht hat. Danach die Zubereitung. An einigen Stellen findet man Notizen von Lore, die sie hingekritzelt hat. Es sind die Highlights des Buchs.

Als Nina zum Ende gelangt, presst sie die Hand auf den Mund, als sie das Foto sieht, das Lore und Nina in der Küche zeigt. Ich hatte es mit dem Handy aufgenommen. Die Qualität ist nicht die beste, aber ich finde dennoch, es ist ein wunderbares Oma-Enkelin-Bild.

»Ich wollte es dir mit der Post schicken, aber wenn du schon mal da bist.« Ich zucke mit den Schultern. Es wäre mir leichter gefallen, das Päckchen in den Briefkasten zu werfen, statt ihr dabei zuzusehen, wie sie die Seiten durchblättert.

Nina lässt das Rezeptbuch auf ihren Schoß sinken und bedeutet mir, dass sie umarmt werden will. Als würde sie im Moment keinen Ton herausbringen.

Die Umarmung ist so innig, dass ich weiß, uns verbindet mehr als die zwei Monate, in denen ich für den Betrieb ihrer Familie gearbeitet habe. Es ist wahre Freundschaft, und ich bin einfach nur glücklich, dass ich Nina kennenlernen durfte. Sie ist eine bemerkenswerte Frau, die mit ihrer Situation ausgesprochen mutig umgeht.

Als wir einander loslassen, tritt Hannes einen Schritt nach vorn.

»Es wird langsam kalt«, sagt er leise, ohne uns drängen zu wollen.

Ich weiß, er sagt es nicht wegen Nina, die sich nicht wie wir bewegen kann.

»Ich würde euch ja hinaufbitten, aber ich wohne ganz oben, und es gibt keinen Aufzug.«

Nina lächelt mich dankbar an. »Wir wollten ohnehin noch zu Oma fahren.« Ihre Stimme bricht.

Ich nicke leicht.

»Nina wollte dir noch etwas anderes sagen.« Hannes sieht zwischen mir und Nina hin und her. »Es geht um Oliver.«

Ich blicke Nina an und traue mich nicht zu fragen, wie es ihm geht. Natürlich schlecht.

»Er hat sich entschieden, das Weingut zu verkaufen.«

* * *

Entweder weiß Hannes nichts von dem Vorfall, als Viktorias Auto im Graben gelandet ist, oder er kennt die ganze Wahrheit. Jedenfalls hat er mir seinen Wagen geliehen.

Der Weg über den Nussberg sieht jetzt anders aus als vor eineinhalb Monaten. Was einst saftig grün war, ist mittlerweile braun, grau und kahl. Eine triste Stimmung, und dennoch bin ich gern wieder hier. Von dem rot blühenden Blutklee, der im August noch die Böden der Weingärten geziert hat, ist nichts mehr zu erkennen. Vermutlich wurde er bereits als Bodendünger eingearbeitet.

Dann entdecke ich Olivers Auto am Straßenrand.

Mein Herz schlägt sofort schneller. Mein Plan fühlt sich auf einmal gar nicht mehr so gut an. Aber ihn wiederzusehen, das ist etwas, das ich mir in den letzten fünf Wochen oft vorgestellt habe. Fünf Wochen, in denen ich jeden Tag an ihn gedacht und mir gewünscht habe, ihn in den Arm nehmen zu können.

Ich musste hierherkommen. Sonst würde ich mir

ewig Vorwürfe machen, dass ein wunderbarer Familienbetrieb in den Weiten eines großen, kommerziellen Heurigen untergeht.

Ich parke hinter Olivers Auto und hole noch einmal tief Luft, ehe ich aussteige. Den Reißverschluss meines Mantels ziehe ich bis nach oben zu und wickle mir einen Schal um den Hals. Wie kann er an einem Tag wie diesem freiwillig in den Weingarten fahren?

Nina hat gesagt, dass Oliver nicht mehr über mich gesprochen hat, seit ich das Weingut verlassen habe. Sobald mein Name fiel, hat er abgeblockt.

Dass er verletzt ist, lässt sich nicht leugnen.

Ob er bereit ist, mir zuzuhören, wird sich zeigen.

Der Boden ist feucht, die Erde bleibt an den Sohlen meiner Stiefel kleben. Es ist mir egal.

Ich finde schnell die Reihe, in der sich Oliver befindet. Offenbar repariert er einen Draht. Nicht unbedingt eine Aufgabe, die ausgerechnet heute gemacht werden muss. Vielleicht hat er aber einfach die Ruhe gebraucht.

Einige Schritte von ihm entfernt bleibe ich stehen und beobachte ihn. Oliver ist ganz in seinem Element. Konzentriert arbeitet er an dem Steher zwischen den Weinstöcken und spannt einen neuen Draht ein.

Er könnte mal wieder zum Friseur gehen. Die Haare hängen ihm über die Ohren und in die Stirn. Aber irgendwie sieht es nicht schlecht aus.

»Nina hat mir das Buch gezeigt«, sagt er plötzlich, und ich zucke zusammen.

Ob er gewusst hat, dass ich auftauchen werde? Vielleicht hat er es geahnt.

Nina kann es ihm nicht verraten haben, denn ich habe auch ihr nichts davon gesagt.

»Ich dachte mir, es würde ihr viel bedeuten.«

Oliver hält inne und sieht mich an. Seine Augen sind so vertraut, wie ich sie in Erinnerung habe. Und dennoch erkenne ich die Trauer darin. Wie sehr muss diese Situation auf seinen Schultern lasten?

»Es bedeutet auch mir sehr viel«, sagt er leise.

Am liebsten würde ich ihn einfach umarmen. Doch seine Worte geben mir im Moment mehr, als ich zu hoffen gewagt hatte.

Dann sieht er wieder zu den Drähten und arbeitet weiter.

»Nina hat erzählt, dass du verkaufen willst.«

Er reagiert nicht.

»Warum?«

Oliver schluckt. Es dauert, bis er mir eine Antwort gibt.

»Ohne meine Großmutter schaffe ich das nicht«, bringt er dann mühevoll hervor. Es kostet ihn viel Kraft, das einzugestehen.

Blöd nur, dass er falschliegt. Richtig, richtig falsch.

»Das ist der größte Unsinn, den ich je von dir gehört habe«, entgegne ich und trete näher. »Sieh dich doch an. Du kümmerst dich großartig um den Hof. Vom ersten Tag an, als wir das Weingut zusammen betreten haben, warst du ein Teil von dem allen. Ein tragender Teil.«

Es ist kein verzweifelter Versuch, ihn umzustimmen. Das muss ich nicht. Ich muss ihm nur die Augen öffnen, damit er sieht, dass er längst bewiesen hat, der

Aufgabe gewachsen zu sein. Wie gern würde ich ihn an den Schultern packen und durchrütteln, bis er zur Besinnung kommt.

Oliver scheint mit seiner Arbeit an den Drähten fertig zu sein. Er steckt die kleine Zange, die er dafür benötigt hat, in die Seitentasche seiner Jacke. Dann wendet er sich mir zu. Sein Gesichtsausdruck verrät mir, dass er die Hoffnung aufgegeben hat. Er hat bestimmt oft und lang darüber nachgedacht. Doch die Ereignisse der letzten Wochen haben seine Beweggründe falsch beeinflusst.

»Ich muss auch an Nina denken«, sagt er. »Was das Beste für sie ist.«

»Dann tu das!«, fordere ich ihn auf. »Überlege, was für sie das Beste ist.«

Oliver legt den Kopf schief, als wüsste er nicht, was ich damit meine.

»Ihr alle habt schwere Schicksalsschläge erleben müssen. Habt wichtige Menschen verloren«, beginne ich in der Hoffnung, endlich zu ihm durchzudringen. »Nina hat ihre Fähigkeit zu gehen verloren, und jetzt willst du ihr das Zuhause nehmen?«

»Wir würden etwas finden, das auf ihre Bedürfnisse zugeschnitten ist.« Oliver zuckt ratlos mit den Schultern. Er wirkt erschöpft. Als hätten ihn diese Überlegungen in den letzten Wochen zu viel Kraft gekostet.

»Hast du sie schon einmal gefragt, ob sie das möchte?«

Olivers Schweigen ist Antwort genug.

»Willst du wissen, wann ich Nina am glücklichsten gesehen habe?«, fahre ich fort. »Als sie, so weit es ihre

Mobilität zugelassen hat, bei dem Buschenschank mithelfen konnte. Als sie mit etwas Hilfe uns sogar in den Weingarten begleiten konnte. Nina mag nicht für alle Aufgaben geeignet sein, aber jene, bei denen sie anpacken kann, erledigt sie mit Herz und Seele.«

»Sie wird immer auf die Hilfe eines anderen angewiesen sein«, entgegnet Oliver ruhig. »Und ich weiß nicht, ob ich das schaffe. Ich will sie nicht noch einmal enttäuschen.«

Ich muss lächeln. Oliver ist ein rücksichtsvoller Mensch, der seine Schwester so sehr liebt, dass er Angst hat, ihr zu schaden, statt ihr Potenzial zu erkennen. Natürlich wird Nina immer Hilfe brauchen, aber sie ist in so vielen Bereichen selbstständiger, als ich mir je vorgestellt hätte.

»Warum lächelst du?« Oliver wirkt verunsichert.

Ich schüttle den Kopf, grinse noch mehr.

»Weil du einfach fantastisch bist«, sage ich leise. »Nur leider weißt du das selber nicht.« Ich trete auf ihn zu. Erstmals habe ich das Gefühl, dass ich das kann. Dass ich es soll.

Ich lege meine Hände auf seine Schultern.

Ich werde ihn nicht küssen.

Das hier hat nichts mit dem flatternden Gefühl zu tun, das jedes Mal in meinem Bauch entsteht, wenn ich an Oliver denke.

Das hier ist etwas anderes.

Etwas Innigeres.

Ich lege meinen Kopf an seine Schulter und schlinge meine Arme um seinen Hals.

Seine Brust bebt, als er realisiert, was ich mache.

Dann spüre ich seine Hände, die mich sanft an der Taille umfassen und an ihn ziehen. Es ist ein vertrautes, warmes Gefühl, und mit einem Wimpernschlag vergesse ich, dass wir einander fünf Wochen lang nicht gesehen haben.

Es ist, als wäre es erst gestern gewesen, als ich ihm das letzte Mal so nahe war.

Minutenlang stehen wir einfach nur aneinandergeschmiegt im Weingarten und lassen den kalten Wind um uns tanzen.

Irgendwann löse ich mich von Oliver, auch wenn ich gern noch länger so verharrt hätte. Ich sehe zu ihm hoch und erkenne in seinen Augen die Dankbarkeit.

Dankbarkeit für meine Worte.

Für meine Nähe.

Für meinen Glauben an ihn.

»Sieh dich nur einmal um, wie viel Hilfe du hast«, sage ich, um diesen Moment zu nutzen, ehe er verloren geht. »So viele Menschen, die dich unterstützen, weil du ihnen viel bedeutest.« Ich lächle sanft.

Olivers warmer Blick ruht auf mir. »Und was ist mit dir?«

*** Epilog ***

»Ich nehme meine Aussage von zuhause zurück.«

Die Wärme meines Atems bildet eine Nebelwolke, die sich im Geäst der Weinreben verflüchtigt.

Oliver lacht heiser auf der anderen Seite der Reihe. »Was meinst du?«

»Dass es eh nur zwei kurze Reihen sind.« Ich sehe auf den Teil, den wir schon geschafft haben. »Bei diesen Temperaturen finde ich es einfach zu viel.«

Wieder lacht er. Dieses warme Lachen, das mir ein wenig Wärme spendet.

»Es muss bei der Lese für den Eiswein minus sieben Grad haben«, erklärt Oliver.

»Oder weniger. Ja, ja, ich weiß.« Ich neige meinen Kopf ein Stück nach vorn, damit der dicke Wollschal meine Nase bedeckt. »Jetzt weiß ich, warum sonst keiner angeboten hat mitzuhelfen, nachdem ich mich freiwillig gemeldet habe.«

Als Oliver vor ein paar Tagen nachgefragt hat, wer für die Eislese Zeit hat, haben sich alle davor gedrückt. Fredi hätte sich zwar angeboten, klang aber keineswegs traurig, als ich mich gemeldet habe. Natürlich wären wir zu viert doppelt so schnell wie zu zweit, aber Oliver meinte, wir würden das schon schaffen.

Jetzt sind meine Finger kalt und steif, und ich kann

die Schere kaum noch halten. Ich sehne mich nach einem heißen Pfefferminztee, einer kuscheligen Wolldecke und Olivers warmem Körper.

»Glaub mir, der Winter ist die ruhigere Jahreszeit für uns«, sagt Oliver besänftigend. »Wenn wir das heute geschafft haben, ist erst einmal Entspannung angesagt.«

»Für dich vielleicht«, murmle ich.

Oliver hält inne und sieht mich durch das Geäst hindurch an. »Du weißt, dass du nicht mehr bei der Versicherung arbeiten brauchst.«

Ich rolle mit den Augen. Dieses Thema hatten wir in den letzten zwei Monaten des Öfteren durchgekaut. Immer wieder erinnert Oliver mich daran, dass meine Hilfe auf dem Weingut ausreichend Herausforderung ist. Da muss ich nicht auch noch jeden Tag ins Büro fahren und stundenlang an Kalkulationen sitzen. Auch finanziell ist es nicht nötig, aber darum geht es mir nicht.

Seit meinem Schulabschluss stehe ich mit beiden Beinen im Leben. Die finanzielle Unterstützung durch meine Eltern hatte schon bald ein Ende, und so habe ich mich selbst um meinen Lebensunterhalt gekümmert. Jetzt meinen Job hinzuwerfen, um mich nur noch auf dem Weingut zu betätigen, geht mir zu schnell.

Später vielleicht.

Wenn das zwischen Oliver und mir gefestigter ist.

»Eins nach dem anderen«, sage ich und konzentriere mich auf die Arbeit, um Oliver nicht ansehen zu müssen. Ein Blick in seine Augen, und ich überlege es mir doch anders. »Jetzt lass mich mal eine Weile bei dir wohnen, und dann können wir immer noch entscheiden, wie es weitergeht.«

Oliver brummt unglücklich.

»Ich habe die Wohnung für dich aufgegeben«, fahre ich fort, weil ich ihn besänftigen will. »Das muss dir fürs Erste reichen.«

»Das war ja auch nicht gerade schwierig«, schnaubt Oliver. »Das war ein Loch in einer miesen Gegend, und du musstest ständig vier Stockwerke zu Fuß hinaufgehen. Außerdem hättest du spätestens im Sommer in dieser Dachgeschosswohnung einen Hitzeschlag erlitten.«

Ich grinse. »So mies war die Gegend auch wieder nicht.«

»Verglichen mit hier schon.«

»Das hier, mein Lieber, kann man mit nichts vergleichen«, stimme ich ihm zu.

»Eben.«

Für eine Weile ist damit alles gesagt, und wir schließen die Arbeit in der letzten Reihe ab. Schritt für Schritt dem Ende entgegen, wo der Traktor mit dem Anhänger auf uns wartet. Und mit den Trauben, die aufgrund des Frosts jene ausgeprägte Süße haben, die für den Eiswein maßgeblich ist.

»Ich freue mich schon auf ein heißes Bad«, sage ich, als wir uns dem Traktor nähern. Noch drei, vielleicht vier Weinstöcke stehen vor uns.

»Wenn ich mitkommen darf.« Oliver grinst verschmitzt.

»Hm, du oder ein gutes Buch. Ich werd's mir überlegen«, necke ich ihn.

»Wenn du das Buch nimmst, hätte ich Zeit, um Opa zu helfen, die Sachen hinüberzutragen«, sagt Oliver nachdenklich. »Nicht dass ich das vorziehen würde.«

Ich lächle ihn durch die Weinrebe hindurch an.

Vor einem Monat sind Adrian und Moritz ausgezogen. Nach langem Hin und Her haben sie beschlossen, bei Viktoria einzuziehen. Die schiebt mittlerweile eine kleine Kugel vor sich her. In vier Monaten ist es so weit. Es wird ein Mädchen.

Immer noch muss ich bei dem Gedanken, dass Adrian bald ein kleines, in Rosa gepacktes Baby in den Armen halten wird, grinsen. Obwohl er auch schon bald Opa sein könnte. Aber nicht von Moritz, denn Doris kontrolliert ganz genau, ob Leonie die Pille nimmt.

Jedenfalls hat Fredi beschlossen, die Wohnung von Adrian und Moritz zu übernehmen. Dafür wurden in den letzten Wochen einige Umbauarbeiten vorgenommen. Das obere Geschoss des Haupthauses steht somit für Oliver und mich zur Verfügung. Und vielleicht dauert es auch nicht mehr so lange, bis Oliver und mir das ganze Haus gehört. Wie Nina mir anvertraut hat, überlegen sie und Hannes zusammenzuziehen. Das ist aber noch Zukunftsmusik, und nachdem Oliver sich gerade erst daran gewöhnt hat, dass seine kleine Schwester einen Freund hat, behalte ich ihr Geheimnis noch für mich.

Vielleicht ist es wirklich bald an der Zeit, dass ich meine Tätigkeit bei der Versicherung beende und mich der Verantwortung am Weingut stelle. Schließlich habe ich Oliver vor zwei Monaten versprochen, dass ich für ihn da sein werde, wenn er mich braucht.

Damals, im Weingarten, nachdem wir uns geküsst hatten.

Seit diesem Tag ist viel passiert.

Und viele weitere Küsse folgten.

Hätte er mich am letzten Wochenende nicht wegen eines zerronnenen Spiegeleis noch einmal in die Küche geschickt, weil er das Gröstl nicht ohne ein makelloses Spiegelei essen wollte, hätte ich mir vielleicht sogar schon überlegt, Nägel mit Köpfen zu machen.

So lasse ich ihn eben noch ein wenig zappeln.

»Und fertig.« Oliver legt die letzte Traube in die ohnehin schon volle Scheibtruhe. Dann fährt er diese über eine kleine Rampe auf den Hänger und entleert sie.

Ich beobachte ihn und hauche warme Luft in meine Fäuste. Trotz der Handschuhe sind meine Finger eisig kalt.

Am Weingut bin ich wirklich glücklich. An Olivers Seite fühle ich mich irgendwie vollkommen. Für einen Moment vergesse ich sogar die Kälte, die uns seit zwei Stunden einhüllt.

Oliver befestigt die Scheibtruhe am Hänger. Das Gleiche tut er mit der Rampe, ehe er sich mir zuwendet. »Lass uns fahren.« Er lächelt mich zufrieden an.

Mit seiner Hilfe steige ich auf den Traktor hinauf. Gerade als ich mich auf dem Sitz über dem Rad niederlassen will, zieht er mich mit einem Ruck auf seinen Schoß. Normalerweise würde ich mich wehren, einfach nur, um ihn zu necken, doch ich bin so durchgefroren, dass ich mich an ihn schmiege.

»Danke für deine große Hilfe.« Oliver verteilt

warme Küsse auf meiner Wange und bahnt sich einen Weg zu meinem Mund. Dann küsst er mich richtig, und ich schmecke die Trauben, die er zwischendurch immer wieder genascht hat, obwohl sie gefroren waren.

Ich lege meine Hände an sein Gesicht und sehe in seine warmen braunen Augen. Lächelnd drücke ich ihm einen Kuss auf die weichen Lippen.

»Danke für deine Traubenküsse.«

*** Glossar ***

Österreichisch	Deutsch
Agape	Sektempfang
Brettljause	auf einem Holzbrett servierte Brotmahlzeit mit Wurst- und Fleischsorten sowie diversen Beilagen
Buschen	Reisigbündel über dem Tor von Heurigenlokalen und Buschenschanken
Eierschwammerl	Pfifferlinge
Erdäpfel	Kartoffeln
es geht sich aus	es passt
faschiert	durch den Fleischwolf drehen
Federpennal	Federmäppchen

Fleischhauer	Fleischer, Metzger
Grammeln	knusprige Rückstände aus ausgelassenem Speck
Grätzel	Wohnviertel, Häuserblock
Gürtel	Hauptverkehrsader in Wien
Häferl	Tasse
Heuriger	Lokalität, wo Wein ausgeschenkt wird; auch: junger Wein
Jause	Zwischenmahlzeit, Imbiss
Kasten	Kleiderschrank
Masche	Schleife
Matura	Abitur
Öffis	Öffentliche Verkehrsmittel
Ordination	Arztpraxis
Paradeiser	Tomaten
resch	knusprig

Risbisel	Johannisbeere
Scheibtruhe	Schubkarre
Schmäh	in Wien typischer Humor/ Charme
Schmäh führen	scherzen, witzeln
Soletti	Salzstangen
Speis	Speisekammer, Vorrats- kammer
Spritzer	Gespritzer, Wein mit Mineralwasser
Sturm	neuer Wein, Federweißer
Topfen	Quark
Wandverbau	Einbauschrank
Weingarten	Weinberg
Werkkoffer	Handarbeitskoffer

*** Danksagung ***

Die Idee zu diesem Roman hatte ich lang bevor feststand, dass ich je ein Buch veröffentlichen werde. Umso schöner ist es, dass mein dritter Roman bei Goldmann diese Geschichte erzählen darf.

Der Liebe wegen hat es mich vor zwölf Jahren von Wien in einen kleinen Ort verschlagen, der für seine Weingüter und Heurigen bekannt ist. Ich erwähne daher nur ganz leise, dass ich eigentlich keine große Weintrinkerin bin. Dennoch hat mich der Weinbau von Anfang an fasziniert.

Ein großer Dank geht an meine guten Freunde, die Familie Fein, die mir mit ihrer Erfahrung und ihrem Wissen immer zur Seite stehen. Jungwinzer Bernhard, der mich zur Lese mitgenommen und bei der Verarbeitung der Trauben zusehen hat lassen. Martina, die mit ihren Mehlspeisen zum Verweilen auf ihre gemütliche Terrasse einlädt. Conny, die mir ihr Rezept für das köstliche Weingelee verraten hat. Martin, der diesen Roman auf Herz und Nieren geprüft hat, damit ich auch ja keinen Unsinn schreibe. Danke auch an Karli und Viva – es ist immer schön, euch zu besuchen.

Mein Dank gebührt auch meinen Testleserinnen – Regine, Kerstin, Antje und Elisa. Ihr wart mir eine große Hilfe.

Ein großes Dankeschön an das gesamte Team des Goldmann Verlags, insbesondere meiner wunderbaren Lektorin Barbara Heinzius, die es mir ermöglicht hat, die Geschichte von Mona und Oliver mit euch zu teilen. Vielen Dank auch an Ilse Wagner, die dem Roman den letzten Feinschliff gegeben hat. Außerdem danke ich meiner Agentur, die mir immer eine große Stütze ist.

Ganz besonders danken will ich meinem Mann. Für alles. Wenn du den Kochlöffel schwingst. Meine Texte liest. Dir alles anhörst, was ich mir zu meinen Geschichten überlege. Und mit unserem Sohn ins Schwimmbad gehst, damit ich Zeit zum Schreiben habe. Sollte er je Olympiasieger in 400-m-Freistil werden, gebührt dir die Anerkennung allein.

Vom Herzen danke ich auch meinen Leserinnen und Lesern. Danke, dass ihr mich, Mona und Oliver begleitet habt. Ich hoffe, ihr hattet am Weingut Feeberger so eine wunderbare Zeit wie ich. Ich freue mich, weitere Geschichten mit euch teilen zu dürfen.

Emilia Schilling

ist Anfang dreißig und lebt mit ihrem Mann und ihren beiden Kindern in einem kleinen Ort in Niederösterreich. Bereits mit ihrem ersten Roman »Frühlingsglück und Mandelküsse« ist ihr ein Erfolg geglückt. Weitere Titel der Autorin sind bei Goldmann in Vorbereitung.

Emilia Schilling im Goldmann Verlag:

Frühlingsglück und Mandelküsse. Roman
Sommerglück und Blütenzauber. Roman
Herbstblüten und Traubenkuss. Roman

(alle auch als E-Book erhältlich)

Unsere Leseempfehlung

400 Seiten
Auch als E-Book
erhältlich

Claire Durant hat sich auf der Karriereleiter nach oben geschummelt. Niemand ahnt, dass die Französin weder eine waschechte Pariserin ist noch Kunst studiert hat – bis sie einen Hilferuf aus der Bretagne erhält, wo sie in Wahrheit aufgewachsen ist. Claire reist in das kleine Dorf am Meer und ahnt noch nicht, dass ihre Gefühlswelt gehörig in Schieflage geraten wird. Denn neben ihrem Freund Nicolas aus gemeinsamen Kindertagen taucht auch noch ihr Chef auf. Claire muss improvisieren, um ihr Lügengespinst aufrechtzuerhalten – und stiftet ein heilloses Durcheinander in dem sonst so beschaulichen Örtchen Moguériec …

www.goldmann-verlag.de
www.facebook.com/goldmannverlag

GOLDMANN
Lesen erleben

Unsere Leseempfehlung

320 Seiten
Auch als E-Book
erhältlich

Eigentlich ist Anni glücklich. Mit ihrem Freund Thies lebt sie in einem hübschen Bremer Häuschen, sie arbeitet als Game-Designerin und in ihrer Freizeit entwirft sie Poster- und Postkartenmotive. Doch dann will ihr Chef, dass sie das neue Büro in Berlin leitet. Und Thies will auf einmal heiraten. Nur Anni weiß nicht mehr, was sie will. Da meldet sich ihre Jugendfreundin Maria aus Norderney, und Anni beschließt spontan, eine Auszeit zu nehmen. 6 Wochen Sand und Wind, Sterne und Meer. Danach sieht sicher alles anders aus. Wie anders, das hätte Anni sich allerdings nicht träumen lassen …

www.goldmann-verlag.de
www.facebook.com/goldmannverlag